CONTRESENS

Du même auteur :

La brûlure

Vent contraire

Yves GLOCK

CONTRESENS

ISBN : 2-9526657-2-9
EAN : 9782952665728

« Quand il n’y a pas de courant, il vaut mieux ne rien faire du tout. Mais si l’on va à contre-courant, tout se dessèche et ce monde devient ténèbres. En abandonnant le moi, on se trouve soi-même. »

Chroniques de l’oiseau à ressort,
Haruki Murakami.

« C’était comme si j’étais mort et que j’observais de loin, avec douleur, comment la vie continuait sans moi »

Le livre noir.
Orhan Pamuk

Mieux vaut (pour chacun) sa propre loi d’action même imparfaite que la loi d’autrui, même bien appliquée. Mieux vaut périr dans sa propre loi : il est périlleux de suivre la loi d’autrui.

La Bhagavad-Gitâ (III-II-35).

Où ?

Je reste plongé en moi-même, prisonnier d'un univers obscur. Une nuit profonde m'isole totalement. Mes yeux sont désespérément fermés. J'ai beau tenter de concentrer ma pensée sur la nécessité de les ouvrir, rien n'y fait. Le contact est coupé. Le circuit électrique du lever de rideau sur ce monde qui m'entoure ne fonctionne plus.

Disjoncté !

Je reste l'objet captif d'une carcasse inerte. Mon monde est clos, au sens propre ! Un robot sans batterie.

Je ne peux ouvrir mes lucarnes sur l'entourage. Il me semble être couché ou, tout au moins, flotter dans une impesanteur cotonneuse. Mentalement je tâtonne en vain, n'ayant plus de contact avec un quelconque support matériel rassurant.

Suis-je nuage ou flaque ?

J'ai l'impression de couler, de me diluer.

Je ne maîtrise pas du tout cette angoissante désagrégation autant physique que mentale. Une indolente et incontrôlable liquéfaction. Je me sens pris, désarticulé, dans un vertigineux tourbillon centré sur l'oeil noir de la bonde du vide qui m'aspire, assoiffée. Curieusement, je n'ai pas du tout mal. Cela achève de m'inquiéter.

Finalement je préférerais souffrir un peu. Pas trop, bien sûr ! Mais il me semble que je serais réconforté. Au moins une perception douloureuse resterait-elle encore le signe de mon existence physique. Oserais-je dire humaine ! Cette sensation surréaliste d'immatérialité m'imprègne et me délite. Elle m'est profondément désagréable : mon corps désemparé reste dépourvu de toute limite sensible. Il semble déconnecté de tous contacts sensitifs susceptibles de l'orienter, de le délimiter, de le rasséréner. Chaud ou froid, haut ou bas, dur, mou, devant, derrière… Et le bruit, la parole, la musique, l'odeur et le toucher des autres…

Car n'est-ce pas par cela que l'on existe vraiment ? Par ce contact de notre enveloppe charnelle avec l'extérieur. Ma petite boussole interne a décidément perdu le Nord. Hélas, le silence radio est total sur mes capteurs altérés, avides de détecter un quelconque signal !

Jour ou nuit ? Impossible à préciser. Mon univers reste uniformément capitonné d'un feutre étanche à tout. Le silence y est lancinant. Insecte prisonnier au cœur vénéneux d'une plante carnivore, je m'englue dans le poison mielleux d'un cauchemar.

Une vraie cellule d'isolement.

Serais-je devenu fou ?

Car la folie peut-être pourrait être l'excuse ultime à mon délire, vain soubresaut, dans un monde sourd à mes angoisses. Je commence à avoir très peur de moi. De cette dissolution mentale non maîtrisable.

Mais où puis-je donc bien être ?

Dans quelles étranges contrées de l'inconscient me suis-je égaré, à la frontière d'un rêve noir qui m'absorbe comme un buvard et d'une insaisissable réalité ? Ecartelé, j'ai la sensation de voguer, objet sans consistance, poussé par des vents de hasard. J'erre aux confins d'un monde parallèle dans lequel l'imaginaire bave sur le physique pour le digérer. J'ai cette inconsistance moirée de la tache d'huile infiniment étalée sur une mer en ébullition. Cette impalpable densité des nuages presque transparents dilués dans les feux du couchant.

Aurais-je irréversiblement franchi le miroir des apparences pour aller au-delà de moi-même ?

Tout est tellement flou dans mon cerveau : il semble cependant fonctionner encore puisque je pense. Ou bien, plutôt, je crois penser ! Mais l'incohérence me glace. Les voies de l'idéation que je tente de suivre sont aussi emmêlées qu'une pelote de laine avec laquelle aurait joué un jeune chat capricieux. J'en perds le fil au premier nœud. Je dois alors repartir à zéro pour, persévérant, recommencer à tâtons un cheminement hasardeux. Tenter d'en rembobiner l'écheveau. Je tourne ainsi en rond avec le même acharnement qu'un insecte bouseux poussant la crotte au sommet du tas de sable : dépassé par sa charge il finit toujours par rouler avec elle pour se retrouver sur le dos en dérisoires gesticulations, offert à la semelle du promeneur. J'en ai l'inconfortable et vaine posture. J'essaie ainsi de refaire, encore et toujours, un travail de mémoire pour me resituer, m'identifier à l'image que j'avais de moi-même. Mais celle-ci s'effiloche comme les nuages sous le vent, cardés en lambeaux de coton aux sommets des montagnes.

Mes idées ont cet imprévisible vol des papillons que mon filet, manipulé maladroitement, n'attrape qu'avec difficulté. Elles ont la fugacité des comètes hasardeuses, des météorites. Et qui peut intempestivement s'accrocher à la queue d'une comète sans s'y brûler les doigts ou la cervelle ?

Ma course mentale a l'inconsistance d'une gerbe d'étincelles, dans l'inquiétante obscurité d'un ciel sans lune. Mes pensées s'entrechoquent comme les silex entre les doigts maladroits d'un hominidé. Je m'escrime en vain à tenter de rallumer un feu pour éclairer la nuit de mon ignorance. Nul éclat cependant.

Je peine à me concentrer pour reconstituer de mémoire ce que fut mon passé. Je voudrais m'y raccrocher avec l'ultime espoir du bateau ivre de tempêtes amarré à l'ancre salvatrice. Se cramponner à un repère, aussi labile soit-il ! Un tuteur auquel faire confiance. Y trouver l'appui nécessaire pour tenter de me relever. Ce qu'est le solide bourdon au pèlerin de Saint Jacques. J'en ressens le besoin comme d'une bouée de sauvetage pour me prouver que j'existe. Encore. Ou que j'ai existé.

En éclair, des images éphémères et fuyantes me reviennent. Elles glissent, insaisissables, avec l'agilité des poissons frais et gluants que les doigts perdent dans leurs vaines crispations et qui les laissent vides et poisseux.

Indescriptible viscosité de mon esprit. J'en suis, hélas, captif. Je voudrais tant m'en libérer. Le coaltar ! La poisse !

Je voudrais parvenir de nouveau à accommoder sur ces vagues réminiscences, étoffe déchirée de ma vie, afin d'arriver à la projeter nettement sur l'écran de mes souvenirs. La dispersion de ses lambeaux a l'incohérence d'un patchwork. Les morceaux du puzzle sont éclatés : des grands, des petits et ciselés de drôle de façon. Quelle incroyable mosaïque à reconstituer ! Trop de cassons, tous difformes, et impossibles à agencer entre eux. Trop de casse, tout court ! Travail improbable d'archéologie !

Mais que m'arrive-t-il ?

Un souffle rauque rythme le silence de cette atmosphère inquiétante dans laquelle je baigne. Je me débats, oscillant tour à tour entre le doute et la folie, entre l'impression nauséeuse d'ébriété et la vaine tentative pour m'agripper à un raisonnement cohérent. Un étrange jeu de colin-maillard. J'en suis l'aveugle titubant, les yeux bandés, au milieu d'une ronde de fantômes sadiques. Fait-il nuit, fait-il jour ? L'éternelle question, la recherche d'un jalon. D'une borne.

Rien de plus désespérant que cette quête. J'ai ce désespoir des marins au bord du naufrage qui n'auront jamais su où ils étaient avant de disparaître.

Suis-je encore immergé dans la rythmicité du temps qui passe ou suis-je en-dehors de lui ? Serais-je dans un de ces mondes parallèles, au-delà de la vie, auxquels certains osent croire pour se rassurer ?

Serais-je agonisant dans un cul de basse fosse ?

Prisonnier d'un cachot aux murs duquel le temps s'arrête, figé dans l'uniformité de jours sans espoir dont on oublie le compte ?

Mes yeux sont clos, verrouillés à double tour. Scellées, les paupières, sur mon obscurité intérieure.

Elles ont perdu cette transparence charnelle qui leur est propre et que le plein soleil qui les caresse peut faire rougeoyer. Le sang s'en est-il retiré ?

Peut-être le monde s'est-il soudainement obscurci pour leur ôter toute couleur de vie ?

Eclipse ou tombeau ?

Elles ont cette lourdeur opaque des plombs dont on scelle les cercueils qui doivent voyager. Ceux, hermétiquement fermés, dont le contenu putride reste dangereux et contagieux pour l'entourage.

Suis-je ou ai-je un jour été dangereux pour mes proches ?

Suis-je l'infortuné passager clandestin d'un tel macabre voyage ?

Mon corps se joue de moi : il m'échappe et, par instants, me devient à nouveau perceptible, puis semble s'évaporer encore. Un jeu subtil de dissolution et de condensation qui achève de me détruire mentalement. Une incompréhensible alchimie qui m'égare.

Chacun de mes membres devient alors très lourd : ils ont cette densité des madriers de vieux chênes séchés à cœur, résolument inertes à mes tentatives de commande. De détestables rondins !

Ne serais-je plus qu'une marionnette désarticulée dont les ficelles auraient été sectionnées ? Une espèce de Pinocchio auquel aurait manqué l'onction bienfaisante de la fée. Une bûche, en somme !

Je sens confusément que le schéma de ce que fut mon corps est resté gravé dans les reliefs de cette caboche que je trimbale depuis quarante années.

On finit par s'habituer à soi, malgré soi, petit à petit, au fil des jours. Ces derniers patiemment nous modèlent : ils sculptent la base incontournable de nos racines au fil affûté de nos expériences. Les bonnes et les mauvaises. Celles qui forgent les regrets et celles que l'on voudrait oublier.

De ce corps, mon corps, j'en sais, ou du moins j'en savais, toutes les imperfections, toutes les faiblesses inavouées que l'on tente de cacher par pudeur. Certaines transparaissent malgré tout, nous rendant vulnérables aux autres : ils savent alors où nous frapper. Sur ces points que l'on dit « faibles » ! Le tendon d'Achille, quoi !

Et puis toutes les autres, celles que le monde qui nous entoure ne peut voir, bien sûr : profondément ensevelies au fond de nous, avec soin, consciemment ou non, si intimes et si douloureuses, que l'on tente de les guérir par l'oubli. Dans le secret de nos nuits blanches si l'on visite à pas de loup les recoins cachés de notre mémoire, on les ressent parfois comme ces bourrelets sensibles des vieilles cicatrices. Elles se rappellent à nous en suscitant une grimace de douleur.

Mais on évite le plus possible cette errance solitaire redoutée. Par lâcheté ! En se laissant entraîner par les courants trépidants de la vie, on tourne à en perdre la tête, pour s'enivrer. On accède à la transe des derviches, on entrevoit l'espace d'un instant le mirage du bonheur et l'on retombe inerte pour sombrer sans transition dans le sommeil.

L'amnésie est parfois thérapie.

Mais peut-on commander aux souvenirs ?

Une peur panique me saisit brusquement : l'inertie de cette paralysie me glace jusqu'à la moelle des os.

Ne serait-ce pas cela la Mort ? M'aurait-elle enfin cueilli à l'improviste, cette faucheuse impénitente ? Serais-je le dernier bouffon de cette Reine d'un royaume duquel personne n'est jamais revenu ? Depuis la nuit des temps cette incontournable garce terrorise l'humanité qui, pour tenter de s'en défendre, a inventé des Dieux immortels !

Ne serait-ce pas cela, la Mort ? Une pulvérisation physique de laquelle s'échapperait un lambeau de pensée. Une insaisissable charpie que certains appellent l'âme. Un impalpable fantôme de ce que l'on a été, divaguant dans un monde invisible, parallèle à celui des vivants. Celui de ceux qui fonctionnent encore normalement, bien en chair avec leur cœur et leur sang tout chaud, leur cerveau aux commandes et soumis aux humeurs, aux hormones et à tout le reste.

Enfin, serais-je mort ? Passé de l'autre côté ?

J'en doute un peu, bien que cette idée me traverse l'esprit ! Je tente de me raisonner. Réfléchissons.

La mort, m'avait-on appris, c'est l'arrêt de la pensée. Aussi déliquescente soit-elle, celle-ci clignote faiblement encore en moi. La flammèche timide de la veilleuse oscillant, fragile, aux courants d'air, la pâle auréole d'un fanal dans le brouillard. Mais enfin…

Or, si je pense, je dois bien " être " encore un peu ! C'est déjà quelque chose que j'ai entendu dire ailleurs. Car on n'invente jamais rien. Tout au plus s'approprie-t-on les lieux communs, en les accommodant à la sauce de notre compréhension.

Il en est ainsi de toutes les règles : nous les ajustons, couturiers maladroits et marrons, à nos modestes dimensions humaines : leur souplesse nous les rend plus commodes à supporter. Ces compromis nous aident aussi à nous supporter, lorsque l'on se regarde par nécessité en se rasant le matin devant la glace. Nous n'avons pas ainsi à baisser les yeux en croisant cette vision de nous-mêmes que nous offrent les matins blafards.

Si j'étais mort, je songe qu'il me faudrait encore me raser pour être présentable ! Mes poils me survivront un peu : je sais que mon système pileux sera plus vivace que moi et aura le dessus sur mon pourrissement : les tombeaux sont remplis de barbus qui se négligent ! Finalement, je serais le compost de mes propres phanères ! Pour un temps !

Mais c'est fou ce que je peux gamberger. Je dois impérativement rassembler mes idées.

Où suis-je ?

Suis-je encore ?

Dans une autre vie peut-être ?

Une autre vie ?

Ses nouveaux contours m'échappent, intangibles, fuyants, comme mes pensées. Leur recherche, à tâtons, me laisse l'illusion que j'existe encore un peu !

La vie, les vies ?

Nos vies sont-elles comme ces matriochkas d'Ukraine, en bois blanc ou papier mâché, maquillées de couleurs vives ? Des poupées gigognes qui s'enfantent les unes les autres, de la plus grande à la plus petite.

Aurions-nous plusieurs vies ?

Dans laquelle me suis-je donc égaré ?

Suis-je en mutation, en transit... Dans mon jeune âge, on m'avait parlé du purgatoire, un moyen terme entre le paradis et l'enfer, dans l'au-delà.

Je me sens décidément très mal à l'aise. Je suis pris d'un vertige nauséeux induit par cette désagréable sensation d'une absence de repère dans le noir de moi-même. C'est pire que les « space mountains » à Disneyland. J'ai l'impression de chuter, l'estomac me remontant sous le menton avec des haut-le-cœur. Puis le mouvement s'inverse et je suis aspiré dans une vis sans fin. J'ai le sentiment de subir les incontrôlables oscillations d'un ludion aux mains d'un enfant capricieux : mouvements désordonnés dans une bouteille de café noir : monter, descendre, remonter...

Looping, grand huit ! Les affres de la cerise dans le shaker à cocktails.

Dans un noir complet, absolu, sinistre. J'ai peur ! Et toujours ce rauque sanglot persévérant, tout proche, dont les tièdes vibrations se vrillent en moi. Ebriété funèbre, perception d'un mal-être à dégueuler tripes et boyaux !

Ai-je encore trop bu hier ?

Il est sûr que cela m'arrive plus souvent qu'à mon tour. Enfin ! Mais d'une telle cuite ! Jamais le souvenir !

Depuis quand suis-je comme cela, bouteille à la mer, dont se jouent d'imprévisibles courants ?

Puis-je identifier une quelconque odeur ? Je voudrais renifler mais j'ai le nez bouché. Je ne peux percevoir d'un odorat hésitant que d'étranges exhalaisons. Un vague relent de dégueuli, l'âcre odeur de la transpiration d'un corps macéré, une haleine chargée des remugles de caries, la pointe acide des urines croupies. L'odeur peut-être des chambres closes et confinées depuis trop longtemps dans lesquelles chaque courant d'air, traqué, est considéré comme néfaste.

Chambre de vieux malade... Ou de vieux tout court !

Odeur de sépulcre peut-être ?

Avec la fadeur agressive des putréfactions débutantes...

Suis-je en train de me décomposer en fond de bière ? Ce serait le comble, moi qui, grand amateur de mousse, ai vidé tant de chopes ! De bière ! Des brunes et des blondes. Des noires aussi, Guinness oblige ! Mais je frémis !

Il paraît que l'on peut être enterré vivant !

J'ai lu ça, ou entendu dire que c'était possible ! Des cercueils, ouverts lors d'exhumations, auraient révélé sur leur couvercle des traces de griffures désespérées. Des presque morts, encore vivants, mais prématurément catalogués par la Faculté dans la catégorie des dépouilles à éradiquer !

Mis en boîte trop tôt, trop chauds, ou encore un peu, du moins. J'ai ouï dire qu'un moribond ayant passé quelques heures dans le frigo de la morgue s'était agité sur la paillasse à la grande panique des croque-morts lors de la dernière toilette avant la mise en caisse.

Est-ce mon cas ?

Un réveil trois pieds sous terre ! Sans téléphone portable. Allô la terre !

Mais mes mains sont inertes, lourdes, immobiles, insensibles à ma volonté de commande.

Je ne peux tambouriner contre les impalpables parois de cette prison d'obscurité qui, angoissante, m'étreint et m'enveloppe.

Je suis simplement conscient de cette sidération, misérable consolation à mon état amorphe de mollusque!

Une huître !

J'ai l'apathie d'un invertébré. La sensation d'être liquéfié, inconsistant, impuissant à exister. Un amoeboïde plasma sans limite définie.

Ne serais-je qu'une âme en déroute ? Incube ? Pas même. Fantôme errant, traînant le boulet de ses lâchetés d'homme dans une vie passée.

Est-ce cela la mort ?

J'ai soudain en éclair des réminiscences de religion. C'est à elle, il paraît, que l'on se rattache en dernier ressort, pour tenter de sauver ce qui peut l'être. L'homme reste hypocrite jusqu'à son dernier souffle. « L'éternité, c'est long » nous dirait Woody Allen ! Mieux vaut donc s'y préparer. J'étais à cent lieux de penser à mes cours de catéchisme. Ceux-ci me reviennent à l'esprit dans toute leur vanité : un mode d'emploi pour aller vers une vie prétendument éternelle, si l'on en croit les bon pères ! A relire de toute urgence : sait-on jamais ! Je revois ces fastidieuses séances d'apprentissage de la métaphysique religieuse à inculquer à un petit bonhomme en culotte courte, affamé et au bord du malaise après une matinée de classe. Midi sonne à la cloche de la cour que le concierge agite à grands coups de corde saccadés. L'enfant libéré franchit en courant le porche du petit lycée, traverse la place écrasée de soleil, remonte une étroite ruelle de la vieille ville pour gagner un immeuble à la façade vérolée de salpêtre. Il pousse la lourde porte cochère dans l'obscurité d'une entrée dans laquelle s'entassent les poubelles. Il s'engage dans une sombre cage d'escalier en colimaçon, parfumée des effluves appétissants de cuisson mêlée d'encaustique. Sur la pointe des pieds, il sonne à la porte du premier palier. Attente puis glissements feutrés de patins sur le parquet ciré. La porte s'ouvre. Il entre dans une salle à manger aux meubles exubérants de style Henry VIII à la patine rassurante. On le fait asseoir devant la table. Et c'est, l'estomac dans les talons, qu'il ânonne sa leçon et s'instruit de la catéchèse en pensant à son déjeuner à venir. L'histoire sainte et la religion sont expliquées par une austère demoiselle. Cette bigote semblait être âgée, jaugée par les yeux cruels d'un enfant de huit ans excédé ! Carabosse, il la surnommait !

Il avait sous les yeux un gros livre beige cartonné édité chez " Mâme à Tours " pour autant qu'il se souvienne de la page de garde. Il fallait mécaniquement lire chaque question et en apprendre par cœur les réponses, aussi hermétiques soient-elles ! Un indigeste charabia que l'incompréhension rendait presque magique. Je m'y revois et ce salmigondis remonte à la surface de ma mémoire comme les bulles nauséabondes distillées des macérations de la vase.

Des croix devant chacune de ces questions en fixaient la difficulté : rouges ou noires selon l'année d'étude.

Les noires pour les plus jeunes, les plus crédules. Les rouges sans doute jugées plus ésotériques pour les aînés !

Existe-il plusieurs Dieux ? Réponse (croix noire) récitée avec l'automatisme idiot d'un moulin à prière affamé : « -Il n'en existe qu'un et un seul... »

Donc deux ? Un et un seul...

Mais où en suis-je du fil décousu de mes idées ?

Le surjet se détend et les voilà qui s'envolent comme un vol de moineaux, comme ces hirondelles des cheminées que les frimas d'automne dispersent d'un seul coup.

Elles ont cette fragilité des colliers de perles que la logique et le souci d'esthétique enchaînent l'une à l'autre avec cohérence jusqu'au moment imprévisible de la rupture du cordon qui les tient. Soudain elles s'éparpillent en tous sens et, même en les recherchant à quatre pattes sous le lit, avec toute l'attention possible, on en perd encore quelques-unes. Quant à les remettre dans l'ordre, c'est une autre affaire, toute de patience. Capricieuses, mes idées folâtres se jouent de moi, m'échappent, s'entrechoquent, se mêlent en un magma dont l'ébullition lente me tient dans cet état de demi-veille mentale.

Serais-je simplement dans le coma ? Quasiment annihilé ! Comment les autres, s'il y en a, me perçoivent-ils ? Dépouille ou donnant encore des signes de vie ?

Mais toujours, à mes côtés, ce souffle rauque et rythmé de la Bête dont je sens la présence vigile. Elle râle avec une régularité métronomique, sans un instant de repos, sans une hésitation. Dort-elle ? Va-t-elle s'éveiller en sursaut ? Où se trouve-t-elle exactement ? J'ai toujours cette désagréable impression d'avoir perdu toute orientation spatiale dans un monde sans abscisses ni ordonnées : espace et temps se mélangent. Un monde de hasard dont l'irrationnel terrifie. Je suis immergé, passif, dans les rouleaux puissants de ma pensée. Je n'arrive pas à les maîtriser. Je ne suis que guignol désarticulé, naufragé, concassé par leurs vagues qui vont et viennent, se jouant de moi. J'ai l'inertie d'une solive au jeu cosmique des flux et des reflux...

Depuis combien de temps ce manège morbide dure-t-il ?

Le crêpe noir qui enveloppe cette étrange perception que j'ai de moi-même, impalpable linceul, gomme l'alternance rassurante des jours et des nuits... Et cette nuit, ma nuit, semble n'avoir plus de fin...

Je reste désemparé car la réalité m'échappe.

Suis-je en état de rêve ?

La vie des humains m'a-t-elle été confisquée ?

Cette vie à laquelle j'avais d'abord cru, à laquelle j'avais initialement tant voulu me cramponner pour tenter de la modeler à ma façon.

J'avais toujours pensé qu'il fallait essayer de vivre comme si l'on était éternel. Voler cette idée d'éternité au concept de Dieu, pour moi, c'était aussi Lui dérober un grain de Son prestige, durant l'éphémère instant de ce qu'est une vie d'homme. Oser prendre avec une hautaine insolence teintée de mépris ce temps qui se plaît à nous culbuter, comme la boule de bois aveugle dans le jeu de quilles. Me voici donc pris à mon propre jeu. Puni, peut-être, pour tant de prétention. Un châtiment divin ?

Mais quand finira-t-elle, cette nuit ?

Et quand a-t-elle donc commencé ?

Je gratte dans la fange du moment présent pour tenter d'atteindre les strates d'un passé plus ancien... Plongée persévérante en apnée, aveugle, au sein de mon obscurité, à la recherche d'une lueur, d'un fanal !

Les navigateurs étaient parfois abusés par les feux de la côte, illusion de port, que les naufrageurs allumaient sur les récifs. Ils s'y fracassaient avec la naïve candeur du croyant, ou de l'insecte hypnotisé par la flamme, langue gourmande le dévorant l'espace d'un crépitement.

Je cherche une lueur de ma lumière passée pour éclairer mon présent ! Peut-être n'en trouverai-je d'ailleurs qu'un vestigial rayon : les étoiles mortes, au cœur définitivement éteint depuis bien des millénaires ont le privilège de briller encore à distance. Je guette l'écho de mon Big-bang créateur !

J'erre en vain comme Poucet, perdu dans le sous-bois, cheminant tête baissée, sous la lune, cherchant à voir briller les cailloux blancs émiettés dans la sente...

N'ai-je semé que de la mie de pain ? Mes traces sont effacées.

Mais qu'y trouverai-je ?

Je butte enfin sur mon vécu : je m'y heurte de plein fouet.

Mon passé me court après, me colle aux basques. Il est indécrottable. Il alourdit ma semelle alors que je la voudrais de vent ! Si je tente de l'oublier, il vient, revanchard et têtu comme une bourrique, me tirailler, aussi incisif qu'un fer rouge, dès que je ferme les yeux ! Le traître coup de pied rancunier de la mule du Pape !

Depuis quand ai-je tenté de le fuir, ce passé ?

Voici bien vingt années que j'ai coupé les ponts, largué les amarres, et jeté les aussières par-dessus bord pour n'avoir plus à m'ancrer nulle part, ni sur personne. Mon errance est celle d'un vaisseau fantôme, dans un univers parallèle à celui des gens rangés. Dans cette sérénité que procure l'appartenance au troupeau dont ils font partie, ils ignorent l'existence de ce monde qu'ils côtoient ! Je navigue, invisible aux yeux de ceux pour qui la vie à un sens :

Un sens Unique !

Le sens de la bienséance culturelle et sociale.

Du berceau au repos éternel dans les allées du cimetière suburbain, en passant par les stades obligés de l'école, la famille, l'apprentissage, l'impératif du travail ou bien l'oisiveté souvent crapuleuse de l'assisté social et la retraite enfin, un mirage attendu...

Qu'est-ce que la retraite à laquelle ils aspirent ?

Non pas des grandes vacances ensoleillées au crépuscule de la vie. Mais une fuite, une débandade, une glissade vers le puits de l'inutilité, une mise au rancard, une dépose sur le trottoir quand le bus des jeunots n'a plus rien à faire de vos incompétences et vous laisse vous flétrir dans les affres de la sénilité : une Bérézina personnelle, une attente… Une terrible attente de la fin, pleine d'interrogation et d'angoisses. Les projets achèvent de se mesurer à l'aune des improbables lendemains puis s'estompent enfin, ne laissant que la perspective d'un insurmontable mur à percuter de front.

Comment et quand ?

Seul souvent, et délabré !

Je me suis fréquemment penché avec l'œil froid de l'entomologiste sur ces curieuses créatures humaines en les voyant s'agiter autour de moi. Je n'existais pas pour elles, qui me piétinaient presque. Elles cheminent, agitées, avec conviction, de la naissance à leur mort comme ces fourmis en colonnes harmonieuses persuadées qu'elle ont une mission. Famille, patrie et religion. C'est au nom de ces deux dernières qu'elles s'étripent avec hargne et fanatisme depuis des millénaires.

Mais pourquoi l'homme a-t-il donc eu besoin de concevoir un Dieu ?

Et si, par hasard, ce dernier existait, bien caché dans un petit coin de l'univers, à quoi bon en inventer tant d'autres avec des noms différents : il y a de fortes chances que ce soit le même ! Mais quelle vanité !

Vertige et nausée ne vous étreignent-ils pas si vous réalisez que l'étincelle d'une vie n'est rien qu'un misérable trait d'union entre l'avant et l'après ? Cet éclair fugace entre deux néants, deux insondables gouffres, on le franchit toujours seul, avec l'instabilité d'un saltimbanque ivre, jouant dangereusement avec son balancier !

Quel sens a la vie, enfin ? Certains la prennent au sérieux.

De quoi rire.

La mienne, de vie, je l'ai mise sens dessus dessous. Et, avec elle, toutes mes certitudes et mes croyances. Car j'avais été bien formaté jusque-là ! Comme les autres.

La société se plait à nous estampiller d'un poinçon d'orfèvre, au fil de notre élevage, afin que l'on reste dans le rang uniforme de ses moutons, dociles à conduire et à tondre annuellement ! Je n'ai plus voulu me laisser faire. J'ai, face aux évènements qui me dépassaient, jugé qu'il me fallait rompre avec cette acceptation soumise du cheptel.

Cela s'est passé brutalement, jour néfaste d'apocalypse pour moi, il y a plus de vingt années !

Je ne l'attendais pas ce coup de Trafalgar. Le boulet m'a frappé en pleine poire et m'a ouvert les yeux. Ebloui par un flash douloureux, faisant gondoler la rétine et exploser le cœur, j'ai soudain compris que rien ici-bas ne vaut la peine que l'on s'accroche inconsidérément à la société, ce bain de culture dans lequel prolifère le bacille humain.

Elle nous enfante, nous abreuve de ses principes érosifs autant que les tarets dans la coque des vieux thoniers de bois. Ils nous trahissent un jour ou l'autre et finissent par insensiblement nous pourrir, nous laissant nous abîmer soudainement par le fond, dans une immersion glauque et définitive.

Moi, j'ai coulé à pic, d'un seul coup, et j'ai fini par toucher la vase du fond en soulevant un gros nuage de malheur. Je pense qu'avec le temps il a dû se dissiper pour ceux que j'ai laissés. Au fond de moi, il persiste, ce nuage, et, quelle que soit la saison, il m'entoure pour obscurcir ma vision. Il me poursuit, malgré moi, comme un reproche, filtrant chaque instant pour lui enlever sa couleur et son goût.

Mais je ne regrette rien. Non, rien de rien… Ce ne serait que lâcheté de ma part de revenir sur mes pas. De toute façon, ceux-ci, comme les empreintes laissées sur le sable de la grève, sont effacés. Je ne pense pas qu'il me soit possible d'en retrouver la trace.

Moi

J'ai remonté la moitié du cours de ma vie à contresens, dans le sens théoriquement et civiquement interdit. J'ai pris tous les risques possibles de collision, de contravention...

J'ai refusé celui de collusion !

En se faisant tout petit, l'on arrive à passer facilement inaperçu et tout devient possible : le passe muraille des conventions doit se rendre invisible à l'œil critique du commun, si fier de ses droits républicains de vote et de chasse !

Il faut savoir se perdre dans la monotonie des façades, des réclames murales, des campagnes traversées. Etre sans consistance, fantôme, farfadet, inexistant aux yeux bien voyants des bien-pensants qui, eux, rament en chœur dans le sens de la marche. Harmonie méthodique et sage des galériens vissés à leur banc de nage dans la régularité du rythme dicté par le tambour des chiourmes. Il faut éviter à tout prix d'entraver, par un remous parasite, l'effroyable sillage rectiligne et froid de la société en marche. Ne pas se faire remarquer surtout car là, il y aurait outrage public aux certitudes citoyennes à ne pas ébranler dans leur élan avant-gardiste.

Le referais-je maintenant ?

La question ne semble pas se poser... Je doute d'«être» encore, car je ne sais où je suis ni qui je suis !

La Bête dont le souffle rauque vibre sourdement à mon oreille veille sur moi dans son antre nauséabond que tapisse mon obscurité envahissante... Suis-je son prisonnier ?

Je songe au Minotaure de mes lectures d'enfant : « Contes et légendes »… Vous savez ? J'imagine cette bête, énorme, monstrueuse et peut-être cruelle. Je me sens perdu dans un inextricable labyrinthe et n'ai pas l'espoir de voir surgir une quelconque Ariane pour me guider hors de ses griffes. Les images en noir et blanc reviennent en moi du film « la Belle et la Bête » dont la vision alimentait mes cauchemars d'enfants : je m'éveillais, trempé de sueur et rongé d'angoisse. Des murs austères sortaient des bras humains porteurs de torches : dans l'ombre mouvante de leurs flammes, le cœur battant, l'on guettait l'arrivée de la « bête » aux ignobles traits. Sacré Cocteau ! En ai-je frissonné !

A quelle sauce cette Bête qui me côtoie va-t-elle m'accommoder ? Attend-elle avec délectation l'instant propice pour me dévorer ? Va-t-elle, avant cela, jouer avec moi comme un chat avec une souris ? Jongler du bout des griffes avec ce fétu de paille qu'est un corps humain inanimé ? Le déchiqueter avec délectation ?

Vais-je souffrir ?

Mon attente se prolonge dans la volute des réminiscences. Je remonte le temps et l'aspire par bouffées. Les rouages se grippent que je tente de remettre en place pour comprendre. Le noyé cherche l'air en vain et d'un coup de talon désespéré tente de se relancer vers la surface qu'il devine en miroir mais qu'il a cruellement conscience de ne pouvoir briser, dans un franchissement salvateur.

Ai-je peur ?

Pour sûr, une crainte mêlée de curiosité.

Il a pu être dit que, lors des dernières secondes de vie, se précipitent en flashes les images du passé et qu'il arrive ensuite qu'une étrange lumière blanche finisse par diffuser et aveugler.

Certains disent qu'elle attire. Que l'on s'y dirige avec ce plaisir béat des illuminés. Serait-ce la lumière du paradis par la porte entrebâillée ? Aurait-il donc ce clinquant racoleur des supermarchés et des casinos ?

En suis-je déjà à cette heure fatidique ?

Les questions se pressent à l'heure du bilan final que je pressens. Quelle fut donc cette route empruntée à rebours ? A contresens.

Avais-je été contaminé par l'éruption rouge de Mai 68 pour ruer ainsi dans les brancards?

Pas du tout. Quelle période fantastique, disent certains nostalgiques ! N'exagérons rien ! Tout au plus un petit tremblement de terre idéologique venant secouer la torpeur de la culture traditionnelle des papas de l'après-guerre. Moins de force quatre sur l'échelle de Richter ! Quelques rues à repaver. Un dépoussiérage en surface. L'expression exaspérée d'un ras-le-bol d'enfants trop gâtés, frustrés d'une guerre qu'ils n'ont pas eue, dans le soleil d'un printemps durant lequel les vertes pelouses étaient plus accueillantes que les amphithéâtres ou les ateliers surchauffés...

Tous étaient " camarades " : étudiants et ouvriers ! Fraternisation fantoche des cols blancs et des cols bleus! Mon œil ! L'expérience m'a montré au fil des jours que l'on mélange difficilement l'huile et le vinaigre... Et quand le bateau ivre des rêves rouges a coulé, alors adieu les camarades du bon temps, tous prolétaires de même souche !

Les rats fuient le Potemkine qui prend l'eau. Un vrai désastre. Un sauve-qui-peut général. Chacun pour soi, jeté, tête la première, dans le bain froid de la réalité. Sans gilet de survie. Et je sais que beaucoup trop ont coulé à pic, à corps perdu, bien sûr, mais âme aussi ! Des vies de jeunes, trop crédules et entiers, comme on l'est à cet age, ébloui par les scintillations de l'idéal, gâchées pour rien. Ces leaders furent des criminels. Ils sont encore en liberté. Et prétendent donner des leçons.

Y avais-je cru, à tout cela ?

Pas vraiment. J'étais trop individualiste pour me laisser prendre à cette lumière vicieuse des « naufrageurs de générations » qui aurait pu m'attirer comme bien d'autres...

Des naufrageurs, les meneurs ! Rien d'autre. Ils nous ont tous bien eus et si la majorité s'est fait largement escroquer, eux vivent toujours confortablement de leur salade de betterave rouge accommodée à la sauce de l'Europe. On les voit encore, insolents, sexagénaires blanchissants surfant sur les médias, députés européens ou autres. Ces aigrefins, sans scrupule, ont précipité les moutons de Panurge, bien embrigadés, par-dessus bord mais ont su tirer les marrons du feu : ils ont laissé en partage aux autres les gogues épineuses, toutes sèches, et qui restent en travers de la gorge.

C'était le sens de la vie... De " l'histoire " aurait dit le Grand Guignol. La « chienlit » dont il avait qualifié ce sursaut revendicateur, avait, comme un acide incisif, corrodé les fixations de sa statue pour le déboulonner de son piédestal élyséen ! Adieu Grand Charles ! Mais il avait raison, « les Français sont des veaux ! »

Jupiter chassé de l'Olympe par les héros, bâtards et renégats, rebelles à l'idéologie traditionaliste.

Ce fut pour moi la chienlit du désespoir, de la désespérance, l'échec à ma tentative de pousser une porte trop lourde.

Ma révolution personnelle n’a rien à voir avec cela. Ce fut une rébellion d’abord, dans laquelle la haine et la colère furent les moteurs de la rupture, prenant le pas sur l’affectif. Et puis, comme après la tempête les vagues s’assagissent, ma raison a repris le dessus. L’irréparable étant consommé, froidement et sans passion, je devais affermir mes décisions : cette société n’était finalement pas faite pour moi. Nous cohabiterions donc en nous ignorant. Moi, j’en ai perdu l’âme mais j’ai sauvé ce que j’ai pu du corps. Ce corps qui m’échappe totalement à l’instant où j’essaie de penser !

Il est bien curieux, ce divorce entre le corps et l’esprit, cette subite ébullition mentale, crue incontrôlable d’un passé qui remord les bas de pantalon comme un chien teigneux. Et les coups de talon excédés qu’on lui balance dans la gueule n’y peuvent rien faire ! Il revient toujours avec hargne pour remordre sans cesse, obsessionnel, la dent brillante et la bave aux babines congestionnées.

Que s’était-il donc passé dans mon début de vie, avant cette déplorable mésaventure ?

Rien !

Rien de notable, me semble-t-il.

Une enfance plutôt terne, tranquille, passablement paresseuse, voire lymphatique ! Mais passée bien trop vite. J'avais cette insouciance irresponsable de l'oiseau sur la branche, pépiant à pleine gorge et sans méfiance à l'encontre des chats tapis aux alentours. J'étais, à l'époque de mon école primaire, incontestablement meilleur en football qu'en rédaction ou en calcul. Un gentil cancre ! J'en ai passé des heures à courir derrière un ballon rond sur les terrains vagues, au pied des immeubles de la cité dans laquelle je logeais avec mes parents et mes frères ! Chaque instant de liberté nous permettait de nous retrouver, avec les garnements de mon âge, dans la cage de l'escalier : un local défraîchi dont les murs tapissés de la crasse de plusieurs générations étaient couverts de graffitis aux feutres de couleur et dont les boîtes aux lettres bâillaient, indiscrètes, de leurs portes tordues. Notre petite bande était unie par un désir commun d'échapper à l'étroitesse des appartements, à l'étroitesse d'esprit des parents, et par la chaude camaraderie au sein de laquelle couvait toujours un désir de surenchère en termes de bêtises à faire. Nous n'étions pas cependant des délinquants. Les tours pendables joués aux chats de la concierge, à la mobylette du facteur, ou au couple d'homosexuels du quatrième restaient plus cocasses que méchants. Notre imagination était fertile en idées nouvelles et nous les mettions immédiatement en application. Je n'étais pas le dernier à innover dans ce domaine. Cela m'a valu quelques bonnes corrections de la part du paternel qui n'avait pas notre sens de l'humour. L'enthousiasme était toujours à son comble dans notre bande de bras cassés. Les discussions s'enflammaient à l'heure de la constitution de nos équipes de foot, au gré des humeurs, des colères et des rivalités de gosses. Au fond de la classe, tapis sous les pupitres, cachés sous les cahiers, nous ne cessions de griffonner des plans de terrain, des stratégies pleines de flèches. Comme des pros ! Nous étions tour à tour capitaines d'équipes, entraîneurs, joueurs… Ces mirages tissaient l'étoffe de nos rêves. La récréation attendue était libération. Un lâché d'étourneaux en tourbillons bruyants.

Transgresser l'Interdit parental restait un but à conquérir de principe : n'en faire qu'à sa tête, comme les grands qui nous semblaient libres, eux ! Les premières clopes, des brunes à papier maïs, partagées, circulant de bouche en bouche dans les nauséabondes tinettes de la cour d'école, avaient déjà le goût enivrant de l'aventure. Fiers comme de jeunes coqs, nous dérobions aux adultes, à leur insu, leurs privilèges.

Les filles se trouvaient de l'autre côté de la clôture, dans l'école réservée à leur sexe, parquées et déjà rendues différentes à nos yeux par cette absurde ségrégation. Elles aussi alimentaient nos rêves en y ajoutant un arrière-goût de péché, instillé de façon confuse et polluante dans notre candeur d'écoliers. Nous n'avions pas encore la vision précise du mystère de la femme, mais, de ces fillettes en jupes bleues et aux chaussettes blanches que nous épiions de toutes nos mirettes, émanaient les capiteux effluves d'un lourd secret à découvrir. Découverte à faire par nous-mêmes car les tabous barraient toutes les routes ! Chacun de nous apportait sa petite part de connaissance pour la faire partager aux copains remués jusqu'aux tréfonds par les révélations souvent naïves et fausses. La cloche du collège rythmant nos jours sonnait, impérative et toujours ponctuelle, sa corde énergiquement secouée par le concierge. Ancien combattant, amputé de cuisse, il avait cette démarche déhanchée des porteurs de prothèse : nous ne pouvions nous empêcher de regarder avec une curiosité discrète mais incontrôlable, mêlée de respect, les pans de son pantalon tombant sur deux chaussures identiques. Cette « jambe de bois », dûment chaussée, nous intriguait, ranimant dans nos souvenirs les images des pirates de l' « Ile au trésor », clopinant sur les quais de Bristol avec l'inquiétant clic-clac de la férule contre les pavés. Yo ho ! Et une bouteille de rhum ! Cet homme, entre deux âges, avait le privilège de vendre les pains au chocolat à la récréation de dix heures. Il attirait les mômes comme les miettes de pain attirent les oiseaux. Ils arrivaient, excités, avec des criaillements suraigus. Leur cohue, presque émeute, menaçait souvent le grand panier d'osier qu'il portait en bandoulière. En fin de « récré », en rang par deux le long du mur, nous attendions l'ordre d'entrer en salle de classe. Et puis, debout près de nos pupitres, à l'arrivée du maître nous étions enfin autorisés à nous asseoir. Nous avions encore le respect de cette élémentaire discipline inculquée par nos instituteurs. Tant de choses à apprendre pour avancer. Je n'ose dire pour « faire un homme » : je ne suis pas sûr que le fatras des connaissances, dégoulinant à longueur de cours sur nos têtes frisées, assenées avec constance et méthode pour « finir le programme », permettent réellement de construire ce que doit être un homme ! C'est la vie, ensuite, qui s'en charge, plus ou moins bien.

C'est fou ce que l'on essaie de mettre dans la petite caboche des mioches, à coups de pied au derrière, à renfort de lignes à copier et de coups de règle ! J'en ai eu mon compte. A revendre ! Pas de protège-cahier sur le cahier du jour ! Et de se voir imposer en punition constructive cent lignes de : " je dois mettre un slip à mon cahier ! ". Cette phrase me revient en mémoire alors que je pensais l'avoir oubliée. Je frissonne à la pensée qu'un adulte, enseignant, a priori intelligent, ait pu imposer une telle ineptie : quel degré de pédagogie louable !

De quoi écoeurer à jamais le cancre qui aurait pu avoir sa chance. Un chewing-gum mâché en cours : la maîtresse a le malheur de voir le ruminant fautif ! Elle lui écrase l'objet du délit dans les cheveux… J'ai vu tout cela !

Il est sûr que le but est dépassé lorsque l'on bafoue ainsi en public une personnalité naissante et fragile : ce n'est pas la formation que l'on obtient mais la déformation de l'homme, à jamais !

Le nom de cette maîtresse me revient même à l'esprit mais je le tairai. Il y a si longtemps que cela s'est passé…

J'étais allergique à ce genre de procédés. Ils finissaient par me faire percevoir la culture comme très amère et trop longue en bouche !

Avaler de la harissa par plaisir ?

Très peu pour moi !

Tel était le sens conventionnel de notre vie d'élève, dans mon école primaire de quartier : une alternance hebdomadaire de tabliers gris ou bleus, s'effilochant aux manches comme ces journées mornes, distillées dans l'attente impatiente des récréations et de la sortie...

Les tables de multiplications autant que les plus petits communs multiples (P.P.C.M. dans le jargon du cru !) ou les règles de trois me restaient décidément coincés en fond de glotte et je n'en avais saisi que l'air ! J'étais hermétique aux paroles.

De toute façon, j'ai pu me rendre compte par la suite que la vie se charge elle-même de vous apprendre à compter !

Impérativement. Avec rigueur et par nécessité. Les coups reçus tant physiques que moraux, toutes les ardoises à régulariser à droite et à gauche, sur lesquelles les créanciers n'oublient jamais les retenues, et, à la fin d'un mois toujours trop long, les fonds de poches à faire pour trouver les pièces jaunes manquantes...

Tout se compte !

Tout se paye, et au prix fort.

Cette satanée culture m'est apparue aussi indigeste qu'une potion médicinale. Même si, à grands coups de colles durant lesquelles je me morfondais au fond d'une étude, au-delà des heures de classe ou bien les jeudis, les pédagogues tentaient de me boucher le nez pour me faire ouvrir la bouche : je n'en ai guère avalé. Ma réticence à ingurgiter grammaire et calcul n'avait d'égale que mon insolence vis-à-vis des enseignants. J'avais cette morgue effrontée des cancres de fond de classe. Entre deux sommes, je m'appliquais à susciter l'hilarité des congénères plus studieux que moi. C'était ma façon de briller. Je devais apprendre à mes dépends que les conseilleurs ne sont pas les payeurs. Seuls les cours d'histoire et de géographie parvenaient à me charmer : j'en raffolais, soudain assagi et attentif. La polychromie des grandes cartes murales, le mystère des continents sur la mappemonde, les teintes de bleus dégradées selon les profondeurs des mers et des océans, la rotation du globe terrestre comme un ballon sous les doigts experts du professeur qui décrivait, du mieux qu'il pouvait, notre planète bleue, tout cela savait éveiller en moi, comme par magie, une fascination nécessaire à l'attention. Les récits vivants du maître alimentaient notre fringale de rêve. Tant de peuples et de cultures diverses. Et Dieu sait que nous étions affamés de mirages ! Des faits d'armes de vaillants chevaliers aux intimités d'alcôves des reines de France en passant par la saga des révolutions, chaque épisode de notre histoire, conté avec réalisme, était pour moi source d'intérêt. La personnalité de cet enseignant avait été déterminante pour susciter mon admiration. L'image qu'il projetait dans mon imaginaire d'adolescent en quête de modèle était celle d'un passionné. Il voulait nous inviter à la partager, cette passion. Cela se percevait d'emblée. Ayant beaucoup « roulé sa bosse », il avait, à mes yeux encore candides, la carrure de l'aventurier. Il savait nous raconter le monde, captiver notre attention, piquer la curiosité, attiser le désir d'en savoir d'avantage. Un vrai magicien, un acteur dans l'âme.

Peut-être est-ce cela, la vrai pédagogie ? Transmettre avec des mots simples et intelligibles, avec patience et chaleur, la passion de la connaissance acquise : cet art théâtral ne s'apprend pas mais se sent.

Ce Maître, que je révèrerai toujours, avait en lui ce fluide mystérieux, suffisant pour obtenir le silence et l'attention des marmots excités sans avoir besoin de punir ni de menacer. Punitions et menaces sont autant de faiblesses. Ces dernières sont facilement perceptibles, dès les premières minutes d'un cours ! Enfants, nous discernions d'emblée, avec un sens aigu, un flair de chien de chasse, cette fissure de la personnalité. Nous nous y engouffrions alors, torturant sans pitié durant toute l'année scolaire l'enseignant vulnérable. Jusqu'à le faire pleurer avec un plaisir sadique né de la contemplation avouée de la faiblesse d'un adulte exposée à la vue de tous. Une délectable victoire. Les enfants n'ont pas de mansuétude.

Cet homme auquel je dois tant de rêves, avec mes yeux d'enfant je le jugeais déjà âgé, à l'époque. En fait, il pouvait avoir environ la quarantaine, guère plus. J'ai réalisé rétrospectivement, ayant atteint cet âge, à quel point la vision peut être déformée lorsque, enfant, on regarde une grande personne de bas en haut : vu d'en-bas, de nos trois pommes de haut, de nos douze ou treize années de vie, un adulte semble très vite âgé, usé. Notre jugement de gosse est cruel et abrupt : on le qualifie de « vieux ».

La vie m'a appris que le temps passe, traître et insidieux, sans que l'on s'en rende compte. Il nous propulse très vite à cette altitude des quarante piges : bien plus vite que l'on pouvait se l'imaginer dans notre jeune âge. L'enfance reste ce moment béni d'éternité que l'on ignore hélas, et que l'on voudrait parfois raccourcir, dans notre impatience à grandir, car il nous semble long. Trop long !

C'est, en fait, un privilège unique dont la vie nous ampute, très vite. Et dont nous n'avons pas conscience sur le moment, pris que nous sommes par la frénésie du quotidien. Trop vite ! Fourbe, le temps nous emporte sournoisement, s'accélère, finit par s'emballer puis s'enraye : d'abord les eaux calmes du flot, puis les impétuosités incontrôlables des rapides. Si la vitesse du disque microsillon reste stable sur le pick-up, l'aiguille qui se rapproche de son centre parcourt des cercles de plus en plus courts. Ce n'est qu'à la veille d'être emballé pour de bon que l'on réalise trop tard la chance de ce vécu de nos premières années d'enfance et d'innocence. Décisives souvent pour l'avenir, l'on ne peut en prendre la mesure qu'à l'échelle de nos trop courts empans du moment.

« Si jeunesse savait, si vieillesse pouvait… » Mais rien n'est parfait !

C'est donc en histoire et en géographie que j'avais eu mes meilleures notes… Ces matières, apprises sans effort, l'avaient été autant par intérêt qu'avec le désir secret et inavoué de faire plaisir à cet enseignant magique. Il semblait tant croire à ce qu'il racontait !

Les autres profs nous faisaient un mauvais cinéma, jouaient un rôle qu'ils ne possédaient pas, et voulaient tous s'imposer par la force plus que par la conviction. C'est une mauvaise recette. J'en ai payé le prix. Cela m'a coûté, en effet, bien des " jeudis ". A mon époque c'était le jour de repos des enfants « non punis ». Ceux qui, déjà, allaient dans le bon sens ! Ces retenues, subies à contrecœur avec l'aigre sentiment d'une perte de temps injuste n'ont eu que le mérite de me coller pour de bon et de façon indéfectible une aversion pour l'institution aux règles douloureuses parfois et strictes toujours ! La douleur de la paume après un coup de règle métallique donné à l'enfant auquel on demande de tendre la main ouverte, debout sur l'estrade devant ses congénères goguenards reste imprimée au-delà de la peau, dans un petit coin du cœur ! Comment voulez-vous, après cette meurtrissure de l'âme plus que du corps, faire plaisir au préposé à l'instruction publique et le respecter…

Mes années de collège passèrent vite. Et aussi l'insouciance de cet âge.

Enfin, vint le jour J, précédé d'une nuit blanche due à la grande angoisse de l'examen. Le « BEPC ».

Je suis resté calme jusqu'au dernier moment mais fus saisi d'un incontrôlable vertige devant la feuille blanche, celui dont, je crois, parlent les écrivains. Personnellement, je n'avais pas beaucoup d'inspiration ce jour-là, il est vrai ! Mon nom, cherché sans beaucoup de conviction le jour de l'affichage des résultats, figurait cependant sur la liste des admis.

Eh oui, j'ai mon Brevet. Le pompon est enfin décroché ! Avec presque un zéro en orthographe. Ce dernier était éliminatoire. Heureusement, c'est à l'épreuve d'histoire et de géographie que je dois d'avoir sauvé les meubles. Mes parents, plus inquiets que moi dans la foule de ceux qui se pressaient à la porte d'entrée sur laquelle était placardée la liste des reçus, la consultèrent sans illusion et avec hésitation. Leurs visages s'illuminèrent à l'exploration des fiches de résultats : mon nom, le leur, y figurait. Ils étaient contents et fiers de m'avoir conduit au terme d'une scolarité enfin bouclée.

Les choses sérieuses pouvaient dès lors commencer !

La recherche d'un apprentissage s'imposait en effet pour me permettre d'entrer dans la vie active et commencer à gagner ma croûte. Cela venait à point pour soulager les parents d'une bouche à nourrir…

A cette époque, la vie torrentueuse me charriait encore, comme ces racines arrachées aux berges par la crue : elles dévalent dans le sens de la pente, emportées par le courant sans avoir aucun autre choix, passives. Dans le sens conventionnel. Le bon ! Celui qui descend vers la mer d'éternité en suivant le flot homogène de la collectivité en marche, coude à coude, les faces résolument tournées vers l'espoir d'une retraite et peut-être d'une survie conséquente avant l'ultime naufrage…

La tradition familiale édifiée sur deux générations courageuses et dociles d'ouvriers métallurgistes consciencieux me prédisposait, bien sûr, à la chaleur des fours et au bleu du manœuvre en formation.

Les Maîtres de Forges ont toujours eu leurs pépinières d'esclaves auxquels ils avaient à coeur de fournir un semblant de sécurité sanitaire et de culture. La rentabilité n'en était que meilleure et la revendication sociale maîtrisée. Ils en vendangeaient, raisins pressés sans colère, une reconnaissance humble et soumise, de père en fils. Et les générations se succédaient, la nuque basse, aveugle et même fière de servir. Merci mon Maître ! Maintenant, c'est du pareil au même : les temps ont changé en apparence. On dit qu'ils achètent la paix sociale en payant directement les syndicats… Tous des faux culs ! Qui croire encore ?

Déjà la folle passion du football commençait à me passer. Chaque période de la vie a ses plaisirs ! Je délaissais les plus jeunes, encore " scolaires ", sur leur terrain de jeu, à l'ombre des tours du H.L.M. où l'écho de leurs cris était réverbéré bruyamment jusque tard dans la nuit…

Ce n'était plus de mon âge : d'autres démons commençaient à me travailler dont je sentais en moi les impératifs bouillonnements. Certains disent que ce sont les hormones ! Elles m'ont torturé durant de bien trop longues nuits, dans la solitude de mes draps : les fantasmes d'adolescents pullulent d'images et de sensations pressenties mais inconnues. Avec mes copains du moment, nous tentions de défricher, à longueur de soirées, cette inquiétante jungle humide et fascinante du sexe inconnu à conquérir. Nous mettions bout à bout les lambeaux de nos connaissances approximatives du moment, comme les découvreurs agençaient les fragments de portulans pour tenter de construire les contours d'un nouveau continent. Un puzzle patient dans la constitution duquel chacun tentait d'obtenir le respect et l'admiration des autres camarades. Ils restaient tous, curieux, toute ouïe et en chaleur, devant les vantardises d'approches gaillardes, d'attouchements osés, de conquêtes hypothétiques. Enchantement des premiers flirts. Désenchantements aussi, mais là, silence ! On faisait profil bas et taisions nos échecs en les gardant pour nous-mêmes. Lourds sur le coeur comme des fers à repasser !

Et, dans nos palabres de couloir, chacun de surenchérir. No limits, boys…

Mais les paroles dépassaient souvent la réalité des faits. J'en étais aussi de ces bravaches, plus bavards qu'enjôleurs actifs. Mais bon… Comme dans les films, je lançais des œillades de chat affamé sur toutes les souris de mon territoire : des fillettes de quinze ans ou plus, recelant sous des minijupes outrageusement provocantes, des cuisses fermes convergeant sur un inconnu obsédant, sous des T-shirts collants, des poitrines pleines de sous-entendus !

Et notre bande de copains, horde de jeunes chiens aux babines mouillées de convoitise, ne tarissait pas de grossièretés jouant aux jeunes “ mâles ” blasés et sûrs d’eux, alors que chacun frémissait intérieurement des doutes et des incertitudes inavoués…

Les semaines passaient beaucoup trop vite. Le temps a dévoré avec une voracité cruelle mes jeunes années: mon réveil était si matinal que le ciel en était encore noir. Mon père, penché sur mon lit, me secouait par l’épaule. Il rabattait brutalement les draps en dissipant la douce chaleur des plumes et les derniers rêves colorés, dans cette obscurité encore épaisse de la fin de nuit…

Levé à tâtons et habillé à la va-vite en sautant dans les vêtements de la veille, je rêvais de grasses matinées paresseuses. Pas de bruit, surtout ! Car les plus jeunes de la fratrie dorment encore, un privilège de l’âge scolaire !

Ma mère était éveillée, toujours attentive. Elle était aux petits soins pour « ses hommes » qui allaient travailler. Elle s'activait pour nous préparer notre pitance du jour, rangeant soigneusement nos repas froids dans les gamelles. Elle était sèche, maman, dans son peignoir usé, cache-misère, cache-poussière de la routine à laquelle elle se soumettait sans trop réfléchir, nécessité aidant. Ses paupières étaient épaissies et alourdies du sommeil pesant qui les a bouffies. Sa bouche restait amère au baiser du matin. Des cernes gris lui mangeaient les pommettes qu'elle avait hautes et qui lui donnaient cet air d'Asiate qui faisait son charme ! Elle devait être belle à vingt ans, mais elle n'a pas résisté à cette insensible mais corrosive usure du temps.

Le paternel, plus voûté que son âge ne l'aurait laissé penser, était bruyant dans ses ablutions : elles étaient faites rapidement dans l'évier de la cuisine. Il s'arrosait copieusement d'eau froide le visage dans ses deux mains et s'ébrouait comme un chien fou après avoir coupé le ronron monotone du rasoir électrique. Sa barbe était bleuie par cette cérémonie quotidienne du rasage, devant le miroir accroché à la patène de la fenêtre. Il grimaçait pour tendre entre ses doigts sa peau offerte aux lames mécaniques qu'il faisait méthodiquement glisser sur son menton, sur ses joues, sur le cou. Il ne pensait plus et seule l'habitude guidait ses gestes.

J'ai fini par comprendre que la routine faisait de nous des automates. Elle se plait à les remonter d'un jour sur l'autre jusqu'à l'ultime sursaut du ressort !

Il débranchait l'appareil, en enroulait le fil avec soin, l'ouvrait pour en taper les lames sur le bord de l'évier puis il soufflait attentivement dessus: la poussière des poils faisait un jus gris qu'il rinçait, consciencieux, avec un filet d'eau. Le sommet de son crâne et ses tempes se dégarnissaient. La calvitie le guettait et les cheveux restants étaient plus sel que poivre. Il était marqué par ses journées fatigantes. Elles l'obligeaient à se coucher tôt après sa dose de télé soporifique… L'hypnose lui venait, de spots publicitaires en inepties made in USA dont on gave le citoyen français. Il ingurgitait en toute innocence cette potion subliminale, distillée avec art et perfidie, qui le socialisait malgré lui lorsqu'à hauteur de ses moyens, il allait remplir son caddie au supermarché du coin.

Son œil bleu gris était cerclé d'un anneau blanc… C'est, paraît-il, de la mauvaise graisse. Elle se fige là, comme les sauces en fond d'assiette. Le toubib du quartier venait lui prendre la tension chaque semaine et, par là, gagner son pain quotidien par un sempiternel et automatique renouvellement d'ordonnance. Une rente sécurité sociale dépendante. Il ne l'examinait même pas ! La cité dans laquelle sévissait ce médicastre lui assurait ainsi un revenu facile, de visite en visite. Il tentait à chaque fois de faire la leçon à papa en lui disant d'arrêter de fumer.

– « Vous économiserez beaucoup d'argent et votre santé sera meilleure. Je suis sûr que vos poumons sont noirs de goudron ».

- « Merci de ce conseil, toubib, mais je pense que c'est trop tard. L'armée, vous savez, m'en a donné le goût. Les paquets de troupe distribués à profusion par l'Intendance m'ont initié au devoir civique de fumer ! Durant mon service militaire à rallonge dans les Aurès j'en ai consumé des wagons. Les journées étaient longues. Les nuits de veille plus encore. Le tabac m'a aidé à tenir le coup, face à la solitude et à l'angoisse. Quant aux dépôts de suie, je sais maintenant aussi que la cigarette n'est pas seule en cause : j'ai un sale job mais vos compères de la médecine du travail se veulent rassurants quant à ma bronchite. »

Incorrigible, dès que le praticien avait franchi le seuil, papa en grillait une nouvelle avec un sourire dans le regard.

Finalement, dès que l'on voit le jour, comme une mécanique neuve sortant du garage, l'on commence à s'user plus ou moins vite. Le vieillissement n'est qu'un encrassement des circuits : la pompe et les tuyaux s'encalminent et puis les yeux aussi : s'ils est vrai qu'ils sont aussi des lucarnes sur l'intérieur et le reflet de l'âme, leurs carreaux sont dépolis comme ceux des toilettes publiques. Regardez les yeux très vieux : ils sont vitreux et opaques…

Veulent-t-ils par pudeur et décence cacher l'âme ?

Ou bien n'est-ce que la réalité de l'âme que l'on entrevoit, si crasseuse, au bout de la vie, de toutes les compromissions, de toutes les soumissions, de toutes les lâchetés ?

Je ne sens toujours pas la mienne d'âme : elle reste insaisissable, se jouant de la nuit qui m'entoure comme les pipistrelles au vol aléatoire. Ma gamberge me fait penser que, du fond de mon sombre trou, je vis encore un peu…

Mais pour combien de temps ? Serais-je au début de cette vie, dite éternelle, dont le curé de la paroisse m'avait rebattu les oreilles, et qu'il m'avait promise si j'étais sage ? Est-ce cela, l'éternité de la vie ?

Une pensée, immatérielle, lâchée dans la nature, en cheval fou. Un esprit en cavale ! Libéré du poids insolent de notre corps et de ses exigences ? Aboli, le souci de cette quête maudite du pain quotidien que j'ai dû gagner plus souvent qu'à mon tour et voler parfois par nécessité !

Mais où donc se trouve cette Lumière promise ? Mon corps s'est sûrement désagrégé, poussière peut-être, impondérable substance, pour que je ne le sente plus. Je ne pense pas dormir, ou bien j'erre vraiment, captif dans la viscosité d'un mauvais rêve qui ne veut plus me lâcher… Un de ces cauchemars tenaces dans les rets duquel je me sens ficelé, prisonnier d'un intangible monde fait d'images récurrentes que je croyais avoir oubliées, ensevelies sous des jonchées de souvenirs plus doux, plus récents. Elles me dérangent, ces images resurgies de nulle part, car elles me refont mal. Elles m'inoculent en force ce sentiment douloureux d'être à la porte d'un monde perdu à jamais. Pourquoi dois-je m'en souvenir ?

Serais-je sous l'emprise insidieuse d'une drogue ? Un irrésistible sérum de vérité me prendrait-il en traître, levant le voile sur tant d'affections et d'amours côtoyées durant ma vie ?

Tant d'êtres proches qui m'ont aimé et auxquels je serais resté indifférent et sourd : des tendresses méconnues ou, du moins, bêtement inavouées ou volontairement ignorées par orgueil, par négligence, par pudeur et maintenant révélées dans toute leur acuité ? Ont-ils dû souffrir de mon aveuglement, de mon indifférence à leur égard, ceux qui m'ont aimé sans rien en attendre ! Et leur silence fut leur grandeur.

Cette inattendue réminiscence de mes parents, revus dans le petit matin de ces quotidiens si intimement partagés et pendant tant de jours, tant d'années, que je croyais les avoir oubliés et qui me reviennent et me submergent maintenant comme une déferlante, me paraît insolite et me torture. Que ne leur ai-je donné plus en retour !

J'ignorais qu'il y eut, au fond de moi, tant d'abysses inexplorés, ou peut-être simplement volontairement évités, par peur de m'y perdre, de m'y noyer.

Voici que je ressens une grande oppression dans la poitrine. Mon corps s'exprime enfin. Le palpitant va-t-il lâcher ? Il me semble en percevoir les battements sourds.

Est-ce cela le mal au cœur vrillé par les regrets ?

Que ne les ai-je pas plus aimés, mes vieux ! J'ai honte de mon ingratitude à leur égard. Ou de mon attitude, tout court. Ils ont dû la ressentir comme une gifle dont je ne pouvais mesurer la violence puisque je n'en avais pas conscience. Le temps a tout dévoré, insatiable !

Ils s'en furent, l'un après l'autre, avec cette dignité qu'ils eurent toujours face aux difficultés de la vie. Le second à mourir, l'infortuné survivant, eut le courage de l'attente solitaire, muré dans ses souvenirs. Ils avaient mené, du mieux qu'ils pouvaient le faire, leur mission terrestre, d'une fin de mois sur l'autre, d'un enfant élevé à l'autre. Procréation, élevage, largage, avec en pointillé la constance du travail pour mériter sa croûte. L'exemple à donner, en serrant les dents, l'éducation instillée autant que faire se peut. Et le pain quotidien à la sueur du front, la condition humaine, quoi !

La retraite longtemps espérée les a trouvés éreintés, littéralement crevés. Ils ont accosté au quai d'un repos mérité, épuisés, au terme des dernières brasses. Les plus dures, accomplies en serrant les dents. La vieillesse impitoyable les avait devancés. Elle était déjà là, à les attendre, incontournable réalité. Ils n'en profitèrent pas longtemps de cette retraite : ingrate, la vie ne leur a pas laissé le temps de souffler. Ils la quittèrent, toujours unis, admirables dans la simplicité de leurs certitudes et la constance de leurs devoirs !

Que ne leur ai-je dit tout cela !

Trop tard. J'ai mal de mon silence ingrat.

C'est l'absence de l'être chéri qui reste le révélateur douloureux de l'amour qu'on lui portait sans toujours en être conscient. Une amputation à vif ! Puis, le reste du temps, les affres et insomnies d'une douleur de membre fantôme.

Pourquoi tout cela me revient-il ? Je voudrais pouvoir sangloter, me libérer en quelque sorte.

Je crois bien que je n'ai plus de corps physique car où sont donc mes larmes ?

Le cœur pleure mais les yeux restent secs. J'ai l'impression que mes orbites sont vides, énuclées, deux trous béants sur un crâne jauni. Les images sont en moi et tournoient, prisonnières comme des oiseaux en cage. Je suis enfermé dans une opacité totale, sépulcrale, épaisse et côtelée comme les velours funèbres.

Mais l'émotion arrive cependant à m'étreindre. Je sens que je me liquéfie, que je pleure en moi, que je me répands, que je me repens, que je me vide dans une douleur prégnante. Elle me serre, se concentre dans ma gorge en une boule de densité infinie, immatérielle. Toujours pas de larmes.

Je ne suis plus qu'un inexprimable sanglot. Ces images, crues et sans pitié, défilent en kaléidoscope. Elles traversent ma mémoire, s'imposent avec force, et je ne peux juguler la cascade des éclats de ce passé. Elles m'assaillent pour m'ensevelir. Un écroulement, une cataracte sous laquelle je ne suis qu'objet. Ainsi tournent les pages d'un livre déjà lu : celui de ce que fut ma vie.

J'y perçois, tout d'un coup et de façon inattendue, cette odeur d'huile rancie et de tabac brun refroidi, omniprésente, incrustée dans le morne vestiaire de l'atelier. Une odeur à lever le cœur, nausées difficiles à réprimer. Dans le petit matin, gris encore d'une aube hésitante, la lumière jaune et crue des lampes sans abat-jour, plafonniers inquisiteurs, éclaboussait nos nudités grelottantes, nos sous-vêtements grisâtres aux élastiques distendus par trop de lessives, effilochés, et que nous nous cachions pudiquement les uns aux autres en enfilant rapidement le bleu de travail déjà noir de la crasse de la veille.

La pauvreté fait honte et ne se partage pas. Elle se vit dans la dignité. Elle s'escamote, en une prestidigitation discrète afin de ne pas attirer l'attention. Chaussettes ravaudées au talon ou fond de culotte rapiécé… Mais on était tous pareils !

Il me semble même entendre encore, tatoués à jamais dans ma mémoire, ces grincements suraigus des portes métalliques de nos placards, le claquement de leurs serrures, le cliquetis de nos cadenas. Ces bruits et ces odeurs ne furent que l'immonde décor dans lequel ma jeunesse s'est consumée à l'heure encore des illusions. Car j'en avais à cette époque, modestes et à la mesure de ce que je croyais savoir du monde. On a les rêves que l'on peut !

Collées dans l'intérieur des portes par quelques bouts de scotch, les chairs de femelles plantureuses, offertes nues et bronzées dans des sites paradisiaques sur les pages arrachées de magazines, venaient mettre un rayon de soleil et instiller des rêves libidineux dans l'austérité de cet univers monotone de mâles. Et les jours passaient !

Un huis clos désespérant d'une existence propre. Nous n'étions, hélas, que d'anonymes numéros dans une fourmilière, les dents usées prématurément du rouage sans âme d'une immense machine, un concasseur. Elle nous dépeçait, en broyant inexorablement notre jeunesse. J'avais vu Charlie Chaplin se démener comme un maniaque en crise dans les séquences en noir et blanc du film intitulé « les temps modernes ». Je m'y trouvais plongé, dans ce monde mécanique, en piètre figurant, au quotidien, et bien malgré moi. Un robot humain servile au service de la machine. Une machine toujours affamée, à la mastication inexorable.

Les plus vieux travailleurs, revendicateurs prosélytes, nous parlaient de leurs luttes syndicales. Certains d'entre eux maniaient la parole avec plus de dextérité et de diabolique perversité que mon ancienne catéchiste, pour diffuser et tenter de nous inculquer les psaumes de leur bible marxiste-léniniste. Ils arboraient avec des airs entendus et conspirateurs d'intellectuels la pelure encore chaude et collante des presses rouges : « l'Humanité » !

Ah, les belles paroles d'un rêve destructeur au nom de l'Egalité et auquel ils semblaient tous croire, les Kameraden ! Apôtres pleins de bonne foi aux convictions en acier inoxydable, leur sacerdoce les stimulait : avec une constance désopilante, dès le matin, la buée au bec, ils nous commentaient les mots d'ordre en distribuant les tracts ronéotypés. Ils tentaient d'injecter dans les esprits, avec persuasion, la semence subversive, la levure pleine d'un espoir de fermentation prolétaire qui dans un ras de marée révolutionnaire viendrait abolir un patronat capitaliste sauvage, exploiteur et, bien sûr, sans aucune morale ! Nous, les jeunots, représentions, pour eux, un milieu de culture propice et réceptif à cette propagande.

Il est sûr que nos " patrons " s'emmerdaient bien moins que nous ! Ils ne venaient pas à pied ou à bicyclette et pas aux mêmes heures. Les fenêtres de leurs bureaux s'allumaient dès six heures et demie : ce n'étaient que quelques employées, matinales par nécessité, femmes portugaises ou maghrébines, venant vider les poubelles et dépoussiérer les locaux.

Les voitures des chefs, limousines de luxe à nos yeux, arrivaient bien après neuf heures pour glisser doucement dans leurs parkings respectifs, hiérarchiquement étiquetés par des affichettes. En sortaient des cols blancs, amidonnés de frais, aux manchettes boutonnées d'or ou d'argent, aux trois pièces confortables, aux pompes vernies et aux cravates de soie. L'attaché-case en cuir complétait l'uniforme. Le luxe d'un monde que nous ne pouvions imaginer qu'à travers les romans photos ou les films que la télévision diffusait en noir et blanc dans nos cuisines. A nous d'y mettre notre couleur personnelle. Nous savions bien que nous ne franchirions pas le seuil de cette petite lucarne à la fluorescence bleue : elle n'attisait même plus nos rêves, elle meublait les soirées et, soporifique, laissait mes parents exténués s'assoupir dans leur fauteuil avant de gagner leur lit.

Si je fus un mauvais élève en classe, je devins un apprenti moyen, acteur sans conviction dans cette comédie. Ce ne fut pas par choix, mais mû par la nécessité de soulager financièrement mes parents et de gagner par mon travail ce que je croyais être ma liberté. Cette illusion ne dura pas, me révélant bien au contraire ma piètre et précaire autonomie. Finalement, je devins un ouvrier résigné, sourd aux appels des politiques de vestiaires. Je m'intéressais beaucoup plus au football et consacrais mon temps libre à la bande de mes copains avec lesquels je reluquais les filles du quartier. Les hormones me démangeaient, disais-je ! J'avais collé, pour faire comme mes aînés, dans la porte de mon placard, deux photographies découpées dans les journaux : celle de « B.B. » en bikini à la Madrague, toute bronzée sur un fond de mer et de ciel bleus et celle de Raymond Kopa, footballeur en vogue, butteur forcené dont la carrière forçait mon admiration et alimentait mes rêves de succès… Ses supporters ne lui avaient-ils pas offert, en fin de match, un fusil, symbole de sa puissance de feu !

On a les héros que l'on peut et notre mythologie personnelle se crée à l'étoffe de nos connaissances. Je n'ai pas honte de la médiocrité des miennes ! Le besoin de s'identifier est, je crois, le levain de la personnalité : les publicistes savent en jouer sans pudeur et ils en abusent en visant les cibles les plus fragiles : les adolescents en mal d'existence. Un cow-boy, un paysage immense de solitude, une cigarette… Images subversives sous-tendant le bonheur et la liberté d'une addiction qui, paraît-il, est plus que suggérée : des additifs au tabac ne favoriseraient-ils pas l'accoutumance ? Une espèce de toxicomanie officielle sous couvert d'une Régie Nationale engrangeant les taxes… Et bien sûr, comme tous mes copains, je fumais !

Du tabac seulement. Tout le monde fumait à cette époque : dans la rue, à la télé, au bistrot. Il est bien connu que la cigarette, c'est l'Homme ! C'est le mâle ! Un symbole, disent certains. C'est l'affirmation d'un sexe fort ! Jean Gabin, Yves Montand, Humphrey Bogart. J'avais tout vu des classiques, « Pépé le Moko », « le salaire de la peur », « le faucon maltais » et « Key Largo ».

L'exotisme en noir et blanc des ciné-clubs de quartiers, l'aventure que l'on savait impossible mais que malgré nous on osait espérer au coin de la rue, le rêve de la femme fatale, une virilité symbolique à imposer : autant de modèles factices auxquels s'identifier. Avec, en sus, la clope ! Mais sans, hélas, rencontrer la partenaire diaphane à séduire ! Lauren Baccal, jamais vue ! Elles ne gravitent pas dans notre univers modeste, les étoiles. Elles restent insaisissables, hors de portée. Ma banlieue était à des années-lumière des collines d'Hollywood.

Je n'étais pas riche et les " Gauloises bleues " me suffisaient : un paquet par jour, les jours de boulot ! Les « blondes » ne râpaient pas assez. Trop de miel. Trop chères aussi ! J'étais fier de mon inextinguible Zippo, fumant, graissant les doigts et les poches, à la forte odeur d'essence, rassurante. Le même que ceux des G.I. dans les jungles du Pacifique. Toujours cette fascination naïve et assez primaire du candide que j'étais, de l'aventurier ténébreux auquel rien ne résiste. Je remplissais ce briquet mythique, avec le rituel consommé des héros de série B, dans la chambre, sur la table de nuit, avec la même application que celle avec laquelle l'on remplirait, balle après balle, un chargeur de P38 ou de Remington. Et clac, le chargeur est bloqué dans la crosse ! Et clac, le couvercle métallique du Zippo se referme, éteignant le chalumeau à cheminée multi perforée ! Un nouveau paquet de « bleues » pris dans la cartouche éventrée qui traîne sur la commode, que l'on glisse négligemment dans la poche. On descend fièrement la volée de marches de l'immeuble, les poings serrés dans les poches du blouson de cuir noir, pour rejoindre la bande de copains.

On roule des épaules, carrures de gamin épaissies des épaulettes du blouson !

On « se la joue » sans trop d'illusions.

Le monde est à conquérir qui s'ouvre à la porte du H.L.M !

La vie est à croquer ! Mais quelle vie ? Après quelques mois de travail à l'essai, la patience de quelques économies, une attente de titularisation dans un poste fixe, sur une chaîne de montage, et ce fut le luxe ! L'autonomie chèrement acquise, la coupure indolore du cordon ombilical familial vécue égoïstement comme un soulagement !

Avoir l'illusion de ne plus avoir de comptes à rendre, sauf à son employeur, à son banquier, aux commerçants du quartier… En somme, un vrai poisson rouge dans le bocal : une fausse impression de liberté, un mirage. Mais les convexités de l'aquarium vous déforment l'inaccessible monde qui défile devant vos yeux. Car l'on bute sans arrêt sur le tranchant de la réalité : elle vous rappelle en permanence à l'ordre.

Illusions, disais-je !

Il en faut, paraît-il ?

Des bulles de savon : elles enflent en bout de paille, s'envolent avec des couleurs d'arc en ciel. Elles nous fascinent, hypnotisés et crédules dans l'extase du moment, jusqu'à l'instant de leur explosion où elles nous laissent pantois, désemparés.

Mais qui ne s'y ferait pas prendre ?

J'avais l'enthousiasme aveugle, la candeur du papillon se précipitant sur la flamme d'une bougie. Adieu les vioques et votre univers aseptisé. A moi le grand monde ! En fait, le monde, je l'ai appris plus tard, est à l'échelle du pognon que l'on a dans les fouilles. En avez-vous peu, alors votre monde à vous sera rétréci comme une peau de chagrin. A chaque bourse son échelle ! Il en est certaines dont nous autres, les petits, ne pouvons pas même effleurer le premier barreau. Celles dont on rêve tous à travers les émissions de télévision, celles que l'on nous distille dans les hebdomadaires à sensation. Une grande échelle dont les barreaux nous échappent, que l'on ne peut atteindre, donnant accès des Seychelles aux Bahamas en passant par le luxe de la Cinquième Avenue et plus récemment par Concorde. Celui-là, l'oiseau blanc, il vous rétrécit les barreaux de l'échelle et parvient même à vous faire arriver à New York à une heure précédant celle à laquelle vous avez quitté Paris ! C'est vrai ! Je l'ai lu ! Je n'ai pas très bien compris ces histoires d'heures en fuseau qui filent le temps à reculons ! Car l'oiseau blanc au nez busqué peut vous faire remonter le temps en allant plus vite que le son et que le soleil !

Bien sûr, ce n'est pas avec un salaire de base d'ouvrier d'usine que l'on peut s'envoyer en l'air avec ce machin mais d'une certaine façon ça rassure un peu de penser que certains l'utilisent ! Ils nourrissent ainsi les rêves des autres, les plus nombreux, qui, le nez en l'air le regardent passer avec envie. Des échelles différentes et des rêves différents. Les uns dorment, crevés par leur labeur et tentent de rêver, les autres, plus chanceux, vivent leurs rêves éveillés. Tous ces mondes cohabitent sans pour autant se mêler, comme ces boules sculptées d'Asie que j'ai pu voir dans un magasin : taillées avec adresse, en bloc, dans l'ivoire ou le jade, elles tournent indépendamment les unes des autres, les unes dans les autres : elle arrivent à faire cependant un Tout.

On m'avait appris à l'école que je ne sais plus qui comparait le monde à une grande horloge, pleine de rouages engrenés et qu'il avait fallu un sacré horloger pour concevoir un mouvement aussi complexe…

Chaque petite roue a-t'elle donc un rôle précis ?

Si oui, c'est rassurant ! J'y ai déjà pensé : je doute cependant de l'utilité de chacune des pièces de l'engrenage : chaque génocide, chaque guerre, chaque épidémie nous démontre que ce montage aurait largement pu être simplifié car, en dépit de ces hécatombes, l'« horloge » continue imperturbablement à fonctionner. Chaque rouage doit-il aller dans le bon sens, celui de la logique ?

Je sais bien maintenant que cela ne change rien à la marche du monde. Je suis allé en sens interdit, et, bien que j'aie pris la route à contresens, la terre tourne comme avant !

Un milieu opaque et irréel enveloppe mon esprit déconnecté d'un corps dérobé. Je sais que rien ni personne ici-bas n'est indispensable à la marche de la grande machine ! Que vais-je devenir ? La raucité du souffle de la Bête m'inquiète. Mon passé me surprend et m'agresse.

Pour en revenir à l'échelle de chacun, avec mes émoluments de " bleu ", la mienne d'échelle, avec le salaire de débutant, sur le barreau le plus bas, ne me donnait pas le vertige. Je ne pouvais espérer voler très haut et me devais de limiter mes prétentions !

Une mobylette !

J'en rêvais !

A mes yeux, le destrier mécanique du chevalier moderne pour charmer les belles ! Je me la suis quand même offerte : Une « Flandria », vert tilleul s'il vous plaît ! Avec chromes rutilants et quatre vitesses ! Et des mensualités, bien sûr, pour la payer en pas mal de mois, le tout faisant plus d'une année ! Je découvrais la laisse que le banquier vous met autour du cou : ainsi vous tient-il à sa merci à longueur d'échéanciers.

Après la location du studio, les tickets de cantine, l'essence et les cigarettes il ne me restait pas lourd au fond des poches pour attendre le début du mois suivant ! L'émancipation coûte cher. J'allais plus souvent qu'à mon tour taper mes vieux qui me dépannaient pour me permettre de joindre les deux bouts ! A peine de quoi faire un petit nœud fragile.

A chaque fois, j'écopais, en prime, d'une leçon de morale de ma mère sur le tabac qui enrichit l'Etat, qui détruit la santé et dont j'abusais ! Elle brandissait la redoutable image du crabe s'en venant au fil des mégots « boulotter » les éponges ou mordre la vessie et citait toujours en exemple notre voisin quinquagénaire : il crachait du sang à pleins mouchoirs et crevait prématurément, incapable de monter un étage sans souffler comme une locomotive à vapeur, squelette ambulant au teint jaune. Je le croisais parfois, accroché à la rampe, suffoquant et bleu, hissant péniblement son cabas jusqu'au premier étage. C'était l'Everest sans oxygène, pour lui, cet étage, et il n'était pas loin de la dernière crevasse. J'avais encore à cette époque un fond de pitié. Il me remuait malgré moi en le voyant peiner. Je lui montais son sac. Mais où commence la toxicité de la cigarette et où finit celle de l'exposition aux vapeurs des hauts fourneaux, érosives elles aussi ? Allez le faire dire par le médecin du travail : la maladie professionnelle ça n'existe pas pour ces suppôts du système : comme si les pensions d'invalidité sortaient de leur propre poche ! Pour moi, j'avais le temps : la maladie c'est pour les autres, les plus vieux…

Et qu'elle est lointaine et hypothétique cette cinquantaine blanchissante, lorsque l'on jongle inconsidérément avec ses vingt ans. L'avenir que nul horizon ne vient barrer semble encore infini. Ce n'est qu'un mirage ! Car il nous guette, patient, embusqué derrière le quotidien. Il finit par nous tomber dessus en réduisant notre visibilité et nos possibilités de projets. Ce n'est que trop tard que l'on réalise douloureusement que le temps nous a doublés ! Qu'il nous a bien eus ! Lorsque l'on a franchi cette instable et dangereuse passerelle de singe qu'est la vie, que l'on est presque sur la rive d'en face, désespérément cramponnés à nos ficelles de marionnettes dans les oscillations dernières et que l'on ose regarder en arrière par-dessus nos épaules.

Enfin…

Mes ambitions étaient forcément limitées par mes moyens. Je parvenais toujours à trouver assez de ferraille en faisant les fonds de tiroir pour pouvoir offrir un café ou un demi à la pression à ma conquête du moment et pour l'éblouir par mes performances au flipper !

Mon look était particulièrement soigné : il associait aux Santiags en faux serpent le jean à pattes d'éléphant, ostensiblement marqué de chez Lewis, le blouson noir aux larges épaules pour affirmer la carrure et la tignasse en friche étudiée débordant au-dessus du col.

La " Gauldo " masculinisante négligemment pendue aux lèvres faisait partie de ma silhouette dégingandée de Lucky Luke en quête d'aventure. Mais à ce dernier, la clope a été finalement confisquée : elle n'était plus politiquement correcte. Moi, j'en traînais l'odeur. Elle imbibait mes frusques. Sa fumée patiente accompagnait mes exploits dans le maniement de la caisse du billard électrique, lorsque je la laissais se consumer dans le cendrier ou que j'en tirais quelques bouffées à grandes goulées avides, en prenant l'air inspiré du penseur perdu dans les limbes de la création. Et ce n'était que du tabac ! Et je n'avais la prétention de ne m'en donner que l'air…

Ah ! Le billard électrique !

J'arrivais à en jouer avec une maestria de virtuose, agrémentant ma dextérité de grands coups dans l'appareil, tantôt à droite, tantôt à gauche, flip, flap... J'étais fasciné par cette explosion de lumières sur les écrans polychromes et délirants de ma machine infernale à « flipper »... Bruit de métal hurlant aux bornes électriques, la bille folle carambolée d'une bande à l'autre puis éjectée avec hasard par un coup de doigt mécanique et violent... Ivresse des compteurs de points qui s'enrayent, des sonneries de triomphe, des images qui clignotent de filles aux poitrines exubérantes et fessues, fantasme d'une Amérique décadente... et des parties gratuites !

Ma vie a finalement été aussi malmenée que cette boule d'acier dans le tohu-bohu des jours capricieux et les compteurs de mes heures ont tourné avec le même vertige, trop vite et mal.

La vertu de l'huile de coude, tellement vantée par mes parents, j'y ai cru au début. Les croyances s'émoussent vite, laminées par la fadeur et l'ingratitude du quotidien. Ce dernier se charge de votre éducation. Ma grande gueule, devant le contremaître, j'ai vite compris qu'il valait mieux la boucler ! Faire profil bas par la force des choses. Ne pas la ramener. Amortir le coup pour durer dans mon poste : « un tien vaut mieux que deux tu l'auras ». Je ne comptais que sur moi. Le hasard, je ne l'attendais plus du tout. Pour gagner, il faut oser jouer et pour jouer il faut se fendre d'un ticket au PMU ou ailleurs... N'étant pas Crésus, j'ai toujours préféré assurer mes arrières plutôt que miser sur le hasard des nombres. J'ai tenté de mettre la chance hors de mon jeu !

Mais à y repenser, fallait-il être sacrément taré pour croire aux onctions bénéfiques de l'huile de coude !

Au début, bon élément, employé à l'essai, je donnais satisfaction. Je m'appliquais et devais être finalement titularisé dans mon poste d'ouvrier subalterne. Il s'ensuivit une petite augmentation de salaire. J'ai cru en la carotte, comme les bourricots naïfs !

Je me suis donc appliqué dans cette éreintante monotonie de gestes cent fois répétés : un bon élément, en somme ... Une bête… de somme !

La chaîne fonctionnait à un rythme sûr. Nos mains prolongeaient la machine dont la cadence glorieuse et bruyante finissait de nous abrutir. J'en étais un rouage docile, bien graissé, voulant tout ignorer du sable révolutionnaire auquel toute mécanique de précision est hautement allergique.

Après la fadeur du turbin, une bonne douche me rinçait la cervelle et ravivait mes instincts de prédateur : je me sapais, fringant dans mes cuirs noirs, la mèche au vent. Ma chemise à fleurs se voulait provocante ! Tout dans le « look » !

Quel jeu bête et grotesque, quand on prend du recul ! Je ris de moi en y repensant. J'enfourchais ma « mob ». Pour me faire remarquer, faute du noble ronron d'une Harley Davidson, j'avais finalement démonté le pot d'échappement de la bécane. Le monstre de quarante neuf centimètres cubes, pétaradant, remontait les ruelles en faisant vibrer les carreaux. Ainsi, du moins je l'espérais, réveillait-il les bourgeois et leurs bébés, les malades et les vieilles ! M'auraient-ils maudit, je m'en serais réjoui. Ce cynisme affiché n'était qu'une apparence, un genre qu'il était de bon ton de se donner pour intégrer notre gang : un masque de sombre loubard derrière lequel nous cachions notre faiblesse à supporter cette transition difficile entre l'adolescent et l'adulte. Une sorte de bouclier pour nous protéger des autres. Plus bête que méchant j'étais alors, n'ayant pour excuse que le bénéfice d'un « âge tendre », affublé d'une « tête de bois » ! Fièrement, dans un étincellement de chromes, j'allais, en Don Quichotte de quartier, rejoindre notre point de ralliement : le petit bistrot du coin. Avec mes potes, nous y avions établi notre Q.G., réquisitionnant par notre omniprésence quelques tables en fond de salle, entre juke-box et flipper que nous monopolisions presque chaque soir...

C'était l'époque de Cloclo ! De « Salut les copains » ! Et le train des adieux sifflait avec Antony.

Nous avions la musique dans la tête et celle-ci rythmait chacun de nos jours. Les grenouilles de bénitiers du quartier nous regardaient passer, piètres « Hell Angel » de banlieue. Elles soulevaient leurs rideaux avec curiosité et désapprobation. Sans doute avaient-elles oublié les générations " new-look " et " Zazou " qui avaient marqué leur propre jeunesse. Celles où, pas encore fripées et ratatinées, elles étaient affriolantes. L'amnésie des vieux les rend souvent rigides et cons. L'intolérance est une redoutable infirmité. Nul n'en guérit et il n'y a pas de miracles.

Pour nous, c'était le temps des " Baba cool ", des Hippies. Ne pas confondre avec Happy. Happy, en anglais, c'est " heureux ". Je ne suis pas sûr que nous le fussions vraiment. Nous ne cherchions qu'à l'être un peu plus, heureux ! Moins malheureux, plutôt... En fait nous nous contentions d'« être » au sens le plus simple du terme : gober l'instant et l'oublier avec cette vivacité de l'oiseau dont le bec happe le moustique dans la brièveté d'un claquement sec. Trop vite, sans prendre le temps de la dégustation. Une vision superficielle de la vie, telle que nous l'offrait notre quotidien à bon marché, le seul à notre portée. Nous glanions modestement le bonheur aux portes de nos cités. Car Katmandou, c'est loin, c'est cher. Il n'était pas pour nous le pèlerinage vers la transcendance métaphysique qui faisait courir les fils à papa en quête de gourou népalais... La bonne vieille " Gauldo " restait moins onéreuse que l'herbe de Marie-Jeanne ! J'en suis donc toujours resté à ces petites « brunes » : il m'arrivait d'en fumer jusqu'à deux paquets parfois dans la journée, surtout les samedis de bringue. Soirées de folie et d'oubli au cours desquelles nous nous agitions comme des déments dans l'épaisse fumée de la boîte de nuit. Un rituel païen collectif allant jusqu'à la transe. Nos regards s'allumaient à coups de whisky-soda, gin-fizz et vodka orange.

Ces antres psychédéliques pulsaient au rythme des décibels de rocks électrisants dans la ronde des mille étoiles semées par la boule à facettes qui, inlassablement, tournait au plafond. Nous avions des visions d'automates fous, lorsque nos danses de hordes barbares étaient découpées en gestes saccadés dans la lumière hachée des stroboscopes à ultraviolets. Les basses se répercutaient au fond de nos poitrines avec une violence dont nous nous délections sur des cadences endiablées et lancinantes de rock'n'roll. En fin de nuit et jusqu'à l'aube les slows, sirupeux à souhait, coulaient sur nos corps moites, lénifiants, apaisants comme du miel. Ils éteignaient soudain les feux de nos transes pour nous laisser alanguis et mouillés de transpiration. Nous vivions intensément ces rythmes lents dans un corps à corps langoureux sur les airs d'un Adamo à la voix haut perchée, ou en nous laissant baigner par le spleen enveloppant de la voix de crooner de Franky. « Etranger dans la nuit ».

Dans ma nuit.

Et étranger à moi-même.

Je me sens, en effet, plus que jamais étranger dans cette nuit sibérienne qui n'en finit plus et m'obsède. Elle me devient si insoutenable que je voudrais en voir la fin, d'une manière ou d'une autre. Car je me sens très étrange aussi... Une sensation curieuse.

Ai-je mal ?

Pas vraiment ! Un mal-être. Le vide total, une dissolution. Une incommensurable solitude sans aucune notion de temps pour en ponctuer la monotonie. Comme en état de chute libre, l'estomac remontant sous le menton avec quelques nausées. Un vertige indéfinissable.

Je ne peux pas bouger et mes membres sont inexistants : paralysés et insensibles.

Suis-je réduit à l'état d'homme tronc ?

Il est sûr que je déménage ! Un papillon sous l'abat-jour ! Je crois en avoir conscience et cette constatation m'angoisse.

Comment se fait-il que ce court-métrage de ce que fut ma vie défile ainsi, dans une incohérence de flash-back multiples, se répercutant en échos dépouillés de chronologie. Je bats la campagne et les cartes du temps avec le stress du joueur de poker à la fin de sa nuit avant de quitter la table, au dernier tour de la chance. Je suis rincé.

Je me sens oppressé, comme asphyxié. Un poisson hors de l'eau ! En manque d'air. Ma poitrine est enserrée dans une chape de plomb contre laquelle il me semble que je lutte à chaque inspiration : j'imagine ainsi le plongeur des grandes profondeurs, luttant contre les montagnes d'eau étreignant son thorax tandis qu'à ses oreilles retentissent les battements affolés de son cœur, amplifiés par le silence de sa solitude. Il perçoit, angoissé, que sa vie ne tient qu'à un fil bien ténu. Un équilibre précaire que l'attente puis la perception du prochain battement vient conforter. Je me coagule dans une attente vaine et sans fin.

Je crois prendre conscience d'un rythme de respiration imposé, impératif et hargneux par ce ronronnement persévérant de la Bête. Elle me surveille et veille sans répit, imperturbable. Son ronron régulier m'impressionne, exempt de soupirs. Me veut-elle du bien, cette Bête ?

Est-ce le chien noir aux yeux rouges qui garde la porte des enfers ? Cerbère ! Un molosse comme j'en ai trop connu dans mes incohérentes pérégrinations. Loups, dogues ou pitbulls. J'en sais les morsures pour trop de fois avoir été confronté à leur colère aveugle, attisée par leurs propriétaires, dans une cohabitation de trottoir difficile. Ici je ne peux me rebiffer d'un coup de pied. Je suis à sa merci. La Bête hante mon cauchemar teinté des reflets sombres de ce que fut mon quotidien pendant de longues années.

Serais-je en instance d'admission là-haut, dans cet au-delà que l'on nous promet ? Ferai-je le pied de grue dans une file d'attente d'âmes pénitentes à peser, comme devant la caisse d'un supermarché ? Je suis sûr alors que certaines trouveront encore le moyen de pousser ou de doubler la queue pour passer les premières, comme en ce bas monde dans lequel une lutte de chaque minute reste la règle pour la survie.

Vers quel côté oscillera, pour moi, l'incorruptible fléau du jugement ? Pesée du bien contre le mal. Mais quel œil exercé peut trouver la limite entre les deux et en préciser les mobiles ? Les circonstances atténuantes jouent parfois en faveur de l'accusé. Je me sentirais presque à même de prononcer mon propre réquisitoire pour infléchir la clémence et tenter instinctivement de me sauver.

Nous ne sommes finalement que des animaux : les instincts primitifs ne sont jamais enfouis très loin et resurgissent à la moindre alerte. Ai-je encore celui de survie ?

La Bête dort-elle aussi ? Sa respiration me berce par instants et, hypnotisé par son rythme, je sens que je m'assoupis. L'endormissement est un sursis. L'éveil en sursaut une blessure ouverte. La panique soudain reprend ses droits. J'oscille dans l'improbable et je délire.

La persévérance de ce souffle un peu rauque et tiède qui me pénètre m'angoisse au plus haut point. Mes tempes bourdonnent à ce murmure incessant : il me rend presque fou ! Par moments il semble jaillir du fond de mon être et cela me glace. Je me sens tendu comme un ressort d'automate !

Quelle main invisible tourne donc la clé de ma mécanique interne : je m'imagine, bonhomme articulé au dandinement de pantin qu'un enfant capricieux jouerait à faire courir de plus en plus vite. Et je sais qu'à trop forcer sur la clé, dans un clac définitif, l'acier cède en désarticulant le robot.

Sommes-nous autre chose que des automates remontés dans le sens des conventions ?

La tension s'exaspère pour frôler la rupture, à la limite de la fracture. Je ressens douloureusement en moi les vibrations suraiguës d'une corde trop tendue me crucifiant. Des grincements de guimbarde me traversent.

Nous

Black velvet ! Un whisky que j'aimais. Le noir qui m'enveloppe a ce velours capiteux des alcools forts. Ils font flotter, au-delà d'un troisième verre, dans une bienfaisante impesanteur. Ainsi, une distorsion sereine arrondit-elle les angles de l'univers familier devenu soudainement supportable. Au-delà de la griserie, l'œsophage encore sec appelle les gorgeons suivants, avide de cette intense chaleur dont la brûlure est douce.

J'oscille entre l'angoisse prégnante et le rêve ébrieux. Le monde alors semble m'appartenir. Il se métamorphose par le jeux d'ondulations cocasses telles qu'en renvoient les glaces déformantes et que le tain absorbe en en polissant toutes les aspérités.

Parlons clair et sans métaphore. Je sais de quoi je parle : à chacune de mes cuites, les choses se simplifient, les problèmes se résolvent dans une béate indifférence. Il est bon de se sentir hésiter entre cet état de surhomme délirant dans sa mégalomanie alcoolique et la dépouille nauséeuse et instable cherchant à retrouver une dignité verticale.

Suis-je alcoolique ? Suis-je seulement un fuyard lâche devant la réalité ? Les deux sans doute, l'un induisant l'autre. Les voiliers prudents dans le gros temps prennent aussi la fuite pour se sauver, pour limiter les dégâts ! Mettre à la cape !

Ma fuite, parlons-en !

Quelle fuite !

Elle m'obsède. Elle hante mon présent. Je ne suis pas étonné de la voir s'ériger comme un reproche. Elle émerge une fois de plus, récif acéré, du brouillard dans lequel je cherche à m'orienter. Elle a la traîtrise de l'écueil au ras des flots. Elle me guette, implacable.

Elle profite de ma faiblesse pour réapparaître à chaque moment lorsque je m'y attends le moins. Elle sait frapper un homme à terre ! Sans pitié. Elle voudrait me terrasser. Elle n'obtiendra pas cependant de moi le moindre signe de repentir ! J'ai l'hypocrisie du clebs maltraité qui arrondit l'échine pour laisser passer la hargne. Je me sais peu reluisant, la queue entre les jambes, sans fierté, comme un chien bâtard ayant perdu l'odorat, quittant ignominieusement son chenil, indigne d'un quotidien non mérité.

Ce fut peut-être ma première mort, la fin de ma première vie, celle qui se déroulait dans le sens conventionnel… Socialement correcte pourrait-on dire.

Quelle triste fuite.

J'ai quitté la meute, aphone !

C'était il y a longtemps, ma désertion…

Mes dix-huit années s'étaient déjà volatilisées. J'en avais bavé un maximum sous le torchon tricolore, passage imposé pendant douze mois : la boule à zéro, le lit au carré, et une, deux, une, deux… Médiocre arithmétique d'adjudants aigris et impuissants, confits de vinasse, déversant leur acidité gastrique sur l' " appelé " auquel il faut faire « pisser du sang ! ». La lâche revanche du médiocre sur l'innocent. La force brute justifiée par le port d'un petit galon sur l'épaulette. Vive la nation ! Puis la libération, enfin, au bout d'un cauchemar d'une année venant épicer un vécu jusque-là assez terne. Du temps perdu. Des brimades inutiles. Des rancoeurs accumulées.

J'en ai réchappé, de cet asile de détraqués en uniforme. Cette quille, tant attendue et bien méritée, j'ai bien des fois rêvé de la voir plantée dans le cul de ces débris des campagnes coloniales, nostalgiques du temps où l'on pouvait « casser du jaune ou du bougnoule » !

Dix-huit ans effacés, gommés d'un coup, puis la course vers la vingtaine ! Sans reprendre son souffle ! Un marathon, la vie ! Secondes, minutes, heures, jours, années, une infernale ronde qui vous emporte de plus en plus vite.

En passant, j'avais découvert l'amour : le plus simple, celui au premier degré : physique, consommé avec gloutonnerie sur le canapé du studio, entre deux vinyles de quarante-cinq tours, quelques bouteilles de bière, à la lueur vacillante d'une bougie. Pour l'ambiance ! Comme dans les films !

Le plaisir m'était apparu relatif et la curiosité l'emportait sur la sensualité... L'idée que l'on peut se faire des évènements attendus que l'imagination maquille en en rehaussant les teintes les grandit à nos yeux. La nue réalité de leur survenue viole le rêve qu'on en avait.

Cela m'a rappelé les désillusions de ma première communion : on fantasme sur ce rituel consommé par les aînés et auquel, frustré, on est soustrait : il vont à la sainte table, recueillis, les yeux baissés et s'en reviennent dans l'extase, s'agenouillent, les mains sur les yeux. Cette hostie lointaine et symbolique, espérée ! Quelles vertus ? Quels espoirs de béatification ! Et, sur la langue, elle fond avec la fadeur d'un papier buvard en se collant aux dents et au palais, desséchés par l'émotion du moment que l'on croit décisif et qui n'est que décevant. Tout cela, c'est l'envers du décor de la vie, poussiéreux et monochrome, comme les coulisses désertes et silencieuses d'un théâtre, après l'extinction des projecteurs. L'écho des applaudissements ne dure que le temps d'un soupir. Les murs, sourds, n'en conservent pas la mémoire.

Tout avait commencé avec la conquête de l'impossible amour ! De fil en aiguille, on finit par coudre ses propres liens.

Cette minette, je l'avais draguée avec la patience du chasseur à l'affût, au fil des jours, dans notre bar-tabac, celui de nos réunions nocturnes, celui du flipper. Elle s'y rendait régulièrement pour acheter les paquets de cigarettes de son père. Elle entrait, hautaine et distante. Fière, elle traversait la salle pour se rendre au comptoir, tout à fait consciente de son effet sur les petits mâles qui la lorgnaient. Elle jouait les mijaurées mais sa façon de rouler du popotin et ses regards en coulisse ne trompaient guère : elle chassait à sa façon avec le charme félin des tigresses.

En étais-je tombé amoureux ?

Pas si sûr ! Pas tout à fait.

C'est surtout l'instinct primitif du mâle qui s'était éveillé en moi. A sa première apparition, nous étions avec les copains en train de billarder, de flipper à grands coups de gueule et de pastis. A peine avait-elle franchi la porte de l'établissement, dans le tintement du carillon de l'entrée, que ses yeux verts et sa tignasse flamboyante de rousse nous ont tous fait lever le nez et fermer nos clapets. Un silence que l'on entend de loin.

Des chiens, vous dis-je !

L'œil allumé, bombant le torse, rectifiant négligemment une mèche, brandissant sa clope, chacun tentait sa chance au jeu frivole des apparences : d'abord, attirer l'attention ! Tous étaient en arrêt, et remuaient la queue. Allaient-ils lever la bécasse ?

Une vraie meute de renifleurs de jeune chienne. Elle le sentit immédiatement. L'intuition féminine n'avait pas de mal à trouver sa voie. Il lui suffisait de jeter un regard circulaire dans la salle. A peine avait-elle laissé la porte se refermer derrière elle qu'un remous parcourut notre noble confrérie de petits porcs. Et les liens fraternels de se distendre. Chacun pour soi dans ces affaires et Dieu pour tous ! Le cynisme affiché des copains vint cacher leurs pensées secrètes de possible conquête. Et tous de surenchérir avec des propos gaulois et des qualificatifs mécaniques à propos de châssis, carrosserie, suspension et pare-chocs. Nous donnions en plein dans l'allusion grossière.

Une chose était sûre : nous n'avions jamais vu cette chatte couleur feu dans notre fief : ce quartier, nous l'écumions depuis tant d'années que sa faune femelle était répertoriée et classée avec la même rigueur que le sont les cheptels de lionnes ou de panthères dans les réserves africaines. Une rapide enquête devait nous apprendre qu'elle était implantée dans notre territoire de chasse depuis quelques jours avec toute sa famille. Nous la vîmes s'intégrer rapidement au groupe des pin-up que nous tenions sous une surveillance rapprochée et desquelles nous tentions d'être remarqués en jouant notre rôle improvisé chaque jour à partir de nos réminiscences filmographiques : James Dean dont nous ne pouvions avoir que l'allure avec des attitudes blasées devant le flipper, en roulant nos biceps d'adolescents ou chassant à courre, chevauchant avec force pétarades nos mobylettes, cabrées entre nos cuisses brûlantes, manette des gaz à fond.

Un rodéo de banlieue !

L'ai-je voulue parce qu'elle me plaisait ?

Pour sûr !

Mais l'autre moteur de la conquête était, il faut le dire, la surenchère glorieuse devant les petits mecs du bistrot ! S'enorgueillir d'une telle capture pour les faire un peu baver d'envie, ces jeunes pourceaux !

Je changeais donc de camp et désertais celui des Aventuriers passifs du Flipper pour passer à celui de l'Homme solitaire hyperactif dans sa grandeur conquérante, prenant sous son aile protectrice l'être faible, rouquin, aux taches de son, dont les minijupes écossaises assorties au tartan épinglé laissaient voir des hauts de cuisse prometteurs que les copains lorgnaient avec une concupiscence peu discrète !

Emergeant de l'effervescence d'un groupe dans lequel c'est la " gueule " qui en impose et reste supportée par la dynamique complice des autres, je découvrais cette solitude à deux que procure les flirts : la bouche, alors ne sert plus seulement à parler. Je découvrais aussi que le Braille est un langage universel et assez intuitif. Je le maniais avec une certaine adresse tactile. J'avais bien vu des films animaliers sur le comportement des oiseaux ou des grands félins et même des primates : finalement les comportements de séduction restent une constante de l'espèce animale. L'Homo Sapiens n'y fait pas exception. La mobylette reste cependant un attribut dont le gorille ou le chimpanzé sont dépourvus : j'avais donc un atout de plus dans mon jeu. Je l'employais au mieux, me pavanant, tous « chromes » dehors, dans le champ visuel de la minette qui ne semblait pas insensible au ronron de ma petite cylindrée. Ma danse motorisée un peu insistante finit par attirer l'œil curieux de la poupée qui affectait des airs détachés et attisait par là ma persévérance. L'attention finit par l'emporter sur la réserve apparente et feinte. Elle se trouva bientôt sur le porte-bagages de ma monture, les bras serrés autour de ma taille. Je frissonnais à ces attouchements liés seulement à la nécessité prudente pour elle de se tenir sur la selle. Passé le rite initial de l'approche attentive pour ne pas effaroucher la proie, vint celui plus délicat du rabattage adroit vers les pertuis du filet invisible tendu au-dessus d'elle pour la séduire. Ferrer le poisson reste le moment le plus aléatoire de la pêche : à tout instant il peut se décrocher ou casser la ligne si l'on ne mouline pas avec discernement en alternant douceur et détermination. Je resserrais insensiblement l'emprise de mes rets afin qu'elle ne m'échappe pas pour aller, en m'infligeant une brimade publique, se blottir dans le giron d'un copain. J'ai appris ainsi qu'il en est des fillettes, comme des papillons ! Les ailes sont si fragiles que le peu de poudre que l'on se met sur les doigts, maladroits en voulant les saisir, entrave ensuite leur prise d'envol. La maladresse est d'autant plus rédhibitoire que les jeunes filles ne pardonnent pas facilement. Tact et mesure, donc.

Elle avait accepté, prudente et sur la défensive, les avances que j'avais osées à son égard en surmontant ma timidité et les craintes de refus à assumer. J'avais pu l'amener à se montrer avec moi. Fier de l'exhiber, je devais l'imposer aux yeux des autres comme ma conquête. Ma victoire. Apprivoisée, en jeune chatte ayant rentré ses griffes, elle se laissait cajoler en ronronnant ! Je passais avec elle, devant l'ancienne bande des débandés en les saluant avec une fierté mêlée d'un dédain dosé et un peu hautain, glissant avec l'oiseau captif au bras ou la tenant enserrée à la taille. Elle restait ouverte à mes propositions de cinéma ou de balades...

De rendez-vous en rendez-vous, nous fîmes plus ample connaissance. Il me fallut des prouesses de tacticien pour prendre la citadelle dont la défense s'avéra finalement assez timide. Le travail de sape conduisit à une victoire patiemment acquise et permit d'investir la place. J'en découvris petit à petit les détails anatomiques ainsi que les odeurs intimes. Les salles de cinéma restaient un havre de solitude à deux sur fond bruyant de « westerns spaghetti ». Elle accepta d'abord ce " terrain neutre " dans la chaleur duquel elle se sentait en sécurité. Le temps de la convaincre des beautés de la campagne, elle osa avec moi les chemins creux que le printemps rendait accueillants. Nos promenades s'éternisaient. Les après-midi de congés partagés étaient toujours trop courts. Les prairies aux herbes écrasées gardaient le souvenir de nos ébats encore pudiques. Lorsque nous rentrions de nos virées à deux pour nous replonger dans le flot de la circulation et rejoindre le gros du troupeau, nous avions les joues encore rouges, les lèvres enflées et notre intimité était toute auréolée d'une humidité qui n'était pas due à la rosée sur l'herbe.

Nous nous vîmes ainsi chaque jour et nos rencontres se firent insensiblement plus sensuelles : elle accepta mes invitations et finit par franchir le seuil de mon studio : elle avait saisi tacitement quel en était à court terme l'aboutissement.

Elle était vierge et se donna en silence avec docilité, inquiétude et candeur. Puis nos rencontres se renouvelèrent avec régularité, chacun y trouvant son plaisir.

Les mois passèrent très vite. De fil en aiguille, comme l'on dit, l'inévitable se révéla par le diagnostic du médecin qu'elle avait consulté en secret devant l'absence d'indisposition mensuelle. Il s'avéra que le polichinelle était bien caché dans le tiroir ! Il gesticula bientôt et avec un “ bonjour ” échographique, nous fit savoir qu'il n'avait pas de zizi, qu'il allait bien et avait hâte de sortir à la lumière du jour !

Le sursis qu'"elle" nous laissait fut employé à " régulariser " une situation que la bienséance sociale de l'époque réprouvait en la qualifiant de " compromettante "...

Après cet incontrôlé dérapage, rattrapé avant tout tête-à-queue irréparable, nous régularisâmes donc pour prendre à nouveau la vie dans le bon sens !

Celui que la morale collective édicte et approuve...

Je " réparais ", quoi !

Toujours la mécanique !

Morosité ! Famille étriquée, coincée et gênée, belle-famille plus que pincée ! Un adjoint au maire d'astreinte préposé aux " mariages du jour ", pressé par la queue des impétrants à bénir de la patte républicaine... Un discours fade dans lequel ce représentant de la nation a mélangé ses fiches et s'est lamentablement trompé de prénoms et de noms : Rectification maladroite avec excuses venant alourdir cette déjà trop cocasse comédie. Et puis ce fut l'instant des signatures apposées sur le grand cahier de l'état civil d'un bic gras et baveux : elle, d'abord, puis moi et les potes les plus fidèles conviés comme témoins. Congratulations rapides plus formelles que chaleureuses sous quelques flashs crachés par les appareils jetables achetés pour l'occasion. On nous fit comprendre poliment qu'il fallait dégager la piste pour laisser la place… aux suivants… Vive la France de la conformité. Notre cortège bien que modeste ne passa pas inaperçu, les klaxons italiens à multiples tons montés sur les caisses d'occasion des amis donnant de tous leurs décibels !

Une bouffe de gargote grasse dans une salle froide aux odeurs de graillon... Le mousseux coula à flots. Et vivent les " just married " ! Nous étions labellisés.

Notre routine de couple s'installa dans un deux-pièces – cuisine. L'ameublement succinct venait pour l'essentiel des hangars d'Emmaüs. Nous étions perchés au dixième étage d'une tour vertigineuse à l'ascenseur capricieux couvert de tags et de graffitis obscènes...

Cette tour avait dû être semée par une main généreuse et " verte " car elle avait poussé avec une dizaine de bâtisses identiques : une touffe serrée, assombrissant l'asphalte des parkings de leurs ombres grises... Triste semis d'un monde de béton ! Quelques arbres y survivaient péniblement en plumeaux asthéniques. Je bossais toujours avec courage, constance mais lassitude. Ma femme avait eu son Certificat d'Aptitude Professionnelle de coiffeuse. Elle avait trouvé à se faire employer dans un salon de la galerie marchande voisine pour reteindre les vieilles à la recherche de reflets polychromes, rafraîchir les femmes mûres et friser les jeunettes.

Des journées éreintantes. Nous nous retrouvions le soir crevés, silencieux, littéralement cassés par l'uniformité désespérante de ces jours de nos vingt ans... Ainsi la vie nous bouffait-elle à petites bouchées mesquines.

Pourquoi fantasme-t-on autant sur cette période de la vie ? J'interdis à quiconque de prétendre qu'à cet âge l'on est heureux ! Tant de désirs et de rêves, tant d'angoisses à se chercher, tant d'incertitudes sur l'avenir : le hasard du passage à gué d'un torrent tumultueux, les yeux bandés.

Notre tunnel nous apparaissait sans fin. Elle avait les chevilles rougies et gonflées par ses stations debout prolongées, la tête bourdonnante des cancans du quartier, véhiculés par ses clientes dont la grande glace renvoyait les bouilles mornes.

Toutes venaient ici chercher un semblant de jouvence dans la couleur des cils et des cheveux ; du bleu en reflets au rose bonbon en passant par les dégradés de la palette : brun, blond platine ou roux... Elles tentaient de travestir la tristesse de leur quotidien par une touche de coquetterie à deux francs six sous. Des rêves de Michèle Morgan ou de Marilyn Monroe traversaient ces caboches obtuses que ma femme à longueur de journée pétrissait, gantée de caoutchouc, et tentait de mettre en plis à grands coups de brosse, de bigoudis et de séchoir... Du grand art !

Mais ses mains, le soir, faisaient peine à voir, crevassées d'eczéma entre les doigts et tatouées sous ses ongles ébréchés par les teintures chimiques difficiles à éliminer...

Cette clientèle sur le retour en quête d'un travestissement de son âge s'instruisait par la lecture avide des romans-photos et des périodiques à sensation périmés traînant sur la table basse, soit dans l'attente du ravalement de façade à faire, soit « embigoudinées » sous les casques des séchoirs fluorescents.

Bref, le salon de coiffure restait une oasis ouverte, le temps d'un brushing, à l'errance désabusée d'une population ankylosée par l'imperturbable rythme de sa vie : un quotidien désespérant de régularité, affadi par le manque d'imprévu ! Un monde dans la grisaille duquel chacun cherchait une évasion à sa portée. Ma femme, en tant que coiffeuse, servait modestement dans cet univers étriqué, tant bien que mal, à grand renfort de dorsalgies et de varices...

Debout, toujours, dans un piétinement feutré par les touffes de cheveux jonchant le sol...

Et la fin de grossesse fut harassante !

L'enfant né de notre couple fut une fillette potelée dont l'avenir proche était déjà écrit, similaire à celui des autres enfants de la cité : réveil matinal et lever, arrachée à la chaleur des draps du berceau, pour être déposée dans une des nurseries du quartier, allocation familiale dépendante (l' allocation braguette est un grand bienfait de notre république qui veille sur le bien-être de ses enfants !) : on y laissait ce paquet tiède et endormi dès sept heures, pour qu'il puisse y vivre sa vie au jour le jour et s'épanouir au milieu d'étrangers éduqués et rémunérés pour l'élever !

Elevage en stabulation des bébés de çités où l'alimentation a son compte de calories mais où la charge affective reste plus que succincte. Elle y trouva au moins l'épanouissement immunitaire en contractant rhino-pharyngites sur rhino-pharyngites et toute la litanie des maladies de la petite enfance.

Pour le reste, en cas de problème, les psychologues sont là pour expliquer Jocaste ou Œdipe, pour comprendre, pour orienter.

Tout baigne donc dans le meilleur des mondes possibles !

Le temps des rêves

J'ai pu tenir dix années comme cela : Solide, non ! Sordide, seulement. La civilisation, quoi !

Il m'avait bien fallu, pour soutenir ce quotidien, l'étayer par un espoir de lendemain meilleur : un lumignon imaginaire fiché sur l'hypothétique bout du tunnel, pour m'aider à en imaginer l'issue virtuelle...

Haro sur le baudet et cap, donc, sur ce miroir aux alouettes des illusions que l'on n'est jamais sûr d'atteindre et qui parfois, insolent et plein de morgue, recule lorsqu'on avance, comme les mirages ou comme l'horizon...

Cette intangible limite, peut-être l'ai-je atteinte aujourd'hui?

Est-ce ce que l'on nomme la Mort ? Une délivrance ?

Ma nuit du moment est-elle une fin ou la continuité du tunnel dont la lumière lointaine aurait été soufflée par un courant d'air ?

Suis-je encore dans la course ?

J'avais marché dix années, dans le sens conventionnel et obligatoire, au coude à coude dans cet embouteillage avec ceux qui, cohorte soumise, nous suivent, nous précèdent, nous doublent souvent et déraillent parfois !

Je me remémore avec effroi le nombre de ceux qui, avides de la vanité du pouvoir, veulent courir de plus en plus vite. Ils vous bousculent sans scrupule dans la vie, s'emballant, sourds et déterminés, piétinant leurs prochains. Pourquoi, au bout du compte ? Quelle inanité !

Pour, finalement, au terme de cette marche lancinante, et, avant la mise à la casse finale, espérer la retraite : un retrait du circuit, une station d'attente, une mise hors jeu derrière la ligne de touche d'où l'on regarde à son tour les autres passer avant de leur dire adieu... Nous avions eu assez de constance, mois après mois, pour nous mettre quatre sous de côté. Elle avait géré notre vie en écureuil prudent, avec l'économie obligatoire imposée par nos maigres ressources.

Nous cultivions le rêve qu'elle puisse acquérir un petit fonds de commerce pour s'établir à son propre compte et enfin travailler pour elle-même.

Je l'appelais “ Perrette ” lorsqu'elle évoquait cette possibilité d'avoir un jour, à son tour, une jeune stagiaire coiffeuse à former, comme elle l'avait été elle-même. Elle aurait pu ainsi souffler un peu, grappiller quelques heures de loisir pour s'occuper personnellement de notre fillette que l'école communale avait adoptée par nécessité douze heures par jour.

Ce rêve que nous avions façonné au fil des jours alimentait nos illusions et nos discussions. Il se concrétisait mois après mois sur nos plans d'épargne : les miettes d'un salaire économisées venaient avec peine enrichir un trognon d'épargne mal rémunéré.

Notre but commun nous maintenait en forme et cet axe, ce cap, nous nous l'étions forgé avec les moyens du bord.

Projets utopiques d'un salon rutilant, bien glacé de tous les côtés. Des glaces aux reflets bronzés, pour l'ambiance, sur un fond de musique douce. De miroirs en miroirs, se faisant face, les deux postes de coiffure seraient reproduits à l'infini. Une enfilade décroissante de têtes à shampouiner. Une galerie des glaces de banlieue en quelque sorte.

Nous aurions pris quelques abonnements à des revues pour proposer des numéros de périodiques à sensations récents à une clientèle curieuse. Nous l'aurions fidélisée au brushing, appâtée au forfait " lavage - coupe - couleur ", tentée par un étal de produits de brillance du poil, vitaminés, anti-pelliculaires, anti-alopécie et tout et tout...

La conquête capitaliste du marché privé de la capilliculture par les petites entreprises, quoi !

Pour moi, le rêve d'un poste de contremaître restait inaccessible, même avec l'ancienneté : les avancements étaient parcimonieux, restant toujours hypothétiques, reposant sur le départ des plus vieux à mettre au rancard, et plutôt destinés à apaiser ceux qui dérangeaient le système par leur activité syndicale. Tout s'achète, la promotion surtout. Les patrons savent caresser dans le sens du poil la brebis récalcitrante à se mettre dans la poche !

De toute façon, ma routine m'avait plié, assoupli, usé, poncé, comme un cuir neuf que les contraintes du quotidien viennent insensiblement tanner, le rendant indolent au fil des jours. J'avais la souplesse du contrefort d'une vieille chaussure ! J'étais imperméable aux remarques, hermétique aux réprimandes, étanche à toute émotion, à tout espoir. Au fil des saisons, j'errais en automate dans l'obscure monotonie du rythme de l'atelier. Seuls les rires de mon enfant innocente, récupérée le soir au chenil social venaient éclairer mes jours : je l'entrevoyais avant son coucher, après le repas du soir, comme un éclair lumineux et changeant.

Babillages, reptations, rôts et régurgitations dans le bavoir, après le biberon, sourire béat à la sensation de plénitude et ronron de chaton avec l'endormissement. La métamorphose du petit d'homme va trop vite ! Vint le temps de la bouillie, des jeux à quatre pattes sous la table du salon, puis celui des premiers pas maladroits en s'appuyant aux murs et déjà les premiers gros mots.

Pas tous en français !

Une réaction d'autodéfense dans le microcosme infantile polyethnique au sein duquel elle se débattait. Elle grandissait sous nos yeux, pâle fleur de banlieue.

Premiers devoirs sur la table de la cuisine, studieuse encore. Des doigts tachés d'encre et des crayons mâchonnés en attente d'inspiration, le nez en l'air. Quelques « pâtés» ponctuant les lignes d'écriture appliquées. Le tapis roulant bien huilé de la vie happait traîtreusement notre présent, rognant d'autant notre futur : nous nous battions pour le bâtir mais chaque instant passé nous en dérobait un morceau, l'effritant.

...L'enfant, Ma fille...

C'est drôle car depuis tant d'années je n'ai pas pensé à tout cela ! Pas de cette façon, en tout cas. J'ai l'impression de survoler cette histoire comme un témoin indiscret et critique levant le voile sur l'intimité d'un couple. J'étais pourtant l'acteur principal de cette séquence.

Ah ! Ma fille !

Elle ressemblait à ma femme, sa mère : les pommettes roses constellées de taches de rousseur, le nez en trompette, des cheveux fins auburn et déjà le sourire édenté des petites vieilles à la veille de ses sept ans. L'âge de raison, dit-on. Et la petite personne raisonnait avec sa logique d'enfant : elle nous promettait des monts et merveilles qu'elle devait nous offrir lorsqu'elle serait grande. Quel est l'enfant dont le cœur déborde de générosité qui n'a pas promis cela à ses parents ?

D'autant qu'elle nous entendait parler d'argent plus souvent qu'à notre tour et voyait bien nos acrobaties de fin de mois.

Bavarde, gaie, elle semblait heureuse au milieu de ses camarades dans la cour de l' " école-garderie-cantine-centre aéré ". Une seconde mère en quelque sorte que cette institution providentielle pour les parents occupés !

Ainsi s'épanouissait-elle, petite plante de cité, au milieu d'un monde austère de béton et d'asphalte dans lequel les arbres malingres se cramponnaient à leur carré de terre battue. Parties de patins à roulette sur les parkings, poussette-landau et poupon Celluloïd sur les marches de l'entrée de l'immeuble près d'un buisson famélique de trois cyprès et d'une céanothe asphyxique, pour jouer au « papa et à la maman ».

Notre quotidien devait s'éclairer cependant par l'achat récent d'un vieux local commercial : une ancienne épicerie étouffée, asphyxiée à mort par la grande surface du voisinage avec galerie marchande, sanctuaire du discount, temple de la consommation. Nous avions pu l'acquérir au prix d'un endettement non négligeable pour nos faibles moyens, hypothéqué sur une bonne tranche de vie à venir. Le salon de coiffure était donc né: plâtre et faux plafonds avec spots, peintures fraîches. Nous y avions passé ensemble bien des heures nocturnes et des dimanches à bricoler. J'avais dû faire un peu tous les corps de métiers. Les glaces tapissaient enfin les murs. Les fauteuils rachetés d'occasion, briqués à grands coups de chiffon, étaient presque comme neufs. Fiers, nous y venions travailler dans la bonne humeur, heureux de voir cette aventure de notre vie se concrétiser et pleins d'espoir dans une ouverture prochaine. Le lieu était passant et la clientèle potentielle en quête de shampooing, coupe, mise en plis nous paraissait importante. Notre courage ne manquait pas, alimenté par ces promesses de conquête sociale et de relative autonomie. Payée enfin pour son propre travail, sans la rançon jusque là inévitable à acquitter à son employeur, ma femme voyait son rêve se concrétiser et les fatigues du jour lui semblaient plus légères à supporter.

Elle serait à son propre compte, sa propre patronne !

Elle aurait en main, entre peignes et ciseaux, séchoirs et teintures, l'outil nécessaire pour financer le salon à moyen terme : elle croyait s'affranchir de sa servitude. Illusion, encore ! En fait, elle changeait seulement de mains. Son nouveau propriétaire aux exigences impératives mensuelles, serait la banque prêteuse, maîtresse anonyme et sans visage des échéances dont la liste impressionnante nous faisait prendre quinze années d'étroite dépendance. Un petit bagne auquel nous avions tous deux consenti.

L'effervescence du moment, cette fièvre excitante de nouveauté faisait briller nos yeux, comme ceux des enfants à la veille de Noël. L'oscillation entre un espoir lénifiant et une incertitude angoissante pimentait notre quotidien : la vie redevenait sapide. Elle reprenait une autre couleur que ce bistre de vieille photographie. Le soleil semblait à nouveau y glisser un rayon timide. Nous osions dans notre délire entrevoir la possibilité d'achat d'un pavillon modeste, dans un lotissement sur quatre cents mètres carrés de terrain : pas le château de Versailles, pour sûr, mais du Bouygues ou du Phénix. Une construction dite traditionnelle, certes, mais se déclinant à l'infini des cités dortoirs, auréole, tache d'huile sur le pourtour des villes.

Un peu de verdure, une illusion de gazon à tondre et un barbecue. Je m'essaierais, sur un mouchoir de poche, aux plantations de pieds de tomates et de laitues sur l'arrière de la bâtisse, près du sèche-linge. La voiture resterait devant le portail, ainsi pourrions-nous aménager le garage en chambre d'amis. Quelques mètres carrés de gagnés. Une vie repeinte en rose, en quelque sorte, une succursale du paradis, ponctuée d'espoirs et poivrée d'un peu d'inquiétude.

Les budgets trop tendus sont comme les cordes de violon : à la merci du moindre pizzicato du destin. La rupture menace toujours !

Nos soirées d'été auraient presque un relent de vacances : siroter un verre de blanc ou de pastis tout embué de fraîcheur dans le parfum des roses ou du jasmin avec quelques amis sous un parasol.

Saurais-je traiter les rosiers correctement, les tailler au bon moment ?

S'il m'avait été dit qu'un jour une telle question aurait pu traverser ma petite cervelle ! Lorsqu'elle entre en ébullition, échauffée par les rêves et que l'on commence à se prendre pour un baron de Rothschild en miniature, il en passe de ces idées sous la casquette !

Rien n'est pire finalement dans une vie subie dans sa monotonie, en s'en faisant une raison, ou plutôt en endormant sa raison, que ces poussées fébriles d'espoir : elles décuplent les forces, démultiplient le volant de la volonté, et font entrevoir une possible sortie du tunnel programmé. Une perspective au sens propre, avec, dans la convergence de ses lignes, sur un hypothétique horizon, le « But », ponctuel, car tellement lointain, mais existant et semblant accessible...

Si celui-ci se dérobe, illusion fuyante, le soleil d'espoir se fracasse alors, et l'obscurité tombe soudain sans même la consolation instantanée d'un rayon vert.

L'inauguration du salon s'était faite un mercredi matin, précédée par une nuit d'insomnie agitée de doutes mêlés d'hyperexcitation. Musique douce, attente, premières clientes curieuses, premières journées.

Le fonctionnement du salon fut d'abord incertain et ne permettait de couvrir que partiellement le paiement des charges et des mensualités de remboursement. Les économies sur le livret bancaire s'amenuisaient dangereusement. L'avenir restait hésitant dans cet équilibre précaire que les hasards de la clientèle seuls pouvaient faire basculer vers un positif rémunérateur. Mon salaire d'usine permettait de mettre bout à bout les fins de mois avec le début des suivants : le diable avait une queue très élastique mais la transition se faisait parfois à frottement dur ! Il me paraissait loin ce temps où j'étais le roi du bar - tabac près du flipper, à ne compter ni les pastis ni les bières... Les patates et les pâtes revenaient plus souvent qu'à leur tour sur notre table : vivent les sucres lents ! Et bien des fois nous fîmes les fonds de poche et balayâmes sous l'armoire pour trouver la pièce égarée utile au quotidien.

“ Titanic ”

La catastrophe, je ne l’ai pas vue venir. Je suis tombé dans la chausse-trappe tendue par le destin, avec la candeur de la gazelle empalée sur les pieux. L’équipage du « Titanic » non plus n’a pas décelé la présence fatale de l’iceberg. Il n’a pas senti ce courant d’air froid prémonitoire laissant augurer la collision : un relent morbide de tombe entrouverte... Ou trop tard !

J’ai basculé d’un seul coup dans une réalité affûtée et tranchante. Elle dépassait de loin les pires cauchemars qu’engendrait l’angoisse... Et j’y suis entré de plain-pied dans ce cauchemar : il m’a conduit à jeter l’éponge, écoeuré.

J'ai décidé de ne plus jouer à ce jeu dicté par notre société. De ne plus continuer sur la voie avilissante du panurgisme. Plier l'échine encore plus, non !

C'était trop !

La rupture fut consommée par mon abandon volontaire des règles du jeu social : je décidais de « faire le mort » et de quitter la table en abattant mes cartes de perdant. Ma colère et ma révolte initiale eurent la durée et l'éclat d'un feu de paille. Immédiatement je tranchais dans le vif sans anesthésie, comme ces chirurgiens napoléoniens qui amputaient en un tour de main sur le champ de bataille. Froidement ensuite se construisit l'argumentaire de mon refus de cette société.

Pourquoi moi ?

Pourquoi toujours nous autres, les « petits ». Nous sommes aussi inconsistants entre les doigts de nos employeurs que les mouchoirs en papier dans lesquels ils se mouchent. Jetés avec désinvolture au nom du rendement, de la productivité, de la crise.

La conjoncture, bien sûr !

Les raisons, toujours bonnes, ne manquent jamais pour justifier l'écrémage ! J'étais un pion docile ignorant encore mes capacités de refus. Ce sont les circonstances qui m'ont révélé à moi-même.

Ma rébellion s'est cristallisée dans ma fuite. Certains la qualifieront de lâcheté. Je ne crois pas que l'on puisse me comprendre sans se mettre à ma place. Ma fuite fut seulement la marque de mon profond mépris pour ceux qui furent mes semblables lorsque je me mêlais à eux, noyé dans l'uniformité d'un quotidien que je croyais honnête et propre. La facilité reste souvent la compromission : le silence docile de l'agneau que l'on mène, candide, à l'abattoir. Là réside peut-être la vraie lâcheté. Celle d'accepter. J'ai pris conscience de mon impossibilité à changer le monde : un certain Don Quichotte s'y était essayé, fracassant sa lance contre des moulins à vent. On en rit toujours, mais quelle tristesse. Le pauvre bougre.

Je décidais de changer les vues de mon esprit et de modeler ma vie en m'excluant du monde : il est dur de remonter le flot à contresens d'une foule homogène qui, au coude à coude, veut vous entraîner dans sa voie. Je n'ai pas voulu continuer à m'y laisser porter.

Il suffisait d'ouvrir les journaux : les scandales éclataient, éclaboussés dans tous les sens de millions de francs... Des sommes, astronomiques à mon échelle, étaient volées, dilapidées, détournées. Les imposteurs faisaient la Une des émissions télévisées servant de modèle aux voyous de banlieues. L'escroc bronzé et jovial au sourire étincelant sous les sunlights des plateaux télévisés narguait en toute impunité les spectateurs naïfs qui le « badaient » avec envie. Les valeurs morales de travail et de probité se délitaient comme les vieilles ardoises des demeures de montagne : notre république rouge, non pas de honte mais d'idéologie, prenait l'eau dangereusement. Pas un seul jour sans que les " politiques ", pourris jusqu'à la moelle, quel qu'en soit le parti, ne se trouvent dans le collimateur des médias. Ces derniers faisaient des gorges chaudes des scandales alimentant l'audio mat ! Tous se gobergeaient sans scrupule sur les ruines d'une économie battant de l'aile : c'était l'hallali. Chacun s'empressait de se remplir les poches avec les fonds publics.

Soir après soir, les actualités régionales autant que nationales nous abreuvaient des " mises en examen " du jour. Sans lendemains.

La vie m'a appris qu'il y a deux justices, celle des grands et celle des petits : allez piquer une pomme sur un étal de maraîcher ou grignoter quelques croissants dans un supermarché si la faim vous y pousse. Les flics, l'interrogatoire, les amendes, les brimades, la fiche, comme mauvais garçon ! Une marque indélébile, une étiquette qui vous reste collée au front jusqu'au dernier jour. On entre dans le moulin, par la pointe des cheveux mais on est aspiré entre les meules et l'on en sort complètement broyé mentalement. Si l'on en sort vivant.

N'a-t-on point vu l'enfant que ramènent les flics aux parents, ameutant toutes les fenêtres curieuses de la tour HLM avec la discrétion des gyrophares et des képis, rentrer dans sa chambre et se défenestrer pour… un objet de quatre sous dérobé dans un supermarché ? Mort d'un gamin de douze années, victime de la connerie humaine !

Les croquenots de la Maréchaussée font le même bruit sur le gravier que celui des fossoyeurs !

C'est l'éternelle histoire de la lutte du pot de terre contre le pot de fer : celui qui trinque éclate en gros tessons !

Les gros poissons, ceux que protègent les immunités parlementaires, l'invisible mafia confraternelle des liftiers de luxe qui n'arrêtent pas, d'élections en élections dans les ministères, de se “ renvoyer les ascenseurs ”, ceux-là gardent le sourire sous les feux de la rampe. On les voit aller et venir sur les parvis de palais de justice, entre chauffeurs en livrée et essaim noir d'avocats ; ils connaissent la corbetière et le prix de la défense ! Ils gardent le regard hautain et l'air arrogant devant l'œil inquisiteur des caméras, et sur les photographies des journaux à sensations. Ils sont sûrs de leur invulnérabilité : maisons retapées aux frais de la princesse, terrains offerts par quelques maires reconnaissants, maîtresses et bâtards entretenus dans une cour au train royal, délit d'initié à Brongniart…

Ecœurant !

Ces magouilles m'indiffèrent ! La gigue télévisuelle qu'on nous sert entre la poire et le fromage, avec les taux de chômage, corrigés en fonction des variations saisonnières, cela semble toujours pour les autres !

A chacun son présent de misère !

C'était aux environs de Noël, dans cette froidure de fin novembre qui décape les jours, enfume l'haleine du passant, gerce les doigts réchauffés au fond des poches, dans une aube hésitante, devant les grilles de l'usine…

Les fêtes du mois à venir commençaient à hanter les esprits : chacun était préoccupé par les cadeaux à acheter secrètement. Dans la rigueur hivernale, la perspective de ces prochaines soirées, des repas gargantuesques, de la joie des enfants froissant les papiers de cadeaux dans la fièvre de la découverte au pied d'un sapin illuminé restait une heureuse attente.

Dans les premiers verglas de cet hiver, soudaine et inattendue, ma blessure n'en a été que plus profonde. Fatale, dirais-je, d'une certaine façon ! J'en ai senti la brûlure me pénétrer comme une lame au plus profond de moi. Un coup de poignard traîtreusement asséné dans le dos.

L'irrévocable verdict des employeurs aux abois,

Le licenciement !

Un couperet à mes modestes espoirs, la guillotine de mon quotidien !

La fermeture de l'atelier du jour au lendemain et le dépôt de bilan !

Et l'on perd soudain malgré soi le contrôle de sa propre vie dans un écroulement magistral. L'on se retrouve objet, inutile qui plus est !

Le désespoir, avec un grand « D » ! La douche inattendue qui surprendrait plus d'un Ecossais, qui coupe le souffle, laisse pantois, incrédule d'abord... Mal entendu peut-être ? Répétez ?

C'est donc vrai !

Un soufflet en pleine face. Plus encore, une gifle ! Et quelle gifle ! Une baffe comme je n'en avais jamais encore reçu... ou bien j'ai oublié...

A vous tourner la tête de cent quatre-vingts degrés... Comme dans l' " Exorciste ", vous savez ! A vous dévisser la tronche, à vous mettre la cervelle en crêpe...

Peut-être est-ce ce qui s'est réellement passé à l'époque ! Les larmes dans les yeux, je voyais danser les lettres de mon nom dans cette liste de la prochaine charrette pour le dépotoir dont j'entendais déjà les craquements !

La charrette... J'avais le souvenir de ces chromos de nos livres d'histoire montrant les révolutionnaires, cheveux coupés, chemises échancrées, debout dans cette fameuse charrette les menant sous les yeux de la foule vers la silhouette funeste de la guillotine. Merci Docteur !

Les passants étonnés regardaient avec compassion et gêne nos silhouettes pressées devant le portail fermé de l'usine. Nous étions consternés, assommés. Une sidération venant de notre incrédulité face à ce verdict.

Et nous étions nombreux dans cette fournée, à faire partie du “ dégraissage ”… C’est le mot qu’ils emploient, les décideurs, dans leurs huis clos des conseils d’administration…

La machine, on la graisse pour qu’elle marche sans bruit et sans s’user mais la machine humaine, on la dégraisse ! Purement et simplement. Comme un jambon.

C’est imagé, poétique !

Quelle bande de salopards : ils se partagent les dividendes produits par les usines dans lesquelles la machine humaine du Sud-est asiatique n’est pas assez grasse pour être dégraissée… Pas encore !

Reviennent en mémoire les prêches rougeoyants des camarades syndiqués, auxquels je voulais être sourd !

Il est de toute façon trop tard !

Bien trop tard !

Le mal est fait : prise de conscience brutale que l’on n’est qu’un objet, un rouage inutile d’une machine rouillée que la société va jeter pour rendement insuffisant, pour non conformité aux règles aveugles d’une compétition économique…

Que faire ?

Comment oser annoncer cela ?

Comment seulement oser rentrer à la maison porteur d'une telle sanction ? Franchir le seuil avec cet invisible carcan autour du cou, faisant ployer l'échine et déchirant le cœur ?

Comment oser paraître dans la quiétude d'un foyer heureux, y rencontrer un regard souriant et lui balancer le vitriol de cette vérité, l'aveugler froidement avec la pointe acérée de cette révélation pour le faire fondre, le faire couler… Les larmes sont tellement amères lorsqu'on les provoque et que l'on doit les boire sur un visage décomposé. Les mots de consolation se bloquent dans la gorge.

Avez-vous vu des cautères sur une jambe de bois ? Leur inutilité en impose l'abstention.

La destruction évidente de notre futur était cruelle, imméritée. Et que dire du déshonneur infligé par une oisiveté imposée que je n'aurais pas pu contourner, que j'aurais dû subir…

Mais où sont donc les hommes ?

Les êtres qui se disent humains? Qui sommes nous donc, nous, les laissés pour compte de la société ?

Des bêtes de somme !

Nous sommes comme ces chevaux des mines de charbon que leur destin avait conduit dans une vie d'obscurité, pendant des années, traînant inlassablement les wagonnets par plus de huit cents mètres de fond… De l'avoine, remâchée du bout des dents, ils n'avaient que le goût. Ils en ignoraient la couleur : l'image dorée d'un champ d'épis mûrissant en fin de printemps ne pouvait pas traverser le crâne de ces bêtes amnésiques, rayées du monde d'en haut ! Brossés, ferrés, utilisés, comme des automates que seul le cliquetis des wagons de minerais que l'on attache l'un à l'autre, comptés machinalement, mettait en route pour une course nouvelle, une nouvelle corvée, au bout de la galerie. Silhouettes massives et sombres, soumises par nécessité, elles ont longtemps hanté le labyrinthe minier souterrain. Puis, les progrès de la technique les ont remplacés par des mototracteurs… Et cette vie de fantôme, d'ombre cavernicole, de cloporte s'est achevée un jour par une lente ascension, remontée d'un enfer sans lumière, vers le trou de ciel bleu, qu'ils n'imaginaient plus, qu'ils n'espéraient plus et qu'ils ne virent même pas… Les yeux bandés par crainte d'un éblouissement générateur de ruades intempestives, ils furent conduits au terme de leur dernier voyage vers les abattoirs municipaux…

Cette triste histoire de ces derniers chevaux de mine m'avait été contée par une vieille « gueule noire » : un homme à bout de souffle, les poumons ensablés par tant d'années de cohabitation complice avec ces canassons qu'il avait côtoyés, dans la poussière et le bruit des marteaux pneumatiques, des pics et des pioches. Il en avait eu définitivement les éponges flétries d'une noirceur asphyxique et, comme eux, l'air pur qu'il avait inspiré n'avait plus jamais eu de parfum pour lui. La silicose en avait eu raison !

Il achevait son histoire en disant : « c'est tout comme ces chevaux qu'ils nous ont tué Jaurès ! » La vie des Justes est précaire car son éclat majore l'ombre des fripouilles qui se plaisent à vouloir l'éteindre.

Ma nuit présente a cette compacité terrifiante de celle des chevaux de mine aveuglés par l'obscurité. Ma solitude est un abîme sans écho. Me revient maintenant douloureusement cette vieille histoire d'une autre de mes vies ! Inerte toujours et insensible, mon enveloppe charnelle n'a plus de consistance, mais ma cervelle semble fonctionner à grande vitesse en déroulant les bribes de mon passé. Tout semble s'accélérer. Je peux les voir, en couleur, remonter, fluctuantes, du fond de ma mémoire. Les images se télescopent, tantôt floues, tantôt avec la netteté de ces stéréoscopes d'enfant que l'on chaussait avec avidité sur les stands de jouets dans les grands magasins. Le nez en l'air vers les lumières des néons, nous faisions défiler avec avidité des paysages exotiques. Avant la banalisation télévisuelle, l'image en relief avait ce pouvoir de susciter un émerveillement aux beautés du monde.

Ces images de ce que fut ma vie me font-elles mal ou non ?

Je ne sais!

Anesthésié, je suis témoin d'une projection privée imposée : les rushs s'emballent et je ne peux que subir cette débâcle de séquences délirantes et incontrôlables. Elles déchirent ma rétine et me font virtuellement revivre tant et tant d'événements que je croyais avoir à jamais enfouis au plus profond de moi, que j'en deviens curieux...

Etrange !

Ma vie commence à m'intéresser à l'heure peut-être de m'en voir séparé.

Délivré !

Il est curieux de constater à quel point le terme de " délivrance " est ambigu : c'est un mot d'espoir au terme de l'accouchement, c'est aussi la consolation d'une mort libératrice au terme " d'une longue maladie " : «- Ah, mon pauvre monsieur, ce fut une " délivrance " ! »

Et cette maladie mortelle, c'est peut-être la vie, tout simplement, que l'on commence et que l'on finit avec les même maux.

Les mêmes mots...

Y aura-t-il un futur à cette rétrospective déroutante par sa précision et fascinante par la curiosité qu'elle induit ?

Elle arrive à remuer en moi une tourbière épaisse, volutes sableuses soulevées dans cette irréalité de ma situation présente...

Contresens

Je n'ai pas eu le courage de l'abattoir et n'ai trouvé de solution que dans la fuite de ce monde qui m'incarcérait dans la froideur de sa logique mathématique...

Un suicide ?

Non, trop lâche !

Je n'avais pas assez de courage surtout pour assener le coup de grâce sur ma propre carcasse ! Peur de souffrir, de se rater et d'agir pour rien.

Le suicide est-il lâcheté ou acte de bravoure ?

Désertion ou accusation ?

C'est une question qui me fut étrangère à l'instant du choix décisif. J'y repense souvent lors de mes errances.

L'idée d'en finir physiquement avec les injustices de la terre m'a un moment traversé l'esprit de façon fugitive, comme quelque chose d'héroïque, de revendicateur, de culpabilisant pour les signataires du verdict emportant la charrette d'infortunés. N'a-t-on pas vu récemment, et dans des structures différentes, des employés se défenestrer sur le lieu de leur propre travail pour mettre fin à l'insupportable climat régnant dans leur milieu professionnel ? L'indifférence d'autrui est un mal qui tue indirectement. Il n'y a jamais de responsable à ce genre d'assassinat. Tout se passe dans l'anonymat terrible qui gomme les scrupules. Il permet d'oublier l'instant déchiré par la consternation et, dès le lendemain du drame, la vie reprend son cours comme auparavant. Chacun se trouve une bonne excuse pour esquiver les éclats de responsabilité possible mêlés au sang du trottoir.

Sacrifier sa vie en revendication m'est apparu comme un geste de protestation inutile : les autres hommes ne méritent pas ce message. Je n'ai trouvé que la fuite et le mépris de mes congénères.

Car pour moi, objet anonyme affublé d'un numéro d'identification sur les tablettes du personnel, il n'a suffi que de l'anodine signature d'un cadre responsable des Ressources Humaines, pour sceller mon destin : paraphe sacrificiel apposé au bas d'une liste de noms et de matricules inconnus, sans visage, sans consistance, sans âme, mais dont l'éviction s'impose. Qu'attend-on pour imposer les machines, les taxer, afin de répartir les bénéfices qu'elles nous volent en nous dérobant nos emplois ?

Le « dégraissage » fut jugé nécessaire par des responsables à manchettes dorées et souliers vernis, craquant sur les planchers cirés des salles de réunion de la Direction Générale. Pour eux, ce n'était qu'un petit coup de barre, pour lofer et reprendre de la vitesse dans une risée conjoncturelle passagère. On balance par-dessus bord la charge inutile, les stock-options s'en verront regonflées, comme le spinnaker, lorsque le vent arrière de l'économie soufflera à nouveau sur un vaisseau allégé de cette surcharge d'individus encombrants : l'étrave relèvera le nez et la figure de proue, les yeux fixés sur l'horizon des indices boursiers en hausse, aura le sourire des beaux jours !

Les embruns, c'est nous !

On gicle de part et d'autre, gouttes d'eau revenant dans le Grand Tout de la mer.

Est-il vrai que l'eau a une mémoire ?

Peut-être aurais-je dû finalement m'intéresser de plus près à la politique ? J'aurais peut-être compris, à défaut d'avoir pu l'éviter, ce jeu de massacre qu'est devenue ma vie.

Suicide ? Niet !

A quoi bon s'immoler par le feu devant la Direction Générale pour jouer les bonzes revendicateurs de Saigon ou le Yan Pallach des " métallos " !

L'inutilité même de ce geste est déprimante. Où donc se loge la conscience humaine ? Quel levier manipuler pour contester ? Il est affreux de penser que même sa mort reste une revendication aussi inutile que sa vie.

Je ne sais ce qui peut toucher ces gens formatés à la seule logique économique. Plus, peut-être, la chute de l'indice Nikkei ou du CAC 40, qu'une méningite cérébro-spinale venant dévorer la moelle épinière de leurs propres enfants !

Ma fuite, plus j'y repense, ne fut pas une lâcheté de ma part mais une mise volontaire sur la touche. En " hors jeu " pourrait-on dire. J'ai franchi cette impalpable muraille représentant l'inviolable réel de tout un chacun pour m'enfoncer dans ce monde parallèle des sans logis et des vagabonds. Univers marginal composé de toutes ces silhouettes croisées, anonymes, et sur lesquelles aucun regard n'ose se poser hormis celui, candide et curieux, des petits enfants que l'on tire, irrité, par le bras. Car nous ne sommes pas des modèles pour les bambins. Bien au contraire. Nous constituons le rebut que sécrète notre société, ses excréments en quelque sorte. Nous avons l'odeur forte des mal lavés et nos guenilles douteuses indisposent. Aux yeux de ceux qui sont restés sagement dans le rang, nous sommes des reproches vivants qu'ils sont contraints de croiser au décours de leurs déplacements : par notre seule présence nous percevons nettement que l'on dérange. Une tache nauséabonde et incontournable sur le pur écran de leurs certitudes citoyennes. Des ombres parfois bruyantes, longeant les murs, gisant la nuit dans les recoins de portes cochères, sur le parvis des églises, accroupies main tendue aux marches des théâtres. Attention lors de vos retours de bamboche, lorsque éméchés vous rentrez chez vous, ne shootez pas intempestivement dans les vieux cartons entassés : vous pourriez nous blesser ! Nos fantomatiques silhouettes d'épouvantails barbus et sales font changer de trottoir la foule pressée de ceux qui sont si fiers de leur numéro INSEE, de leur carte Vitale et ne veulent point s'y frotter. La vermine peut s'attraper.

J'ai donc rejoint cette cohorte des va-nu-pieds, cette lie, dépôt peu glorieux sédimenté dans les bas-fonds de notre civilisation. Peut-on d'ailleurs donner ce nom à un système au sein duquel l'individu n'est plus qu'un consommateur potentiel, et au nom duquel est justifiée la résurgence des rituels païens d'offrande sacrificatoire au Dieu tout puissant de l'Economie. Mon infortune fut d'être dans le lot des immolés.

Notre détresse physique et morale reste la justification des bonnes âmes désireuses de nous porter secours. Je hais autant les culs bénis que les punaises de partis politiques qui « au nom de la rose » nous veulent du bien et soignent leur image en la teintant de condescendance affichée à notre égard : je me refuse au compromis et ne mange pas de ce pain-là, au sens propre et au sens figuré.

Ainsi ai-je décidé définitivement de tourner le dos à cette société dont je ne voulais plus être la plus petite particule élémentaire ! Je voulus m'en exclure et ne plus rien lui devoir. Avec colère et hargne, au début. Peut-être ces deux sentiments, jaillissant du plus profond de moi furent-ils les moteurs de mon geste ? Ils attisaient cet instinct de fuite qui fut plus fort que l'appel de mon T3 : j'en voyais les lucarnes éclairées, suspendues à mi-hauteur des grandes tours de la cité, clapier étriqué, au loyer impératif, à l'odeur incrustée de soupe de légumes, mais surtout trop plein d'espoir en l'avenir ?

Un bonheur que je n'osais pas flétrir, déchirer d'un seul coup, à vif. Comment oser annoncer une telle décision ? A la nouvelle de cette mutilation de ma vie, de cette indécrottable guigne collée à ma peau, je n'ai pu que me taire. Etait-ce un excès de dignité ? Même pas, ou alors inconscient ! J'en serais réduit à faire du porte-à-porte pour mendier un emploi, à tendre la main aux allocations de survie consolatrices, et à devoir encore dire merci ! L'impuissance devant cette injustice infamante m'épinglait douloureusement, homme - objet de notre société, comme un coléoptère sur un socle de liège. Cela, ma dignité ne l'a pas accepté. Mais ai-je besoin d'excuse et vis-à-vis de qui ?

Je suis resté indécis, le nez en l'air, les yeux mouillés fixés sur les fenêtres de notre appartement.

Que dire ?

Oser rentrer, esquisser un sourire, accepter un baiser en enlevant sa veste et son imperméable trempé, croiser un regard amoureux et balancer, tel un pavé de granit, une telle nouvelle à la face de cette femme pleine d'espérance ?

J'eus vraiment le sentiment d'être un pauvre type, un rebut, au sens propre. Tout cela, j'ai eu le temps, au fil de mes années d'errance, de l'analyser, d'en peser les tenants et les aboutissants, de tenter d'apprécier ce qu'auraient pu être les autres voies possibles de cette déplorable aventure que fut ma vie.

Je ne regrette rien que ce mal consommé dont je fus l'auteur mais que j'avais jugé nécessaire.

En effet, je n'ai pas pu faire les quelques pas me séparant de la porte d'entrée de l'immeuble. Tout m'apparut sordide et vain. A quoi bon se battre pour construire sa vie lorsque les outils les plus simples vous sont confisqués arbitrairement.

J'ai fait demi-tour et, sans me retourner, j'ai marché longtemps, longtemps…

Une déambulation désespérée d'automate, sans sentir la fatigue, en tentant de penser, de remettre bout à bout les lambeaux dilacérés de mon futur. Les chalands s'écartaient déjà de mon chemin de hasard. Certains se retournaient sur mon passage, curieux ou étonnés de mon aspect de zombie.

Il pleuvait ce jour-là, funeste pluie, d'un funeste jour ! Une pluie d'hiver qui glissait dans mon col et s'insinuait insidieusement au plus profond de mon âme blessée. Je frissonnais. J'aurais voulu crever. Cela aurait simplifié tant de choses.

Elle avait, cette pluie, sur ma face mouillée, le mérite de cacher les larmes que je ne pouvais contrôler. Les rares passants avaient tous la chance de savoir où ils allaient. Pour moi, l'immensité d'un monde vide s'ouvrait devant mes pas. Elle devait rester ce désert dans lequel depuis cette nuit j'erre sans destination, sans destin. Une nuit dense, écrasante, à l'épaisseur de ces encres de Chine faites de charbon finement broyé. Une nuit d'hiver, glaciale et indifférente aux angoisses qu'elle génère. Une nuit insolente et douloureuse. Mes vêtements maintenant tout humides me collaient au corps comme un suaire. Ma marche était celle d'un automate, irréfléchie.

J'ai déambulé, perdu dans la tourmente de mon esprit, noctambule titubant, d'une auréole orange de lampadaire à l'autre, dédoublées dans les flaques sur l'asphalte mouillé... Mais la ville était trop petite pour mes pas de naufragé. Je finissais par tourner en rond.

Je ne trouvais alors refuge que dans un des derniers bars ouverts aux alentours de la gare. Ceux qui servent de repaire aux naufragés de la vie, aux putes et à leurs souteneurs, aux poètes et parfois aux amoureux. Je me revois, comme figurant anonyme dans un film en noir et blanc de ciné-club : cette ombre au fond du bar, tétanisée sur sa folle décision de jeter son passé par la fenêtre et de remonter le flot à contre-courant.

Les quelques grains de marc de café déposés au fond des tasses restaient indéchiffrables à mon regard perdu et ne m'apprenaient décidément rien du tout sur mon avenir : ils signaient par leur présence, tout simplement, celle du gueux que j'étais, désargenté et qui se terrait lâchement... Mon estomac se tordait sur l'amertume de la caféine froide et de la vie. J'avais soudain une irrépressible envie de vomir.

J'avais froid. J'étais parcouru par de grands frissons. Ils me hérissaient les poils et me faisaient claquer des dents. Je n'avais pas faim, bien que le sandwich du matin soit déjà loin. Dans ma gorge serrée ne passait que difficilement l'air dont j'avais besoin.

Ces bistrots, déserts à cette heure tardive, baignaient dans la lumière blanche des néons : la sciure semée au sol par des garçons fatigués, se mêlait à la boue des chaussures sur les carrelages détrempés pour être balayée en fin de nuit, les chaises étant retournées sur les tables. Ces derniers, hâves et débraillés, baillaient ostensiblement en maudissant l'intrus du fond de salle, cette loque recroquevillée sur sa tasse de café noir et sur son infortune, mâchonnant un mégot goutteux autant que ses regrets. Ils me firent comprendre que je devais déguerpir. Je devais déjà sentir le paria. Je ne pus que me lever à contrecœur pour me replonger dans cette réalité que je refusais mais qui m'engluait : j'étais l'insecte se débattant dans la toile, le moucheron dans les sucs vénéneux des Droseras.

Ma détresse cadenassait ma solitude.

J'étais un peu comme aujourd'hui, si tant est que l'on puisse fixer dans la nuit qui m'entoure une date à valeur chronologique, un repère temporel... Aujourd'hui ne veut plus rien dire pour moi, navigateur aveugle et perdu sans sablier, sourd à l'égrènement des secondes.

Juste ce souffle régulier à mon oreille : il ne m'inquiète plus, me tranquillise même d'une certaine façon car il réveille en moi cette pensée, ce pâle souvenir d'un être cher penché sur mon berceau dans la première de mes vies, celle que j'ai le moins mémorisée, celle qui reste en flou pastel au fond de mes pensées.

La plus fragile, la plus ténue.

La plus rassurante aussi.

On devrait pouvoir rester plus longtemps dans ces premiers âges de la vie, innocent des vicissitudes du monde et protégé. Mon instinct de survie me fait penser que ce n'est pas encore cette fois que je tomberai à la trappe : le souffle de la bête veille sur mon propre souffle, me semble-t-il. Je me sens prisonnier d'un monde mal identifiable, d'un cocon étrange dans lequel, immobile, je repose. Me traversent l'esprit ces images de momies ayant franchi les siècles, ficelées au fond des sarcophages, caissons mangeurs de chairs aux peintures polychromes. Je revois ces chrysalides violées que les leçons de sciences naturelles nous découvraient lorsque le scalpel du maître pourfendait le coton de la gangue pour les exposer à la lumière vive du jour. Je ressens un mal-être indistinct mais crispant engendré par les doutes qui m'assaillent : il m'irrite car je ne comprends plus rien à ce qui m'arrive. La gangue semble épaisse et hermétique. Seule ma conscience s'en échappe par instants pour fouiller ma mémoire en ses plus sombres recoins : un robot des grandes profondeurs au phare inquisiteur, aux caméras intransigeantes et sans état d'âme, aux bras articulés. Ces derniers dissèquent sans hésitation des lambeaux douloureux de passé. Moi qui croyais les avoir oubliés pour tenter de me guérir, ou plutôt les avais enfouis assez profondément pour ne pas les voir resurgir. Mais qui donc tient les commandes de cette machine, fouineuse et inexorable ?

On ne contrôle pas tout.

On n'oublie rien. On entasse pour enfouir !

Peut-être est-ce cela que l'on appelle l'Inconscient ? Un fatras, l'incohérence surréaliste d'une casse automobile, un entassement de carcasses, d'accidents, d'incidents, d'évènements divers que l'on compacte. Et le cube se déplie soudain, révélant les formes oubliées. Origami mystérieux tout d'un coup déballé dans sa simplicité de feuille de papier originelle. Mon Inconscient joue avec moi. Je ne peux en contrôler les caprices, je ne peux que les subir.

Je revois à rebours toutes ces pages tournées jour après jour du livre de mon existence. Ne riez pas, croquants ! Ma divagation fut un choix intransigeant philosophique de non compromission.

J'ai dû apprendre une autre manière de vivre. Celle du loup solitaire méfiant vis-à-vis de ses semblables. Je suis un autodidacte de la survie dans ce monde parallèle que j'ai rejoint et dont j'ignore les règles, cet univers étrange rassemblant tous ceux qui n'existent pas, qui n'existent plus, qui ne veulent pas exister…

J'ai au fond de moi la même terreur du monde, la même vibrance angoissée que le sanglier dans sa bauge, aplati sous les buissons, pétrifié, entendant la meute virer aux alentours : un déploiement de gueules baveuses, hargneuses, luisantes et les babines vermillon, congestionnées d'un désir sanglant... La battue va commencer mais je serai insaisissable.

Je suis proie!

Je suis en proie à ma détresse solitaire et silencieuse.

Aux abois des impératifs d'un système dont je ne veux plus entendre parler. Coincé dans un étau anonyme et inexorable qui lamine les êtres... Le laminoir, je connais…

J'ai donné… Beaucoup trop. A qui donc a profité ce travail correctement effectué, quotidiennement, et dont on ne veut plus ?

Pas assez rentable ! Quelle honte ! Je croyais que la dignité de la condition humaine résidait dans le fait de gagner son pain quotidien à la sueur de son front. C'est ce que l'on m'avait enseigné. J'étais naïf ! Mais on ne me la fera plus ! Je survivrai envers et contre tout. Contre tous, surtout.

Sans doute m'attend- t'on à la maison ! L'appartement est resté allumé, l'enfant dort innocent, mais la femme, ma femme, inquiète, veille en rognant nerveusement les peaux de ses doigts : celles qui, lorsqu'elle est énervée, la font se renfrogner et qu'inlassablement elle arrache du bout des dents pour les mâchonner en s'en faisant saigner le pourtour des ongles...

Elle doit tourner en rond ! De la cuisine au salon, et vice versa : le cercle de notre univers est restreint. Quelques mètres carrés au prix fort, hypothéqués sur une vie ingrate.

A-t-elle osé téléphoner aux collègues à cette heure tardive ? Sans doute.

Ou bien s'est-elle endormie dans l'attente ?

A-t-elle déjà appris ce verdict directorial d'un dégraissage obligé dont j'étais un numéro parmi tant d'autres ?

Oser rentrer ?

Ne pas rentrer ?

Pour moi la question est résolue. Affronter, en plus de la déveine, ce regard désespéré d'une femme fatiguée. L'incompréhension d'un enfant que l'on gifle car ses rires nous sont insupportables, en lui disant de se taire...

Ma nuit actuelle, celle dans laquelle je baigne depuis une éternité me semble effroyablement profonde et toutes mes réminiscences se font froidement et sans aucun écho de sensibilité : je suis l'insensible témoin de ma destinée sans amertume. Anesthésié ? Peut-être. Je dissèque, j'autopsie plutôt !

D'où ai-je donc acquis cette suprême indifférence, cette perte totale de sentiments ?

Je me revois, ayant fait mes fonds de poches : quelques billets et quelques pièces : pas une fortune mais de quoi prendre au hasard un billet de seconde pour fuir, fuir le plus loin possible. Je revois aussi la tête étonnée du guichetier au faciès de Christ barbu encadré dans sa cage, devant l'hygiaphone, lorsque je lui demande vers quels cieux mes quelques sous peuvent me conduire, loin, loin, le plus loin possible : c'est tout à coup une responsabilité qui le dépasse, l'accable. Avoir soudain à prendre une décision pour autrui ! Cet anonyme, ce lambda numéroté s'imagine tout d'un coup que son choix va influer sur ma vie. Le prétentieux ! S'il savait… Il s'interroge, le doute s'insinue dans son esprit. Suis-je en cavale ? Suis-je un peu fou ? Un déséquilibré ! Il m'en donna finalement pour mon argent, des kilomètres ferrés.

Me revient en mémoire ce compartiment de seconde dans lequel, blotti contre la vitre, j'ai cherché à me réchauffer. J'avais l'inertie d'un bagage oublié, j'essayais de ne plus penser. Devant mes yeux défilaient les lumières de villes et de villages, des quais de gares désertes s'estompant dans la nuit des campagnes traversées. Un cauchemar ! Cinq minutes d'arrêt ici et là, l'ébranlement d'un nouveau départ dans des crissements d'essieux puis le rythme à trois temps retrouvé de ce galop mécanique sur la voie ferrée, monotone, entêtant. Ai-je dormi ? Le sommeil m'a-t-il finalement terrassé ? Il me semble avoir été réveillé en sursaut. Je revois, dans la semi-obscurité, cet air inquisiteur du contrôleur surgissant au milieu de ma nuit. Il dévisageait, déjà méfiant, le clochard resquilleur que j'allais devenir. Son regard alla du billet à mon visage puis revint au billet. Je sentis la suspicion et le désarroi de s'être trompé. J'étais en règle ! Encore.

-Tout va bien, monsieur ? me demanda-t-il. Je devais avoir une sale gueule ! Devant mon silence hostile il me tourna le dos et reprit sa marche dans le couloir étroit.

Et puis vint l'aube blanchissante : le premier matin de ma renaissance sur un monde inconnu qui m'apparut soudain comme vide : une vacuité à donner le vertige au plus solide des montagnards.

Qu'est-ce que la liberté ?

Ma fuite était-elle conquête de cette liberté chérie ? Certes, j'avais fait sauter malgré moi le carcan de ces contraintes que la vie conventionnelle m'imposait, mais la réalité du moment guidait à chaque instant mes pas vers les opportunités à saisir pour la survie.

« Faire la cloche » reste aussi un métier, une technique, et mon nouveau quotidien était à découvrir : des gestes à première vue dégradants, du moins était-ce ainsi que l'on me les avait présentés à l'heure de l'éducation politiquement correcte.

Celui de fouiller les poubelles, devant tout le monde, indifférent à l'entourage, avec discernement, avec le soin attentif et concentré des spécialistes, avec cette curiosité pratique que la nécessité aiguise : besoin impérieux d'y trouver de quoi manger, de quoi se couvrir. Tout est bon à celui qui n'a rien.

Les nippes indignes des fripiers, les pelures éculées, les chaussures qui baillent de fatigue et sourient de tous leurs clous restent une aubaine pour le clochard. Il vit au-delà des modes et s'adapte.

Le geste d'oser mendier, de tendre la main. Il coûte, la première fois, et puis on s'habitue. On prend sur soi. Chaque don reçu, aussi modeste soit-il, est une victoire sur les autres.

L'usage de la liberté apprend à reconnaître de loin les cognes pour ne pas se faire ramasser comme « sans papier » ou « suspect » ou « vagabond ». Les comportements de fuite des animaux sauvages devant les prédateurs réapparaissent et deviennent pour nous instinctuels : il faut savoir passer à travers les mailles du « panier à salade ». Je ne veux pas, je ne veux plus rendre de comptes, me soumettre aux contrôles d'identité…

Je n'en ai plus, je n'en veux plus. L'identité suppose d'exister conventionnellement. Je m'y suis refusé. C'est une des composantes de cette nouvelle dignité que je me suis érigée en règle de vie. Pas de mépris, juste une grande indifférence, un peu hautaine. C'est le petit luxe que je m'offre vis-à-vis des autres dont le formatage normalisé m'est devenu insupportable.

Il y a maintenant bien des années que j'erre, solitaire, le long des chemins, dans la fange des rigoles, sous les voûtes aux courants d'air des ponts de hasard. Ils hébergent, au fil des saisons, ce débris que je suis devenu. Je parle peu aux autres. Je n'ai pas l'occasion ni le désir de communiquer, sauf laconiquement avec mes compères du macadam : les marginaux. J'en ai rencontré de toutes sortes. Le plus souvent nous gardons pour nous l'intimité de nos sagas personnelles. Le monde de la « cloche » est comme celui de la légion étrangère : le passé n'entre plus en ligne de compte, il est effacé. Les compteurs sont mis à zéro. Les jours n'ont plus d'autre raison d'être que d'être conjugués au présent, et à l'impératif des besoins et des nécessités. Nos échanges de vagants sont souvent partage : notre infortune commune nous rapproche. Je ne me reconnais plus vraiment. Il arrive que parfois le reflet d'une carrosserie automobile vienne me renvoyer, convexe silhouette, cette image décharnée et barbue que mon regard croise sans l'identifier. Je ne suis plus tout à fait moi-même. J'aime cheminer en solitaire. Mon silence extérieur a fait place à de sombres dialogues intérieurs durant lesquels j'ai cent fois tenté de refaire le monde. Ce n'est qu'une illusion, comme la vie. Mon errance fait de moi un ermite : j'ai perdu mon tonneau au profil des encoignures de porte mais suis à ma façon un Diogène philosophe. Le temps qui passe trop vite, même si mon emploi du temps a la laxité d'une entorse grave, ne m'a pas laissé le loisir d'une seule repentance.

Ces années que je ne compte plus ont glissé sur ma carcasse, épouvantail à moineau ambulant, dont je n'ai même plus honte. La vie à contresens est en effet aride : l'univers de la rue est une jungle. Seule la volonté de se maintenir sur cette voie est le moteur du quotidien : mélange de hargne et de colère au sentiment d'impuissance devant la société, désir de rompre tous liens avec ses impératifs. Lorsque le pli est pris, le retour apparaît inconcevable : la liberté est mon luxe : bannir le licol social se paye au prix fort. Cette jungle, il faut s'y mouvoir avec prudence. L'apprentissage de cette vie nouvelle est parfois périlleux. J'avais pu voir ce film de Kubrick : « Orange mécanique ». Le vieux Stanley n'était pas loin d'une certaine réalité : les jeunes requins, avides de proie facile à battre et dévaliser, existent bien de nos jours Je sais ma vulnérabilité face aux ravageurs des bas-fonds avides de se « faire un clodo ». Vigilant, je m'en méfie. La prudence est de mise dans ce monde parallèle : une faune marginale y est toujours en chasse à l'affût d'acte gratuit. Les « gothiques », criblés de « piercings » et aux chaussures ferrées de dockers, dont les coups au ventre ou à la tête sont parfois mortels, sont toujours en maraude. Les agressions de skinheads à la banane iroquoise polychrome, au regard perdu, pupilles dilatées et brillantes, en manque de drogue et de petite monnaie pour assouvir leur impératif besoin de défonce, sont toujours à craindre. Leurs yeux hagards au fond d'orbites noires ne reflètent plus que l'insatiable et douloureuse soif de stupéfiants. Leurs poings garnis de bagues en clous et leurs ceintures en chaînes de bicyclette ont déjà failli me faire passer de vie à trépas. Les quatre sous d'un clochard peuvent justifier un passage à tabac sévère ou un assassinat, pour justifier leur vol. La méfiance du vagabond est celle du loup solitaire et je l'ai acquise rapidement. Nécessité fait loi. L'instinct de l'animal primitif n'est pas loin sous le vernis de la civilisation et il resurgit très vite car la survie passe par là.

D'emplois journaliers, jamais plus : n'ai-je pas vu, une fois, venir vers moi, alors que j'étais accroupi contre un mur, une bourgeoise d'âge mur. Sa pitié lui avait fait traverser la rue pour venir me proposer de gratter et repeindre la grille de son jardin moyennant une modeste rémunération. Quelle femme humaine, débordante de bonnes intentions à mon égard! Si je l'ai écoeurée ! Non seulement mon refus l'a indignée mais mes protestations l'ont franchement vexée. Pour qui me prenait-elle ?

-« Je ne me chauffe pas de ce bois, chère madame. Il est hors de question que je travaille. C'est tout à fait fini ! De plus vous voudriez que cette conjoncture économique qui nous jette à la rue vous autorise à nous prendre pour vos nouveaux esclaves ? Vos nouveaux « noirs » pour effectuer des travaux de cette teinte.

La brave dame s'en revint dépitée d'une telle sortie, honteuse un peu aussi, du moins je l'espère. Je lui ai mis le nez dans sa crotte ! La charité chrétienne n'exclut pas le petit bénéfice et l'utilisation d'un « sans papiers » ou d'un clochard sous couvert d'obole humanitaire permet l'économie des charges républicaines.

De menus larcins en fouilles gourmandes des vieux cageots de maraîchers à la fin des marchés, aux explorations hasardeuses de poubelles, j'ai survécu au prix parfois de coliques et diarrhées mémorables... Prudence encore ! Nous vivons dans un monde étrange dans lequel les poubelles des uns nourrissent les autres. Jacques Brel disait dans une de ses chansons qu'« à la minceur des épluchures on voit la grandeur des nations ! »

Dans votre société, celle dont je me suis enfui, les impératives « dates de péremption » sont inviolables. Elles font alors le bonheur des parasites tels que moi. Nous sommes en effet moins regardants et nous savons nous contenter des poubelles qui débordent de denrées « périmées » ou bien invendables : je sais dépister avec flair celles des boulangers de luxe ou des traiteurs dans lesquelles les petits pains invendus et les restes de brandade de morue sont tout à fait comestibles. A condition, bien sûr, que les commerçants ne les gâtent pas avec de l'huile de vidange ou autres condiments de ce genre visant à les rendre impropres à la consommation. Car cela se fait ! Vous qui, au quotidien, vous attablez face à un couvert conventionnel sur une nappe blanche, vous ignorez ce genre de pratiques que l'on pourrait qualifier d' « inhumaines ». Nous autres, les va-nu-pieds de la vie, nous n'y voyons qu'une raison de plus d'être écoeurés de nos « prochains »…

Une raison supplémentaire de tenter de les ignorer bien qu'on les côtoie dans un coude à coude de nécessité. Il passent d'ailleurs sans nous voir, ou en feignant d'être aveugles à notre présence qui les gêne.

Et vous aussi m'avez-vous peut-être croisé sans me voir laissant votre rétine inconsciemment imprégnée d'une silhouette sans intérêt...

Mon errance ne fut pas celle du loup solitaire aux dents blanchies d'agressivité et de hargne. Elle le fut au début, renforçant ma démarche contestataire. Mais le temps passe. Il adoucit les rancoeurs, les rancunes.

Mon errance fut longue déroute...

Mon errance fut celle du chien galeux, fuyard craintif de la réalité...

Le temps a endormi les derniers relents de mon amour-propre et ma lâcheté, qui initialement venait hanter mon sommeil de renégat, s'est abrasée d'un hiver sur l'autre... Oubli, indifférence et solitude sont les murs cyclopéens de cet inextricable labyrinthe dans lequel, au hasard des carrefours, j'engage mes pas dans une mécanique sans logique et sans espoir...

Ma vie est-elle arrivée en bout de course ?

Mes paupières sont lourdes comme des portières de notaire sur les secrets de famille. Bruissent à mes oreilles les frémissements d'une allée et venue permanente, une vraie ruche vrombissante, avec un fond sonore rythmé toujours par ce souffle rauque omniprésent qu'il me semble mieux identifier... Immobile toujours... Serais-je donc vivant ?

Mes membres ne répondent toujours pas à mes ordres... Une grève sur le tas... Le tas c'est moi !

Je sens par instants, dans une angoisse anoxique, fourrager dans ma poitrine avec une cruelle insistance un ver curieux, long, qui me fait exploser douloureusement. Il me torture. Il descend lentement, se tortille et, avec délice, chatouille mon intérieur, fouille patiemment chaque recoin. Il se retire enfin et je sens vaciller ma conscience car j'étouffe. J'étouffe !

C'est merveilleux de percevoir une sensation, même désagréable. Je sens, donc je vis. Je souffre un peu, j'existe donc encore. L'air me manque, et la panique m'envahit, aggravée par une toux incoercible que je subis sans pouvoir m'en défendre. Elle m'arrache la poitrine, me déchire. J'éclate. Il me semble être menotté. Je suis désemparé face à cet étouffement que mon inertie ne peut vaincre. Réminiscence inattendue d'une après-midi d'été que la proximité d'un étang voulait rafraîchir : l'eau n'était pas cristalline, de ce turquoise des mers du Sud que nous brocardent les agences de voyages...

Une eau verte épaissie de vase. Nous y avions passé un après-midi d'août, échappés de la banlieue, avec pique-nique et transistors dans les sacoches des mobylettes ! Saucisson, jambon-beurre et chips. Les copains de la cité, pas plus que moi, ne savaient nager. La piscine était un luxe que nous ne connaissions pas. Après le déjeuner sur l'herbe, nous osâmes une baignade prudente et joyeuse. J'avais brutalement senti glisser mes pieds dans cette vase hypocrite de fond de lac, insidieuse, faussement douce aux orteils qui s'y complaisent. Glissade, donc, vers un trou dans lequel je perdis pied, déséquilibré, basculant dans l'immersion totale :

avalé par un milieu vert sombre dont la forte odeur de pourriture s'engouffrait dans mes narines, brûlant ma gorge, déclenchant les spasmes d'une toux aux arrière-goûts de terre mouillée. Je ne savais pas nager.

J'oscillais entre la profondeur de cette nuit émeraude et mortelle des eaux veloutées et, avec un coup de talon désespéré, l'émergence salvatrice éphémère en surface. J'étais avide d'une goulée d'air volée du bout des lèvres avant de replonger dans ce monde glauque. Il m'attirait à lui. Dans ma vaine agitation, à chaque tentative pour surnager, je voyais désespérément le soleil éblouissant, un carré de ciel bleu, une berge de verdure où les osiers jaunes aux troncs noueux s'ébouriffaient en touffes de feuilles vert-de-gris... Les cris joyeux de la bande des baigneurs me parvenaient par intermittence : ils n'avaient pas encore vu ma détresse ni réalisé le danger de mes agitations désordonnées qui leur semblaient ludiques. Ils se rendirent finalement compte de ma situation et se portèrent alors à mon secours dans un brutal silence, prenant soudain conscience de l'importance de l'enjeu. Presque inconscient, suffocant, hoquetant, mon corps fut tiré sous les arbres que je voyais tournoyer dans mon vertige. En soubresauts paroxystiques j'ai longuement vomi. Tripes et boyaux dit-on ! Des glaires mêlées d'eau vaseuse, une odeur de dégueuli rehaussée de celle, aigre, du rosé de Provence qui avait arrosé nos ripailles...

Je fus pour un temps guéri du vin rosé et n'oublierai pas la bienfaisante sédation qui a suivi cette noyade ! Le simple plaisir de respirer, entre deux quintes de toux, remontant du fond de mes bronches irritées des crachats aux relents d'eau surie.

Je revis aujourd'hui ces souvenirs réactivés par ces instants de suffocation que l'on m'impose et que je ressens douloureusement...

Est-ce torture ? Et pourquoi donc ?

D'ou me vient cette douleur de poitrine oppressante ?

Quelle est cette agitation autour de moi ?

Les souvenirs de mon passé le plus récent restent insaisissables... Je n'arrive pas à recoller les morceaux du puzzle éclatés dans ma tête !

Avais-je encore trop bu ?

L'alcool est le combustible du pauvre !

Une bouteille de vin en matière plastique vaut aussi cher qu'une eau minérale gazeuse. Mais quelle différence ! Quatre sous glanés, en faisant la manche au sortir des grandes surfaces, et la survie est assurée dans l'instant. Avec le délabrement physique du bonhomme, mendier sa vie reste toujours la meilleure ressource : il apitoie ! Faire la " manche " : c'est un art !

Avoir l'air digne, savoir se placer au sortir des caddies, savoir visser son regard dans celui, fuyant, du client qui passe, hautain et méprisant, la charrette familiale débordante de victuailles. Ne plus le lâcher ce regard. Le harponner ! Se dresser devant le chaland comme un reproche silencieux et inconscient à son opulence du moment.

Comme à la pêche : ferrer le poisson ! Savoir arracher dans ce regard l'éclat de gêne plus que de compassion. La compassion est un sentiment que beaucoup d'humains ont oublié !

Alors c'est gagné !

Passant, tu ne sais pas combien peut être incertaine, par les temps qui courent, cette opulence sur laquelle tu assieds tes certitudes. Certains fuient, regard lointain et lâche, portant cependant au fond d'eux-mêmes, l'espace d'une seconde vite oubliée, une mauvaise conscience passagère. Ils la refoulent rapidement sous le poids des arguments moraux : il n'a qu'à travailler, comme tout le monde, celui-là !

Mon cul ! Pour moi c'est bel et bien fini !

Pour les autres, ceux que l'on a harponnés du regard, la réalité de notre présence crève leurs yeux. Ils se sentent contraints de réagir. Ils mesurent inconsciemment cette crevasse entre leur « trop » et ma misère. Ils se laissent aller à un geste expiateur : une pièce pêchée en fond de poche et déposée, sans contact physique surtout, dans la paume de ma main tendue. Je mets parfois un gobelet de plastique et appâte le chaland en y déposant quelques pièces d'un euro. Pas de pièces jaunes : surtout pas ! Ce serait sous-entendre que j'accepte la petite monnaie. Pas de billet non plus : ce serait dissuasif. De plus le risque n'est pas négligeable de se faire alors détrousser par quelque malfrat.

La façon de donner vaut plus que ce que l'on donne, nous avait-on appris. Moi, je prends tout, quelque soit la façon dont la pièce est jetée dans ma sébile. Même lorsqu'à travers le geste je perçois le profond dédain affiché de celui qui pressent que l'achat permis sera celui d'une boutanche de « gros rouge qui tache ». L'amour-propre est une notion de gens civilisés, c'est-à-dire ayant un toit et une raison sociale…

Je n’ai plus de raison du tout, sauf celle de survivre. Alors, l’amour-propre, je mets mon juteux dessus et m’accommode autant que faire se peut de ce qui m’échoit !

Je ne pousse pas l’insolence jusqu’à mettre un petit écriteau : « la maison n’accepte pas les chèques » ! On ne fait pas la fine gueule sur le trottoir.

Parfois le geste maternel d’une matrone, entourée d’une descendance joufflue, se veut donneur de leçon de morale à sa progéniture. Elle éduque, ce sont les travaux pratiques ! Elle puise dans le caddie et y recherche un des paquets de biscuits du goûter des enfants ! Elle montre ostensiblement à ses petits l’intérêt de ne pas donner d’argent mais d’assurer une aide calorique !

Geste moralisateur devant l’œil juvénile et crédule qui se dit qu’il a vraiment de la chance de n’avoir ni ma crasse, ni ma déchéance !

Savent-ils qu’un jour je fus comme eux, un bambin joufflu, sans souci, gâté et encore innocent de ce que la vie peut nous réserver ?

Mais je sais, moi, que leur ligne de vie est déjà gravée au fond de leur main potelée : sillon porteur de joies et de déboires qui s'achèvera vers le poignet, dans le creux d'une paume, plus ou moins brutalement, dans un point d'interrogation !

Ils en ignorent le cheminement secret dans leur candeur, ils en ignorent les embûches, les virages brutaux... Ils ignorent que cette ligne n'est pour chacun de nous qu'un cul de sac, une chute dans un cul de basse fosse.

On leur inculque la notion d'un Dieu consolateur et bienveillant, à ces petits anges : il jugera de leurs bonnes actions. Si l'homme a créé Dieu, c'est par la nécessité de conjurer sa trouille d'orphelin sur la planète bleue : rassurant de se trouver un Papa qui vous donne rendez-vous dans un monde meilleur. Pratique aussi d'agiter le fanion d'une telle croyance pour diriger le peuple : je crois aussi comprendre, au fil du temps, à quel point le sabre et le goupillon ont fait marcher dans le sens désiré le troupeau crédule aiguillonné par la férule brandie d'une crainte de l'Enfer. Je n'ai jamais rêvé d'une autre vie que celle dans laquelle je me suis débattu : la seule qui nous soit donnée et dont il nous faut, malgré nous, nous contenter.

Je gamberge à pleins tubes : la Vie doit donc souffler encore un peu en moi !

Un effort pour ouvrir les yeux ; je sens une présence, un va-et-vient, un déplacement, un parfum de femme capiteux...

Ce doit être une illusion...

J'ai oublié ces parfums de femmes qui pouvaient me faire tourner la tête dans mes années d'adolescence, puis plus tard. Ils éveillaient en moi d'incontrôlables sentiments de bien-être, mêlant les vibrations amoureuses sous-tendues par des images de désir charnel.

Me reviennent à l'esprit, préludes à de douces nuits d'amour, ces instants de lente conquête dans la suavité des fragrances féminines attisant l'attrait, faisant battre le sang aux tempes, ouvrant la voie aux serments les plus fous d'éternité pour conduire à la convergence des convoitises et au clair obscur des effeuillages…

Je sombre à nouveau dans la torpeur épaisse qui m'enveloppe comme les brumes cotonneuses de l'hiver. Elle capitonne mes sens, gomme le décor, et m'isole au fond de moi-même. Je suis immergé dans la glauque densité de mes angoisses.

Un retour

Combien de temps ai-je passé dans la plus complète léthargie, dans cet étrange écrin où mon esprit tourne en rond, et rebondit douloureusement sur ces plans de mon passé qui l'enserrent ? Mon inertie du moment et la reprise d'une certaine conscience font comme une chambre d'écho à mes réminiscences.

Y retentissent les remords que j'ai portés depuis des lustres dans mon errance, carcan dont la douleur s'estompe.

Ils ont cette résonance affaiblie du big-bang fondateur que captent au-delà des années-lumière les télescopes : un murmure de remords, une ombre à peine marquée sur l'écran de mon quotidien.

Chacun de mes pas durant ces années qui ont vu blanchir mes tempes a été meurtri par les scrupules cristallisés autour de ma désertion. Un scrupule, nous avait appris notre vieux maître d'histoire, est un petit caillou dans la chaussure, le scrupulus : à chaque pas il nous rappelle à l'ordre par la douleur qu'il induit. Le temps a fait que je me suis habitué à cette vieille gêne sans plus la sentir : scrupules et remords sont comme les rhumatismes de la personne âgée : on vit avec ses algies. On finit par s'y faire. Tout au plus, le matin, viennent-elles nous tirer par la manche en se rappelant à nous, mais on y reste volontairement sourd car la vie continue et la nécessité d'y faire face.

Bien des années plus tard, j'ai osé reprendre la route de cette ville, témoin de mon drame, de la fracture brutale de ma vie.

Sans doute tous ceux qui m'ont connu m'avaient-ils porté disparu ?

Lorsqu'un bateau coule, les flots lissés par la brise oublient vite qu'un drame s'est produit. Le fond des océans est jonché d'épaves dans lesquelles blanchissent d'anonymes ossements.

Le chemin m'a paru long mais j'étais déterminé à boire le calice jusqu'à la lie. Les criminels reviennent toujours, dit-on, sur le lieu de leur crime. Pour moi, je revenais sur le site de mon propre assassinat. Je m'étais rayé volontairement de la liste des habitants : un suicide social en quelque sorte ! Il y en a ainsi, paraît-il, plusieurs milliers par an dans notre beau pays !

Une ombre barbue et hirsute, la mienne, a osé longer les ruelles de son enfance, a voulu humer les traces de son adolescence. Les quartiers changent peu, ce sont les hommes qui changent. Je retrouvais sans difficulté le bloc dans lequel, avec mes parents, j'avais partagé mes premières années. Il avait aussi beaucoup vieilli : les cités sont vulnérables au temps et à leurs habitants : des tags polychromes alignant des mots illisibles tracés en trois dimensions, des personnages torturés, tapissaient les murs du rez-de-chaussée. Les antennes paraboliques avaient fleuri sur les balcons et les géraniums étaient morts. Elles scrutaient le ciel, en un même point, inquiétantes, dans leur attente silencieuse. Je fis le tour des boîtes aux lettres : celles dont les portes n'étaient pas arrachées ne portaient plus de noms que je connaisse. Beaucoup de ces derniers avaient des consonances étrangères. Des femmes portant des enfants sur les bras me dévisagèrent. Rapidement des groupes de jeunes aux casquettes insolemment rejetées, visière sur la nuque, vinrent me reluquer. Je sentis, sans qu'il fût besoin d'un dessin, que je devais me carapater avant d'être agressé. Mes nippes et mon chargement de vieux routier semblaient franchement les indisposer. Je fis machine arrière. Mes souvenirs de loubard aux « cuirs » noirs me revenaient en mémoire alors que je recherchais le bar du coin, celui du juke-box et du flipper. Je tournais plusieurs fois dans les ruelles mais je devais me rendre à l'évidence : il n'était plus là. Il se trouvait remplacé par une boucherie Hallal dont la vitrine saignante exhibait les cœurs et les foies d'agneaux et des côtelettes. Autres temps, autres mœurs et « autant en a emporté le vent ». Ces changements me déçurent mais m'aidèrent à supporter l'idée que mon départ n'avait pas été vain : j'avais eu raison de me soustraire à ces bouleversements qui avaient, à la façon des gravats après un tremblement de terre, enseveli mon passé.

J'allais jusqu'à la cité voisine, celle dans laquelle j'avais osé rêver de bâtir un avenir avec ma femme et mon enfant. Depuis le temps de cette nuit fatale de ma désertion, là non plus, je ne retrouvais ni mon nom, ni celui de mon épouse sur les boîtes aux lettres. Avait-elle déménagé ? Avait-elle refait sa vie et portait-elle maintenant un autre nom que le mien ? Avait-elle enfin acquis ce pavillon avec jardin dont nous avions osé rêver ? Je reprenais ma marche, silencieux, plongé dans mes songes. Pas de regrets ! Pas du tout. Il n'était pas question de m'apitoyer sur mon sort. La nostalgie est un luxe de poète. J'assumais sans douleur ce cheminement, simplement, avec en bouche et au fond du cœur une nouvelle amertume dont j'avais au fil des jours perdu le goût. Reviviscence d'une colère oubliée contre ce monde intransigeant dont chaque individu immatriculé reste une composante anonyme et dont je me suis volontairement retranché.

Et puis, mes pas m'ont conduit, en cette fin de journée pluvieuse, jusqu'au salon de coiffure dont j'avais été un temps le décorateur. Du bout de la rue je vis l'enseigne lumineuse. Elle n'avait pas changé.

Ma silhouette a glissé sans bruit le long des trottoirs pour s'arrêter enfin, l'espace d'un instant, devant la vitrine embuée. Car il était toujours là, ce salon, presque comme je l'avais laissé. Il avait aussi vieilli, comme moi. L'enseigne lumineuse avait deux lettres mortes, éteintes. J'osais jeter un œil timide de loin d'abord, puis rassuré par mon aspect méconnaissable, tellement modelé par ma vie, je me hasardais, traversant la rue, à m'en rapprocher.

La lumière blanche des éclairages au néon inondait la pièce et irradiait sur le trottoir, tranchant en une plaque lumineuse, sur la semi-obscurité de cette fin de soirée. Je pus voir la silhouette d'une matrone en bigoudis, couverte d'une blouse blanche, lisant avec attention un magazine, sagement soumise au casque lui cuisant la mise en plis...

Plus loin devant la grande glace, dans un fauteuil, une autre cliente volubile parle avec la coiffeuse...

Et la coiffeuse répond : je vois ses lèvres bouger sans percevoir le son de sa voix...

La coiffeuse…

Elle est grande, penchée sur la chevelure à dompter, peigne en main droite, et ciseau en main gauche... Le geste semble sûr. Elle est attentive.

Elle est brune aux reflets roux, les cheveux mi – longs ! Sa blouse blanche masque ses formes mais les jambes sont longues.

Je n'en vois que le dos. La glace infidèle dans la buée des vitres ne révèle qu'imparfaitement le visage...

Va-t-elle se retourner ?

Elle devrait avoir vingt ans...

Et je ne sais rien d'elle, que son nom inscrit sur la porte : c'est aussi le mien !

Penchée sur sa cliente, elle s'active, bavarde. Elle tourne autour du fauteuil. Elle fait maintenant face à la vitre que mon regard humide traverse avec émotion...

Son visage que je vois de trois-quarts a le galbe doux des icônes byzantines. Elle jette un regard bleu sur la rue et accroche pendant une fraction de seconde ma misérable image, croisant mon regard avec l'indifférence totale de ceux auxquels le quotidien ne peut rien apporter de nouveau.

A-t-elle seulement vu mon ombre ?

Elle ne voyait rien d'autre, simplement, dehors, que le temps qu'il faisait, au-delà de cette forme indistincte qui l'observait. Elle ne regardait pas. Elle était sans attente, passive dans l'instant. Je sentis douloureusement que son cœur était vide et qu'elle était moulée dans sa routine, engluée dans la nécessité de mener à bien ses incompressibles heures de travail l

Elle reprit la coupe, laissée en suspens le temps d'un soupir, d'un geste énergique et précis, conversant avec volubilité. Et ses propos faisaient sourire cette tête à friser que la glace me renvoyait.

Cette scène n'a pas duré une seconde. Elle m'a semblé, bien sûr, trop courte. Je ne pouvais rester planté là sans attirer l'attention car mon allure était plus que douteuse. Le vagant est toujours un suspect. Je me fis reflet de hasard, et m'éclipsais, reprenant à regret ma déambulation de revenant, de zombie aveugle. J'aurais bien aimé rester là à la regarder encore quelques minutes.

Ouvrir la porte et en franchir le seuil dans les stridulations de la sonnette, il n'en n'était, de toute façon, pas question.

Il est des pas sur lesquels on ne revient pas. Sur lesquels on ne peut revenir. Les traces dans les sentiers de la vie sont comme celles laissées sur la plage : la marée les efface et nul ne peut y retrouver son empreinte. Les chemins que l'on suit sans espoir de retour, sont ceux du destin, balisés par nos choix, sacrifices toujours, et toujours hasardeux.

Je pris conscience, alors, que cette solitude contre laquelle je me cogne inlassablement la tête, avait l'infranchissable épaisseur d'un mur de citadelle dont j'étais prisonnier volontaire.

J'avais donc revu ma fille...Et tant d'années après…

Elle, elle n'avait vu que le ciel gris et la pluie de la rue, à cent lieux de penser que cette marionnette curieuse derrière la vitrine pouvait être son père !

Je ne saurais donc rien d'elle.

Qu'avait-elle vécu ?

Où avait-elle trouvé l'affection qu'un père aurait dû lui donner ?

A-t-elle pensé à moi avec haine ou dédain ?

A-t-elle pu comprendre ?

Qu'importe... Tant d'années sont passées !

De ma femme je ne sais rien...

Est-elle encore seule ?

A-t-elle refait sa vie ?

Qu'importe... Il est si loin le temps de l'explosion de mon univers que la déflagration s'est épuisée, que le souffle en est retombé, que les fragments dispersés en furent polis par les années, que les arêtes vives et douloureuses se sont adoucies, érodées par l'oubli.

Mon Big-bang s'est dilué dans le temps…

Il n'y a rien qui puisse lui résister, surtout à l'échelle des hommes et nos soubresauts sont vains...

Le réveil

Ce visage émacié, rasé de frais et pâle, à la toison blanchie, aux cernes gris que me renvoie la glace accroche mon regard et l'étonne !

Se peut-il que ce soit moi ?

Propre, récuré comme un objet de récupération de dépotoir à nouveau revalorisé par un décrassage énergique. Suffisamment présentable pour être encore un peu côté à un vide greniers de quartier !

Il y avait si longtemps que ma barbe avait envahi mon visage en me donnant des allures de prophète malpropre que j'avais oublié mes traits : le regard reste le même, mais les rides m'ont raviné, sculpté, modelé : les joues sont creusées, les mâchoires soulignées par trop de dents perdues, les orbites profonds. Je devine presque, aux contours osseux qui se dessinent, ce que sera cette tête de mort que je laisserai un jour à la croisée des chemins.

La chemise de mon pyjama bleu d'hôpital flotte, ouverte sur ma poitrine glabre. Elle révèle l'amaigrissement. J'ai le flanc osseux des haridelles en bout de course. L'ombre des salières comme le relief des côtes me font un thorax de Christ roman pathétique.

Mais le flanc du Crucifié était percé à droite par la lance consciencieuse du légionnaire...

Pour ma part, une cicatrice verticale en ligne droite suit l'axe de mon sternum : vingt cinq centimètres d'une balafre franche tracée d'un geste sûr ! Du beau travail. Haute couture !

Quelle histoire ?

Je la sais car j'en ai recollé les bribes de la bouche des soignants, ramassant les tessons et remontant le temps de cette semaine d'amnésie... Je fus transporté au bloc, annoncé par le radiotéléphone du Service d'Ambulance Médicalisé d'Urgence qui m'avait ramassé : la salle d'opération était sur le pied de guerre en attente de mon arrivée. Mon état précaire m'avait fait transporter directement sous les scialytiques. D'un coup de ciseau, mes hardes tachées de sang avaient été fendues. Rien n'allait assez vite.

Le " palpitant " avait l'air de n'en plus pouvoir, de n'en plus vouloir, se débattant en soubresauts irréguliers et désespérés, comme un oiseau blessé, au fond de ma cage thoracique !

Le chirurgien assis au bord de mon lit est venu m'expliquer qu'il m'avait repêché par les cheveux :

- Bien que l'orifice d'entrée ne soit pas grand, un centimètre seulement, me dit-il en me montrant un petit trait rougi sous le mamelon gauche, seulement la largeur d'une lame de couteau suisse, le dégât était sérieux.

Il s'agissait d'un surin de boy-scout à manche rouge croisé de blanc figurant la croix helvétique. La lame n'en est pas très longue, précisa-t-il mais cela suffit à piquer dur...

Je me souvins alors de cette rixe sur les quais, sous l'arche d'un pont, entre confrères du macadam. Nous avions paraît-il bu plus qu'il n'aurait fallu, ce qui aurait échauffé les esprits.

Si j'en crois mon barbier, la sonde gastrique mise en place aurait vidangé un bon litre de vin rouge ! Quel dommage ! Mais ce n'était pas du Château Margaux !
Une empoignade toute bête dans l'excitation du moment, allumée par l'alcool et qui a tourné au vinaigre !

Une pocharde irascible qui partageait notre campement : lui ai-je manqué de respect, peut-être ? Toujours est-il qu'elle m'a planté d'un poing décidé le petit bout d'acier en plein dans le mille. Il paraît que c'est le ventricule droit qui, perforé, saignait à bas bruit.

Ma réanimation fut prolongée car j'étais bien mal à l'arrivée, presque aussi froid qu'un macchabée. Je suis passé, pour cette fois, à côté du trou !

Le chirurgien a bien fait son boulot ! Il avait d'ailleurs l'air content de lui !

La Bête au souffle chaud, la machine de respiration artificielle a su réchauffer mon corps en lui insufflant le souffle vital...

Ce n'était pas pour cette fois-ci...

Je n'ose regarder ma ligne de vie !

Ai-je eu de la chance... Je ne sais...

Je quitte leur boutique ce matin. Un pâle soleil hésite entre deux nuages. La terre tourne encore. Pour moi, chétif insecte, la vie est encore dans ce corps que je vais traîner un peu plus loin. Mon modeste baluchon attend au pied du lit et seul le hasard sait où iront mes pas.

EPILOGUE

La dépêche du midi, Toulouse, 20 Janvier 2004

La vague de froid sibérien qui a déferlé sur l'Europe s'est intensifiée et notre « ville rose » n'est pas épargnée. Les températures battent des records : à près de moins dix degrés Celsius les berges de la Garonne sont couvertes d'une plaque de glace. Les problèmes de chauffage se posent de façon aiguë pour les gens modestes car le coût du gaz et du fioul domestique va en augmentant.

Les services municipaux et les associations locales d'assistance aux démunis se sont mobilisés pour venir en aide aux sans-abri et aux S.D.F. Des gymnases et des salles de classe ont été ouverts le soir afin de les héberger et de les nourrir avec l'aide des Restos du Cœur. Le SAMU social passe régulièrement dans nos rues pour ramasser les sans-abri afin de les mettre à couvert, compte tenu des intempéries hivernales particulièrement rigoureuses et dangereuses, cette année.

Il est cependant à déplorer un décès survenu cette nuit et dû au froid : le S.D.F. retrouvé sans connaissance au petit matin était recroquevillé sur lui-même, enveloppé dans un sac de couchage sur les marches du marché des Carmes. Il était probablement mort d'hypothermie en fin de nuit. Dépourvu de papiers, son identification n'a pas été possible. Son corps a été transféré au dépositoire de la morgue du CHU de Rangueil. Les gens du SAMU social ont été atterrés à cette nouvelle. Ils avaient en effet longuement parlementé la veille au soir avec cet homme pour le convaincre de les suivre. Il avait refusé avec véhémence leur proposition en arguant de « son libre arbitre et de ses droits à la liberté ». Il avait, disent-ils, affirmé qu' « il ne voulait plus rien devoir à la société avec laquelle il avait rompu les liens depuis bien des années… »

Un tel accident pose un grave problème de société car la conjoncture actuelle favorise de telles réactions de rejet et laisse de plus en plus d'individus en marge de notre collectivité. Leur cohorte silencieuse et souvent invisible aux yeux de tout un chacun va en augmentant. Elle croise à « contresens » le courant politiquement correct de la majorité de nos concitoyens sans s'y mêler. Deux mondes parallèles qui cohabitent et qui s'ignorent…

Table

Mise en page : Sandrine LASSERRE

Crédit Photographique : Marie Gabrielle GLOCK

--0--

Achevé d'imprimer : Décembre 2009

G.N. impressions – 31340 Villematier.

gnimpressions@ wanadoo.fr

Dépôt légal : Décembre 2009

Imprimé en France

10€

LE BÂTISSEUR DE CHAPELLES

DU MÊME AUTEUR

Romans

La Carriole, Editions Phébus, 1995 (Prix Gironde 1995)

Le Jas des terres longues, Editions du Comptoir, Paris, 1997

Le Bois des Malines, Presses de la Cité, 1999

La Nuit des abeilles, Albin Michel Jeunesse, 2000

Fugue italienne, Editions Jean-Claude Lattès, 2000

Les Roses rouges de décembre, Presses de la Cité, 2000

Livre d'art et de photographies

Nice 360°, Editions Priuli-Verlucca, Turin, 2001 (français — italien — anglais)

Littérature jeunesse

Terre est une vague amoureuse, Editions Grandir, 1991. Illustrations Haruhiko Kawasaki

L'Enfant de nacre, Editions Grandir, 1991. Gravures Elbiot Mazet

Le Chapeau de Myrtille, Editions Grandir, 1992. Illustrations Kota Tanuichi

Le Fil d'Ariane, Editions Grandir, 1994. Gravures Elbiot Mazet

Jérôme le fantôme, Editions Grandir, 1994. Illustrations Françoise Malnuit

Les Deux Frères et la pierre de miroir, Editions Grandir, Alain Sèbe Image, 1994

Le Buveur d'étoiles, Editions Lo Païs, 1997. Illustrations Joly Guth

Marie et l'étoile perdue, Editions du Ricochet, 1998. Illustrations Joly Guth (Prix 83 du livre jeunesse 1998)

Poemios au vent méchant, Pluie d'étoiles Editions, 1999. Illustrations Joly Guth

Dis Pierrot, c'est quand la récré?, Editions Lo Païs, 1999. Illustrations Joly Guth

Graine de lilas, Editions du Ricochet, 2000. Illustrations Joly Guth

Les Jardins de l'île, Editions Lo Païs, 2000

Poésie

Non initiation, Les Paragraphes littéraires, Paris, 1978

La Mort de José Luis, Editions La Table rase, 1980

Maux dire, Editions Le Temps parallèle, 1982

Equinoxe du silence, Editions Le Temps parallèle, 1983

Garde fou, Editions Lithographiques Georges Point, 1984

Du rouge sous les ongles, Editions Le Temps parallèle, 1986. Préface Jean Bouhier

Les Mains de pierre, La Bartavelle Editeur, 1988

L'oubli est un nuage silencieux, La Bartavelle Editeur, 1992

Théâtre

La Braises de la liberté, La Bartavelle Editeur, 1989

Anthologies

La Poésie du XXe siècle, t. III, Robert Sabatier, Editions Albin Michel, 1988

Anthologie des poètes du bonheur, André Giovanni, Editions le Cherche-Midi, 1990

Poésie I, Numéro 14, Poètes du Sud, Jean-Max Tixier, Editions Le Cherche-Midi, 1998

Découverte des herbes de Provence, Gilbert Fabiani, Editions Equinoxe, 1998

Jean Siccardi

LE BÂTISSEUR DE CHAPELLES

Roman

Production Jeannine Balland

Romans Terres de France

PRESSES DE LA CITÉ

ISBN 2-258-05 450-8

Comme le souvenir de ce qu'il avait vu
dans la chapelle ne le quittait pas,
il demeura le front dans ses mains,
recherchant pour la millième fois
ce que signifiait ce songe.

Anatole France, *Le Puits de Sainte-Claire.*

1

C'était un après-midi de novembre. Du haut de la tour du château de Castellaras, Eléonore d'Aquin se noyait dans un brouillard si épais qu'elle ne distinguait pas les cèdres bordant le muret du cimetière. Elle fondait son ennui dans une mélancolie tenace. Un ciel mauve comme des chrysanthèmes et une pluie invisible traversaient sa nuque. Elle attendait une improbable distraction. Ses tempes vibraient aux cris d'un colporteur, au galop d'un cheval, aux grincements des essieux d'un chariot. Eléonore rêvait d'amour et d'aventures. Elle désirait tout ce qu'une femme de vingt ans pouvait espérer de sa jeunesse. Mais le sort et sa condition en avaient décidé autrement.

Son avenir était tracé depuis sa naissance. Le duc Michel de Savoie, cousin de Charles-Albert de Savoie-Carignan, avait choisi d'unir sa fille au comte de Sospel. Les deux territoires, liés à l'autorité du royaume de Sardaigne et du Piémont, jouissaient d'une position enviée. Ils exaltaient grandeur et magnificence. Ils narguaient la redoutable Provence et la puissance du royaume de France.

La cité était nommée viguerie. Elle portait le titre de comtesse de Castillon et de Moulinet avec « grand train, équipage, grades, consignes, privilèges ». Le Magnifico Conseglio di Sospello était chargé de régler les affaires de la communauté, d'en établir les règles, les statuts, les lois, de veiller aux acquis. Au son d'une cloche battant le rythme coutumier, le conseil ordinaire et le grand conseil rendaient la justice dans la salle d'honneur du château de Castellaras. Les armoiries de Savoie et l'écu d'azur à quatre chaînes d'argent représentant la dignité de Sospel honoraient l'autorité du comte Julius Reymont de Castellaras. Son jugement était terrible, ses sentences sans appel. Ses compétences étaient définies par le code Vittoriano, aucun autre n'était valable, pas même celui du comté de Nice, encore moins les lois napoléoniennes.

Sospel possédait une administration pour s'occuper des condamnés et de la confiscation des terres. La bourgade encaissait bans et gabelles, gérait une compagnie de gardes et de soldats, entretenait une prison souvent bien garnie de bandits de grand chemin, de chauffeurs siciliens, de coupe-jarrets sanguinaires venus détrousser marchands ambulants, fermiers imprudents et propriétaires trop bavards.

La vie dans cette enclave frontalière était âpre et rude. C'était une existence de montagnards, inhospitalière, faite de contraintes pesantes où les traditions et la religion exerçaient des lois naturelles. Le froid et le gel persistaient de longs mois, à quelques lieues des citronniers et des orangers de Menton. Sospel et Moulinet tournaient le dos à la Méditerranée. Elles faisaient face aux aiguilles glacées.

Malgré tout, les produits de l'olivier, des châtaigneraies, de la forêt, la culture du blé, du seigle, de l'orge, l'élevage des chèvres et des moutons assuraient une prospérité agricole et pastorale, contentant une population repliée sur elle-même.

Par l'union d'Eléonore d'Aquin au comte Julius Reymont de Castellaras, l'ancienne voie muletière fut désignée Route royale. Dès lors, les caravanes du sel, de Nice à Turin, empruntèrent cet itinéraire. Les colonnes de mulets traversaient la Carriéra Longa, la rue commerçante de la rive gauche de la ville, et gagnaient le Pont vieux. Au centre des deux arches séculaires s'élevait une tour de défense triangulaire. Là, les caravaniers s'acquittaient de leurs droits de péage et pouvaient ensuite reprendre la route vers le Piémont. Parfois, lors de grosses chutes de neige, ils restaient plusieurs jours, voire des semaines, dans la ville, ce qui provoquait une agitation particulièrement bruyante sur les places Saint-Nicolas ou de la Cabraïa. Ils dormaient sous les arcades, s'abritant du froid, se réchauffaient autour de braseros de fortune et attendaient patiemment que les cols soient franchissables. Une dernière bénédiction, une messe à l'église des pères franciscains, et les longues files de mules passaient la rivière de la Bévéra, prenaient les sentiers alpestres pour disparaître dans les premiers raidillons.

— Madame, le soir tombe, il est tard, insista la dame de compagnie.

Eléonore ne l'entendait pas. Elle percevait au-delà des crêtes du col de Brouis le roulement des vagues effleurant les rivages de San Remo. Elle tendait l'oreille, prenant le temps de voyager un instant sur les goélettes à la proue racée. Elle voguait avec les goélands et les mouettes par-delà les grandes voiles blanches, tendues dans le ciel azur. Mais le vent roulant et la voix aigrelette de la vieille gouvernante la ramenaient irrémédiablement vers la demeure glacée et noire de son époux, le comte Julius Reymont de Castellaras.

— Il fait froid, Madame, et le comte va bientôt revenir !

Eléonore haussa les épaules et se détacha de son chaperon. Elle restait figée, le regard fixé vers un horizon impalpable. La fraîcheur prenait ses épaules. Elle remonta son châle sur sa nuque. La cloche de la chapelle Sainte-Croix sonna l'angélus. Une eau grise, chargée des pluies d'automne, gorgeait la Bévéra. Les maisons arc-boutées les unes contre les autres, défendues par de hautes murailles, mille fois dévastées par les invasions mauresques, les guerres, les sans-culottes, et mille fois reconstruites par les habitants se resserraient dans les remparts. Elles se protégeaient de l'hiver et des génies malfaisants qui hantaient l'âme des « traverseurs » perdus dans les tourmentes glacées quelque part vers la cime du Diable, la vallée des Merveilles ou le col de Braus. Car pour fuir ou rejoindre ce pays dantesque, on était obligé d'affronter les défilés périlleux.

D'énormes nuages s'amoncelaient sur les sommets et enfonçaient dans la plaine leur pénombre tenace. Certains jours, on confondait l'aube et le crépuscule, minuit et midi. Sospel, la comtesse brune, dégageait une atmosphère oppressante pour celui qui n'y était pas né. Ici, il fallait être du pays pour discuter, marchander, engager des affaires. L'étranger était mal accepté, le voyageur, regardé avec le mauvais œil, sauf s'il avait des richesses à dépenser chez les aubergistes et les négociants de la bourgade.

Puis, au printemps, comme par enchantement, le pays se métamorphosait. La nature s'embrasait de couleurs vives. Sources et ruisseaux gargouillaient dans les sous-bois. Les cloches des vaches animaient les pâturages. Le bêlement des moutons annonçait la transhumance. Le ciel revêtait jusqu'au début de l'automne un bleu limpide et pur. Les Alpes découvraient leurs crêtes blanchies. Les volets s'ouvraient en grand sur la Bévéra. Les gens discutaient fort tard sur les pas de porte, les bancs de la rue Longue ou autour de la fontaine *Sout'a logia.* Ils riaient, buvaient, encombraient les tavernes et les tables communes installées sous les tonnelles.

Les prospères commerçants italiens emménageaient l'été dans les demeures cossues pour profiter de la montagne et se refaire une santé. Lors des fêtes votives, tout le monde dansait au son de l'accordéon et des mandolines, oubliant, l'instant de la belle saison, les rancœurs ancestrales.

Du haut de la tour, Eléonore espérait jour après jour le mois de mai. Silencieuse et recluse, elle se réfugiait dans un mutisme qui convenait parfaitement au comte. Elle se contentait de lui sourire lorsque, par bonheur, il daignait lui adresser un compliment. Elle rejoignait des paysages et des rêves lointains.

— Monsieur le comte va rentrer ! répéta à nouveau Louise Vignola, la gouvernante.

— Juste une minute, souffla Eléonore.

— Madame, je vous en prie !...

Elle savait que Julius Reymont de Castellaras n'appréciait pas qu'elle soit hors de ses appartements quand il revenait de la chasse ou de ses rendez-vous d'affaires. Il entrait dans une fureur rare, terrorisant les servantes et le personnel. La pauvre Eléonore se cloîtrait alors dans sa chambre et attendait que l'orage passe. Elle en voulait à son père de l'avoir poussée dans les bras de ce roitelet issu d'une petite noblesse italienne. Possessif, influent, d'une jalousie féroce, il était prêt à toutes les exactions pour aboutir à ses fins. Il se comportait en conquérant absolu des terres de Castillon à Moulinet. Il était le seigneur de Sospel. Il représentait Dieu. Personne n'osait se mettre en travers de son chemin, encore moins le contrarier.

Le mariage avait eu lieu deux années auparavant, un dimanche de juin 1838. Une messe digne d'un couronnement royal avait été célébrée à l'église Saint-Michel en présence de l'ambassadeur d'Autriche, de tous les dignitaires de la Savoie, du comtat de Sospel, du Piémont, de la Sicile et de la Sardaigne. Le maestro Giuseppe Verdi avait composé une musique nuptiale. Le son des grandes orgues, accompagné des chœurs, s'était élevé dans la nef et rendait l'événement solennel. La foule se pressait jusqu'à l'étouffement. Toutes les têtes, sans exception, étaient dressées en direction de l'autel. Chacun voulait apercevoir la future épouse. Elle était d'une blancheur d'hostie, d'une transparence diaphane, presque irréelle. On avait l'illusion de transpercer son corps. Julius Reymont jubilait. Un sourire satisfait barrait son visage. Il était admiré et envié. Il mettait dans son lit une jeune aristocrate de vingt ans de moins que lui.

Monseigneur Sola, évêque de Nice, avait dû, contraint et forcé, bénir les époux car il connaissait parfaitement la réputation peu catholique et féroce de ce noble personnage. Lors du geste sacré, il avait dévisagé avec compassion la jeune fille, imaginant bien ce que serait son existence future. Longtemps après, il avait prié en secret pour Eléonore.

Le cortège avait eu du mal à franchir la foule. Une marée humaine se pressait sur le parcours. Les vieilles, étonnées, se demandaient ce qu'une telle beauté venait faire dans ce trou à rats. Des clameurs, des vivats, des hurlements enthousiastes s'élevaient, mêlés aux cloches des églises du comtat qui sonnaient à toute volée. On essayait de toucher cette princesse, de la frôler. On lui tendait des bouquets de jasmin et de roses. Eléonore était à la fois sublime et tragique.

Un banquet aux flambeaux avait réuni la population. Une centaine de moutons avaient été abattus et rôtis à la broche dans la cour du château. Les fûts rompus à la masse, le vin avait coulé à flots. La fête s'était terminée au petit matin. La plupart des invités dormaient à même le sol, incapables de se lever et de rentrer chez eux. Ils avaient bu, chanté en l'honneur d'Eléonore, entamé des farandoles monstres et bu à nouveau jusqu'à l'enivrement. Peu à peu l'orchestre du *balletti* s'était éteint et l'aurore avait pointé ses premières lueurs.

Julius Reymont de Castellaras avait alors entraîné sa jeune épouse dans une chambre, déchiré ses voiles blancs et sa robe de soie. Sans pudeur ni précaution, tel un maquignon, il avait admiré ce corps qui lui appartenait totalement. Eléonore, pétrifiée dans une nudité soudaine, n'avait pu prononcer une seule parole. Le regard du comte l'avait obligée à baisser les yeux. Elle avait senti son souffle aviné parcourir ses épaules, ses reins, ses jambes et s'attarder sur son sexe. Il l'avait prise fermement par la main et entraînée sur l'immense lit à baldaquin. Eléonore s'était mordu les lèvres au sang pour ne pas hurler. Une brûlure vive lui avait traversé le ventre.

Depuis, elle redoutait le soir, lorsqu'il se glissait entre les draps, la forçait avec une vigueur terrible, sans caresse ni baiser. Elle était une proie acculée au fond d'une nasse. Elle subissait ces étreintes répétées et déchirantes. Elle gémissait, simulant un frêle plaisir pour en finir au plus vite. Ensuite, son mari s'endormait d'un coup en lui tournant le dos. Aux premières lueurs, il regagnait ses appartements.

Alors, délivrée, Eléonore se blottissait très loin dans un recoin du lit, rejetant les odeurs fauves de transpiration et de linge souillé. La jeune femme pleurait. Elle maudissait sa condition, refusait les mots de possession et de domination répétés sans cesse par l'homme pour activer sa jouissance.

Elle ne pouvait se soustraire à ses obligations. Toute clarté s'éteignait en elle.

Eléonore redescendit les escaliers en colimaçon, suivie comme son ombre par Louise Vignola. Elle longea les grands couloirs de tomettes sanguines, aux murs décorés de trophées de chasse, de tableaux, de tapisseries, et vint s'asseoir dans un fauteuil du petit salon, près de l'âtre protecteur. La chaleur des flammes lui apporta de la douceur. Ses joues s'empourprèrent. Elle se laissa aller au rythme du balancier de l'horloge. Louise lui proposa un thé brûlant qu'elle avala par petites gorgées, soufflant sur le rebord de la tasse. Puis la gouvernante rapprocha un siège et s'installa à ses côtés. Eléonore aimait particulièrement ce lieu, une sorte de refuge à la décoration fine. Des moulures agrémentées de médaillons et de rosaces entouraient les paysages lumineux de la Méditerranée. Au-dessus des boiseries, de larges motifs encadraient des camées dédiés à Vénus et à Diane. Eléonore profitait de ces rares moments de paix comme d'un réconfort passager, aspirant toujours à un futur meilleur.

2

Le château s'élevait sur une colline à mi-chemin de Sospel et de Castillon. Un corps de logis flanqué de quatre tours massives aux toitures en pavillon, recouvertes de plaques d'ardoises, témoignait de l'emprise féodale du comte de Castellaras. L'imposante bâtisse avait l'aspect d'un manoir écossais, nichée entre un brouillard persistant et les forêts de pins. Sur les façades, des mascarons de stuc représentaient des têtes mythologiques. Des frises symétriques couraient sous les corniches. Des gargouilles aux faces de diable rejetaient l'eau de pluie dans les douves.

Orienté vers les Alpes, le domaine se confondait avec la puissance des hauts sommets. Il dominait la fougueuse Bévéra et les frontières italiennes. L'embrasement des soleils rouges d'hiver le rendait encore plus majestueux. Une succession de terrasses aux murs de rocaille monumentaux permettait l'extension d'un jardin descendant progressivement vers la rivière. De grandes jarres en terre cuite délimitaient chaque niveau. Sur le flanc sud, d'immenses grilles dont chaque battant portait les écussons et les monogrammes du comte en lettres entrelacées s'ouvraient sur une allée droite et longue comme un glaive. Des bassins aux contours parfaitement rectangulaires, des statues de marbre gris éparpillées entre les buissons, les fusains, les buis agrémentaient des variétés d'essences et d'arbres rares, cèdres bleus, déodoras, caroubiers. Sous les serres de verre, le comte avait souhaité que poussent toutes les catégories d'arbres fruitiers et de fruits rouges.

Julius Reymont était partagé entre un raffinement excessif lié à sa noblesse et une jalousie maladive qui parfois le rapprochait de la folie. Il raffolait des œuvres d'art. Mais le parc était son attraction favorite et sublime. Il passait des heures à le parcourir, à s'arrêter devant chaque talus, à s'émerveiller au pied des arbres gigantesques, envoûté par la beauté et la force des ramures. Il y ruminait ses décisions, arrangeait ses stratégies, concoctait ses manœuvres politiques. L'été, il délaissait son bureau et, pour les audiences publiques, s'installait sous une rotonde naturelle de glycine et de lierre.

Le comte grimpa les cinq marches du perron. Il poussa l'impressionnante porte principale. Il traversa le vestibule au plafond à caissons sous lesquels couraient des figurines de style Renaissance, la salle à manger aux murs tendus de soie grège et s'enferma dans son cabinet de travail, laissant sur le paillasson son secrétaire particulier. Il poussa les doubles pans calfeutrés pour dissuader les oreilles indiscrètes.

La réalité du comtat de Sospel se posait à lui telle une arme à double tranchant. Il savait bien que son protocole et ses privilèges pouvaient être mis à mal un jour ou l'autre, que le roi de France Louis-

Philippe Ier ne lui pardonnerait aucune fausse manœuvre, que le sénat niçois le pousserait dans ses derniers retranchements. Ses relations privilégiées avec la maison de Savoie, le Piémont, et son alliance avec l'ennemi héréditaire autrichien le mettaient dans une posture délicate. Il refusait l'évidence historique, retardait les échéances, montrait une arrogance terrible, redoublait d'autoritarisme, narguait les ambassadeurs et les consuls. Il était le châtelain et mourrait dans son comtat.

Il se laissa aller en arrière, la nuque renversée sur le dossier du fauteuil. Il fixait la coupole de verre qui irisait la pièce. Les peintures vénitiennes qui s'enroulaient et s'entrecroisaient les unes au-dessus des autres lui procuraient une impression vertigineuse. Il adorait les angelots blonds, bien ronds et dodus, au teint de chair. Ils lui faisaient penser à ce fils qu'il souhaitait plus que tout, à cette descendance tant espérée. Il en ferait un meneur, un Castellaras qui gérerait les affaires, défendrait blason et territoire d'une main de fer. Mais Eléonore tardait... Cela le mettait dans une rage amère et, même s'il se dévouait avec plaisir et consacrait ses nuits à ses devoirs conjugaux, pas la moindre rondeur ne pointait du ventre de son épouse. « Saura-t-elle assurer ma lignée ? Est-elle digne des hommages que je lui offre ?... » Il soupira longuement, tira un fin cigare d'un coffret en ivoire, l'alluma et profita encore de quelques minutes de répit pour remettre ses idées en ordre.

Le Magnifico Conseglio di Sospello rassemblait les représentants des trente-quatre familles nobles du comté. Elles se réunissaient solennellement au premier étage d'un pavillon jouxtant le château. La tradition le voulait ainsi pour mieux perpétuer l'autorité de la famille. Julius Reymont de Castellaras était chez lui, dans son fief et sur ses terres. L'assemblée entérinait uniquement ses décisions. Personne n'osait le contredire ou bien proposer une quelconque suggestion personnelle. Même les plus intrépides tremblaient devant lui. Ses ennemis supportaient sa haine et sa rancœur jusqu'à la fin de leurs jours, mais il était fidèle avec le peu d'amis qui l'entouraient.

Seul le conseil municipal réuni au Palazzo del Comune possédait une relative autonomie pour traiter les affaires courantes de la cité, ne mettant pas en cause les intérêts du comtat et les privilèges acquis.

Le comte longea une série d'arcades menant au lieu de réunion. Quatre à quatre il grimpa un escalier à la rampe en ferronnerie, balisé de torchères. Son secrétaire annonça à haute voix :

— Monsieur le comte Julius Reymont de Castellaras !

Dans un même élan, tous les participants se levèrent et interrompirent leur conversation. Julius traversa la salle. Il s'installa sur un siège surélevé de deux gradins au-dessus duquel trois lunettes déployaient les grandes armoiries des Castellaras. La Paix et la Justice étaient personnifiées par une peinture murale *a fresco* recouvrant l'ensemble des murs. Une jeune vierge à la tunique claire épandait d'une corne d'abondance des pétales de lys et tendait vers les nuages un rameau d'olivier. A ses pieds gisaient un casque et une épée.

Le comte fit un signe de la tête. L'assemblée prit place autour de l'immense table cintrée du conseil. Tous les regards étaient tournés vers l'autorité suprême. Un feu crépitant dans la cheminée, dévorant une souche tordue, perturbait le silence régnant. Julius parcourut de ses yeux perçants les membres du Magnifico Conseglio. Ses lèvres fines, éternellement pincées, creusaient ses joues, accentuant le relief osseux de ses mâchoires. Un front légèrement dégarni, l'habit austère mais élégant, il manipulait d'une voix ferme les émotions de chacun. Dans ses discours, il maniait les intonations, jouait avec son éloquence, mais, au moindre doute, il se réfugiait dans un mysticisme révolté. Il créait un univers indescriptible, paternaliste, confus, dictatorial où les coups bas et les menaces fleurissaient au quotidien. Par cette tactique et ces ruses, Julius Reymont imposait au conseil ses volontés et sa suprématie sans aucun partage.

— Messieurs, l'heure est grave !

Les conseillers se dévisagèrent, les yeux écarquillés, se demandant quel couperet allait s'abattre sur leur nuque.

— Très inquiétante ! ajouta-t-il, accompagnant son exclamation d'un grand coup de poing sur l'accoudoir du siège.

— Expliquez-vous, je vous en prie ! sollicita René Belli, un compagnon d'enfance du comte, un peu plus entreprenant que ses confrères.

— La France envisage de retrouver ses frontières naturelles ! Le gouvernement de Paris entrevoit de nous apprivoiser, évidemment aidé et soudoyé par ces faux culs d'Anglais qui lorgnent sur nos provinces ! Un véritable complot se fomente ! Même *L'Echo des*

Alpes-Maritimes, dans ses articles, commence à faire des ronds de jambe à de petits bureaucrates besogneux soutenus par les carbonari !

— Il faudra que le comté de Nice approuve... Je ne pense pas que le gouverneur Rodolphe Maistre se laisse si aisément amadouer... Cinq mille hommes aidés par l'artillerie piémontaise et plus de cent bouches de canons répondront à un envahisseur éventuel ! répliqua Fernand Borriglioni, le receveur des taxes.

— Détrompez-vous, mes chers amis, je comprends votre dégoût et votre mépris ! Des mouchards sardes à ma solde m'ont avisé du contraire ! Ces prétentieux de petite noblesse, ces roturiers nous prennent pour des sauvages prisonniers de notre vallée.

— Quels intérêts ont-ils à renier leur statut, à se séparer de la dynastie de Savoie ? reprit Belli.

— Que deviendra notre comtat ? s'inquiéta le juge Victorio Raisonni.

— Nous allons perdre notre langue pour un dialecte royal ! Nous allons abandonner notre âme, mâchonna dans sa barbe Eusébi, le chef du Conseglio d'Ornato, responsable de l'ornement et de l'hygiène.

— Là est notre problème... affirma Julius Reymont. En rattachant le comté de Nice et notre comtat à la France, la Provence sera une immense région ! Les renégats du Sud auront un libre accès à l'Italie. Ils pourront commercer par la mer de Marseille à Gênes, par la route de Menton à Cuneo sans s'acquitter des taxes et des impôts. Ils ruineront notre négoce. Ils inventeront de nouvelles voies de passage. Ils nous ignoreront totalement et nous ne serons plus que de pauvres montagnards perdus dans cette vallée maudite ! En sus, nous perdrons notre souveraineté. Notre code sera caduc, notre justice abolie. Nous serons soumis aux lois françaises et…

Il laissa sa phrase en suspens devant l'auditoire accroché à ses gestes et se leva. Les mains dans le dos, le regard perdu dans le vide, il fit le tour de la salle. De la pointe de sa chaussure, il poussa une bûche rougie dans le fond du foyer. Avec la pince il tisonna la braise et soudain hurla :

— Nos jeunes et vaillants paysans seront enrôlés dans les troupes coloniales, expédiés en Orient pour combattre nos amis. Le pays sera exsangue de bras vigoureux. Il ne restera que les vieillards, les infirmes, les femmes et les chiens !

Il revint à sa place et tendit le poing vers l'assemblée.

— Je ne régnerai pas sur un pays de fantômes ! Je respecterai jusqu'au bout mes alliances !

— Nous devons prendre appui sur le clergé niçois puisqu'il est fondamentalement opposé aux idées françaises ! proclama Raisonni.

Le comte partit d'un rire qui transperça les voûtes du conseil. Puis, soudain, il s'arrêta net, fixa le juge comme s'il avait proféré des insultes envers la famille Castellaras. Raisonni détourna le regard, baissa la tête, cherchant un soutien de la part des autres conseillers.

— Le diocèse et son évêque ! fulmina Julius. Lors de mon mariage, il a fallu qu'on l'amène de force à Saint-Michel, sur un ordre du pape ! Et vous voulez que j'aille me prosterner devant ce prélat, embrasser les reliques, me soumettre à son pardon, voire me confesser ! Ça jamais ! Mon honneur et celui de ma famille sont en cause !

— *Disgraziato* ! éructa Belli à l'attention du juge.

— *Cornuto* !

— *Va fan culo* !

Des insultes émergèrent de l'assemblée, le conseil avait dans ses rangs une bête noire. Chacun à sa façon profitait de l'événement pour se faire remarquer. Julius regardait avec un plaisir narquois la meute s'entre-déchirer. Il attendit que l'assemblée s'apaise et continua son plaidoyer.

— Tout dépend de votre courage ! Etes-vous prêts à défendre vos droits corps et âme, le fusil à la main ? Etes-vous décidés à conserver les biens de vos familles ? Etes-vous capables de protéger vos terres, vos fermes, vos forêts ? Etes-vous assez forts pour préserver nos traités ? Vous sacrifierez-vous pour la généreuse et merveilleuse Sospel ? Si vos consciences répondent oui, alors engagez la population à vos côtés et préparez-vous à de dures années ! Ce sera notre seul salut !

Le comte aperçut par les hautes fenêtres Eléonore qui se promenait dans les allées, escortée par Louise Vignola. Cette image lui apporta un peu de réconfort dans le tumulte de la réunion. Sans rien ajouter, laissant à leurs réflexions profondes les conseillers, il clôtura la séance. Au moment de franchir le seuil, il se retourna et pointa son index vers le juge.

— Monsieur, je vous attends ce soir au château !

Raisonni ne put répondre. Une sueur abondante coulait de son front.

3

La calèche stoppa au début de la Carriéra Longa. Eléonore d'Aquin, accompagnée de son éternelle gouvernante, continua le chemin à pied. Les villas et les demeures de maître, entourées de jardinets et de murets aux grilles pointues, disparaissaient peu à peu pour faire place au bloc compact des maisons villageoises où les ruelles froides et humides avaient du mal à se faufiler. Les riches immeubles aux façades en trompe l'œil, aux fenêtres à meneaux encadrées d'un enduit gravé de losanges, constituaient la première ceinture et épousaient parfaitement les courbes de la rivière.

Eléonore passa devant l'hôtel de la gabelle. Les armoiries de la noblesse sospelloise claquaient au fronton. Elle emprunta la Carriéra Dretcha, aux arcades en pierres taillées, peintes par rangées en noir et blanc. Une activité sans précédent animait les rues qui rejoignaient la place de la Cabraïa. Tout au long des entrepôts de sel, les courtiers palabraient et négociaient par signes la précieuse marchandise. Des mules, les bâts lourdement chargés, renâclaient, tapant les fers contre les pavés, attendant la pesée à la Tour vieille et l'organisation de la caravane. Les eaux usées coulaient dans un caniveau central et s'évacuaient directement dans la Bévéra. L'été, lors des canicules, une odeur pestilentielle se dégageait. Les riverains, habitués à ces effluves tenaces, n'y prêtaient plus attention.

Eléonore se frayait un passage parmi la foule dense des revendeurs et des acheteurs. Par jeu, elle essayait de disparaître dans les attroupements, de se fondre dans cette cohue pittoresque et bigarrée, ce qui affolait singulièrement Louise Vignola. Les montagnards, aux trognes durcies par le gel et le vent, ôtaient leur chapeau et la saluaient. Les commerçantes lui offraient des fruits ou des fleurs, lui adressant des compliments amicaux. On appréciait sa simplicité car il était très rare qu'une personne de son rang vienne se mélanger à la populace. Elle répondait par un geste discret de la main, un hochement de tête ou bien un grand sourire chaleureux. Parfois elle se mêlait aux conversations, ce qui occasionnait toujours des rassemblements conséquents. Eléonore retrouvait parmi ces gens une joie de vivre éphémère, une chaleur et une amitié réconfortantes. Elle adorait ces mercredis matin où elle fuyait le château de Castellaras pour flâner sur le marché avant de se rendre au couvent de l'Observance, place Saint-François, rencontrer Piétro Chiésa, son confesseur.

Les étals regorgeaient de légumes, de salades sauvages, de fruits secs, de charcutailles, d'herbes et de condiments glanés dans les collines. Une brute batave, la figure rougie par les pintes de bière, gesticulait et, dans un italien approximatif, vantait la beauté et la délicatesse des dentelles, tissus, fils et velours qu'il vendait.

— De Paris, Rome, Venise, Vienne !... Les rois et les reines s'habillent chez Hans, criait-il à la volée, devant un public d'enfants et de jouvencelles guillerets.

Des vieilles, les baquets de draps et de linge remplis à ras bord en équilibre sur leur crâne, traversaient la place sans se soucier des bousculades. A l'aide de leurs battoirs bien serrés dans leurs pognes enflées et gercées, elles écartaient les gêneurs. Oies, poules, dindes, cochons s'entremêlaient dans les jambes et les roues des charrettes. Les animaux s'abreuvaient aux bassins circulaires des fontaines dans lesquels trempaient des bouteilles de vin blanc et d'alcool de noix.

Une énorme gitane joufflue, la bouche grimée de rouge, une mouche collée sur la tempe ressemblant à une verrue, lisait l'avenir dans les lignes de la main. Eléonore se recula derrière Louise Vignola, jusqu'à ce que la diseuse disparaisse. Elle haïssait ces gens au regard fuyant, qui prêchaient le faux et remuaient les superstitions. Elle les évitait parce qu'aucun espoir ne prédestinait à un bonheur futur. Elle en avait pris son parti.

Chaque jour qui passait était un jour de trop, un jour d'ombre où elle espérait que le comte ne la rejoindrait pas dans sa couche. Le soir, elle sursautait au moindre grincement de la porte. Le vent était son ennemi. La sueur et la jouissance de Julius l'écœuraient. Le château supportait sa douleur et son désarroi. Elle désirait seulement qu'un rai de lumière transperce les hauts peupliers du parc, la réchauffe, l'emporte très loin de sa prison et de son existence bâillonnée par l'austérité de son mari.

Lentement elle se décontracta. Les bruits de la place s'estompaient. L'étourdissement laissait la place à un grand souffle et à une sérénité qui colorèrent ses pommettes. Elle donna comme à son habitude une pièce au vieux Mattioue, le bienheureux du quartier, assis sur un tabouret devant sa ruine. Il passait ses journées à égrener un passé, à décorer des miettes d'existence, un éternel rire plaqué sur la face.

Louise Vignola tira sur la chaînette. Un seul coup suffit. L'œil-de-bœuf s'entrebâilla. Le portail très secret des franciscains de l'Observance s'ouvrit.

— Mon frère Giacomo doit passer sa vie derrière cette grille ! souffla la gouvernante.

Le jardinier maigrelet à la mine hilare s'essuya les mains gavées de terre brune à un long tablier tombant sur ses sabots, retenu autour de la nuque par une ficelle. Il s'inclina courtoisement devant Eléonore d'Aquin et octroya à sa sœur deux bises claquantes.

— *Dimmi che novita dalla settimana scorsa*[1] ? baragouina-t-il comme à chaque visite tout en mâchonnant un morceau de « tabac carotte ».

— Que du vieux : le château, le parc, le marché...

Louise répondit avec une expression évasive, presque détachée de ces banalités qu'elle supportait chaque semaine.

— La santé ?

— Mes jambes qui gonflent... l'estomac, les tracas des vieilles de mon âge !

— Si tu t'empiffrais moins, aussi !

1. Et alors, quelles nouvelles depuis la semaine dernière ?

— Tu peux parler, toi, tu dévores pire qu'un goret !

— Moi, je suis au grand air et je transpire tous les jours ma gamelle !

— Mon Dieu, vaut mieux entendre ces sornettes que d'être sourd ! glapit Louise.

— A Castellaras, toujours la belle vie ? ironisa Giacomo, un brin moqueur.

— Aussi gaie que les ritournelles d'un croque-mort...

Le couvent ne paraissait pas grand. Mais, dès l'entrée franchie, l'église aux murs chaulés, soulignés aux faîtières d'une tyrolienne et d'une corniche orangée, cachait une campagne florissante et riche : la Piantata, irriguée par la Bévéra. Tous trois traversèrent un porche dont la voûte en berceau brisé témoignait d'une inspiration romane. Seul un clocher carré surmonté d'un campanile et d'une croix en bronze émergeait de l'ensemble et se dressait vers les cieux.

Louise et Giacomo quittèrent Eléonore sur le seuil et s'en allèrent, le temps de la rencontre, discutailler dans la profondeur du verger. L'intérieur de l'édifice aux murs crayeux était très simple. Des bancs en chêne, un chemin de croix en terre de Sienne, un tabernacle sans fioritures, un crucifix en noyer et un Christ en buis garnissaient le lieu de culte. Illuminés par les reflets multicolores des vitraux, trois tableaux baroques, *La Mort de saint Joseph*, *Les Quatre Saints couronnés* et *Saint François d'Assise*, trônaient au-dessus du maître-autel.

Eléonore patienta sur la première marche de l'abside. Elle remonta son châle noir sur ses cheveux et le noua autour de son cou. Une odeur d'encens et de cierges consumés rendait plus paisible encore cette enceinte. Elle reconnut le pas rapide de Piétro Chiésa. Son confesseur, vêtu du sac blanc au grand empiècement, lié par une cordelière, déboucha de la sacristie.

— Mon père !

Elle posa le genou sur les dalles de pierre.

— Relevez-vous, Madame, je vous en prie.

Piétro Chiésa la prit par les épaules et la redressa. Il la contempla avec ravissement.

— Allons au-dehors, la matinée est merveilleuse. Nous pourrons parler fort, sans que le Christ et ses saints surprennent nos cachotteries ! dit-il en s'amusant.

Eléonore rougit. Elle aimait la sensibilité de ce prêtre tranquille et doux. Il comprenait la jeune femme. Elle l'écoutait avec ferveur. Leurs conversations duraient des heures. Ils en oubliaient le déjeuner. Mais la gouvernante, tel un chien de berger, interrompait leurs confidences et les rappelait à l'ordre.

Le père Piétro Chiésa et son ami de séminaire Marcus de Villeneuve dirigeaient la communauté de l'Observance, un ordre moribond soutenu par la restauration sarde, déchiré par les luttes fratricides entre les observantins et les riformati. Ces pères devaient aussi faire face aux différentes confréries religieuses plus redoutables les unes que les autres, notamment celle des pénitents blancs. Trois cent cinquante adeptes, hommes et femmes, qui portaient lors des processions la cagoule anonyme et la *cappa*. Ils brandissaient le bâton dignitaire, les quatre flambeaux dorés, et défilaient derrière la bannière frappée de leur écusson. Les plus costauds brandissaient la croix d'argent à la tête de mort où le pélican de saint Bonaventure déchire ses entrailles.

Le comte avait choisi les franciscains pour écarter sa jeune épouse de toutes les affaires financières et politiques des Castellaras. Piétro Chiésa et Marcus de Villeneuve passaient pour de bons moines de campagne, châtrés et inoffensifs, comme le maître de Sospel adorait le clamer à la fin des banquets lorsque les alcools effaçaient toute clairvoyance. Julius Reymont était intimement lié à la confrérie des pénitents rouges, la Santa Croca, entièrement vouée à sa solde, qui siégeait au grand Conseglio de la religion et de la justice ainsi qu'au conseil municipal.

Eléonore aimait ces entrevues avec son confesseur, les seuls instants où elle pouvait être débarrassée de sa suivante. Elle se confiait intimement à Piétro Chiésa, se libérait ainsi de ses angoisses et apaisait sa solitude. Elle lui parlait sans interruption. Le père blanc se fondait dans ses mots. Il l'écoutait encore et toujours, imperturbable. Puis, fatiguée, un peu honteuse d'aveux si précipités et intenses, elle se taisait et dérivait dans ses pensées. Alors les paroles chaleureuses de Piétro Chiésa la rassérénaient, allégeaient son mal-être, essayaient tant bien que mal de la ramener vers la parfaite obéissance qu'une épouse doit à son mari.

— Le signe de la sainteté, lui souffla-t-il. Pour accéder à la béatitude céleste, il faut souffrir, mon enfant !

— Mais je veux vivre ! Je suis prisonnière ! balbutia-t-elle, j'en arrive à haïr mon époux !

— Vous êtes radieuse ! Pensez plutôt à ces paysannes qui se tuent dans les champs et les campagnes, qui n'ont pas de quoi se chauffer, pas de quoi nourrir leurs enfants, les habiller de chaud pour affronter l'hiver ! Votre souffrance est légère à côté des leurs !

— Vous avez certainement raison, mon père... Si le Tout-Puissant l'a voulu, je respecte ses souhaits !...

Souvent il captait ses expressions diffuses de détresse et subissait son désarroi. Elle était ballottée dans des enjeux dont elle ne percevait pas les buts. Sa figure blonde, si claire, ne supportait plus les larmes. Eléonore désirait de grands horizons. Elle souhaitait un univers d'attentions et de prévenances.

Piétro Chiésa ne se faisait pas d'illusions sur les attitudes de Julius Reymont, dont la mère avait subi, sans broncher, les mêmes tracas. Les Castellaras étaient ainsi. On ne pouvait pas les changer. La puissance et le pouvoir exigeaient trop de folie. Les sentiments amoureux étaient écartés. Ils étaient tout juste valables pour les bonnes femmes et les pleurnichardes.

— Vous grelottez, Eléonore ! Avez-vous froid ? Désirez-vous entrer à la sacristie pour vous réchauffer ?

— Un instant encore, un tout petit instant, je suis si bien ici.

Un bonheur particulier, insaisissable, traversa sa poitrine. Elle respira à pleins poumons l'air vif et se déplaça sur le banc en suivant les maigres rayons de soleil. Piétro lui prit la main et la conserva dans les siennes. Elle ne la retira pas. Leur sang battait dans une compréhension mutuelle.

De confesseur il devint ami. Leurs sentiments communs évoluaient. Une fièvre étouffante, à peine supportable naissait. L'un et l'autre ne pouvaient plus se passer de ces visites hebdomadaires. Eléonore comptait les jours qui la séparaient du mercredi. Piétro Chiésa priait pour qu'aucun incident n'entrave son rendez-vous. Il s'était confié à Marcus de Villeneuve, qui lui avait annoncé avec bonhomie : « S'il en est ainsi, c'est que le Christ t'a donné sa bénédiction. » Puis il avait continué à voix basse : « Quel bonheur tu as de posséder les confessions d'une sainte ! »

Eléonore se leva. Elle boutonna le manteau dont elle venait de se couvrir.

— Mes histoires ne vous intéressent peut-être pas ! Ce ne sont que les lamentations d'une fille gâtée ! dit-elle avec une moue contrariée en haussant les épaules.

Piétro l'attira contre lui. Il posa sa paume sur sa nuque. Il sentit la chaleur de ce corps si fragile et si dense à la fois. Il perçut le souffle reposant d'Eléonore et en fut troublé. Un tumulte inconnu enserra sa gorge.

— Mon enfant, si je pouvais !...

Il n'acheva pas sa phrase et, tout en tenant le bras d'Eléonore, pénétra dans la chapelle. Ils s'agenouillèrent ensemble au premier rang, prièrent avec ferveur.

Le clocheton tinta une heure.

— Il est temps maintenant, ma gouvernante va se manifester... bredouilla-t-elle avec d'infinis regrets.

Piétro Chiésa resta immobile. Il ne supportait pas cette séparation, à chaque fois plus brutale. Il ferma les yeux, le front appuyé sur ses poings, serrant son missel à en plier la reliure. Il quêtait une route subtile, une voie moins douloureuse, une aide que lui apporterait le Seigneur.

Pour la première fois, Eléonore déposa sur la tempe de son confesseur un baiser furtif et se sauva. Le franciscain entendit la porte de la chapelle se refermer délicatement, le grincement du portail et le roulement d'une calèche sur les pavés.

4

Au fil des semaines et des mois, une amitié sincère, pure, dénuée de mauvaises pensées, se noua. Eléonore ne refusait pas la courtoisie du prêtre. Sa chaleur, son enthousiasme déclenchaient chez elle un trouble réconfortant. Des émotions nouvelles qu'elle était incapable de refuser et de maîtriser se dévoilaient. Elle attendait avec impatience le jour du marché. Elle trouvait en Piétro un être qui l'accueillait avec pudeur. Peu importe qu'il soit un religieux, il n'en était pas moins un homme bon et attentif, qui partageait ses tourments. Elle se laissait emporter dans un vertige inouï.

Piétro Chiésa guettait les mercredis comme une rédemption. La sacristie s'illuminait d'un profond rayon de lumière. Il se débarrassait de son froc de moine et laissait ses sens l'envahir. Sa fragile volonté, partagée entre sa vocation et ce démon qui le tiraillait, l'entraînait vers des abîmes tumultueux. Un brûlot l'étouffait tel un fer rouge collé sur sa poitrine. Un choc naissait et mourait à chaque instant de la journée et de la nuit. Il avait beau se réfugier dans la confession, les fils tendus vers Dieu se brisaient. Piétro tombait en enfer. Eléonore l'envoûtait, le harcelait. Il était incapable de la repousser. La chair le trahissait. Il devenait aveugle. Il n'était qu'un misérable pécheur.

— Mon Dieu, épargne-moi ! Le serpent est dans mon être. Cette femme est une torture. Elle m'attire comme une sainte à ses pieds. Seigneur, aide-moi, je succombe. Mon sang s'échauffe, mes sentiments sont troubles. Seigneur, le désir me déchire. Satan se joue de moi. Ma ferveur est impuissante !

Les prières de Piétro Chiésa s'avéraient infructueuses. Quand Marcus de Villeneuve essayait de deviser sur le sujet, son ami s'emportait, débordait de son calme spirituel et légendaire ou s'enfermait dans un mutisme insolent. Il fuyait dans la chapelle et implorait Dieu. Marcus ne le quittait pas. Il tentait tout ce qui était en son pouvoir pour ramener son compagnon vers l'harmonie et le chemin qui était le leur.

L'hiver s'effilochait. La vallée émergeait tranquillement de sa torpeur. Les brouillards persistants levaient leurs voiles et découvraient les Alpes ensommeillées. Le soleil en équilibre sur la ligne d'horizon glissait sur les pics argentés et pelés. Les glaciers luisants pénétraient de leur langue les flancs abrupts. Des milliers de cascades émergeaient des éboulis. La Bévéra gonflée par la fonte des neiges grossissait à vue d'œil. Une immensité factice ensorcelait Sospel qui s'éveillait aux premiers rayons tièdes. Les paysans reprenaient leurs habitudes. Les granges étaient ouvertes en grand. Le bétail goûtait une liberté printanière. Les sonnailles des troupeaux égayaient la montée vers les cols. Les crocus transperçaient les dernières plaques de glace.

L'inévitable se construisait. Piétro et Eléonore s'enivraient, lors de leurs tête-à-tête, de projets imprévisibles, de phrases furtives, d'un bonheur imprudent. Tous deux se réfugiaient dans un pardon improbable et exigeaient la protection du Sauveur. Mais leur attirance était plus forte que toutes les promesses de la Bible. Ils vivaient une paix irréelle. Ils ne trouvaient plus l'ordre de leur vie. Le combat au quotidien était inégal. Quand Eléonore se prosternait devant la croix, Piétro apparaissait dans ses pensées. Quand le prêtre s'infligeait d'âpres pénitences, la jeune femme troublait ses souffrances. Elle lui chuchotait la force qu'il devait posséder pour la chérir. Les confessions à Marcus de Villeneuve ne servaient plus qu'au repentir. Piétro Chiésa avait le courage d'affronter les appels douloureux de ses sens.

Une nuit, de sa cellule, Marcus entendit les supplications et les hurlements de Piétro venant de la chapelle.

— Daigne, Seigneur, te manifester ! Que ta lumière pénètre mon corps ! Qu'elle étouffe toute ardeur étrangère à toi !

Puis il perçut nettement les gifles cinglantes des touffes de genêt et de cade, trempées dans l'eau bénite, flageller au sang son dos, ses aisselles et sa poitrine.

— Je t'invoque ! Je me repens ! Je me livre à tes commandements ! As-tu désiré cette passion si forte que mes prières en sont inutiles ? A quel destin me livres-tu ? Sans ta volonté, je ne suis qu'un misérable païen !

Il se punissait avec tant d'ardeur que, la journée, des stries rougeâtres traversaient sa robe de bure. Piétro souffrait dans sa chair et dans sa foi.

Piétro s'allongea torse nu, les bras écartés, le ventre collé aux dalles de pierre glacées, les zébrures de son supplice stigmatisant sa faute à jamais. Il attendait le calme, la résurrection vers l'oubli. La lumière des cierges encadrant la scène offrit à Marcus la vision d'un chemin de croix. Il grimpa les marches de l'autel, dit une messe et le bénit.

— Merci, mon frère, de ta compassion, lui confia Piétro. Je suis un homme qui brûle. Je porte en moi le feu et l'affliction. Mes vœux sont vaincus par ce martyre ! Elle me transcende, me conduit vers l'apocalypse.

Il se dressa sur ses genoux et laissa tomber son front sur les sandales de Marcus.

— Guide-moi, toi qui profites de la sérénité divine ! Conduis-moi pendant qu'il est encore temps vers la vision du Christ ! Ne m'abandonne pas ! Je suis pitoyable ! Puisse le Seigneur changer mon état par la mort ! Je serais au moins avec lui, près de lui...

Marcus, bouleversé par le désarroi de son compagnon, essaya de le rassurer.

— Dieu, notre Père, nous a faits d'orages et de passions. Les âmes naissent silencieuses et lentes. Elles s'éveillent, choisissent la route de la pénombre ou celle du paradis !

— Que dois-je faire ? Il me renie.

— Bien au contraire, Il t'aime et protège tous ses serviteurs ! Toi seul décideras de ton sort ! Communiez ensemble avec Eléonore, peut-être que le Christ t'offrira son salut !

Marcus fixa Piétro droit dans les yeux :

— Tu es mon frère, je trahirais pour toi s'il le fallait ! Mais, je t'en supplie, sois très prudent ! Le comte et ses pénitents rouges sont des monstres sanguinaires, sans pitié ! Ils pratiquent leur propre justice et ignorent les sacrements !

Il l'étreignit très fort.

Désormais, Piétro Chiésa n'était que le fruit de ses pensées et de ses folles ambitions. Il enlevait l'innocente à la perversité de Julius Reymont. Il ne se souciait plus de la morale et de la raison. Son corps n'était plus son ennemi. Il brûlait et se consumait dans la foi qu'il portait à Eléonore. Une ivresse jamais éprouvée auparavant, une fureur voluptueuse le saisissaient. Il trouvait dans cette formidable vocation une liberté et une jouissance frénétiques.

Quand il aperçut Eléonore, elle remontait l'allée centrale de l'église de l'Observance. Elle était vêtue d'une robe blanche ajourée de dentelles. Un long châle de cachemire enserrait ses épaules et coulait le long de ses reins. Elle était sublime. Sa beauté prodigieuse poignardait l'épaisseur des murs. La luminosité semblait la cristalliser. Les lueurs fauves des vitraux lançaient sur sa silhouette un givre argenté. Elles déposaient sur sa coiffe et ses cheveux une poussière phosphorescente comme celle des papillons. Eléonore s'inclinait devant chaque statue. Ses pupilles s'enfonçaient dans une suite d'étoiles clignotantes et convergeaient vers le dôme. Ses yeux étaient gonflés et brillants de joie.

Le pouls de Piétro battait à tout rompre. Ses tempes dansaient la chamade. Sa gorge était sèche. Il s'était vainement préparé à lui avouer ses craintes et à exprimer sa miséricorde ! Il fut aussitôt désarmé par son apparition. A chaque nouvelle rencontre, elle devenait féerique. Le Seigneur la recréait perpétuellement et le ciel refusait d'ouvrir ses portes au pauvre prêtre.

Eléonore oublia toutes les civilités élémentaires. Louise Vignola papotait avec son frère Giacomo au fond du potager et ne pouvait ni l'entendre ni la voir. La jeune femme fonça vers son confesseur et se jeta carrément dans ses bras, le faisant vaciller. Piétro, surpris d'une telle fougue, éclata d'un rire qui résonna dans le chœur. Il marqua une génuflexion, se signa et attira Eléonore contre lui. Ils restèrent longuement serrés, profitant de ce moment unique. Ils se retrouvaient. Leurs consciences se renversaient. Ils buvaient à s'en saouler ce cadeau inespéré. Piétro et Eléonore étaient exaucés.

Ils se promenèrent dans le parc. Ils ne se reposèrent pas sur le banc. Ils ralentirent sous un tunnel de feuillage touffu qui les cachait des regards scrutateurs de la gouvernante et du jardinier. Piétro subissait un étourdissement sans aucune mesure. Il se laissait guider. Il lui semblait qu'ils étaient loin de Sospel, très loin... ailleurs. Eléonore fredonnait une lente mélopée. Ses paroles étaient aussi légères que des bulles de savon.

— Qu'est-ce que cette musique ? s'étonna Piétro.

— Un chant de paix, pour vous, pour moi, pour oublier...

Elle discourait avec une tranquille allégresse. Souvent, la fébrilité de Piétro s'ajoutait au silence. Il avait tant à raconter que ses mots mouraient dans sa gorge.

— Je vous embarrasse et vous ennuie ? susurra-t-elle.

Il s'arrêta au milieu de la sente et la dévisagea.

— Je vous assure que non ! Je suis heureux, mais j'ai si peur !

Eléonore esquissa un sourire amer et contrarié.

— Peur du comte ?

— Lui n'est qu'un infime orgueilleux ! J'appréhende surtout les foudres de celui qui contemple chaque humain où qu'il soit !

Et les bras levés, il désigna les nuages.

— Aimer, est-ce un péché ?

— Je suis un prêtre, ma douce, j'ai prononcé des vœux, je ne peux vous aimer ! murmura gauchement Piétro.

— Taisez-vous et rêvez, lui ordonna-t-elle tendrement, l'Eden n'est pas très loin.

De folles idées se bousculaient dans son crâne. La tempête se préparait. Il se souvint des conseils de Marcus. Délicatement, il lui prit le bras et l'entraîna à l'intérieur.

— Nous allons prier et communier, Eléonore, ensemble.

L'église était emplie de leur recueillement. Ils se vouaient au même destin, ne se trompant pas sur la ferveur qui les atteignait de plein fouet. Ils étaient conscients, privés de leurs forces. Ils conservaient en eux la violence d'un cri qu'ils ne pouvaient pas encore s'avouer. Un immortel désir les écartait de ce monde inhumain pour les conduire vers une loi divine et miséricordieuse. Ils ne voyaient pas le mal ; ils ne le connaissaient pas et ne se doutaient pas de ses trompeuses apparences. Les voix du désir les projetaient vers une source céleste. Ils s'élevaient dans une confiance mutuelle. Ils brisaient leurs dernières résistances sans aucun regret.

Elle s'approcha de l'autel, la bouche entrouverte pour recevoir l'hostie. Elle sentit, en même temps que le corps du Christ, les lèvres brûlantes de Piétro se poser sur les siennes. Elle resta les yeux fermés. L'excitation et le contact de la chair entraînèrent un embrasement soudain. Piétro s'étourdit de volupté. Ses veines palpitaient de sève bouillante. Elle, elle vibrait à l'incandescence de ce baiser.

— Je veux mourir avec vous, Eléonore, gémit-il.

— Je veux vivre avec vous, Piétro ! Vivre avec la rage de vous aimer ! répliqua-t-elle.

Piétro la coucha sur le tapis poussiéreux de la sacristie. Eléonore ne tâtonnait pas, ne se contenait pas. Elle se donnait tout entière, se blottissait contre lui, serrait sa taille à s'en rompre les bras. Elle tira si fort sur le surplis qu'elle rompit le tissu du col à la taille. Le moine, dans un mouvement rapide et maladroit, ôta sa soutane. Son sexe jaillit. Il était entièrement nu devant elle, impudique. Le prêtre ne se cachait pas. Eléonore en fit autant. Elle se débarrassa prestement de sa robe, de ses jupons, de son corsage, de ses bas. Plus aucune retenue ne séparait les deux amants. Elle emmêlait sa douceur à la sueur excitante de Piétro. Elle couvrait de caresses et de baisers cet homme qui avait renié son habit de prêtre pour elle. Leurs peaux étaient rouges de griffures et d'empressements. Une ivresse immense incendiait les parties les plus secrètes de leurs corps. Elle léchait, aspirait, mordait, jouait avec sa langue. Sa bouche était de braise. Elle lui transmettait son extase, sa fébrilité et son charme éclatant. C'était un étourdissement extraordinaire.

Piétro découvrit le ventre d'Eléonore. Ses doigts allaient et venaient, accompagnés par des coups de reins. Il cherchait la moiteur et la profonde chaleur de son intimité. Il s'immisçait, pénétrait le pubis. Piétro buvait le sexe de son amante, sa nuque roulait sur le tapis. Il était prisonnier d'une toile d'araignée. Son membre enflait, ses tempes palpitaient. Il lécha les cuisses d'Eléonore, ses seins pointus, fermes et de marbre offerts à son instinct. Il prit ses cheveux dans ses paumes, se noya dans la blondeur sublime. Il prononça des mots irréparables. Elle le guida d'une main. Il entra en elle, la pénétra avec une ardeur inouïe. Un éclair massif envahit les deux corps. La grâce les touchait de plein fouet. Piétro avalait la poitrine de la jeune femme, laissant des marques sombres sur ses épaules. Il haletait de plus en plus fort. Elle répondait par de petits râles à ses assauts et s'agitait convulsivement. Elle serrait ses jambes très fort, le maintenant solidement à l'intérieur d'elle. Il vibrait aux sursauts languissants d'Eléonore. Des ondes se propagèrent tel un incendie dans leurs dos. Ils connaissaient désormais le langage de la chair et de l'amour.

Une vague fulgurante les transperça et ordonna le repos de leurs souffles. Le calme dénoua leurs corps. Elle jeta sa gorge enflammée en arrière, dévoilant la « laiteur » de son cou. Elle enfonça ses ongles dans le dos de Piétro.

Louise Vignola consulta sa petite montre pendentif et fit la moue.

— Je ne sais pas ce qu'ils se racontent, mais aujourd'hui ça traîne ! Treize heures vont bientôt sonner...

Son frère, légèrement grivois, ricana :

— Piétro Chiésa, même franciscain, est jeune, beau garçon et porte bien la soutane !

— Tais-toi, Giacomo ! Je t'en prie ! Nous sommes dans un lieu saint ! Du respect pour l'épouse de monsieur le comte ! En plus, on pourrait t'entendre !

Tout en marchant, ils se rapprochèrent de l'église. Louise sonda la travée vide et fronça les sourcils. Suivie par Giacomo, elle avança vers le confessionnal.

— Où se cachent-ils ?

Le jardinier haussa les épaules.

— Ils sont soit au réfectoire, soit au presbytère ou à la bibliothèque. Tu sais très bien que le père n'aime pas que tu interrompes leur conversation !

Louise souffla de dépit. Elle entrebâilla la porte de la sacristie...

5

Julius Reymont de Castellaras était blême. Ecrasé au fond de son fauteuil, il fixait les chenets et la braise rougeoyante. Il tournait le dos à Louise. Elle apercevait tout juste ses cheveux grisonnants dépasser du haut du dossier. Il lui posait d'innombrables questions, un léger tic d'énervement agitait ses doigts. Il écoutait, impassible, Louise Vignola.

Dès qu'elle avait surpris Piétro Chiésa et Eléonore d'Aquin enlacés sur le tapis de la sacristie, son sang n'avait fait qu'un tour. Au service des Castellaras depuis plus de quarante ans, elle s'était sentie profondément offensée, touchée dans sa fierté, salie au tréfonds de sa dignité. Louise avait été la gouvernante de la mère du comte. Elle avait aussi élevé Julius Reymont comme son propre enfant, partagé ses confidences et ses aspirations. Elle l'avait éduqué, avait forgé ce caractère d'acier. Elle en avait fait un vrai chef, digne de la succession de son père. Elle vouait aux Castellaras une dévotion sans borne. Ils étaient un peu sa famille et le château, sa maison. Qu'une étrangère, une Savoyarde, une dépravée, mortifie l'honneur du comte, ça, elle ne le supportait pas !

— Et vous ne vous doutiez de rien ? s'enquit le comte d'un ton glacé et impénétrable.

— De rien, Monsieur, je vous le jure...

— Ne blasphémez pas ! Il y a trop de gens qui, dans ces murs, jurent, mentent et dont la traîtrise est synonyme de loyauté !

Louise l'observait, étonnée de son calme apparent. Il se murait dans une vengeance inévitable. Une colère froide pénétrait ses veines, une haine calculée, mesurée, sans aucun recours.

— Continuez ! ordonna-t-il. Et n'omettez aucun détail, je veux tout savoir !

Elle se débattait dans une logique implacable. Elle se remémorait tous les mercredis depuis deux années. Point par point, elle décrivait les promenades et les sorties au marché, la popularité d'Eléonore, les discussions avec les paysans, sa désinvolture d'adolescente.

— Hors du domaine de Castellaras, elle se métamorphose ! Elle rit, chante, oublie son éternelle mélancolie...

— Vous deviez veiller sur elle nuit et jour, comme sur la prunelle de vos yeux !

Louise Vignola baissa la tête, affligée par cette réflexion cuisante. Ses révélations avaient littéralement assommé Julius Reymont, et la préceptrice le connaissait trop bien. Elle se demanda déjà si elle n'allait pas regretter sa dénonciation et sa spontanéité. Peut-être aurait-elle dû réfléchir un peu plus longuement... Un frisson glacé lui coula sur la nuque. Elle refoula ses idées noires, persuadée qu'elle avait rendu à son maître un fier service. La vision de ces corps enlacés la traversait telle une sensation d'horreur et de répulsion. La souillure du sexe l'écœurait.

Dans la calèche qui l'avait ramenée au domaine, elle n'avait pu répondre aux propos futiles d'Eléonore. Elle devinait les mains du religieux caressant le ventre de celle qu'il devait confesser. Elle se doutait du plaisir et de la jouissance du parjure qui avait profité de la crédulité de l'épouse de Julius Reymont. Le prêtre s'était certainement vengé des railleries du comte. La trahison était pire, sans pardon ; le seigneur de Sospel avait placé toute sa confiance en ce moine ! Il avait livré au loup de la chair fraîche pour ses bacchanales. Louise Vignola se défendait d'être complice d'une telle machination et, dès son arrivée, elle avait lâché Eléonore et couru dans le bureau de son maître.

— Vous ne me cachez plus rien ?

— Je vous le promets !

— Qui est au courant ?

— Mon frère Giacomo, le jardinier !

— Je vais faire raser ce couvent de putois ! Les franciscains seront chassés de mon comté !

Il proféra entre ses dents un chapelet d'injures obscènes. Louise crut reconnaître du sarde. Après s'être raclé la gorge, il reprit :

— Personne d'autre ? Vous en êtes certaine ? gueula-t-il.

— Monsieur le comte, je vous...

Il lui coupa sèchement la parole.

— Au point où j'en suis ! Le déshonneur m'a frappé, je peux tout entendre ! Qui me prouve que votre frère et vous n'êtes pas les complices de ce triste individu ?

— Monsieur, je vous en prie...

— Peut-être que devant les arcades de l'Observance, tous les mercredis, un régiment de soudards attend son tour pour se régaler de cette riche prostituée ! Tout le pays doit déjà être au courant et je suis la risée de tous ! Quelle belle réputation ! De la Savoie à la Sicile, on pourra proclamer que le comte Julius Reymont de Castellaras porte des cornes aussi longues que les bois d'un cerf en rut ! Et ce, par un moine dépravé !

— Non, Monsieur !

Le hurlement de Louise fit sursauter Julius Reymont. Il bondit du fauteuil et la rejoignit près de la porte. Sa figure était à peine à quelques centimètres de celle de Louise Vignola.

— Vous étiez responsable d'elle !

Il la saisit d'une poigne ferme par le col, cassa un collier de perles, une broche sertie de pierres précieuses et déchira le chemisier aux premiers boutons. Il secoua la pauvre vieille de toutes ses forces et l'envoya bouler contre une tapisserie. Louise roula lourdement plusieurs fois, heurta un guéridon et fit basculer une lampe à huile. Les pupilles exorbitées, des rides barrant son front, les joues contractées, le comte ne se contenait plus. Il se mordait les lèvres au sang. La fièvre agitait son cerveau.

— J'espère que tu ne me mens pas ?

Ce tutoiement soudain horrifia encore plus Louise.

— Je vous en supplie !... bégaya-t-elle à moitié étranglée, le cou passablement violacé et boursouflé.

— Pitié ? Ne m'as-tu pas appris, enfant, à coups de badine, qu'il ne fallait jamais s'abaisser à demander la mansuétude et la miséricorde ? Comme les temps changent ! ironisa-t-il.

— Pitié !

Il la foudroya du regard. Le jeu de la terreur emplissait sa bouche.

— Te souviens-tu des privations et du cachot, juste à côté des communs ? Je devais t'appeler « Madame » et te réciter mon latin... Tu ne mérites pas que je m'apitoie sur ton sort ! Tu as failli à ton devoir ! Tu es coupable ! Tu as trompé les Castellaras.

— C'étaient les ordres de votre père ! souffla-t-elle dans un ultime réflexe de défense.

Julius ne ressentait pas même une vague forme de peine. Il la bloqua contre le bureau, saisit le tisonnier et tapa comme une brute. La gouvernante se débattit et essaya de fuir. Le comte se laissa distancer de quelques mètres, puis, quand elle parvint à la porte, d'un bond, il la rattrapa. Louise gémissait. Son crâne explosait. Des douleurs fulgurantes sillonnaient sa poitrine. Elle s'affala sur le parquet. Un goût épais et amer collait à sa langue. Julius Reymont lui murmura à l'oreille :

— Ne te plains surtout pas, ce n'est rien à côté de ce que cet infâme et sa truie vont endurer !

La transpiration, mélangée aux larmes, creusait des sillons ridicules dans le fard de la confidente. Il la souleva et la balança contre les piliers de la cheminée. Un choc mou accompagna l'envolée. Louise Vignola respirait difficilement. Elle eut très froid. Elle revit le comte enfant et tourna les yeux grands ouverts vers lui, repoussant encore un peu le moment de sa mort. Sa face retomba sur le sol dans un bruit guttural. Julius Reymont lui transperça les tripes avec le pique-feu.

Julius s'assoupit dans le grand fauteuil. La chaleur des flammes le décontracta. Il savait la suite des événements. Il avait balayé son passé. Eléonore allait disparaître, le bâtard de franciscain aussi, le couvent de l'Observance serait rasé... Une ère nouvelle débuterait pour Sospel et les Castellaras.

Ses méditations furent interrompues par son ami René Belli. Celui-ci, voyant des meubles renversés, des traînées rougeâtres sur le parquet, la dépouille de Louise Vignola gisant derrière une tenture, resta dubitatif. Il lui fallut quelques secondes pour comprendre la violence de la situation et les débordements du seigneur de Sospel.

— Débarrasse-moi de cette harpie, fais nettoyer et ranger cette pièce, que je ne sente plus cette odeur de cadavre ! Ensuite, tu manderas immédiatement le juge Victorio Raisonni et le prieur des pénitents rouges. Eux seuls ! Personne ne doit les voir entrer et sortir du château !

— Julius, que se passe-t-il ?

— Une affaire gravissime, une affaire d'Etat qui peut rompre nos alliances, faire vaciller la solidité du comtat et périr les Castellaras.

— Expliquez-vous, je vous prie, ma loyauté à votre égard est à toute épreuve !

— Je le sais et je n'ai aucun doute sur ta fidélité. Mais les faits sont cruels et pénibles. Prends patience, je ne te cacherai rien. La vie amène parfois de monstrueuses surprises qui peuvent assassiner lâchement un homme d'honneur.

— Je vous suis, Julius ! Ordonnez et j'exécuterai ! Votre dignité est aussi la mienne !

— Tu vas au couvent de l'Observance avec trois gardes armés, les plus méritants, et tu ramènes ici Piétro Chiésa. Ensuite, tu organiseras, ce soir, un Conseglio de justice exceptionnel et restreint ! Demain, à l'aube, avec Victorio Raisonni, tu conduiras Giacomo le jardinier vers une destination que je t'indiquerai en temps utile... Pour leur discrétion, tu gratifieras du double de leur solde les gendarmes qui t'accompagneront et tu leur octroieras un jardin maraîcher municipal à vie.

René Belli était abasourdi. Jamais une telle assemblée n'avait été si rapidement convoquée et sans l'ensemble des membres de droit. Il observa un moment de silence pathétique, considérant d'une façon soutenue son énigmatique mentor et ami.

— Qui ose mettre en péril notre politique et nos institutions ? s'inquiéta René Belli.

— Eléonore d'Aquin, celle qui se prétendait mon épouse, qui s'honorait de mon nom... Et cet immonde Piétro Chiésa, son amant !

Les montagnes, les glaciers et la crête de Bugavista s'écroulèrent à la fois sur le crâne de René Belli. Il s'épongea le front avec la manche de sa redingote et resta immobile, ébranlé par la nouvelle.

— Que dites-vous ?

— Inutile d'en rajouter, le mal est fait. Le sacrilège ne doit pas atteindre la réputation des Castellaras. Je te le répète, je veux un mutisme absolu ! Une fois l'affaire close, chacun sera récompensé à sa juste valeur.

— Les Sospellois seront un jour ou l'autre au courant ! Ils apprécient Eléonore, elle fait partie de leurs rêves !

— Après que ces parias auront été châtiés, nous informerons la population de leur crime. Nous parlerons d'un complot d'Etat. Ces damnés trahissaient au profit du royaume de France et de la Provence. Leur but était de me chasser de mon territoire.

La salle du Conseglio de justice était faiblement éclairée. Tendue de tissus pourpres du dôme central jusqu'à terre, elle ressemblait à une grande tente importée dans les murailles. Le juge Victorio Raisonni siégeait au centre de la tribune, encadré par René Belli et par le prieur des pénitents rouges, élu dans cette confrérie par les proches de Julius Reymont, dont la soumission aux Castellaras était une raison d'exister. Tapi dans l'ombre de l'arrière-salle, Julius suivait l'audience sans sourciller. Vêtue d'une ample robe de drap gris, la belle Eléonore ressemblait à une fille de ferme comme on peut en croiser à chaque détour de sentier. On lui avait enlevé bijoux et colliers afin qu'aucun signe aristocratique n'apparaisse. Elle était jugée comme n'importe quelle mendiante ou voleuse. Elle était entrée la première dans la salle d'audience et fut conduite au premier rang. Piétro Chiésa, entouré des gardes, la suivit peu de temps après. Il était placé en retrait de façon à ce qu'elle ne puisse pas lui jeter un regard.

Quand René Belli et les gardes avaient enfoncé sans ménagement l'entrée du couvent, Marcus de Villeneuve avait eu le réflexe immédiat de protéger Piétro Chiésa et d'organiser sa fuite dans les collines. Mais le prêtre avait refusé. Si Dieu l'avait contraint au supplice, il devait accepter la punition divine. Il s'était rendu sans résistance et avait senti aussitôt la puissance d'une force aveugle. Il avait été enchaîné aux pieds et aux poignets et jeté tel un sac de fumier dans une calèche noire aux rideaux tirés.

Les lourdes portes claquèrent dans son dos. Un silence glacial s'infiltrait dans le prétoire entre les rangs de chaises et de bancs. Trois coups de maillet annoncèrent le début de la séance. Le prieur quitta sa place, descendit de son piédestal et se dirigea vers le franciscain.

— Tu es indigne du froc que tu portes ! Tu es indigne de la croix sur laquelle tu as juré fidélité au Seigneur ! Tu es indigne de pénétrer dans une église ou dans un lieu saint, indigne de revendiquer ton salut ! Tes prières ne sont que des insultes. Personne ne pourra exorciser tes fautes ni les absoudre ! Tu t'es conduit en criminel. Le diable est en toi ! Ton âme n'est que crachats et outrages !

D'un geste brutal il rompit le chapelet que Piétro portait autour du cou. Avec une serpette effilée et recourbée, il lacéra l'aube et la soutane. Puis, par lambeaux, il déchira entièrement le vêtement du religieux. Piétro se retrouva en chemise. Il eut froid. Il invoqua l'amour d'Eléonore, mais elle ne tourna pas la tête. Il pensa au sort que lui réserverait ce tribunal de pacotille. Il blêmit, rongé par une lente agonie. Il sentait ses forces le quitter. Il eut un sursaut terrible dans cette folie ignoble qui le projetait dans l'horreur.

— J'accepte votre condamnation, mais, je vous en supplie, laissez Eléonore d'Aquin en paix, elle n'y est pour rien ! Je suis le seul coupable de mes faiblesses !

Il fixa le prieur. Sa face était à quelques centimètres de celle de son accusateur. Il lui cracha d'une voix sourde et basse qui roula du fond de ses tripes :

— Seul Dieu peut me juger ! Toi, tu es aussi corrompu que le comte et ses acolytes !

Julius Reymont ne tint plus en place. Il bondit comme un fauve enragé du fond de l'hémicycle et asséna à Piétro une volée de coups.

— Pitoyable raclure, ne prononce jamais plus le nom d'Eléonore ! Tu l'as tuée ! Tout est de ta faute !

— Non, c'est vous qui l'avez assassinée !

Personne n'osa intervenir tant la fureur de Julius était monstrueuse. Au bout d'un moment, épuisé et las de s'acharner sur sa victime, il stoppa la curée.

— T'achever maintenant serait un trop grand soulagement pour toi. Je te réserve pour la suite...

Piétro, ensanglanté, resta à terre, recroquevillé par la douleur. L'univers n'était plus que maléfice et immobilité. « Même dans la mort, même dans ma tombe, je reverrai Eléonore ! Ce n'est qu'un grand sommeil. Elle m'apparaîtra là où je ne l'attendrai pas, dans la lumière, le soleil, les étoiles, autrement la vie éternelle n'existe pas ! » pensa-t-il.

Julius Reymont se planta face à son épouse. Il scruta avec dédain cette femme qui aurait dû être la mère de son fils. Il remarqua les tremblements qui agitaient ses mains. Il jubilait de réduire à néant celle qui avait osé salir son blason. Eléonore avait les joues creusées et blafardes. Un teint de malade drainait des traits d'une beauté incroyable. Elle se demandait comment sa poitrine pouvait encore supporter tant de haine sans éclater.

— A genoux, Eléonore d'Aquin, bâtarde de Savoie ! A genoux ! Baisse les yeux devant ton juge ! Tu ne mérites même pas la corde pour te pendre. Je veux te voir souffrir et me supplier chaque jour de ta frêle existence. Tu subiras les sarcasmes et la honte de la racaille. Jamais, oh non ! jamais, je ne t'accorderai mon pardon ! Tu seras conduite dans la grotte de Mangialoé. Il te sera défendu d'en sortir, de fréquenter les offices, de quémander ta nourriture, de mendier, de te soigner et de rencontrer les gens de la vallée. La solitude sera ta seule compagnie. Si jamais on t'aperçoit une seule fois aux alentours d'une ferme ou d'un village, tu seras clouée sur la croix de saint Gervais et les corbeaux boufferont ton visage d'ange. La sentence est exécutable immédiatement. Dès cette nuit tu passeras les portes de Sospel pour ton nouveau palais !

Eléonore s'écroula à terre. Un gendarme déversa un broc d'eau sur sa tête. Le comte pointa son index vers Piétro Chiésa.

— Quant à toi, défroqué, bête ignoble, tu seras castré avec une cisaille à mouton et jeté de la falaise de Balmerin dans la Bévéra, comme les sadiques et les pervers !

Julius Reymont de Castellaras se tourna vers l'estrade et apostropha ses condisciples.

— Messieurs, le jugement est rendu, à vous !

Victorio Raisonni entérina les paroles du comte.

— L'arrêt du seigneur de Sospel étant sans appel, le jugement est dit !

Trois coups de maillet ponctuèrent la fin du procès.

Piétro Chiésa ne perçut pas la dernière phrase de ses inquisiteurs. Le son de leurs voix s'évanouissait dans les tentures. Il s'abandonnait dans un long songe qui l'amenait à la torture. Tout était vide. Dieu lui avait réservé son verdict. Il n'y avait pas d'échappatoire. Piétro n'était pas oppressé. Il se glissa dans son imagination un doux souvenir, la gorge renversée d'Eléonore.

6

Le jugement fut appliqué dans les heures qui suivirent la clôture du tribunal. Nu pieds, ne portant pour tout vêtement que sa chemise, Piétro Chiésa restait indifférent à ce qui l'entourait. Il ne sentait aucune meurtrissure, aucune douleur, aucune brisure. Ses chevilles qui se tordaient dans les ornières ne le faisaient nullement souffrir. Il était ailleurs, dans une sorte de labyrinthe complexe qui le menait vers une éternité douce et soyeuse. Il n'était pas seul sur son chemin de croix. Il la devinait à ses côtés. Elle était penchée sur sa bouche. Elle respirait avec son amant et lui arrachait sa vérité. Il lui confiait ses espoirs. Elle lui ôtait tout remords et toute incertitude. La tiédeur de son haleine irradiait ses épaules et son torse. La nature semblait lui dire qu'il était un être juste et aimé.

Ils l'avaient bâillonné. Sa respiration courte et étranglée provoquait une sueur abondante qui dégoulinait et trempait sa peau. Deux lieues séparaient le château de Castellaras de la falaise de Balmerin. Les sabots des chevaux étaient entortillés de bandelettes pour éviter qu'ils ne résonnent sur les caillasses. Chaque poignet de Piétro était attaché à la croupe d'un bestiau. Leurs écarts tendaient les aisselles à la rupture. Il ne gémissait pas. Son corps se séparait de sa souffrance et les pitres qui le menaient à la mort lui faisaient pitié. On remarquait une étrange aura sur son front.

Le prieur des pénitents rouges, en tête du convoi, les bras levés, présentait aux cieux la cisaille à castrer, tel un objet purificateur. Belli et Raisonni étaient étonnés par l'attitude du condamné. Rares étaient les suppliciés qui avaient la force de marcher ! On les tirait le plus souvent sur le ventre et ils étaient déchiquetés avant d'atteindre la falaise.

— Pourvu qu'on ne se trompe pas ! souffla Victorio Raisonni. Une telle erreur nous brûlerait pire que la foudre !

— Tais-toi et obéis ! râla Belli. Tu es avec nous pour le pire et le meilleur ! Si tu es contre nous, fous le camp !

Raisonni se tut. Belli en resta là.

Ils passèrent le hameau de Saint-Etienne. La Bévéra mugissait, prise dans des cluses étroites et tumultueuses. Le chemin fit place à un sentier terriblement abrupt. Les chevaux avaient du mal à passer à deux de front. Piétro écoutait la rivière s'éloigner tout en bas. Il ne percevait plus distinctement ses grondements mais un bruit sourd, un bouillonnement profond comme le roulis d'une immense tempête. « La lune est haute, bien ronde, orange... La pleine lune, celle des sorciers ! Alors je reviendrai ! » se réjouit-il.

A la patte d'oie où le vallon de la Vieya plongeait dans la Bévéra, au point le plus élevé, ils stoppèrent. Des corniauds dérangés dans leur repos aboyèrent. Le jappement d'un renard figea les montures. Piétro reconnut dans l'obscurité le chêne des martyrs, l'arbre tentaculaire où il avait vu tant de pauvres bougres se faire massacrer, l'arbre où il avait tant prié pour le salut de ces malheureux.

Il perdit aussitôt connaissance. Malgré les gifles assénées et sa face plongée dans une flaque glacée, il ne se rétablit point. Dans son inconscience, il ressentit une déchirure cuisante au bas-ventre, suivie d'une douleur aiguë qui irradia tous ses membres. Un liquide brûlant coula sur ses cuisses… Puis le vide ! Piétro volait comme un ange… De l'air autour de lui… Il roulait, tournait lentement. Les embruns l'enveloppèrent. Le noir fut absolu. La Bévéra l'engloutit.

— *Questa volta é finito conquello bastardo di Piétro Chiésa*[1] !... jura Belli en se frottant les mains.

Un calme lourd s'installa sur les rochers. Le pénitent rouge nettoya le sang de la cisaille sur une touffe d'orties. Raisonni regardait le bas du précipice. Il sentit la présence de Belli dans son dos. L'ami du comte appela un par un les trois gendarmes. Il leur posa une poigne ferme sur les épaules et répéta à chacun d'un ton puissant et menaçant :

— Cette nuit, vous étiez dans votre lit ! Vous n'avez rien vu, rien entendu !

Les gardes opinèrent. Le groupe se disloqua. Belli rejoignit à bride abattue la demeure du comte.

Le drôle d'attelage qui franchit vers cinq heures du matin les portes de Sospel n'intrigua pas les lève-tôt. Le jour se débusquait tranquillement. Le soleil avait

1. On en a fini avec ce bâtard de Piétro Chiésa !

du mal à éclater au-dessus des cimes. René Belli était en tête sur un robuste destrier. Il tirait par une corde un âne sur lequel siégeait une fine silhouette en robe fruste. Un châle couvrait ses cheveux et sa figure. Seuls des yeux hagards affrontaient l'abandon. Les mains étaient ficelées au pommeau du bât. Le cortège grimpa la route principale de Moulinet puis, au milieu, bifurqua dans les massifs par le raccourci de Fessa Longa et la rivière en direction du col de Lignières. René Belli s'était interdit toute halte pour se restaurer avant que sa mission ne soit définitivement accomplie. La traîtresse devait être à destination au plus tard le lendemain matin avant le chant du coq.

La nuit, éclairés par un simple falot, ils traversèrent la montagne. Eléonore serrait les dents pour ne pas hurler et s'abaisser devant son bourreau. Peu après le col du Béolet, la neige persistante collée aux ravines ralentit le parcours. Belli sauta de sa selle et, prenant la jument par une rêne courte, la guida. Il ne réfléchissait à rien. Il allait droit devant, se moquant bien de l'état de sa prisonnière. Seule comptait la volonté féroce de Julius Reymont. Eléonore s'affala plusieurs fois sur l'encolure et faillit chuter dans le ravin. Mais rien n'y faisait ! Elle inspirait à Belli une répugnance infinie. Quand il la voyait faiblir, il donnait un coup de trique au cheval pour qu'il accélère. Les à-coups sortaient la jeune femme de sa torpeur. Elle se rétablissait en s'accrochant du mieux qu'elle le pouvait à la crinière.

Les lueurs matinales s'esquissaient à peine. René Belli, d'un geste sec, tira sur le mors. La bête renâcla, frappa le sol du sabot. Une bave épaisse moussait autour de son museau. Entre les coulées de pierrailles, une anfractuosité coupait net le relief en deux. Au-dessus d'un entassement de rocs taillés dans le vif, un trou béant bouchait la ligne d'horizon.

— Te voilà à destination ! Ton futur palais ! La crevasse de Mangialoé, « le trou des Loups » !

Il agrippa par la manche Eléonore qui chuta lourdement à terre. Le haut de sa robe se déchira et dévoila ses seins.

— T'es gironde, le moine a dû se régaler ! Mais tu me fais dégueuler ! ricana-t-il en lui crachant sur le ventre.

Il ne lui délia pas les mains.

— Décampe, *putana* ! Disparais de ma vue ! J'ai assez perdu de temps avec une salace de ta trempe et je suis éreinté !

Eléonore s'éloigna. Le cri des corneilles l'accompagnait. Elle ne pensait qu'à s'allonger et dormir, dormir le plus longtemps possible et sortir de ce cauchemar. René Belli suivit son ascension du regard et rebroussa chemin en direction de la vallée. « Il me reste encore un protagoniste gênant et l'affaire est dans le sac ! Après, un bon repas, un grand lit et peut-être bien une partie de chasse ! » soupira-t-il, réjoui.

Ces pensées le revigorèrent et lui donnèrent encore plus d'ardeur pour achever sa tâche.

Avant de pénétrer dans son refuge, Eléonore se retourna vers la combe. Elle aperçut, minuscule, en face, sur un plateau, nichée entre un bouquet d'immenses cyprès et des restanques en jachère, une chapelle aux murs noircis recouverts de ronces.

Giacomo ne fut nullement étonné, lorsque, à l'aube, René Belli et Victorio Raisonni se présentèrent chez lui. Ils prétextèrent que Julius Reymont de Castellaras avait impérativement besoin d'un jardinier pour sa nouvelle résidence d'été de San Remo. Sa sœur l'ayant vivement recommandé, le comte désirait à tout prix l'employer. Louise, Eléonore et son confesseur étaient déjà sur place et l'attendaient.

De tels compliments et la bourse offerte enthousiasmèrent Giacomo. Il sauta dans une calèche confortable, aux sièges moelleux. Avant le départ, Victorio Raisonni lui tendit un panier bourré de provisions et un *fiasco* de dolcetto.

Giacomo se sentait satisfait. Une fierté incommensurable l'animait ; être dans les petits papiers des Castellaras valait mieux que de trimer pour une misérable obole chez les franciscains. Et puis l'Italie... Il avait tellement entendu parler de la folie merveilleuse qui y régnait ! La fête était totale !

La montée vers le col de Castillon était infinie. Giacomo avait hâte de plonger sur l'autre versant dans les mimosas odorants, les orangers et les citronniers ceinturant Menton, d'être aveuglé par la brillance de la Méditerranée, de réchauffer ses vieux os au bord de la mer et de profiter d'une dolce vita amplement méritée. De temps en temps, il entendait les jurons suivis du claquement du fouet du cocher qui poussait la bête à se remuer. Il en profita pour grignoter un morceau de saucisson, avaler un bout de miche craquante encore chaude et boire d'un coup la moitié de la bouteille de vin. Puis il desserra d'un cran la ceinture de son pantalon, s'allongea sur les coussins et se laissa aller à une légère somnolence.

Au croisement de la Condamine, l'attelage marqua une pause. Giacomo tira le rideau et admira les roches plissées surplombant la plaine. De longues traînées de glaise saignaient les prairies pentues. Des touffes serrées de genêts et de cades s'échappaient des fissures. Des nœuds de racines gonflaient les murs de pierres sèches et formaient des chapeaux naturels. Il regarda dans la vallée Sospel, noyée dans les brumes volubiles. « Je ne suis pas près d'y revenir » jubila-t-il... Il eut des frissons en traversant le goulet de Castillon. Des gouttes d'eau martelant la capote éveillèrent une appréhension soudaine. Giacomo n'aimait pas ce défilé. La voiture roulait à grand train. Le vacarme des roues résonnait comme le canon et l'assourdissait. Il se pencha par la vitre ouverte et vit au loin la clarté qui s'agrandissait. Il se relâcha, essuya son front avec un mouchoir à carreaux et souffla. « Quel idiot je suis ! Protégé en plus par le comte !... » Il acheva en deux rasades la fiole de vin.

La route se dévidait à une allure folle, en une succession de lacets abrupts et interminables. Plus la pente s'accentuait, plus la mule fonçait, les quatre fers au vent. Giacomo s'accrochait au fauteuil. Il sautait et retombait de tout son poids. Il tapait à droite, puis à gauche, et se dit que c'était de la folie furieuse d'aborder une telle descente à cette allure ! Ils allaient se rompre le carafon dans le ravin. Il voulut ouvrir la porte et gueuler de ralentir, mais en vain ! La serrure était bloquée ! Que se passait-il ? Giacomo, broyé par la trouille, les mandibules pendantes, s'approcha de la lunette qui le séparait de la banquette du meneur et constata avec effroi la disparition du cocher. Les rênes étaient nouées au dossier du siège et la manivelle des patins entièrement défaite ! Un son guttural sortit de sa gorge. Il n'eut pas le temps de maudire le comte ni de se confier au Seigneur. L'attelage se jeta droit sur le parapet et s'envola dans le précipice de Monti. Giacomo entraperçut une mer agitée que la brise avait gelée d'un coup.

Au cours des mois qui suivirent, les réactions de désaveu, les menaces, les réprobations, les injures se multiplièrent de la part des grandes familles. Julius Reymont de Castellaras était devenu un individu ayant perdu tout honneur. Une lutte sans merci s'engagea pour mettre à bas ce prétentieux qui avait osé défier les lois inviolables et sacrées du sang : on ne touchait pas à un religieux ni à une princesse dont la noblesse était sans faille !

Le duc Michel de Savoie, son cousin Charles-Albert, le roi du Piémont et de Sardaigne exigèrent des comptes. Ils envoyèrent leurs consuls pour ne plus rencontrer ce malandrin qui ne leur inspirait que mépris et dégoût ! Julius Reymont utilisa sans résultat toutes les armes politiques en son pouvoir, mensonges, dissimulations, ruses, pour retrouver un minimum d'estime. Ses excuses modestes, ses réponses évasives souvent contradictoires déplurent à ses alliés qui rompirent leurs pactes.

Le gouverneur de Nice Rodolphe Maistre et le président du sénat Hilarion de Cessole voulurent eux aussi des explications claires sur les agissements du comte et du Magnifico Conseglio. L'attitude et les positions de Julius Reymont ne changèrent pas, demeurèrent floues et peu convaincantes. Les frontières du comté de Nice furent rétablies. Le seul accès librement consenti était la route du sel de Nice à Turin.

L'évêque excommunia l'ensemble des autorités du comtat et bannit les pénitents rouges. Devant son verdict, mais aussi pour modérer les sanctions qui s'abattaient sur la ville et préserver ce qui pouvait encore l'être, Julius Reymont se ravisa et décida contre toute attente de ne point détruire le couvent franciscain de l'Observance.

Sospel vivotait grâce aux taxes du sel. La comtesse noire, ville maudite, était devenue une cité dont les murs étaient rongés par une vermine tenace. La haine courait dans les rues. La population redoutait les mouchards et les gendarmes de Belli. On se taisait. Même à voix basse, on n'osait évoquer les noms de Piétro, d'Eléonore, de Louise, de Giacomo. On ne reconnaissait pas le comte. On le craignait encore plus. Le moindre bruit faisait sursauter les trouillards. On regardait son voisin avec méfiance, quand on ne lui avait pas enlevé le bonjour.

7

Une mélancolie sourde minait le comte de Castellaras. Depuis dix-huit années, il se terrait dans son château. La condamnation de sa femme à une mort certaine était une plaie qui ne se refermait pas et le tiraillait vers une repentance impossible. Il avait jadis prononcé la sentence comme il le devait, en seigneur, garant des lois du comtat, et sa fierté lui interdisait de pardonner ou de désavouer les verdicts entérinés par le Magnifico Conseglio. Répudié par ceux qui avaient érigé son autorité, il entrait dans un déclin prodigieux et ne savait plus que faire pour redorer un blason si violemment terni. Souvent acculé par des ennemis impitoyables, il se retranchait derrière une férocité redoutable et piquait des colères à faire trembler les murs de sa demeure.

Les enjeux diplomatiques internationaux concernant cette partie de l'Europe prenaient une ampleur considérable. Les tractations entre Napoléon III, les ministres sardes, les députés romains, Victor-Emmanuel II et le représentant du Piémont, le comte de Cavour, étaient des secrets de polichinelle. Le traité de cession de la Savoie et de Nice à la France s'avérait inévitable. Le minuscule comtat des Castellaras n'était qu'un morceau de terre isolé dans une vallée perdue au bout du monde et, par conséquent, la pauvre vieille cité de Sospel, dont la brillance n'était qu'un leurre, allait être avalée par les réformes et perdrait ses titres honorifiques.

René Belli s'était octroyé le grade de commandant de la gendarmerie et secondait Julius Reymont dans les tâches du gouvernement. Il prenait à sa place les décisions courantes. Quant à Victorio Raisonni, il rendait à sa façon au Palazzo del Comune une justice parfois sibylline, parfois à la bonne franquette, recherchant avant tout son propre intérêt. Les deux comparses informaient rarement le maître de Sospel des affaires de la ville. Celui-ci acceptait avec désinvolture les différents décrets et lois pris en conseil. Il signait lettres et courriers, apposait son sceau sans même les lire. Il désirait avant tout retrouver la considération des siens, son honneur, être à nouveau estimé par le clergé et l'aristocratie qui l'entouraient. Mais toutes les tentatives envers le roi du Piémont et de Sardaigne, le duc de Savoie et les émissaires de l'Autriche échouèrent lamentablement.

— Rapprochons-nous de Nice ! proposa le comte.

— Ni le sénat ni les magistrats ne nous apprécient ! Nous sommes des pestiférés ! Ils espèrent nous croquer tout crus ! On parle même de faire voter le peuple par plébiscite ! On demande son avis à la piétaille, aux paysans, à la lie ! clama René Belli.

— Quelle ignominie ! ressassa Julius Reymont.

— En réfléchissant bien, il y aurait une solution... Si je peux vous la soumettre...

Julius Reymont et Belli dévisagèrent Victorio Raisonni. Jamais il n'avait eu le courage d'interrompre une conversation de cet ordre dans le bureau privé du comte ! Et jamais il n'avait su adopter une position intéressante qui lui aurait valu les compliments de Julius Reymont. Un certain flottement s'installa dans la pièce. Raisonni prit son courage à deux mains et exposa ses arguments.

— La seule issue est le clergé. Sa puissance est reconnue. Les relations se maillent dans les conseils, les réunions et les gouvernements. Il faut amadouer l'éminence du diocèse de Nice, monseigneur Sola. Lui seul peut gagner à notre cause l'ensemble des représentants de cette ville et, par là, rétablir les relations avec le Piémont et nos anciens alliés ! La bénédiction de l'Eglise vaut tous les ambassadeurs du monde !

Une lueur empreinte de malice et de fourberie pointa dans les pupilles de Julius Reymont.

— A quoi pensez-vous exactement ? Je connais bien vos penchants qui vous ont valu dans le temps certains déboires, mais là, vous me surprenez !

— Trois fois rien, juste un geste... Un don !

— Mais parle donc, vipère ! rumina Belli, jaloux de l'attention soudaine que le comte portait à Raisonni.

— Calme-toi ! Soyons sensibles pour une fois aux propos de notre cher juge.

Belli foudroyait ce microbe rondelet et suant. Il lui décochait des regards sournois. S'il avait pu l'écraser et le balancer de la falaise de Balmerin, il ne s'en serait pas privé et aurait éprouvé une délectation certaine. Ce lâche osait influencer son ami !

— Voilà, reprit Raisonni, nous avons une bonne dizaine de chapelles éparpillées sur notre territoire, certaines sont inaccessibles, écroulées. Les entretenir nous coûte trop cher, et puis il vaut mieux réunir les fidèles à l'église Saint-Michel, au moins nous pouvons surveiller nos ouailles à notre guise… Alors j'ai pensé à un présent qui toucherait le prélat !

— Va droit au but ! ordonna amicalement Julius Reymont.

Belli parcourait la salle de long en large. Les mains sur les hanches, il montrait une nervosité inexplicable.

— On ne va pas y passer la journée ! grogna-t-il.

La lourdeur habituelle et la gaucherie du juge s'estompaient. Sa bouille d'ordinaire empourprée, irisée de veinules saillantes illustrant une aptitude particulière à la bonne chère et aux alcools de qualité, devenait sympathique au comte. Raisonni exultait intérieurement. Il défiait René Belli et le comte prenait son parti. La revanche attendue depuis presque vingt ans se présentait enfin.

— Un cadeau pour l'évêque de Nice, vous m'inquiétez. Nous ne possédons que des ribes et des ravines impénétrables !

— Justement, offrons-lui des pierres bénites…

— S'il continue dans ces méandres, je lui romps le cou !

Belli s'impatientait. Une rage sourde montait en lui. Avec un grand sourire, Raisonni l'affrontait de face, débarrassé de toute appréhension.

— La force n'a jamais résolu les problèmes, bien au contraire, lui suggéra-t-il. La finesse du discours et la diplomatie sont toujours de bonnes conseillères.

Le comte paraissait à la fois intrigué et amusé par cette situation. Il découvrait dans le petit juge un caractère d'habile négociateur. Peut-être aurait-il dû l'écouter plus attentivement…

— Alors, ces pierres bénites ?

— Entre les serres de Bérins et la ferme de Béroulf, à mi-pente du vallon de Pinetella, sur un terrain plat où jadis poussait une ribambelle d'oliviers, se trouve une chapelle. Les vieux de Sospel ne se souviennent plus à quel saint elle est vouée. Plusieurs fois brûlée, elle a servi d'abri aux bergers lors des transhumances, puis de halte aux chasseurs. On l'a totalement oubliée. Offrons-lui ce lieu de culte, avec les terrains attenants qui montent jusqu'à Bellicot sur la frontière piémontaise !

— Il n'y a plus de sentier ! Pour y accéder, il faut passer entre des haies de ronces qui dépassent un cavalier ! jura Belli.

— Nous les défricherons.

— Les restanques d'oliviers sont écroulées et les caillasses ont été bouffées par les torrents !

— Nous les reconstruirons.

— Il ne reste plus que des murs pitoyables, des plâtres délavés par les orages et la neige, un toit branlant, des poutres qui ne soutiendraient pas le repos d'un vol de palombes !

— Au diocèse ils ont les meilleurs maçons, menuisiers et fresquistes ! Nous les paierons.

— Avec quel argent ? questionna Julius Reymont, de plus en plus étonné par Victorio Raisonni. Nous sommes étouffés par les dettes et il est impensable de quémander un nouvel impôt à la population, à moins d'être suicidaire et de vouloir se balancer au bout d'un beau filin de chanvre aux solives de la *Sout'a logia* !

— Et moi, je n'ai plus de quoi assurer la solde de mes gendarmes, râla Belli, hargneux.

Victorio Raisonni l'ignora carrément. Il lui tourna le dos, essuyant au passage un chapelet de jurons proférés à voix basse.

— J'y ai longuement et mûrement réfléchi, monsieur le comte. La seule route carrossable, de Nice à Cuneo et Turin, passe bien dans notre comtat et notre commune. Les autres accès par la Gordolasque ou le Saint-Bernard sont bien trop dangereux. D'après le receveur des taxes Fernand Borriglioni, trente mille mulets empruntent le Pont vieux et trimballent mille charges de sel. Ils s'acquittent par convoi d'un franc argent. Or, à leur retour, les caravanes transportent du blé, du riz, des fûts de vin, des ballots de laine, de peaux, de tissus, de toiles de Carmagnole et franchissent de nouveau l'octroi. Le calcul est simple : taxons les marchandises provenant d'Italie de seulement un demi-franc argent par mule et le tour est joué ! Nos caisses se remplissent, nos impôts n'augmentent pas, nos dettes sont épongées. Avec le solde nous paierons les artisans imposés par le clergé !

Julius Reymont bondit de son fauteuil comme un boulet de canon. Il étreignit avec frénésie Victorio Raisonni, qui n'en demandait pas tant.

— Mais comment n'y ai-je pas pensé ! Belli, n'est-ce pas un bon stratagème ?

Ce dernier, contraint et forcé de faire bonne figure, acquiesça, esquissant un timide « oui ».

— Une fois la chapelle reconstruite, peinte, décorée, les terrains repris en main par les paysans, les chemins praticables par les chariots et les calèches, j'invite monseigneur Sola qui bénira et sanctifiera le lieu de culte ! Et, dès lors, avec l'absolution de l'évêché et du pape, mon honneur sera entièrement lavé, les relations avec le comté de Nice renouées et Victor-Emmanuel, ce piteux trousseur de jupons, ce fanfaron à la solde des Autrichiens, sera obligé de me rendre mes lettres de noblesse vis-à-vis de la France et de la Provence et rétablira nos alliances naturelles avec le Piémont et la Sardaigne !

Julius Reymont, ravi, félicita Victorio Raisonni pour son audacieuse proposition.

Monseigneur Sola fut au premier abord très surpris de recevoir une lettre du comte lui annonçant un présent inestimable. Il était une des rares personnalités non controversées de la région. L'ecclésiastique croulait sous les responsabilités. Le gouvernement et les politiques se débarrassaient volontiers des affaires délicates, qu'il s'agisse de l'ouverture des écoles chrétiennes pour lutter contre l'analphabétisme persistant, de la liberté religieuse accordée aux sectes, de l'expulsion des jésuites..., les réclamations aboutissaient toujours au diocèse. Monseigneur Sola était aussi fort préoccupé par les circonstances qui préludaient au rattachement. Une sorte de pagaille persistante régnait sur les grands boulevards, les places, les restaurants et dans les bistrots. Les groupements occultes, les garibaldiens, les carbonari, le mouvement du Risorgimento attisaient une sorte de désordre presque organisé. Le rôle des ennemis de toujours, Anglais, Autrichiens, gouvernement français, était extrêmement curieux, comme s'ils jouaient « Nizza la bella » à la roulette. Les journaux — *L'Avenir*, *Il Nizzardo*, *La Gazette* — entamaient des campagnes virulentes contre tous ceux qui mettaient en cause l'autonomie de Nice.

L'évêque avait bien évidemment au fil des ans oublié la vieille histoire qui avait entaché les rapports entre le diocèse, les pénitents rouges et le triste Julius

Reymont de Castellaras. Ce geste lui apparut comme une reconnaissance des fautes commises, certes bien tardive. « Il vieillit, se dit-il, et a peur d'affronter les foudres du Jugement dernier… » Il se laissa plusieurs jours de réflexion, consulta les autorités religieuses de Nice, envoya un émissaire à Rome. Le pape Pie IX approuva la requête de l'évêque. Plus rien désormais ne s'opposait à ce que monseigneur Sola accepte une telle offre.

8

Les réfections du dôme de la cathédrale Sainte-Réparate à peine achevées, Albin Bonfante fut appelé en urgence par monseigneur Sola pour une audience au monastère des frères franciscains. Il laissa ses compagnons, Augustin Pignerol, le menuisier, et Anselme Ricci, le maçon plâtrier, ranger les planches, les bâches, démonter les échafauds et nettoyer le chantier.

Albin grimpa de la place Rossetti, le centre de l'« Antica Nizza », aux collines de Cimiez par un petit sentier escarpé qui sillonnait des bois jalonnés de boqueteaux d'orangers, de figuiers et de mimosas. Il respirait à pleins poumons cet air savoureux de la fin février, annonciateur d'un printemps précoce. Il se régalait de la vision des immenses terrasses glissant progressivement de ce promontoire fastueux vers Nice, lui offrant une palette incomparable de nuances. Des mouettes et des goélands criards traversaient en pointillé l'azur. Juste avant de deviner les bâtiments sévères des disciples de saint François d'Assise, il traversa une oliveraie. Au passage, il grignota un ou deux fruits dont l'amertume lui colla au palais. Il contourna les arènes, se moqua des plantations de blé et de vignes en plein milieu du cirque romain, encadrées par des statues de déesses aux lèvres rabougries par le temps, aux torses mutilés.

La campagne sauvage envahie de bourrache, de fumeterres et de thym excitait par ses senteurs les narines d'Albin. La joie l'enivrait. La satisfaction du travail accompli, l'enthousiasme du clergé et des fidèles de la cathédrale exaltaient sa fierté. Albin Bonfante, le fresquiste, bénéficiait d'une haute considération de la part de l'épiscopat niçois et italien. N'avait-il pas la recommandation d'un cardinal du Vatican ? Dans la pure lignée des grands maîtres, Jean Canavesio et Ludovic Bréa, il pouvait rendre vivantes et pures les peintures ornant les chapelles et les sanctuaires du comté et du Piémont. Malgré son âge — vingt-cinq ans à peine —, il avait acquis une sérieuse expérience. Attiré par les grands visionnaires et les peintres florentins, il avait voyagé de la Lombardie à Aix, de Turin à Rome, séjourné à Gênes et en Toscane, se liant d'amitié avec les artistes, étudiant l'architecture, le dessin et l'art de la fresque. La douceur des traits composant l'expression de ses Vierges était unique, presque ensorceleuse ; comme si les Madones jaillissaient des voûtes pour communier avec les dévots ! Leur regard était si perçant que certains pensaient qu'elles pouvaient deviner leurs errements.

Albin Bonfante appartenait à ces familles qui, de génération en génération, se transmettent la certitude d'un art et d'un savoir. Son talent rare, sa fougue avaient surpassé la maîtrise parfaite de son père et de son grand-père. Du Pô au Rhône, il cherchait sans cesse roches, sables, plantes, minerais pour inventer et découvrir de nouvelles colorations. La création lui brûlait les mains et attisait son intelligence.

Un beau matin, dans les carrières des Baux-de-Provence, il trouva le secret, son secret : une poudre aussi légère qu'une plume de tourterelle, aussi tendre que les fruits rouges, aussi fluide qu'un voile d'embruns. Une poudre qui, mélangée à la terre de Sienne, donnait un pigment roux, chaud, ombré. Il avait découvert une ocre unique qui allait honorer les chevelures des Vierges. Sa trouvaille bouleversa tout ce qui comptait dans la peinture sacrée. On se déplaçait de très loin pour venir admirer son œuvre. Il suffoquait de bonheur chaque fois qu'il ornementait ses esquisses. On le questionnait, on cherchait à le faire parler, à deviner, on l'espionnait, on l'invitait aussi dans les festins et les repas... En vain ! Albin vivait avec la mère du Christ une harmonieuse intimité. Il offrait à cette femme une dévotion et une candeur naïve, presque sensuelle. Il se considérait comme son fils adoptif. Mais jamais il ne révélerait à quiconque la magie de ses compositions et de ses recherches. Le détail, la lumière, l'âpreté des pastels, la mise en scène, la précision iconographique en firent rapidement une sorte de génie que monseigneur Sola prit aussitôt sous son aile. Dès lors, nul ne put lui passer une commande sans l'assentiment de l'évêque.

Albin Bonfante refusa les appartements confortables que l'évêché lui proposait, pour un modeste meublé au dernier étage d'un immeuble du port de Nice. Il adorait se mêler à la foule bigarrée et burlesque des pêcheurs et des négociants. Souvent il traînait dans les estaminets, observait les consommateurs, inscrivait leurs mimiques sur un carnet. Il était capable de transposer une scène banale de la rue, un geste anodin, une oscillation de la foule en une image profondément religieuse, sans pour autant s'éloigner de la vérité. On reconnaissait aisément le long visage du fresquiste, rayonnant d'une sérénité peu commune, une gaieté éternelle accrochée aux lèvres. Sa tignasse bouclée à l'italienne tombait sur son front. Ses longues mains fines, quoique puissantes, dénotaient un caractère ingénieux et vif.

Albin coupa par le pauvre jardin des « padres mendiants » qui s'échinaient à ratisser une croûte de terre sèche et compacte, dans l'espoir de faire éclore avant l'été des légumes plus secs que ridicules. Du cloître lui parvenaient des chants grégoriens s'envolant au-dessus des riches caveaux de la bourgeoisie niçoise. Les tombes anonymes disparaissaient peu à peu sous les fondations des monuments mortuaires privés. La propriété hantée et abandonnée des Garins de Cocconato, la « Maioun dei masqua », dominait ce monde étrange et pieux.

Albin gravit les escaliers du parvis. Les murailles écaillées et bouffées par une moisissure qui s'étalait en taches verdâtres le contrarièrent. Il s'engouffra dans l'immense bibliothèque. Monseigneur Sola consultait des volumes aux dos de cuir gravés à l'or fin.

— Vous voilà ! se réjouit l'évêque.

Albin baisa la bague sur la main gantée de rouge du prélat.

— Je me suis laissé emporter par la beauté de ce paysage ! J'ai eu bien du mal à quitter mes contemplations…

Monseigneur Sola sourit et l'invita à prendre place sur un siège en bois redoutablement inconfortable. Il s'installa face à lui.

— Mon enfant, vous allez partir quelques mois dans les montagnes, aux environs de Sospel. Une grande œuvre vous attend, mais non sans risque. Il va vous falloir de la constance face aux nombreuses incertitudes qui vous guettent. En fait, je ne sais pas si je vous envoie en enfer ou au paradis !

Intrigué, Albin écoutait avec attention les explications de son protecteur. Monseigneur Sola exposa dans le détail la sordide histoire du comte de Sospel, le supplice infligé au père franciscain Piétro Chiésa et à son amante Eléonore d'Aquin, avec la complicité des pénitents rouges.

— Dire que c'est moi qui ai béni — contraint et forcé par Rome — un dimanche de juin, il y a vingt ans exactement, l'union d'Eléonore d'Aquin et de Julius Reymont de Castellaras ! Il m'était pourtant aisé de deviner la suite : cette pauvresse n'était que l'enjeu de partages politiques infâmes. J'aurais dû écouter ma conscience !

Il acheva son discours sur cette phrase.

— C'est un tyran, un véritable bourreau ! s'insurgea Albin.

— Hélas, oui ! Son cynisme a d'ailleurs dépassé les frontières. Ses alliés ont rompu leurs contrats et l'ignorent. Depuis, on n'entend plus parler de Julius Reymont de Castellaras. Méprisé, entouré seulement d'une vieille garde de conseillers couards et profiteurs, il doit se morfondre et se repentir de ses fautes.

L'évêque lut la missive du comte et déroula sur la tablette les plans de la chapelle et des terres adjacentes.

— Inouï ! s'exclama-t-il. Par ce don, il recherche un probable pardon ! Il n'est jamais trop tard...

— En effet, surprenant... ajouta Albin.

Un doute planait dans l'esprit du fresquiste : comment ce nobliau, ambitieux, calculateur et sanguinaire pouvait se séparer d'un tel domaine, voisin avec le Piémont, et l'offrir à ses ennemis héréditaires ?

— N'estimez-vous pas qu'il peut s'agir d'une machination, d'une idée machiavélique savamment mûrie pour vous confondre dans le seul but de retrouver une légitimité perdue ?

— Qui sait ! maugréa l'évêque, les bras tendus vers le plafond. Seul Dieu est capable de répondre à votre interrogation. Pour le moment, ce triste sire bénéficie du temps et de mon indulgence.

Albin, peu enthousiaste, se renfrognait. Il se permit des remarques impertinentes. Le religieux, remarquant le scepticisme du peintre, voulut le rassurer en lui montrant l'intérêt qu'il portait à ce geste visant à balayer les infamies de Julius Reymont de Castellaras. La résurrection de ce site cultuel serait hautement symbolique pour la vérité chrétienne et propice, en ces périodes imprévisibles, à un rapprochement des peuples piémontais et provençaux.

— Je sais, je vous contrains à l'impossible, mais vous peignez avec l'âme de saint Pierre et vous servez pieusement l'Eglise. Rendre cette chapelle éblouissante serait une éclatante auréole pour l'âme et le souvenir d'Eléonore d'Aquin et de Piétro Chiésa. La justice éternelle rendue par le Tout-Puissant fera trembler dans leur tanière les prétentieux que l'arrivisme et la trahison corrompent !

— Même si mon trait est porté par le don, je n'en demeure pas moins un individu avec ses faiblesses et ses peurs ! J'ai le pressentiment qu'avant d'apercevoir les premières échancrures des Alpes, je mettrai les pieds en enfer !

L'anxiété le fouaillait. Un goût amer le sommait de capituler. Monseigneur Sola se pencha vers lui et lui chuchota :

— Quand deux itinéraires s'offrent à toi, choisis le plus rude, l'inaccessible ! C'est seulement à ce moment que tu trouveras vraiment qui tu es et de quoi tu es capable !

Ces paroles balayèrent les réticences de l'artiste. Il se ressaisit. Jamais il n'avait reculé devant la besogne et la difficulté ! Il s'inclina donc devant la sagesse de son protecteur, lui prouvant ainsi son affection respectueuse.

— Je vous reconnais là, affirma le prélat. Il va de soi que la bourse offerte par le comte dépasse nos espérances ! Vous allez être riche, mon jeune ami !

Albin arbora une physionomie désormais tranquille, dénuée d'inquiétude...

— Mais quel est le patronyme de ce lieu ?

— Perdu au fil des siècles par les méfaits des hommes, des guerres, des intempéries... Faites émerger de son destin cette ruine et nous la baptiserons ensemble ! Quelle revanche sur la cruauté et le mensonge !

Un instant de flottement s'ensuivit, un repos agréable composé de méditation et de réflexion. Albin s'aventurait déjà vers la frontière... Il imaginait intérieurement la chapelle dont il reconstruisait pierre par pierre le décor. Peu importaient les anciennes péripéties qui entachaient ce pays ! Sur les murs, il projetterait un incendie magnifique qui brûlerait les rancœurs ancestrales.

— Je me sens soulagé ! lui révéla monseigneur Sola.

— Doutiez-vous de ma réponse ?

— Pas une seconde, mais j'ai quand même invoqué le Suprême ! Une autre surprise vous attend, enfin vous jugerez par vous-même ! Je propose à votre équipe un novice, un fils de bonne famille un peu trop chéri par des parents âgés, certes de formidables donateurs pour le diocèse... Ils souhaitent que leur progéniture, après des études brillantes au collège des jésuites, se consacre uniquement aux ordres.

— Que voulez-vous que j'en fasse ? s'exclama Albin, étonné d'une telle proposition. Sait-il sculpter le marbre, tourner le mortier, tirer la chaux, le plâtre et les enduits fins, tracer les cadres au fusain ou à la sanguine, enduire, coller, préparer les couleurs à l'huile, l'*intonaco* et les liants, monter un échafaud, se servir d'une équerre, d'un fil à plomb, d'un burin, scier le chêne, le noyer ou les bois rares, raboter, utiliser les ciseaux, la vrille, la gouge ? Sait-il le jeu entre un tenon et une mortaise ? Connaît-il le sens d'une frise, d'une prédelle, des coinçons ? Peut-il ajuster un médaillon ? Est-il compagnon, ouvrier ou apprenti ?

Le peintre était entré dans une colère soudaine. Cet emportement de jeunesse amusa le prélat.

— Rien de tout cela, Albin ! C'est un érudit en matière de peinture et d'art, un fervent connaisseur de Michelangelo Buonarroti et de Donatello. Avant qu'il prononce ses vœux, je souhaite tout bonnement qu'il s'endurcisse, qu'il connaisse la rigueur du travail manuel.

— Augustin Pignerol et Anselme Ricci se chargeront de lui faire pousser des cloques et des durillons aussi gros que des oignons afin qu'il ne puisse plus refermer ses poings. Entre leurs pattes, il risque de souffrir, de regretter son missel et ses chants de moniaux !

— Je vous en prie, modérez-vous ! Il vous servira de secrétaire, me représentera, fera la liaison entre le comte, le chantier et l'évêché. Il assurera la navette entre Sospel et Nice.

Albin considéra la situation avec un certain désagrément. Il ne voulait pas s'encombrer d'un contemplateur gênant qui ne participerait pas aux travaux. Décidément, ce n'était pas son jour, mais que pouvait-il refuser à cet homme si bon qui le conseillait et l'aimait ?

— Surtout qu'il ne soit pas un boulet ! Autrement je vous le renvoie illico, ficelé à la queue d'un âne ! Enfin, s'il assure l'intendance et la cuisine, nous envisagerons de le supporter...

Un bruit de sandales frottant le plancher interrompit leur conversation. Trois coups discrets furent frappés à la porte.

— Le voilà ! Entrez, Sigismond, entrez !

Un moinillon boutonneux, à l'allure gauche et à la forte corpulence, tordant dans tous les sens le chapelet ceinturant sa soutane, s'avança vers eux. Albin remarqua ses pognes grassouillettes présentant des ongles rongés au sang. Albin le questionna avec curiosité, en évitant le regard scrutateur de l'évêque. Le garçon répondait en bredouillant, rougissant jusqu'aux oreilles telle une adolescente confrontée à ses premiers émois. Une subite réserve envahit le peintre. « A chacun son calvaire... ce n'est pas le meilleur cadeau que pouvait me faire l'évêque ! Abstenons-nous d'un jugement hâtif, je serais le dernier des misérables... »

Un bref silence s'établit dans l'immense pièce. Sigismond ne se détachait pas des doigts de pied qui dépassaient de ses savates.

— Bon, maintenant que les présentations sont faites, vous pouvez retourner chanter avec les novices, apprécia monseigneur Sola.

Sigismond ne demanda pas mieux. Il s'éclipsa en reculant derrière la lourde tenture de la bibliothèque, tout en multipliant les courbettes. « Décidément, il faudra que je m'y fasse et que j'avertisse Augustin et Anselme... » maugréa le fresquiste.

9

Une longue rumeur de jurons, de braillements, de ritournelles aux accents niçois mêlés de piémontais léchait les arcades du cours Saleya. Sous les halles couvertes s'interpellaient les fleuristes aux robes de coton enrubannées et les poissonnières aux tabliers noirs, éclaboussés par les écailles, piétinant sous les bancs, avec leurs sabots, les têtes et les entrailles des sardines et des anchois.

— *Vene, vene ! A la bella poutina*[1] !

— *Socca ! Porchetta*[2] !

— *Pebroun ! Ailhe ! Pissalla*[3] !

Les cris fusaient et couvraient le tintamarre des calèches et des chariots qui se croisaient. La matinée battait son plein. Il faisait chaud. Les maraîchers œuvraient en manches de chemise. Les gens discutaillaient entre les étals et visitaient les troquets jusqu'à plus soif. Des lueurs vives s'épandaient sur les façades. Le linge suspendu aux fenêtres flambait de dizaines de pièces multicolores. La brise de mer,

1. Venez, venez ! A la belle poutine !
2. Farine de pois chiche ! Cochon grillé !
3. Poivrons ! Ail ! Anchois écrasés !

portant une odeur de résine de pin mélangée à l'iode, se perdait entre les tissus et improvisait une farandole. Accrochées aux persiennes et aux rambardes en fer forgé des balcons, les jardinières jetaient des ombres fantasques sous les faîtières. De rares fumerolles fondaient dans la pureté du ciel.

La caravane patientait à l'autre bout du cours, sous les greniers à sel, du côté port. Les sauniers chargeaient les sacs scellés au plomb sous l'œil vigilant du responsable des taxes qui pesait et comptait la précieuse manne. Albin Bonfante avait acheté trois mules et s'était joint à ce convoi. L'itinéraire étant le même, il profitait de la connaissance des haltes et des auberges réservées exclusivement aux transporteurs de sel. Il s'en séparerait à la barrière d'octroi de Sospel. Augustin Pignerol fit une dernière fois l'inventaire de sa caisse à outils, vérifiant la coupe des rabots, des vrilles et des scies. Anselme Ricci avait déjà chargé le gros matériel de maçonnerie. Il boucla promptement les malles et les bagages. Les vigoureuses bêtes aux canons épais, aux rotules cornées et aux sabots parfaitement ferrés avaient l'habitude des charges énormes et des chemins scabreux.

L'heure du départ était proche. Déjà, Albin commençait à avoir la mine des mauvais jours et à scruter de toutes parts l'apparition du moinillon. Sigismond déboucha de la rue du Palais en courant, un baluchon coincé sur l'épaule, un livre de messe à la main. Anselme repoussa sa casquette sur sa nuque, se gratta le front et bougonna :

— Hé bé, nous voilà bien…

— Tu l'as dit, pépère… Et tu nous l'as déniché où, celui-là ? demanda Augustin.

— Je vous avais prévenus... lança Albin. Mais ne nous fions pas aux apparences, il a certainement de grandes qualités...

— Trois costauds de plus et... un moine, ça dissuadera les brigands, annonça le chef de la caravane.

Il compta à nouveau les effectifs, inspecta les bâts, les sangles, les attaches et donna l'ordre du départ. Les grelots firent écarter la foule. Les attelages franchirent la porte du cours. L'équipage d'Albin Bonfante fermait la marche.

Sigismond résista jusqu'à La Turbie. Il récupérait sur le faux plat, rattrapait la queue de la colonne dans les descentes et était perdu dans les raidillons. Dès qu'il ne percevait plus la croupe des bêtes, il poussait des gloussements de panique. Les trente mules guidées par six gaillards aussi muets qu'avenants allaient au pas. Les meneurs ne les forçaient pas car la marche du lendemain serait ardue.

Augustin renifla une longue goutte de sueur qui pendouillait au bout de son nez. Il râlait contre cette chaleur précoce. Le pantalon de velours lui collait aux mollets. Il profita d'une courte pause pour abandonner ses habits du dimanche qu'il plia dans la malle en osier, revêtit une salopette de toile ainsi que des godillots aux semelles épaisses. Puis il essuya son front brûlant avec un mouchoir qu'il enroula et noua autour de son cou.

— Regarde-moi ça ! lança Anselme au détour d'une côte, montrant le pauvre Sigismond.

Augustin se retourna. Le frocard, la langue dehors, la soutane relevée au-dessus des genoux, criait presque pitié.

— Peut-être qu'il va exploser ! s'esclaffa Augustin.

— On ne va pas le tirer ! Qu'il se débrouille...

Albin s'agrippait à la crinière d'une mule. Sa malle à peinture en osier, maintenue sur l'épaule par une large lanière de cuir, lui battait les hanches. Les propos de ses compagnons ne le touchaient pas. Il n'était pas avec eux. Il se rendait dans une chapelle qu'il s'inventait de l'architecture générale au moindre détail... Il imaginait les cintres, les piliers fiers et droits, la pénombre tutélaire, le bénitier de marbre aussi doux que le satin, les boiseries, l'autel s'érigeant en apôtre et désignant la direction de Jérusalem. Délaisser un tel endroit était, pour lui, l'offense suprême au monde. Le temps s'était arrêté dans l'oubli, il allait démonter les siècles et réveiller les anges. Il sentait sourdre la force inouïe qui pénètre chaque créateur avant le début d'une œuvre.

Ils passèrent un pont de bois et s'arrêtèrent à la tombée du jour au relais de Monti. La clarté était entre chien et loup. On distinguait mal les embûches de la piste. Les mules renâclaient et grignotaient au passage chardons et branches basses de noisetiers. Elles montraient des signes réels d'épuisement. Les meneurs les débarrassèrent de leurs charges et les parquèrent dans un enclos à proximité des écuries. Deux hommes fortement armés se postèrent de part et d'autre des barrières. Le premier surveillait les sacs de sel, le second, les animaux qui s'ébrouaient en se roulant dans la terre meuble. A chaque arrêt, ils montaient la garde à tour de rôle et n'hésitaient pas à tirer dès qu'un quelconque péril se faisait sentir.

Albin, Anselme et Augustin entrèrent dans la gargote. Dans la cheminée rôtissaient volailles et gigots de mouton. Ils salivèrent. Les papilles frémissantes, ils s'assirent sur les bancs de la longue table, sans se gêner, comme si la place leur était réservée. Ils se rincèrent le gosier avec des cruchons d'eau fraîche, chacun récupérant à sa manière de l'épuisante journée de marche. La patronne apporta du vin blanc, des pois chiches, des oignons et de grands plats de victuailles grillées. Les langues commencèrent à se délier, les conversations se nouèrent. Une ambiance amicale et joyeuse régna bientôt.

— J' te parie dans une heure ! criailla un caravanier égrillard aux avant-bras aussi forts et sculpturaux qu'une souche de noyer.

Il catapulta un sou dans un gobelet.

— Moi, deux, peut-être un quart en plus !

Un second, à la panse aussi rebondie qu'une ânesse engrossée, surenchérit de cinq sous.

— Quatre au moins ! relança le contremaître aux joues grêlées par la petite vérole.

Il glissa un demi-franc dans le récipient.

Les trois compagnons se regardèrent, surpris, et essayèrent de comprendre les enjeux sibyllins de leurs compagnons de voyage.

— De qui ? De quoi parlez-vous ? demanda Albin.

Des moqueries douteuses fusèrent aux quatre coins de la salle à manger. Le grêleux se tapait sur les cuisses tandis que les meneurs riaient à gorge déployée.

— De qui ?... Mais de ton cafard marron, rondouillard et transpirant ! Comment veux-tu qu'il grimpe ? Il a des mollets de lutineuse, ronds et lisses comme des ventres de lapin ! Pas de muscles là-dedans, de la daube et du saindoux ! ricana-t-il encore plus fort en découvrant ses jambes poilues.

Le moinillon arriva à la pleine nuit. La lune était cachée par des nuages mauves. Avant qu'il ne franchisse sous les quolibets le seuil du troquet, le contremaître avait enfoui dans sa poche les cinquante-sept sous de l'enjeu. Sigismond s'affala sur une chaise près de la porte. Il respirait difficilement et s'essuyait la figure avec le bas de sa soutane. Il resta à l'entrée, un long moment, le temps de retrouver un semblant de force. Des veinules saillantes agitaient ses paupières et creusaient de profonds cernes autour de ses orbites. Il décocha à la troupe un regard de désespoir et d'incompréhension. Il ôta ses sandales. Les lanières avaient entamé au sang ses talons. Des cloques recouvraient le reste de sa peau. Cependant, le fumet de la viande grillée lui donna un sursaut de vigueur et un surplus de courage. Il se jeta sur les plats et avala les cuisses et les ailes d'une poularde. Il acheva sa collation en grignotant un quignon de pain roussi avec des tranches de lard, le tout arrosé d'une cruche de vin rosé. La mine de Sigismond perdit peu à peu son teint vermillon. Il sortit, se dirigea vers l'abreuvoir où il baigna longuement ses chevilles. Les ablutions achevées, il mendia dans une fervente prière le pardon pour les mauvaises pensées qui l'avaient torturé pendant le voyage. Enfin, il gagna la remise à fourrage et s'endormit aussitôt sur une botte de paille. Des ronflements épais et sourds parvinrent jusqu'aux oreilles des ripailleurs somnolents.

A l'aube, ils partirent. L'étape semblait avoir résorbé les fatigues de la veille. Ils empruntèrent cette route bordée de précipices, dressée vers les crêtes, ce dard brut et violent qui cassait les jambes, ce pal qui s'enfonçait dans la montagne de schiste gris aux pics dentelés s'éboulant à chaque soupir. Des cascades vertigineuses s'écrasaient du haut des falaises dans les vallons bleuâtres. Sigismond s'était confectionné un bâton de marche. Albin Bonfante serrait les dents. Le battement de la caisse dans son dos lui brisait les reins. Les yeux clos, il s'enfonçait, semelle après semelle, dans un ventre de boue. Il se taisait, emmuré dans un voyage irréel. L'épopée de Piétro et d'Eléonore lui revenait sans cesse, semblable à la légende et aux héros de ses fresques. Une sensation bizarre lui indiquait qu'il fallait monter là-haut, tout là-haut. Un désir impalpable l'obsédait, un désir d'une extrême immobilité. Il allait vers un sanctuaire dépouillé offrir son âme et son art.

Au sommet, ils traversèrent le goulet de Castillon. Les muletiers tenaient ferme les animaux peu rassurés par les bruits sourds des roches se détachant de la voûte naturelle. Au bout, dans un point de clarté, la fameuse comtesse se dévoila, provocante, disgracieuse. Les deux bras de la Bévéra s'écartaient et l'enlaçaient telles des cuisses de prostituées béantes et vulgaires. Albin toisait ce sexe démoniaque et langoureux, ouvert pour accueillir sa chaleur et son inquiétude. Avant même de reprendre son souffle et d'avouer son appréhension, il était aspiré par l'extravagante Sospel et se soumettait. Il se secoua brutalement de son absence et but à une source qui giclait dans un chant désespéré d'un nid de mousse. Il s'aspergea le visage et inonda ses cheveux.

La descente les entraîna vers les premiers plats. La route était désormais carrossable, parfaitement empierrée, à peine marquée par les empreintes des charrettes. Deux cabriolets pouvaient aisément se croiser. Des talus naturels aux pentes roides et nettes ceinturaient les pâturages inondés de flaques stagnantes. Des restanques bordaient des corps de ferme et des remises aux toits d'ardoise. Dès le faubourg, ils accélérèrent leur marche, dégustant une sorte de délivrance : l'arrivée était proche.

Ils se séparèrent des sauniers à l'octroi et cherchèrent un endroit paisible pour se reposer et attendre les intendants du comte de Castellaras. Anselme et Augustin ôtèrent le chargement et laissèrent les bestiaux s'abreuver dans la rivière. Sigismond égrena son chapelet à l'ombre d'un platane, tandis qu'Albin, éreinté, se débarrassa de son attirail et s'allongea sur le sable de la rive. Il fixait la barre blanchie des Alpes qui tranchait le ciel à coups de sabre et disparaissait par moments dans un scintillement extrême. Ses oreilles bourdonnaient. Sa gorge était sèche. L'air sentait la neige. Un milan aux plumes claires tournoyait en cercles réguliers au-dessus d'un boqueteau puis plongea dans les ronces.

Une femme tordue, pliée sous un fagot de branches sèches, passa à proximité et mâchonna entre ses dents des propos inamicaux. Face à eux, sur l'autre berge, un vieillard, sur un tabouret, devant le portique d'une bâtisse démantelée, les observait, la bouche grande ouverte, ricanant et balançant nerveusement la tête dans tous les sens. « L'idiot du village... pensa Albin. Au moins, j'ai déjà fait une connaissance... » Il sourit, se laissant aller à une douce torpeur. Il sentit la truffe humide d'un corniaud le renifler. Il caressa le poil rêche de l'animal qui, aussitôt, se coucha à ses côtés. Anselme sortit de sa besace trois grands verres et coinça un *fiasco* de chianti entre de gros galets :

— Dans cinq minutes, on trinque ! Toi, le moine, je ne t'avais pas prévu ! Tu te rinceras au goulot !

Augustin se coupa une tranche de miche avec un long canif et, tout en dégustant la croûte, ses desseins s'envolaient vers le fond de la vallée. Attisé par le péché de gourmandise, Sigismond rejoignit promptement le menuisier.

Le grondement régulier et incessant de la Bévéra les berça. Ils attendaient, se faisaient désirer… Albin laissa tinter les heures au clocher. Il était bien.

10

— Les voilà, les voilà !

Les braillements de la maréchaussée sortirent brutalement Albin et ses compagnons de leur béatitude. Sigismond prit ses jambes à son cou et se réfugia derrière un bouquet d'épineux. Un gendarme dévala la butte et se planta au milieu du campement improvisé.

— Lequel d'entre vous est Bonfante ?

Albin se redressa nonchalamment.

— Bon sang, gémit le garde, paniqué, depuis le milieu de la matinée, on vous cherche ! On avait préparé une collation à la mairie ! Le juge Raisonni et le chef des gardes, Belli, sont impatients de vous rencontrer ! Ne bougez surtout pas, je...

Il n'eut même pas le temps d'achever sa phrase que deux notables, en costume sombre, coiffés de feutres à larges bords, les rejoignirent. Victorio Raisonni prit aussitôt les devants. René Belli, la moustache en bataille, joua des coudes pour être le premier à saluer le peintre.

— Le comte Julius Reymont de Castellaras m'a fait l'immense honneur d'être son porte-parole, annonça Belli. Je suis à votre service. J'assurerai votre protection et répondrai au moindre de vos désirs.

— Dieu seul me protège ! répliqua Albin.

— Je suis également mandaté par le comte, assura Raisonni, plus humblement. L'intendance, le matériel, le logement sont de mon ressort ainsi que les ouvriers.

— Nous travaillons seuls, marmonna Anselme Ricci. Nous n'avons rien à faire de ces bougres qui traînent dans vos pattes et ne connaissent rien au métier !

Une foule de curieux s'agglutina contre le parapet du Pont vieux. A son tour, Albin présenta ses équipiers à ses hôtes. Sigismond sortit de sa cachette et rejoignit la troupe.

— Qui est celui-là ? questionna Belli en le désignant de la pointe du menton.

— Sigismond, mon secrétaire particulier, recommandé par son éminence, monseigneur Sola. Il sera le lien entre le comte de Castellaras et moi.

— Entre moi et vous ! proclama Belli, un brin offensé.

— Et moi aussi, rajouta Raisonni.

— Si vous savez déchiffrer une perspective, un plan... Pourquoi pas, j'aviserai...

— Assez de palabres, s'impatienta Augustin Pignerol, on y va ou pas ?

Belli n'avait prévu que trois montures. Sigismond, à nouveau condamné à une marche forcée, acceptait son sort, résigné. Bougonnant, il s'agrippa à la queue d'une mule et se laissa tirer tout le long du parcours. Ils empruntèrent une sente, feutrée de feuilles de peupliers, longeant la rive gauche de la Bévéra. René Belli ouvrait la file. Victorio Raisonni la fermait. Le couvert s'écarta, s'ouvrant sur des cultures en terrasses qui descendaient graduellement vers le torrent.

Un sanctuaire marquait le croisement des planches d'oliviers et de la haute vallée. Un jas taillé dans le roc, des bassins d'arrosage inscrivaient à la manière d'un rempart le cheminement vers les cols.

Ils s'engagèrent sur une plaine bordée de chênes et de cèdres. Belli indiqua un mamelon culminant sur leurs têtes.

— Juste après ! cria-t-il.

La piste s'élargissait et grimpait en lacet vers un point dominant. Ils croisèrent une dizaine de cantonniers qui débroussaillaient et aplanissaient les derniers mètres d'accès aux campagnes de Béroulf.

— Nous avons aussi calculé le passage des chariots, indiqua Raisonni.

Ils débouchèrent sur un plateau. Une ancienne bergerie à la faîtière longue et rasante à une pente, accolée à la roche, masquait une masure au toit branlant, ouverte à tous vents.

— La maison des anciens propriétaires du lieu, expliqua Raisonni.

Ils entrevoyaient, tout en bas, les reliefs diffus des hameaux épars et, en suivant les tortillons poudreux de la route, la masse compacte de Sospel dont les multiples clochers affrontaient les nuages.

Plantée au milieu du pré, la chapelle élevait sa masse trapue, couleur d'argile. La toiture à deux pans, recouverte de tuiles rondes, s'achevait par un petit campanile à la cloche rouillée et muette, surmonté par une croix sans initiales, sans date, rien qu'une pierre croisée, nue, inscrivant le recueillement solennel. Un silence étonnant gisait autour de ce lieu. Albin sauta de sa monture et avança avec respect vers son futur domaine. Les mûriers et le chiendent n'entamaient pas le soubassement, comme si la Providence le leur interdisait. Les Alpes, irisées par des coulées de glace, s'arc-boutaient au-dessus du vide, créant une auréole fantastique.

Tout ceci prenait des proportions fascinantes. C'était une réelle apparition. Une soif insatiable asséchait Albin, atteint par une grâce féconde et noble. Il ne voyait qu'elle, immobile, tel un grand navire voilé s'élevant au-dessus des montagnes. Cette vision pathétique martelait ses tempes. Pas un bruit ! Pas une lueur ! Une fébrilité intolérable le brûlait. Son être s'enfonçait dans la glaise de Béroulf. Il tremblait de bonheur. Il lui semblait que depuis toujours il marchait vers ce site infini. Il tomba à genoux et embrassa le sol.

Raisonni et Belli se dévisagèrent puis se découvrirent. Ils s'écartèrent pour mieux observer l'incroyable communion du peintre. Albin se fondait dans les fissures du monument. Il percevait la pureté des vestiges. Ses murs résistants aux foudres du zénith gravaient dans ses pensées une puissance mystique. Ses fresques se profilaient déjà telle une obsession abstraite. Elles naviguaient dans un halo imperceptible au simple humain. Les yeux mi-clos, Albin recevait les reflets du crépuscule. Il mélangeait sa réalité avec la pénombre naissante. Il suivait la progression de la fin d'une journée subtile. Figé, il attirait tous les regards sur lui.

Raisonni toussota et confia à l'assemblée, le plus discrètement possible :

— Il se fait tard, si nous redescendions à Sospel pour installer votre logement, trouver de quoi nous restaurer, boire et discuter de vos premières impressions...

Le paltoquet le réveilla de ses contemplations. Albin crispa les poings, fit volte-face et pesta d'une voix froide et coupante :

— Je vous remercie, messieurs ! Il est hors de question que nous quittions cet endroit. Nous emménagerons dans la ferme. Elle fera l'affaire. L'inconfort éveille les sens et nous sommes habitués à vivre ainsi. Dès demain nous attaquerons le chantier ! Livrez-nous rapidement les matériaux indispensables pour le gros œuvre, c'est tout ce que je vous demande !

Albin tendit à Belli et Raisonni un document où étaient listés, point par point, ses besoins en sable fin, chaux, plâtre, moellons, poutres et planches. Les deux sbires, quoique désappointés, n'insistèrent pas. Ils tournèrent la bride et s'en furent par le même chemin vers Sospel.

Sigismond, perplexe et dubitatif, regarda avec un immense regret les cavaliers disparaître au détour de la clairière. L'idée d'un grand feu qui le réchaufferait, d'une table bien mise et copieusement garnie, d'un pucier moelleux s'éloignait sous les sabots des chevaux. Il était désormais contraint à résider dans un taudis balayé par les courants d'air. Augustin ne le laissa pas divaguer. Il le happa énergiquement par le collet.

— Mon gars, il faut t'y mettre à présent ! On ne pleurniche plus ! Tu poses ton missel, tu retrousses tes manches et on aménage ce nid douillet pour la nuit !

Le menuisier le tira vers les mules, lui flanqua sur les épaules un énorme couffin en osier ainsi qu'une malle d'outillage qui lui fit plier les genoux.

— Redresse-toi, *porca miseria*, on dirait une femmelette. Il va falloir t'endurcir !

Au bout de quelques voyages, Sigismond s'effondra, les aisselles coupées et les paumes meurtries. La rancœur le rongeait. Supplier le Seigneur ne lui servait à rien et il se demandait ce qu'il faisait avec cette bande. Monseigneur Sola ne l'avait pas averti de circonstances aussi pénibles. Le moinillon avait accompagné ces hommes pour apprendre la technique, la finesse de la peinture murale, approfondir le mystère du beau, de la vertu, comprendre la miséricorde, la contemplation de l'astre supérieur et prononcer ensuite ses vœux dans un état digne de sa gratitude. Il n'était pas au milieu de ces forcenés pour être un manœuvrier, souffrir du froid, éprouver le mal des privations, des fatigues et de l'isolement.

— Dans la montée du col d'Eze ou de Castillon, ils ne m'ont pas attendu, ils accéléraient leur marche pour se moquer de mes souffrances. A l'auberge, j'ai prié pour éloigner leurs sarcasmes, ils en riaient encore... J'ai couché dans la paille avec les bêtes alors qu'eux profitaient d'un bon lit ! Pas un seul ne m'a proposé sa monture, et cet Albin, avec sa figure d'angelot, sa sempiternelle mallette accrochée à l'épaule renfermant son secret... On affirme qu'il peint avec la main de Dieu, je voudrais bien voir ça ! Le vénéré et l'étrange se confondent souvent. Qui est le diable ? Qui est le fils du Seigneur ? murmura-t-il.

Le novice, les mâchoires contractées, crachait son venin à voix basse. Il se persuada, le moment venu, d'écrire une lettre de reproches à l'évêque et à ses parents pour expliquer dans le détail le traitement impensable qu'il endurait.

— Je ne suis pas un paysan ignare issu du fin fond d'un hameau grotesque. Ils me prennent pour qui ? Sous leurs aspects débonnaires et pieux se cachent des mécréants de la pire espèce ! S'il le faut, je rendrai compte de leurs agissements aux émissaires du comte et aux autorités de Rome, sanglota-t-il, les yeux embués et rougis.

Pendant qu'Augustin, Anselme et le moinillon aménageaient un campement sommaire, Albin fit le tour de l'enceinte. Comme une promesse à la vie, le bâti avait résisté à toutes les épreuves. Les encorbellements, les couronnements, les parements extérieurs, les linteaux angulaires ou arrondis se chaînaient entre eux et se mariaient en un seul bloc, fortifiant des murs parfaitement alignés. Des rangs en pierres de hauteur régulière, dressées verticalement les unes contre les autres, se coinçaient. Le toit emmenait par ses corniches la pluie loin des façades. Les dalles en larmier croisées au-dessus de l'oculus et des fenêtres carrées encadrant la porte dépassaient de deux pans le fruit du mur. Les vantaux étaient barrés par un tronc pour stopper les prédateurs. Le bâtiment dénudé de son crépi s'achevait par une abside demi-ronde, surmontée en son milieu d'une longue meurtrière appelant la clarté du sud.

La chapelle, entourée d'arbres séculaires, était disposée au croisement des montagnes et de la vallée. Albin devinait dans chaque sous-bois le ronronnement des sources. Le cycle mystérieux d'un monde obscur, la sève, les feuilles, les nervures, l'eau, l'air nourricier, le feu jaillissant du sein de la roche convergeaient naturellement vers le fresquiste. Cette rencontre l'enhardissait. Elle exaltait les ébauches de sa création. Il pensait le dehors des frontons, il soupesait les fondations, il grattait avec ses ongles les assises avant de comprendre l'intérieur de l'édifice. Jamais il ne fut si grand ! La chapelle sans nom était la clef d'éléments symboliques tissés en un même lieu. Albin sentait en lui des raisons supplémentaires de vibrer au royaume des sages. Il se fondait dans une terre de prédilection et créait un monde à sa propre dimension.

Le plateau de Béroulf s'enlisait dans un tranquille brouillard. Un cocon opalescent se diffusait dans les escarpements. Les campagnes se camouflaient et se protégeaient de l'inconnu. Albin grimpa sur un promontoire, traça un geste de la lune au soleil, de l'orient à l'occident. Il réitéra plusieurs fois son mouvement, un lent arc de cercle, arrêta son index au nord, sur une faille chaotique, dégoulinante d'éboulis abrupts conglomérés. Les saisons s'étaient acharnées à corroder le glacis. Les ombres s'entassaient en relief, détournant le défilé vers les précipices. Les parois effilées, aiguisées par les bourrasques, semblaient des lames de rasoir empilées, découpées par des cavernes torturées. Albin eut la chair de poule. « Ce doit être la crevasse de Mangialoé, le trou des Loups, dont monseigneur Sola m'a parlé dans la sordide histoire du comte de Sospel ! » Il aperçut aussi, tout en bas, cheminant dans les derniers contre-jours, un moine, un sac en bandoulière et un autre sur la nuque. Albin se secoua. Une odeur de pignes brûlées ainsi que le parfum de la soupe le ramenèrent à une agréable réalité.

Anselme avait installé des flambeaux autour de la clairière. Des spectres rouges carminés comme le sang vif d'un bœuf se profilaient sur les murs de la ferme et de la chapelle. Les vitraux revivaient. Au travers d'une épaisse pâte poussiéreuse, ils clignotaient de leurs maigres éclats.

— Sers-nous donc la tambouille ! s'écria Augustin. Ne reste pas là sans rien faire ! Si tu veux ronfler tôt, remue-toi ! On attaque demain à l'aube, il va falloir être requinqué !

Sigismond s'exécuta en rechignant. Masqué par les volutes de fumée, il observait Albin et ses complices. « Ils se parlent peu, avalent comme des gloutons, n'ont pas peur de la nuit et n'ont pas fait de signe de croix sur le pain avant de le trancher ! » Le moinillon serra au fond de sa poche sa bible et s'installa à l'écart.

11

Les vantaux grincèrent sur leurs gonds. Albin força les pans de bois. Un conglomérat de toiles d'araignée et de nids séchés se décrocha de son assise tel un filament inextricable. Le peintre resta de longues minutes sur le perron, s'habituant à la pénombre. Il fut saisi de frissons. Un bourdonnement se confondait avec les battements de ses artères. Il avala l'air vicié. Une atmosphère de moisi se dégageait. Ses yeux se portèrent sur les écaillures du plafond. Il y avait dans ses prunelles un étonnement infini. Les rais de luminosité traçaient un chemin nouveau dans cet univers cloîtré sur ses derniers psaumes et une ultime messe. Une grappe de chauves-souris, réveillées en sursaut, se désagrégea, éparpillant ses pensionnaires dans tous les sens.

Anselme et Augustin se tenaient derrière Albin, respectant le cérémonial que prenait le fresquiste pour s'engager dans sa future œuvre. Il se glissait dans le cadre fragile de la création. Des siècles d'abandon l'aspiraient et lui coupaient le souffle. Les atomes de sa peau vibraient et dansaient une folle sarabande. Rien ne retenait son corps et son intelligence visionnaire. Il s'offrait un paradis crépusculaire.

Il évacuait la tristesse et la morne solitude des anges. Sigismond, l'écritoire suspendue autour du cou et la plume tendue, attendait avec une certaine émotion les premières paroles du maître pour les transcrire.

— Ça, c'est du costaud, grommela Anselme Ricci en scrutant de loin les clefs de voûte et les arceaux.

Albin Bonfante marqua une pause. Il n'entama pas encore la plénitude et le recueillement intime de ce temple. Soudain il se recula d'un pas et scruta Anselme. Le maçon soutint son regard perçant. Les deux hommes se comprirent immédiatement. Anselme se précipita à la ferme et en revint avec un rouleau de corde. Puis, tel un cabri, il grimpa par les aspérités d'angle sur le toit. Avec une boule de genêts et de cade, il brossa l'axe central de la cloche en retenant le battant de fer forgé. Par rotations successives, la vasque de bronze retrouvait son mouvement de balancier. Il cracha sur la barre, fit coulisser les anneaux et demanda à Augustin de lui passer une fiole d'huile ainsi qu'un paquet de charpie. Il graissa méticuleusement les parties métalliques et les bloqua au centre du clocheton. La belle glissait dans un soupir voluptueux avec une cadence souple et légère. Il entreprit ensuite de nettoyer la patte, la gorge et la faussure. Une voilette de poussière voletait avec la brise. Le bronze retrouvait sa vigueur et ronronnait d'harmonies généreuses sous les assauts de l'Italien. Anselme enfouit entièrement sa tignasse dans la panse et dégagea la lanière en cuir coincée dans la calotte sphérique. La cloche était libre. Elle pouvait désormais envoyer son chant par-delà les Alpes, jusqu'à Cuneo.

— A toi, Albin ! cria Anselme, la face barbouillée de vert-de gris.

Il accrocha la corde au bout du battant et la déroula aux pieds du peintre.

— Quelle heure ? demanda-t-il.

Augustin porta sa main au-dessus du front et scruta l'est.

— Bientôt huit heures !

— Alors on attend encore un peu.

Le menuisier fixait l'horizon. Sigismond écarquillait les paupières dans la même direction et regardait, interrogateur.

— Attention !

Toute l'équipe retint sa respiration.

— Pile l'heure !

Albin gonfla sa poitrine et tira sur la corde. Le carillon égrena huit coups. Le soleil se leva au-dessus du col de Castillon. Il ravivait ce point de passage cosmique, le lavait des limbes de l'oubli et ouvrait à nouveau l'accès de ses drailles aux béatitudes célestes.

Sigismond, éberlué, poussa un soupir admiratif, partagé entre un respect sans borne et une curiosité malsaine ; ces forçats l'aimantaient et le repoussaient à la fois. Il oscillait entre la tentation de comprendre et celle de s'enfuir le plus loin possible.

— Scribouillard, tu peux noter : ce jour, le premier du printemps 1858, à huit heures, la cloche de la chapelle sans nom a appelé les fidèles à la prière et au recueillement.

Anselme Ricci, le maçon, jeta sur le pas de la porte une poignée de sel, Augustin Pignerol, le menuisier, vida sa gourde d'eau sur les arcades, Albin Bonfante, l'artiste, frotta le loquet avec une pincée de cendres.

— Voilà, à présent ni le diable ni ses acolytes ne peuvent nous empêcher d'exercer notre art !

Devant ce rituel païen, le moinillon blêmit. Alors qu'il allait retracer la scène, le menuisier l'arrêta net :

— N'écris rien ! Tu sais à présent nos coutumes ! Tu ne dois les avouer à personne, même sous la torture ! Tu fais partie de notre clan. Seul le silence éternel pourra te faire oublier ce que tu as vu !

Les genoux de Sigismond entamèrent la danse de Saint-Guy. Il se reprit et acquiesça d'un imperceptible « oui ».

La chapelle, aussi large que longue, était d'une architecture intérieure simple. Albin et son équipe eurent la sensation d'entrer dans une construction monumentale. Les murs grisâtres à la chaux médiocre, soulignés d'une tyrolienne et d'une corniche délavée, supportaient une nudité austère. Des rangées de sièges avec agenouilloirs, encore alignés, amenaient le visiteur au fond d'un chœur rehaussé d'une marche. L'autel, adossé à la roche, éclairé par une petite baie aux arcs arrondis, était surmonté d'un tabernacle baroque avec sa niche aigue-marine gravée du ciboire et de l'hostie. Les enjambements portaient deux alvéoles vides de chandeliers et de statues. Un cache-pot fait d'un tronc évidé, un placard désespérément inoccupé composaient les seuls éléments de décoration. Le dôme bleuté surplombant la table sainte s'effritait sur les dalles disjointes du sol. Des figurines maladroitement peintes s'altéraient par petits bouts. Leurs contours ressemblaient à des masques mortuaires grignotés par la vermine. Une arcature partageait la salle en deux parties. Dans la nef, des voûtes en croisées d'ogives recouvraient sous le toit à deux pentes un faux plafond de canisses. Un banc de pierre cernait l'ensemble de l'édifice telle une ceinture de renforcement. Des ex-voto gravés au-dessus du bénitier et voués à de multiples saints suppliaient d'épargner les enfants de la peste et du choléra.

Anselme gratta avec un mince ciseau les joints d'une dalle de marbre siégeant au fond de l'abside. Il la souleva. Une odeur de pourriture leur tordit les tripes. Ils se bouchèrent les narines et crachèrent à terre. Des rats batifolaient au milieu de morceaux de cercueil, d'os, de tas de sciure et d'un crâne. Anselme dérangeait la petite communauté du défunt.

— Certainement le dernier abbé... chuchota Anselme. Gamin, approche et admire ton ancêtre ! Vois-tu, on finira comme ça, avec plus ou moins d'insectes selon que l'on est dodu ou maigrichon !

— Ferme cette tombe ! ordonna Albin. On extirpera ces débris et on les enterrera au versant sud, face à l'étoile du berger.

— Tu as raison, souligna Augustin. Moi, je ne travaille pas en présence d'un anonyme, je ne pourrais même pas l'appeler par son prénom et lui faire la causette !

— Sigismond le bénira et lui dira la prière des morts, ajouta Anselme, puis on boira un bon coup et on chantera en son honneur.

Le novice ne tenait plus. Il transpirait à grosses gouttes. Il se débarrassa de l'écritoire et sortit vomir au pied d'un arbre. Il se laissa glisser le long de l'écorce et s'affala le nez dans la glaise. Anselme lui tendit une fiole de grappa. L'alcool le secoua et lui rendit le rouge aux joues.

— T'en verras d'autres, petit ! Il va falloir t'y habituer ! Nous, on ne besogne qu'avec les revenants et les feux follets !

Albin fouina dans les coins et les recoins de la chapelle. Ses coéquipiers avaient ouvert en grand les portes et transportaient bancs et prie-Dieu au milieu du pré. Sigismond, remis de ses émotions, inscrivait l'inventaire en double, l'un pour l'évêché, l'autre pour le comte. Vers la fin de la matinée, Albin ressortit maculé de saleté, les cheveux agrémentés de toiles d'araignée, exhibant en l'air des trouvailles dissimulées dans une cache au fond du placard, sous des planches clouées. Il étala sur l'herbe trois cadres, frotta avec sa manche le bas des peintures et resta suspendu, le bras levé.

— Pas possible !

Pris d'une soudaine frénésie, il ôta sa veste, la roula autour de son poignet et essuya les tableaux. L'ange gardien — saint Raphaël qui protégeait un enfant franchissant la passerelle d'un torrent — apparut. Puis le deuxième montra un chevet, le troisième offrit un missel édité à Venise.

— Anselme, Augustin ! Incroyable... Les Pérugins et les Vénitiens sont passés par ici !

— Tu vois qu'il n'y a pas que des sauvages dans cette contrée, surenchérit Augustin.

Albin trépignait de bonheur. Face à l'harmonie et à la perfection des écoles italiennes, il s'abreuvait de la grandeur et de la liberté de ces maîtres prestigieux.

— Regarde, Sigismond, la sérénité, la paisible beauté du naturel ! Ouvre grandes tes mirettes... Eux ont rencontré Dieu ! Ils me l'ont raconté !

Il remercia le ciel de cette journée bénie.

Au début de l'après-midi, Sigismond, contraint et forcé, enfourcha une mule, direction l'évêché de Nice, avec dans sa musette les inventaires et, ficelés sur le dos, les trois tableaux qu'Albin voulait impérativement mettre sous la protection de monseigneur Sola.

— Surtout, ne t'arrête pas, même si la faim te tenaille, lui conseilla le peintre. Ce ne sont pas les pillards et les détrousseurs de grand chemin qui manquent dans cette vallée, surtout les frontaliers, et ils savent mieux que quiconque jouer du couteau.

— Mais je ne suis jamais monté sur un cheval ! geignait le moinillon.

— Tu apprendras, gamin ! claironna Anselme.

Avec un rameau de genêt, il fouetta la croupe de la bête qui partit au petit trot. Sigismond sautait comme une botte de foin, s'agrippait aux rênes et à la crinière, serrait les flancs avec les talons, en somme essayait de trouver un équilibre précaire.

— A Nice, il faudra qu'il trempe son cul dans le vinaigre pour cicatriser les cloques, en conclut Augustin.

Les derniers contreforts de Béroulf passés, il disparut dans la forêt. Albin remarqua à nouveau, au plus profond de la vallée, le moine, moins chargé que la veille, qui s'engageait vers la crevasse de Mangialoé.

La livraison des matériaux fut réalisée dans les délais. Le grand nettoyage et les inventaires achevés, les travaux débutèrent, une semaine après leur installation à Béroulf. Sigismond assurait au quotidien un aller-retour du plateau à Sospel, donnant ses rapports écrits à Belli et Raisonni. Il prenait goût à ses responsabilités et s'était attaché à sa mule, une alezane vieillissante qu'il avait baptisée « Mamie ». Tant bien que mal le novice s'accommodait à l'existence rude de ses compagnons. Chaque après-midi passé à la ville lui donnait du baume au cœur. Il se sentait libre, flânait dans les ruelles, délaissait les églises, son statut de novice, les confessions et les Pater ! Il oubliait les grivoiseries de l'Italien et du Savoyard. Lorsqu'il croisait une drôlesse à la chair opulente, aux fesses bien rondes, aux seins généreux, ou bien une séduisante Sospelloise à la peau d'abricot et au sourire malin, il découvrait avec la vigueur de son âge des émois étouffés et punis au séminaire. Mais au moindre ricanement d'un passant, il s'enfuyait à toutes jambes, récupérait Mamie près de la fontaine et rejoignait le campement au galop.

La chapelle résonnait du cliquetis des outils. Anselme et Augustin avaient décroûté les maçonneries abîmées et les mauvais revêtements jusqu'aux supports primaires. Sigismond, entraîné dans la tourmente, ne put refuser la tâche d'apprenti que lui proposèrent fermement les deux ouvriers. Avec la pelle, il ramassait les déblais, remplissait la hotte et allait jeter le contenu dans un aven sans fond. Ils ne stoppaient qu'à midi, le temps d'un déjeuner sobre pris sur l'échelle. Un quignon de pain, un morceau de lard, une pomme, un canon de rouge et, sans avoir mâchonné la dernière bouchée, ils reprenaient leur activité.

Les moellons, les trumeaux, les pignons étaient grattés et sondés. Le menuisier toisait la droiture des planches. Il enfonçait ensuite son canif ou un burin effilé dans les boiseries et remuait vivement. Son diagnostic ne tardait pas :

— Pourriture ! Du bois blanc, du pin ! On abat !

Anselme faisait alors tournoyer au-dessus de son crâne une masse imposante et, à grands coups, tombait la partie fragile.

— Ça, c'est du costaud ! lançait-il aussi. Du chêne et du noyer, il n'y a pas de vermine là-dedans !

A l'aide d'une fine truelle, le maçon, par petites touches, ôtait le torchis friable. Ils avaient dressé des échafaudages longeant les côtés de la nef et ceinturant le chœur. Ils gâchaient le gros plâtre ou les enduits à terre, puis charriaient sur leur tête les auges pleines d'au moins trois seaux. Ils sautaient des échelles et remontaient aussi vite, lourdement chargés. En équilibre, ils hourdaient les linteaux, les embrasures, battaient les mélanges, les étalaient à la taloche sur les aires préparées. Ils écrasaient, lissaient les couches et les fondaient dans l'existant. « Des galériens », se disait Sigismond qui n'imaginait pas une telle débauche physique. Le courage ne leur manquait pas. Ils ne sentaient pas la fatigue, tétanisés par cet extraordinaire labeur. Ils trimaient de l'aube au crépuscule, en rigolant parfois. Ces travaux de force les amenaient jusqu'à l'épuisement. Ils s'arrêtaient lorsqu'ils ne distinguaient plus les outils et confondaient les hauteurs. Alors, à tâtons, ils regagnaient le « plancher des vaches », se débarbouillaient dans le creuset d'une source et se réfugiaient dans l'unique pièce aménagée de la ferme.

Ils ne se parlaient qu'une fois la grosse soupe avalée. Ils revenaient sur leur journée, dissipant sans cesse les mêmes inquiétudes : la solidité, le séchage, la surface à couvrir, surtout pas de pluie, encore moins de grêle !...

— L'humidité ! ronchonnait Anselme.

Albin les rassurait en vantant leur mérite et leurs capacités. Il s'appuyait sur de nombreux chantiers encore plus ardus achevés sans encombre. L'impatience des deux hommes grandissait de jour en jour. Ils avaient hâte d'achever le gros œuvre et les réparations principales, pour enfin s'attaquer à la matière noble.

— La pierre et le bois ! Tu vas voir ce qu'on va t'en faire de cette chapelle ! Ni Dieu ni ses saints ne la reconnaîtront, répétaient-ils au moinillon.

La fenêtre était grande ouverte. Un ciel parfaitement étoilé apportait une douceur singulière. Ils ne bougeaient pas de leur banc. Anselme tirait sur un vieux toscan et chantait une mélodie piémontaise tandis qu'Augustin sculptait un bâton de pèlerin. Une fois son rapport journalier rédigé, Sigismond priait. A l'extérieur, Albin, adossé au tronc d'un chêne, face à la falaise de Mangialoé, dessinait et annotait ses carnets. Il se projetait dans le terroir, devinait les intentions des architectes, calculait l'exposition et la situation du monument. Il voulait en comprendre la moindre pierre, l'ultime pas qui avait refermé pour des siècles ce théâtre hiératique. De cette communion germaient les mouvements de ce qu'il allait imprimer sur les surfaces lisses et vierges préparées par ses amis.

La fumée glissant d'un toit dans la grisaille ou le tintement aigrelet des sonnailles attisaient ses constructions. Ses acteurs lui parlaient déjà. Il leur répondait par des paysages fantastiques et des mélanges de pastels. Il réglait la lente marche de son art. Il mesurait la rencontre avec l'âme et la paix.

Il ressurgissait de son absence longtemps après que les nuages avaient voilé les Alpes. Parfois, enveloppé dans une couverture, il attendait le lever du jour. Anselme et Augustin dormaient. Souvent, Sigismond l'épiait.

12

Albin dévalait une sente scabreuse en se retenant aux touffes vivaces. D'un promontoire, il jaugea au loin les génoises de la chapelle et le campanile. Il recula jusqu'à perdre de vue le plateau de Béroulf. Il cherchait les angles, mêlait des couleurs vives aux reliefs délavés, accentuait les calcaires flétris par les ravines. Dans la rivière, il puisait les gouttes ambrées de pluie. Les sommets enneigés lui amenaient le bleu intense du manteau de la Vierge. Les soleils rouges pigmentaient les ocres de la tunique. Le grand cirque entourant Béroulf composait l'enceinte de la chapelle. Un ensemble s'illuminait dans le fantasque ballet de ses croquis. Un peuple imaginaire habitait un jardin inconnu. Sa création était mouvementée mais graduelle et ordonnée. Seule l'impression d'oublier un élément le tracassait. Il revenait sans cesse sur ses descriptions. Des versants abrupts jaillissaient des milliers d'images : l'Annonciation, Jérusalem, Hérode, l'Assomption de Marie, la Descente de Croix, la Mise au tombeau… Il transposait la Genèse dans chaque morceau du paysage. Une histoire se déroulait sous ses yeux dans le profond de la vallée ou sur la ligne d'horizon. Il détenait le prodigieux, agençait l'irréel. La brise jouait sur les portraits, les plans se drapaient en contours volubiles. Il souhaitait pour ce sanctuaire non pas la trahison de Judas ou les crachats sur le Christ mais, au contraire, la douceur de la Nativité et la justice des âmes. Il constituait un monde passionné où la pureté du site ressortait avec harmonie.

L'enfer, il le devinait, face à lui, dans le trou des Loups, sur les parois de Mangialoé. Lors de ses promenades, il ne franchissait jamais la rivière et ne se risquait pas sur l'autre berge. Cette falaise exprimait la brutalité, lui rappelait la Crucifixion. Sur la roche étaient gravés le supplice d'Eléonore et le mystère des ténèbres. Les paroles terribles de son protecteur tapaient dans ses oreilles. Albin tournait et retournait dans ses cauchemars le martyre de cette femme. La barbarie était telle qu'il n'arrivait pas à apposer une forme sur son carnet.

Il tendit ses bras pour étreindre les cimes de Mangialoé. Il conjura Dieu d'accorder sa miséricorde à Eléonore d'Aquin. Il entendit un étrange cantique. « Les morts ne chantent pas », se persuada-t-il.

Une ondée fine s'abattit. Albin trouva refuge dans un abri de chasseur étouffé par la vigne vierge et le lierre entrelacés. L'atmosphère sentait l'aigrelet de l'herbe mouillée. Un brouillard informe séparait Mangialoé du plateau de Béroulf. On aurait dit le départ d'un navire fantôme. Pas de bruit, pas de lueur, un spectre quittait un rivage sourd.

Albin sursauta aux bruits proches d'une respiration courte et à l'entrechoquement d'une canne sur le sentier. Le moine déboucha hors du sous-bois. Le peintre fut incapable d'effectuer un mouvement.

— Alors, mon garçon, on veut attraper le mal !

Surpris, Albin ne put répondre. Le père ricana. Son rire rebondit sur les escarpements. Il traversa la rivière et s'effaça avec lenteur dans les nappes blanchâtres.

Les travaux de maçonnerie et de réfection étaient achevés, la charpente et la toiture consolidées. Il restait aux compagnons à imprimer dans cet édifice leur marque : l'art de la pierre et du bois. Voûtes, arcatures, ogives, corniches, tours de fenêtre et boiseries n'attendaient qu'eux pour renaître. La chapelle endossait un habit neuf.

Le menuisier installa l'atelier dans une remise dépendante de la ferme. Il construisit avec des madriers un établi solide et agença le bâtiment. Des pointes plantées entre les joints supportaient scies, rabots, varlopes et maillets. Sur les étagères, rangés par ordre de grosseur, étaient exposés des pots de chevilles et de clous et, dans des boîtes plates, les gouges et les burins. Les manches retroussées au-dessus des coudes, la pipe collée aux commissures des lèvres, un crayon coincé derrière l'oreille, dans la sciure, les odeurs de cire, Augustin restaurait le mobilier. Il entreprit aussi la sculpture de deux Vierges qui orneraient les enjambements de la sainte table.

Autour de la chapelle s'amoncelaient des blocs bruts à peine équarris. Anselme Ricci avait besoin de palper la roche. Il entamait avec elle un corps à corps éperdu. Les ciseaux mordaient, ripaient. Il se reprenait et attaquait l'aspérité sous un angle différent. Les éclats volaient, les cristaux éclataient comme des étincelles, sautaient sous les assauts du burin.

Lorsqu'il avait franchi le seuil, le maçon avait jaugé l'apparence des clefs de voûte et des portiques. Il avait constaté les failles et les glissements. Le dôme portait le masque de la fragilité et de la défaillance. Il devina aussitôt la tâche délicate à laquelle il allait être confronté. L'emboîtement des volumes formait un tout solidaire. Chaque partie reposait sur l'autre, bloquait par son poids la suivante et tenait l'ensemble de l'ogive. Il en connaissait les risques d'effondrement. Il organisa un véritable plan de bataille, plaça des étais aux points cruciaux et défia du poing le chapiteau.

— Tu ne m'auras pas, je te vaincrai ! ragea Anselme.

Sigismond se signa comme à chaque injure proférée par les deux ouvriers.

Anselme ciselait la forme exacte. Le calcaire ou le grès offraient leur densité aux caprices du tailleur. Le torse dégoulinant, il serrait les mâchoires. Les paupières plissées, il évaluait la coupe, soumettait la matière à son désir. Il caressait du bout des doigts les courbes, tâtait la rugosité des tranchants. La pierre paraissait plus sensuelle que jamais. Il se jouait de son intimité.

— Elle me parle ! criait-il à la volée.

Entre compliments et blasphèmes, il aboutissait à ses fins. Anselme possédait l'orgueil des compagnons ouvriers. Entre la roche et lui, il y avait un pacte que seuls Augustin et Albin comprenaient.

L'exécution parfaite accomplie, il levait sa tête blanche de poussière et jetait à la ronde un sourire. Il roulait ensuite la partie taillée sur des rondins de bois et l'amenait sous les échafauds. Il hissait la pièce à l'aide d'un trépied à poulie, la présentait au dôme, l'ajustait une dernière fois et la glissait dans son encoche pour le scellement définitif. Enfin, avec l'assurance du maître, il passait la main sur la pierre, appréciait la perfection du velouté, s'octroyait une bonne rasade de vin blanc et une goulée de toscan.

A la mi-mai, le plateau de Béroulf retrouva sa quiétude. Le tintamarre des outils avait cessé. Le pré était débarrassé des gravats, nettoyé et ratissé. L'herbe était transpercée de fleurs multicolores. Des nuées de papillons orangés virevoltaient autour des mares. Les abeilles dans un bourdonnement incessant butinaient les pollens. La Bévéra débordait de ses berges. Les paysans regagnaient les champs. Une vie palpitante emplissait les collines proches. Les caravanes redoublaient d'activité. Jour et nuit, elles franchissaient les cols ou la cime du Diable. La cloche tintait l'angélus du matin, de midi et du soir.

Seul, aux tréfonds de la crevasse de Mangialoé, le trou des Loups se repliait dans la grisaille et l'humidité.

— Elle est à toi à présent, déclara Augustin en indiquant à Albin les portes de la chapelle.

Le visage du fresquiste s'éclaira. L'instant tant attendu se présenta ce matin-là au plus fort du printemps. Albin dévisagea ses amis. Il se sentait un peu ivre.

— A moi et à vous ! répliqua-t-il. Les échafaudages ?

— Placés à ta convenance, légèrement écartés du mur, sur un seul étage ! Pas trop loin pour que tu puisses travailler confortablement, pas trop près pour avoir le recul suffisant, commenta Augustin.

— Les échelles ?

— De véritables escaliers, ajouta le menuisier.

— La lumière ?

— Les fenestrons de l'entrée et les deux vitraux côté sud amènent une clarté excellente jusqu'au début de l'après-midi. Ensuite, chandeliers, calens et fanaux feront l'affaire. Nous les disposerons tous les mètres, sur les poteaux.

— La couche de préparation ?

— Chaux, plâtre riche en sable, l'*arriccio* est bien rugueux, parfaitement enduit sur les parois, à l'italienne. A coups de masse on ne l'ébrécherait pas ! affirma Anselme Ricci. Il peut accueillir ton œuvre pour les siècles à venir.

Albin étala ses études sur la table de la ferme. Il disposa les feuilles en suivant l'architecture exacte de la chapelle. Le chœur était découpé en six tableaux, l'est de la nef également. Le fond supportait une seule scène. Trois parties composaient le dernier plan dont une, plus imposante, couvrait presque la totalité du mur. Anselme et Augustin poussèrent des sifflements admiratifs. Sigismond tournait dans tous les sens, essayant de comprendre la logique du fresquiste.

— Je vais vous expliquer ma démarche. Je pars de la Nativité pour arriver à notre époque, ici, dans ce lieu, au centre de ces montagnes.

— Ce ne sont ni les codes ni les iconographies chrétiennes ! meugla Sigismond.

— Gamin, laisse-le parler ! Ouvre tes oreilles et apprends ! râla Augustin.

— Dieu, le pape et l'évêque apprécieront ! S'il y a des pisse-froid parmi une noblesse locale despotique et certains ecclésiastiques indignes de leur rang, ils n'ont qu'à aller se moucher chez Satan, et toi avec ! vociféra Anselme.

Le moinillon rougit et bredouilla quelques paroles incompréhensibles.

— Inutile de se disputer, Sigismond peut avoir ses opinions, argua froidement Albin.

Sigismond se confondit en vagues excuses et prit place avec les autres sur le banc. Les sarcasmes du menuisier et du maçon cessèrent. Albin reprit sa démonstration.

— Les six panneaux épousent le cintre de l'abside. Je commence par la Nativité : Jésus est couché dans le foin d'une remise. La Vierge est allongée à ses côtés, les paupières closes, les mains jointes. Elle exprime son bonheur dans une attitude naïve. Joseph, de dos, avec le berger regarde les anges. Trois moutons sont couchés à ses pieds, plus loin l'âne et le bœuf. Ensuite, l'Arrivée des Rois mages brillants d'or et de pierres précieuses qui suivent l'Etoile miraculeuse. Melchior monte un cheval de nacre à la selle gravée. Puis, dans le troisième, le Massacre des saints Innocents : j'insiste sur la folle douleur des mères s'efforçant d'arracher leurs enfants aux bourreaux. Pour la Fuite en Egypte, j'habille Joseph d'un costume de paysan, celui que l'on trouve dans cette vallée. Les autres figurants portent également l'habit du terroir. Pas de fioritures : je veux du simple, du vrai. J'expose un décor réaliste : les Alpes, la Bévéra, les villages, les cols, les caravanes. Marie sera très féminine, fine, sa chevelure se fondra sur la cape...

Albin n'acheva pas sa phrase, il fit un signe de doigt partant de ses lèvres pincées, vers les astres.

— Une chevelure comment ? questionna Sigismond.

— Tu le verras en temps utile, grogna Anselme. Ça, c'est son secret !

— La Circoncision... Et je termine par la Présentation de Jésus au Temple, où l'on retrouvera le pittoresque de Sospel puisque la scène se déroule à l'église Saint-Michel.

— Je te vois venir, jubila Augustin...

Il asséna une immense tape dans le dos d'Anselme qui la lui rendit aussitôt.

— Ce travail nous mènera au plus tard à la mi-juillet, dans soixante jours environ. Sauf incident, nous pourrons avancer rapidement car à cette époque la nuit tombe très tard.

Le fresquiste exposa ensuite les panneaux de la nef : l'Entrée de Jésus à Jérusalem, la Cène, le Lavement des pieds, Jésus au mont des Oliviers, l'Arrestation et la Crucifixion.

— Avant les orages de septembre, cette partie doit être finie et le matériel replié.

— Je ne compte pas passer Noël dans ce trou ! ronchonna Anselme.

— Nous laisserons les échafaudages montés, le gros matériel à la ferme, et nous rejoindrons Nice. Au printemps suivant, nous reviendrons et terminerons. Il ne restera plus à monseigneur Sola qu'à bénir la chapelle et à la sanctifier.

— Quel saint honorera ce lieu ? demanda le moinillon.

— Sigismond, parbleu ! Je n'en vois pas d'autre... exulta Anselme.

— Pour être un saint, gamin, il faut d'abord trépasser ! surenchérit Augustin s'essuyant les yeux humides de larmes.

— Avec sa tripaille, il a des réserves ! Il n'est pas près de passer l'arme à gauche ! Il peut affronter la saison froide !

— Et il peut coucher dans l'étable avec le bouc, son odeur ne le dérangera pas ! rajouta Anselme.

Offensé, Sigismond quitta la table et sortit. Une haine violente montait en lui. Trouver asile auprès des hommes du comte serait peut-être une solution. Jamais il ne pourrait supporter les insultes de ces païens jusqu'à la fin de l'été ! Seul Albin ne riait pas. Certes, il savait le caractère de ses amis, mais cet acharnement ne lui convenait pas. Après un brin de morale, il rejoignit Sigismond.

— Ce sont de braves gens, d'excellents ouvriers et mes amis, un peu rustres parfois, mais pas méchants. Il faut les connaître... Ne les juge pas, ils sont prêts à s'excuser si tu l'acceptes.

Vaincu par la gentillesse du fresquiste, il regagna la table. Ils trinquèrent à la santé du moinillon, du fresquiste, de la chapelle, de l'amitié, du printemps... En bref, ils trinquèrent à tout ce qui leur passait par la tête.

Albin continua. Les deux autres planches demeuraient des esquisses crayonnées, afin que l'on devinât à peine les scènes voulues par l'artiste.

— L'ensemble du fond prend en compte les ouvertures, portes et fenestrons. Les villageois de Sospel se protègent dans les remises et les granges de la foudre et des ténèbres. Le Déluge annonce la fin d'un monde déchu, l'abolition des tyrans, des barbares, de tous ceux qui osent contester les paroles du Christ. Le mur suivant comportera trois cycles : la Mise au tombeau, la Résurrection du Christ et le Jugement dernier. Là, je souhaite mettre les gens de ce pays face à leur conscience et à leurs mensonges. Sur la diagonale, Jésus entouré des franciscains vient sauver Eléonore de sa grotte et Piétro Chiésa des tourbillons de la cluse de Balmerin. Dans la profondeur, le feu dévore le château du comte. Un gigantesque tremblement de terre engloutit dans ses crevasses des soldats armés et l'emblème des Castellaras ! Au-delà de la réalité et des passions, je veux à tout prix matérialiser le drame de cette cité.

Une chape de plomb s'abattait sur Sigismond. Il confondait tout, se demandait où étaient la raison et la conscience. Qui était ce diable de peintre qui osait défier le comte Julius Reymont de Castellaras sur son territoire et devant Dieu, pour l'éternité ? Il mélangeait la vengeance et le pardon, la pitié et l'honneur. L'angoisse lui serrait la poitrine. L'évêque avait souhaité le mettre à l'épreuve, là, à Béroulf, il subissait un véritable chemin de croix.

— Mais les représentants du Magnifico Conseglio et de la mairie vont avertir le comte. Il ne supportera jamais un tel affront ! C'est lui qui vous paie ! contesta Sigismond, à moitié étranglé.

— Je ne suis pas un mercenaire à sa solde. Je suis un artiste ! Mon œuvre ne dépend pas d'un médiocre mécène !

— Il vous chassera !

— Mon cher Sigismond, expliqua Albin d'une voix calme et sereine, il faut être malin et servir l'Eglise coûte que coûte. Julius de Castellaras, Belli et Raisonni ne s'apercevront de rien car je leur dévoilerai uniquement les dessins du chœur et d'une partie de la nef. Le reste ne sera qu'une ébauche ! D'ici l'année prochaine, il peut se passer tellement de choses... Et puis s'il est contrarié, il s'en expliquera avec l'évêque de Nice et les autorités romaines ! A chacun ses armes...

Dans la journée, Albin Bonfante expédia Sigismond à l'évêché de Nice avec un courrier retraçant les grandes lignes du chantier. Sur le chemin, Sigismond devait s'arrêter à l'hôtel de ville pour transmettre le double de la lettre.

13

Julius Reymont de Castellaras s'extasia devant les maquettes du chœur et de la nef. Mais Albin Bonfante n'évoqua pas la suite de son œuvre. Il la protégeait derrière le mystère, promettant une extraordinaire surprise. Le Magnifico Conseglio s'enthousiasma. Ce ne furent que félicitations et compliments. La précision des détails éblouit les conseillers. L'équilibre des lignes offrait un cadre mystique idéal à la méditation. Belli et Raisonni souhaitèrent organiser en l'honneur du peintre un grand banquet. Celui-ci refusa très courtoisement, prétextant l'urgence de débuter les travaux. La communauté s'inclina, louant le sérieux de l'équipe.

Albin Bonfante avait coloré et reporté sur des cartons d'un mètre sur un mètre les esquisses de son carnet. Il les divisa par des carrés de cinq centimètres de côté. Les parois de l'abside furent compartimentées en rectangles et traitées comme autant de tableaux. Sur la partie destinée à la Nativité, il reproduisit les carreaux d'une dimension triple de celle du modèle. Avec un pinceau de soie grossière, il transféra au rouge de Sinope, élément par élément, les contours principaux de la composition.

Albin découpa la fresque en fragments, les *giornata*. Ces surfaces recouvertes d'un mélange fin de chaux et de sable, l'*intonaco*, devaient être peintes dans la journée. Chaque nouvelle *giornata* recouvrait les raccords de la précédente.

Sigismond notait tous les actes de la procédure. Anselme et Augustin s'étaient radoucis vis-à-vis du moinillon. La plaisanterie n'était plus de mise. Ils vivaient avec la fresque, ne parlaient que de mouvement, de rigueur, de dynamisme et de calendrier.

On n'entendait que les respirations. Le craquement des poudres pilées par Augustin et la succion molle de l'enduit gâché se répandaient comme un murmure au plus profond du chœur. Les mains agiles et sûres faisaient naître, dans le mortier grisâtre, le merveilleux. Sur les échafaudages, il y avait les palettes, les brosses larges, les godets « glaçurés » à base suffisamment lourde pour ne pas renverser les préparations, les cartons qu'il fallait transposer promptement sur le mur où la scène était ébauchée. Anselme se tenait debout à côté du maître. Il étalait et lissait l'*intonaco* mouillé sur lequel l'artiste façonnait, dans le chaos brut, l'originalité des choses spirituelles. Seule la *giornata*, qui devait être impérativement achevée avant le soir, était enduite.

L'artiste appliquait ensuite la couleur sur le revêtement humide. Afin d'éviter les éclaboussures, le fresquiste débutait de l'angle supérieur gauche et continuait vers la droite en descendant progressivement. La couche trempée absorbait immédiatement les pigments. La *buon fresco* les cristallisait pour l'éternité.

Albin débuta par les collines et les anges. Il modela leurs auréoles dans une épaisse couche de plâtre.

Quant aux rayons du soleil, il les grava à l'aide d'une tige de noisetier pour créer un effet de perspective. Il ajouta en dernier le ciel *a secco fresco* sur l'*intonaco* séché en mélangeant aux grains une colle d'œufs battus malaxée avec du latex de figuier très adhérent. Le troisième et le quatrième jour, il s'attaqua à une surface importante : le foin et le fond de la remise. Puis, le bœuf et l'âne furent exécutés à leur tour, en variant les tonalités en dégradé du sombre au clair. Les coloris ainsi passés formaient sur le sec une croûte mince et solide. Il modifiait les volumes par des surimpressions ou des juxtapositions de touches. Albin dosait selon les endroits plus ou moins de chaux pour conserver la pureté, la brillance des tons et éviter les écailles. Lorsqu'il peignit les moutons, il fondit du blanc, du jaune ocre, dilué dans l'eau, accentuant le creux des boucles par des hachures bleutées effectuées avec la pointe du pinceau. Il consacra le onzième jour à saint Joseph et au drapé de sa tunique qu'il composa *a secco*, puis continua par le berger. Il s'attacha surtout à la force sauvage du pâtre.

Deux semaines d'intense activité s'étaient écoulées. La Nativité illuminait l'autel. En son centre, la silhouette de la Vierge reposait toujours sur l'*arriccio* brut. Les notes de Sigismond s'amoncelaient. Il buvait la moindre explication du fresquiste sur sa façon de composer et d'ordonner les palettes. Ses sources étaient inépuisables.

— Demain dimanche, jour du Seigneur, repos ! estima Albin Bonfante. On nettoiera ce fourbi !

— Et la Vierge et l'Enfant Jésus ? s'émut le moinillon en montrant le trou dans la fresque.

— Ne pose aucune question, bientôt tu verras... lui chuchota, en fronçant les sourcils, Augustin.

— Nous descendrons à Sospel... La messe et puis... J'ai tant envie d'une bonne auberge, d'un de ces repas avec une nappe blanche, des assiettes en porcelaine, des serviettes qui m'entortillent le cou jusqu'aux genoux, boire du vin vieux dans des verres en cristal et deviner avec le printemps les tailles fines des servantes !

— Doit-on prévenir les gens du comte ? demanda Sigismond.

— Laisse-les où ils sont ! On va ripailler et s'en mettre par-dessus la casquette !

Sur ces paroles, Anselme se frotta les mains, se déhancha et entama une polka imaginaire. Au passage, il agrippa Sigismond par le bras et l'entraîna dans ses tourbillons.

— Plus haut la robe ! cria le menuisier, tu vas te coincer les pattes dedans ! Fais comme les demoiselles !

Sigismond ne savait pas s'il fallait sourire ou pleurer. Il plongeait d'un coup au royaume de sabbat. Anselme le tenait si solidement qu'il ne pouvait pas se dégager. Jusqu'à la dernière pirouette, il dut subir l'étreinte et les sarcasmes de l'Italien.

— Mon Dieu, protégez-les ! rumina-t-il, écartant ainsi les quolibets des deux ouvriers.

Il baissa le front et s'enfuit, vexé.

— Eh, grand couillon, c'est pour rigoler ! gloussa Augustin.

— *Que moure de pouorc*[1], on dirait qu'on l'a purgé ! en conclut Anselme, mâchonnant un bout de chique.

1. Quelle tête de porc !

Tous les fidèles observaient le quatuor endimanché au premier rang de l'église Saint-Michel. Les propos allaient bon train. Les grenouilles de bénitier s'en donnaient à cœur joie. Chacun se laissait aller à des suppositions. On les auscultait sous toutes les coutures. Quand l'un d'eux se retournait, les têtes se baissaient vers les missels et reprenaient part aux prières. Le prêtre se fendit d'une homélie improvisée, les félicitant de leur dévouement pour le pays. Il les remercia de faire sonner à nouveau la cloche dans la vallée. Anselme, fébrile, s'impatientait. Il consultait régulièrement sa montre à gousset. La messe s'éternisait. La communion n'en finissait plus, et le maçon pensait à la tonnelle ombragée, au vin blanc si frais que les traces de doigts se glacent sur la buée du verre. Il percevait déjà la saveur des plats de charcutaille, le fumet des poulardes et des lapins rôtissant, de la polenta retournée et gratinée dans le poêlon. Son estomac gargouillait, ses intestins se tordaient. Augustin le poussa plusieurs fois du coude. Anselme prit son grand air de pécheur repenti, ne détachant pas toutefois son regard de la porte de la sacristie.

Le déjeuner se déroula avec bonne humeur dans une atmosphère détendue et amicale. Ils étaient salués par les autres convives. Belli et Raisonni leur rendirent une visite de courtoisie. Sigismond s'empiffra avec une gloutonnerie incroyable et but à s'en faire éclater la panse. A la fin du repas, Anselme s'endormit, le front appuyé sur les avant-bras au bord de la table. Augustin fumait sa pipe. Albin tirait sur un fin cigare et dessinait sur son carnet. Le restaurateur ne voulut pas qu'ils règlent l'addition, le comte avait donné des ordres.

Au retour, sur la vieille Mamie, Sigismond ouvrait le chemin, distançant les trois compères qui flânaient d'un pas tranquille. Plus ils se rapprochaient de leur campement, plus les conversations se portaient irrémédiablement sur la réalisation de la fresque.

Ils arrivèrent à Béroulf au crépuscule. Une lune ronde et pleine argentait les feuillages. Une armée d'ombres vivaces animait les sous-bois. Un univers de repos et de paix naturelle se détachait du cirque montagneux et s'étendait sur le plateau. Nulle bête n'élevait une plainte. La mélodie d'un rossignol modulait son chant d'amour.

Sigismond lâcha la mule dans l'enclos. Elle rejoignit aussitôt les autres. Augustin s'allongea dans l'herbe, la nuque surélevée par sa musette. Il se promenait dans l'empire des étoiles. Il en montait de toutes parts. Certaines clignotaient, d'autres fuyaient et frôlaient une ligne d'encre. Les constellations s'inclinaient vers les collines. Près du feu, Anselme somnolait en équilibre sur une chaise, le mégot vacillant au bord des lèvres. Sigismond dormait dans sa couche du sommeil des justes. Albin escalada un belvédère. La falaise de Mangialoé était immobile et se détachait nettement dans la nuit.

Il avait la tête pleine de lumières. Les gémissements de la forêt, les lents mouvements de la nature emplissaient sa bouche de longs poèmes. Il suivit du regard le falot tremblant d'un homme qui descendait au fond de la vallée. Il sut immédiatement que c'était le moine. Il fit un signe dans la nuit.

Albin secoua délicatement Anselme et lui conseilla de ne faire aucun bruit qui puisse déranger les autres compagnons.

— C'est le moment, lui murmura-t-il.

Nullement surpris, le maçon ne protesta pas. Il se redressa, s'étira, bâilla et se dirigea vers la chapelle. Albin avait déjà allumé les torches et les lampes fixées aux échafaudages. Un éclair de chaleur rompit la sérénité de la voûte stellaire. Le tonnerre claqua sur les hauteurs de Moulinet.

— Tu termines l'*intonaco* de la Vierge, *a tempera*, juste humide. Prends garde aux contours... Je dois pouvoir travailler immédiatement après sur le revêtement.

Anselme soupira et lui souffla :

— Garde tes conseils ! Je suis le meilleur, non ? C'est pour cela que tu m'as choisi !

Le maçon connaissait les habitudes du maître et ne lui posait pas de questions. Mais l'ambiance du lieu et la pleine lune lui donnèrent des frissons.

— Quand tu auras fini, tu m'amèneras des brindilles, du bois sec, un récipient rempli d'eau. Puis tu refermeras derrière toi et bloqueras l'entrée avec un madrier.

— Après ?

— Tu pourras achever ta nuit... Sur ta chaise, pas trop loin de la porte, on ne sait jamais...

— Je m'en doutais, marmonna Anselme.

— Allez, faïe, faïe... Tu traînes !

Albin, adossé contre le bénitier, appréciait la vitesse et la précision du maçon. Il gâchait l'*intonaco* par de larges mouvements concentriques dans une énorme gamatte, ajoutant des poignées de chaux, de sable tamisé ou l'aspergeant d'eau. Il malaxait jusqu'à ce que le mélange devienne une pâte onctueuse. Avec la spatule et la taloche, il appliquait ensuite sur l'*arriccio* grossier l'enduit, du bas vers le haut, par courbes successives. Pas de débordement sur les raccords, pas une goutte ne giclait sur ses vêtements ni sur la fresque, pas une tache sur les planches et les moellons.

Les traits creusés, Albin était empreint d'une pâleur étrange. De profondes rides barraient son front. Les yeux plissés, il scrutait le pan de mur encore dénué de couleurs. Il devinait sous la couche de mortier le *sinopia* de la Vierge et de l'Enfant Jésus couchés. Il n'était déjà plus dans ce monde. Il quittait les vivants. Sa peinture triomphait.

Sigismond se tournait et se retournait sur son matelas. Le tonnerre l'avait réveillé. Il entraperçut la paillasse vide d'Anselme et se demanda ce que ce diable d'homme pouvait encore inventer pour ne point dormir. Le moinillon s'assit. La goinfrerie de la veille lui rendait la langue molle, la bouche pâteuse et l'estomac gonflé. Il se releva, but une gorgée d'eau à la cruche. Il ouvrit la fenêtre, s'accouda sur le rebord, laissant dériver ses réflexions dans la fraîcheur nocturne.

L'éclairage de la chapelle dansait voluptueusement et dardait son brasillement sur le pré. Anselme barrait la porte. Il dormait, avachi sur son siège.

Le moinillon se recula et se mordit les lèvres au sang.

— Le secret, son secret, gémit-il, il faut que je sache ! Ils ne m'auront pas ce coup-ci ! Je veux le secret...

14

Sigismond se faufila à l'extérieur de la ferme. Augustin, terrassé par la fatigue, ne remua pas. Le moinillon contourna le bâtiment et aboutit au flanc de l'abside. Son cœur tapait fort. Les collines se détachaient nettement sous le disque lunaire. Les sentiers sinueux zébraient les champs. La voûte basse des ronciers créait des tunnels argentés. Les sources coulaient par intermittence, provoquant des hoquets. Des crêtes italiennes glissaient des nappes blanchâtres, étouffant la lente clarté de cette nuit de mai. Un monde impalpable grouillait.

Sigismond se déplaçait prudemment, les paumes tendues en avant pour se guider. Un poids l'étouffait. L'obscurité l'engluait. Il délaissa les fenestrons gardés par Anselme et les vitraux irisés par un couloir naturel lumineux. Il chercha une fissure, mais le maçon avait parfaitement colmaté les plâtres. Enfin, une pile de moellons entassés contre l'édifice, du côté de la forêt, fit l'affaire. Sigismond se hissa jusqu'aux corniches, poussa une tuile ronde, dégagea un interstice assez grand pour que son œil prenne en enfilade l'échafaudage et transperce les mains du peintre.

L'apprenti s'accrocha à une gargouille. Le spectacle était écrasant, proche de ce qu'il avait imaginé dans ses délires. Mi-diable, mi-ange, Albin se moulait avec le mur et œuvrait sans se départir de sa concentration. La tignasse ébouriffée, les yeux rivés sur le plissé du manteau et le drapé de la tunique bleu azurite de la Vierge, ses gestes semblaient conduits par une force sacrée. Albin était le rouage d'un univers infiniment grand et puissant.

Assailli par une transe créatrice, presque profane, il se jetait avec fureur contre l'*intonaco*, arrachait les formes avec une passion impétueuse. Sigismond n'était pas si serein. Il voulut redescendre de son poste de guet, mais ne le put, tant il était magnétisé par ce qu'il découvrait. Les flammes faisaient bouger des reflets vermeils comme si la sève de l'Enfant Jésus circulait dans son corps et s'enfonçait dans le calcaire de la roche. Albin célébrait l'apothéose de son art.

Il appuya encore plus fort sa joue contre une arête coupante. Un pilier à gauche de la nef lui interdisait de voir le pilon de l'artiste qui broyait les pigments. Il leva la tête vers le ciel et maudit le Seigneur de ne pas lui accorder plus d'indulgence. Une exaspération sourde le triturait. Il serra les dents pour ne point hurler contre l'injustice à laquelle il était à nouveau confronté.

Albin eut soudain froid aux épaules. Il n'arrivait plus à soulever ses outils. Il rassembla les branches bien sèches qu'Anselme avait apportées, alluma un feu et fit bouillir de l'eau. Il y plongea des brins de sarriette et de laurier, but l'infusion bouillante. Une chaleur réconfortante circula à nouveau en lui. Ses articulations retrouvaient leur mobilité. Une sarabande de flammèches crépitait et projetait vers les plafonds, dans une danse initiatique, des feux follets.

— Seul un païen peut se permettre d'attiser les braises dans un lieu de prières ! Il blasphème ! La perfection prend souvent l'apparence des anges. De Judas à Gabriel, il n'y a qu'un pas !

Ainsi Sigismond se parlait-il à lui-même, prenant à témoin sa conscience et l'opacité pesante. La jalousie et le désespoir l'emplissaient. Il en voulait à tout l'univers. Les bons, les méchants, les croyants et les infidèles gisaient dans le même sac. « Si je ne dois pas voir, ni savoir, c'est qu'il y a le serpent dans la pomme ! Ils me cachent la vérité ! Pourquoi me condamnent-ils à de tels tourments ? »

Il restait à Albin la figure et les cheveux de la Vierge. Il saisit le mortier, mélangea de l'ocre jaune, de la terre rouge, du blanc de chaux, du noir, et les concassa.

Etrangement, la femme naissait sous son pinceau. Son expression suivait la passion du fresquiste. Il recouvrit de terre verte, avec ses doigts, les zones bistrées afin d'accentuer les contrastes. Les chairs ressortaient plus vraies que jamais et se fondaient dans une exquise féminité. Délicatement, il coiffa les cheveux de la sainte d'un roux aux longs filaments. Les mèches serpentaient le long de sa tunique bleue. Marie attendait cet instant comme l'éveil d'un matin. Sigismond crut l'apercevoir remuer, s'asseoir sur la paille et souhaiter la brosse du peintre pour s'admirer dans ses pupilles.

Albin se recula et examina son travail. A petits pas, il s'avança vers la fresque, enflammé par la beauté qu'il venait de féconder. Il avait enfanté la

Madone. Elle prenait vie, elle prenait corps. Son âme grandissait en lui, il l'avait inventée et la possédait. Il posa un genou à terre, tendit les mains vers elle en guise d'offrande. Il était à la fois le fils, le fruit de sa création, et l'instigateur. Plus puissant que le Puissant, il déposa un baiser sur ses lèvres, devenant désormais l'amant.. Il ne maîtrisait plus rien. Il aimait la Vierge comme une inspiratrice, une muse, avec abandon, délicatesse et fougue des sens. Il se demandait si sa vie d'homme suffirait à la combler.

L'aube surprit de plein fouet Sigismond toujours rivé à son poste d'observation. Un immense coup de massue s'abattait sur sa tonsure. Il avait surveillé sans vergogne le peintre, essayé de deviner les mélanges, mais le secret du fresquiste subsistait. La convoitise le dévorait. Il essayait en vain de se remémorer les coloris et les quantités d'eau, mais en vain. Les couleurs, les pots méticuleusement rangés, les ustensiles lavés ressemblaient à ceux de n'importe quel atelier...

L'œuvre terminée, Albin descendit nonchalamment l'échelle. Il enfila une veste et tapa contre la porte. Anselme dégagea le madrier, ouvrit en grand les deux battants. L'éclat du matin pénétra l'enceinte et se faufila dans l'allée. Un voile tendre éclaira la Madone et l'Enfant Jésus. Un prodige fulgurant se dévoila. Les ongles de Sigismond devinrent cramoisis tant il serra la faîtière.

L'angoisse et le malaise persistaient. Ces impressions bouleversaient le moinillon. Qui était vraiment Albin Bonfante ? Que cachait-il derrière sa pudeur naturelle ? Quelle force le poussait ? Quel pouvoir possédait-il ? Et les deux acolytes qui le secondaient et le protégeaient comme des chiens de garde... Avait-il parlé à la Vierge ? Le feu, la nuit, les voûtes... Cette mise en scène hérétique ? Entendait-il le chant des anges, les voix d'ailleurs, les songes célestes ? Ce portrait révélé par les doigts magiques du peintre... Le baiser ? Lui avait-elle répondu ? Murmures... confessions... paroles divines... Sigismond se consumait. Le désespoir supplantait la raison.

Albin rendit la chapelle à la méditation. Il sortit en sifflotant, entraînant avec lui un immense vide. Il tournait le dos à Marie. L'aube avait comblé le surnaturel, le crépuscule effacé la dévotion.

Le matin suivant, tandis qu'ils palabraient et préparaient le matériel pour le deuxième tableau, le novice en profita pour analyser le contenu des récipients. Il vérifia les quantités de pigment, goûta les fonds de mélanges, essaya de déterminer le végétal du minéral. Il ne remarqua que du jaune indien, du vermillon de cochenille, des fragments ocre des Baux-de-Provence et une poudre fine aux cristaux particulièrement cuivrés... Rien d'extraordinaire, rien qui fasse du fresquiste un génie ! Aucune potion de sorcier ! Toutes les matières ressemblaient à celles qu'il connaissait déjà, leurs assortiments ne conjuguaient que des couleurs traditionnelles et connues. « Alors, il est guidé par l'inconnu ! » La réalité vint à lui avec la force d'un boulet de canon. Il se signa trois fois. Albin Bonfante discourait bien avec l'au-delà et le moinillon redoutait tant l'invisible.

Sigismond s'approcha à quelques centimètres de la Madone. Il la fixa. Elle lui offrit des brassées de tendresse. Il tenta de partir, elle le retint avec une douceur unique. Maintenant il en était persuadé, elle vivait ! Il ne pouvait plus se détacher de l'abside. Il lui semblait qu'elle était dans la chapelle depuis l'éternité des temps. Elle transcendait le plateau de Béroulf.

— Je vis dans la honte, ma vie t'appartient. Je ne suis qu'un mortel qui subit un malheureux destin ! lui avoua-t-il humblement.

Il s'accusa d'être veule. Le remords l'enserrait. La fuite était désormais impossible. « Le hasard n'existe pas, seule la volonté de Dieu me conduit dans ce périple. Je devais la rencontrer. Elle me semble si seule. Je dois la protéger, vaincre le mal pour elle ! »

Au fil des jours, il épia Albin. Il se collait tellement à lui qu'il le gênait dans ses mouvements.

— Pour mieux écrire mes notes, disait-il, je suis votre secrétaire...

Inlassablement, il le harcelait de questions. Le peintre ne répondait pas et le repoussait à chaque fois hors du chantier. En équilibre sur des bouts de planche, le frocard persistait. Albin ne se doutait pas de son manège, Anselme encore moins, préoccupé à gâcher l'*intonaco* et à lisser la *giornata* de l'Arrivée des Rois mages.

— Il ne faut pas qu'il reste dehors, le soleil l'a trop câliné... maugréait Augustin.

Sigismond eut l'idée de doubler les écritures. Sur les premières lettres adressées à monseigneur Sola ne figurait que le déroulement quotidien du chantier. Sur les secondes, il inscrivit méthodiquement les agissements de l'équipe, les insultes, tout ce qui était contraire à la morale chrétienne. Il cacha ces preuves sous son matelas, dans l'intention de les adresser à Belli et Raisonni, voire au comte si l'aventure tournait mal ou si un parjure était démontré.

— Je le sens pas trop, le gamin ! rumina Augustin, tout en montant deux seaux de sable fin.

— Moi, il m'énerve... Toujours dans mes pattes ! ajouta Anselme...

— Il est jeune et changeant comme la lune, il ne faut pas y faire attention, ça lui passera.

Albin tenta avec des paroles modérées de calmer ses amis et d'éviter de nouvelles provocations.

— En ce moment, la lune est pleine et les loups sortent du bois ! plaisanta Anselme.

— Et il y en a qui ont de longues dents... ricana le menuisier.

La fébrilité trahit Sigismond. Il s'éloignait de l'équipe, prenait ses repas seul, se couchait quand les autres se levaient et ne proférait que les mots utiles à une existence collective. Il était rongé par une obsession sournoise et pernicieuse : le secret du fresquiste. Son attitude maladroite se muait en caprices permanents. Pour un oui ou pour un non, il regardait ses compagnons avec dédain et grommelait des réflexions désobligeantes. Albin chercha la cause des tracas du novice. Il écarta la culpabilité de ses ouvriers puisque ceux-ci en avaient pris leur parti et l'ignoraient.

A bout de patience, Bonfante était prêt à le renvoyer au séminaire. Il se persuada qu'une dernière discussion s'imposait. Il tenta une première approche sans succès. Malgré les questions amicales, l'entêté détourna la conversation. Il fredonnait de vagues cantiques et écornait les pages de son missel.

Le fresquiste lui parla à nouveau : Sigismond chanta encore plus fort, couvrant les coups de gueule vociférés par Anselme et Augustin qui souhaitaient se reposer.

C'en était trop ! Albin saisit le moinillon par la soutane, le souleva d'une bonne dizaine de centimètres et, collant son nez contre le sien, hurla :

— Maintenant, tu vas m'écouter et vider ton sac ! Sinon, tu vois la crevasse de Mangialoé, en face, je demande à Belli et Raisonni de t'expédier sans procès au trou des Loups. Je leur dirai que tu nous empêches de travailler comme bon nous semble, que tu faignasses toute la journée en gémissant ! Alors, tu vas avouer, nom d'un chien !

Sigismond gesticulait dans tous les sens, les pieds s'agitant dans le vide, la langue pendante.

— Ça vient !

Le pauvre bougre se retint tant qu'il put. La gorge gonflée, il dardait tant de désarroi vers son maître que celui-ci ne savait pas si c'était du lard ou du cochon. Albin se retourna vers la ferme et cria :

— Augustin, selle une monture, descends à Sospel et ramène-moi immédiatement Belli et ses gardes ! Tu prends avec toi la Vieille Mamie, tu conduiras cette carne à l'équarrissage ! Lui n'en aura désormais pas besoin ! Ça fera deux bouches de moins à nourrir !

Un hoquet d'étranglement fit comprendre au peintre que le malheureux était disposé à s'expliquer. Il desserra sa prise. Sigismond s'écroula au pied du grand chêne.

— Pas la Vieille Mamie, pas elle, bégaya pitoyablement le novice…

— Décidé ?

Les jambes écartées, les poings sur les hanches, Albin Bonfante attendait, déterminé. Sigismond se recroquevilla. Un léger tic agitait ses tempes.

— Votre secret ! Le secret de la Vierge... ce roux... marmonna-t-il.

— Je m'en doutais... Tu aurais pu me le demander franchement, sans ces simagrées, et éviter de me surveiller une nuit entière sur le toit !

Sigismond releva la nuque. Ses yeux ronds comme des billes témoignaient de sa stupéfaction.

— Comment le savez-vous ?

— Elle me l'a soufflé ! répondit le peintre.

— Vous lui avez parlé ?

— Comme à chaque fois que j'invente Marie...

Albin laissa planer le doute. Terrorisé, le pauvre hère se repliait sur lui-même et souhaitait disparaître pour ne plus être en présence de cet être insaisissable qui l'écrasait comme un vulgaire moustique.

— Sur le mur, il n'y avait rien, et j'ai vu... avouait-il à Albin. J'ai vu avec vos brosses et vos doigts ! Elle a pris forme comme si vous aviez arraché un bout de chair à un chérubin ! Elle était heureuse, vous coiffiez ses cheveux ! Elle a bougé, vous l'avez embrassée, elle a souri... Elle en a oublié l'Enfant Jésus. Elle était à vous ! Ça aussi je l'ai vu...

— Rien d'extraordinaire à cela.

Albin prenait un plaisir immense à lui donner une fois pour toutes une bonne leçon.

— Votre secret, le secret de votre peinture, de vos couleurs, je veux le savoir ! proféra-t-il d'un ton étouffé.

Il se traîna à ses pieds, se prosterna, tapant du poing contre le sol. Albin, saisi d'une pitié soudaine, le remit sur ces jambes et lui tendit un gobelet d'eau.

— Il n'y a pas de mystère, seulement du travail et de l'apprentissage ! Il faut comprendre les leçons des grands maîtres, de ceux qui ouvrent des voies originales, non pas esthétiques, mais éthiques, de ceux qui poursuivent une route intérieure. Chacun mérite son don ! Pas de sorcellerie, ni de fantastique, que de la modestie ! La Vierge le sait ! Je peux te montrer certaines préparations sur mes palettes. Pour le reste, toi seul peux trouver ton chemin. Mais voler le fruit d'un labeur si long mériterait un châtiment. Aujourd'hui, je serai particulièrement indulgent ; monseigneur Sola t'a placé sous notre protection, mérite sa confiance et ne trahis pas nos intérêts !

Sigismond pointa le doigt vers lui comme pour l'accuser de mystification devant un tribunal inquisiteur.

— Je ne vous crois pas ! Vous dites cela pour m'écarter et me rejeter dans l'ignorance ! J'ai tout vu et tout écrit, ça vous ne pouvez pas le nier !

Puis il désigna la chapelle :

— Elle n'a pas de nom, elle n'est rien, elle n'existe pas, elle renferme des monstres !

Il s'enfuit dans la colline en piaillant, agitant ses bras au-dessus de sa tête.

— On va bientôt l'asseoir à côté du vieux Mattioue en bas à la sortie de Sospel, au moins, entre fadas, ils pourront s'entendre ! ricana le menuisier avec son accent rocailleux.

— A partir de maintenant, toi et Anselme, vous ne le lâchez plus ! ordonna Albin Bonfante. On ne sait jamais !

Une brume immense enveloppait les montagnes et les éboulis. Les défilés s'obscurcissaient et devenaient violacés. Les talus glissaient vers les rives. La

Bévéra coulait vers la Méditerranée. Les peupliers pliaient leurs cimes vers le courant. L'air sec et chaud promenait des effluves suaves de genêt et de chèvrefeuille. Albin sentait les frissons du plateau de Béroulf. Il affronta comme chaque soir la falaise de Mangialoé et rentra se restaurer à la ferme.

15

Les trois compagnons oublièrent le coup de sang de Sigismond, accusant l'âpreté des conditions de vie. Ainsi tout rentra dans l'ordre. Le chantier reprit. Le panneau de l'Arrivée des Rois mages et de l'Adoration de l'Etoile merveilleuse achevé dans les délais impartis, la troisième fresque illustrant le Massacre des saints Innocents fut promptement attaquée. Belli et Raisonni vinrent leur rendre une visite coutumière. Ils leur remirent une lettre de félicitations de Julius Reymont de Castellaras.

Albin leur tut le comportement de Sigismond. Celui-ci était désormais étroitement surveillé par le menuisier et le maçon. Subjugués par la spiritualité qui se dégageait de l'œuvre, les associés du comte laissèrent sur l'autel une bourse supplémentaire qu'Albin partagea en quatre parts égales. Avant de quitter Béroulf, ils déchargèrent les paniers de victuailles et les bouteilles de vin.

Un début d'après-midi, Anselme resta la truelle plantée dans l'*intonaco*. Il poussa légèrement la hanche d'Albin, interrompant l'artiste. Celui-ci traçait à la sanguine les traits et les attitudes de femmes hystériques face au massacre de leurs enfants. Anselme lui désigna le fond de la chapelle.

Baignée par une clarté diaphane, une jeune femme se tenait dans l'encadrement de la porte. Une chevelure flamboyante inondait ses épaules. Sa silhouette délicate buvait la pierre. Des yeux noirs en amande brillaient dans le contre-jour. Un rayon baignait sa nuque comme une auréole nacrée. Sa silhouette épousait les dalles et mourait sur la première marche du chœur. Elle embrasait l'entrée. Dieu avait abandonné dans le chaos une arche de cristal. Elle se glissa près du bénitier.

Ils se dévisagèrent. Aucun geste ne leur fut possible, comme si l'apparition suspendait le temps. Ils entendirent ses soupirs courts et rapides. Dix mètres seulement les séparaient : pourtant cette distance leur paraissait si importante qu'il leur aurait fallu des années pour la franchir.

Sigismond remua le premier. Il s'avança d'un pas. Elle recula de l'autre côté du seuil. La féline était prête à bondir au moindre mo uvement. Ses pupilles dévoraient la nudité de la nef. Le moinillon se tourna vers la Nativité afin de détailler la Vierge, puis il scruta la créature et enfin les compara plusieurs fois :

— Les mêmes cheveux... Elles ont les mêmes cheveux... Elles... scandait-il, ahuri.

Albin ne prêta pas attention aux dires du moinillon. Voilé par une robe de velours, le corps de l'inconnue attirait violemment sa curiosité.

— La coiffure... continua Sigismond, plongé dans des réflexions inouïes.

— *Puta borgna* ! s'exclama Anselme.

Son cri réveilla l'assemblée et fit fuir la belle évanescente. Les battants claquèrent. L'obscurité se referma sur eux.

L'*intonaco* séché dans l'auge avait emprisonné la truelle, constituant un bloc aussi dur que du granit.

— L'*arriccio* aussi ! reprit Anselme, il faudra tout décroûter ! *Dé diou* ! C'est pas du boulot !

Augustin, encore envoûté par le mirage, poussa un sifflement interrompu par une rasade de vin blanc.

Durant la semaine, personne n'osa reparler de cette fameuse surprise. Chacun imaginait une légende. Inlassablement, Albin se remémorait l'illumination : un visage aux pommettes bien dessinées, des lèvres fines presque blanches, des mèches de clarté rousse dont la braise éclaboussait les joues... Ces signes nouveaux effleuraient ses sens et rendaient ses aspirations encore plus hautes.

Le lundi suivant, Albin déplaça les *giornata* de la troisième fresque et revint à la Nativité. Il appliqua *a secco* les modifications sur le portrait de la Vierge, en ôta l'expression de satisfaction, allongea la figure pour obtenir des contours sévères et durs. Il modifia également les lignes du drapé de la cape, accentua les ombres avec du pourpre, intercala des traits moirés qui tombaient en faisceaux sur la chevelure rousse et ondulée de Marie. Il posa dans la main d'un ange un rameau d'olivier, un brin de genêt, ajouta un champ de fleurs avec un paon. Il inscrivit enfin sous la frise, en caractères gothiques piémontais et français : « Il y a un temps pour tout faire dans le ciel, un temps pour enfanter et un temps pour mourir. »

Le trio vint admirer son travail. La Madone rayonnait dans l'abside. Albin avait touché la perfection.

— Ce n'est pas la même ! se révolta Sigismond, médusé.

— Identique dans son cœur, proche de la vérité, répondit le peintre.

— Ce rouge dominant ?

— Le sang du pardon... Ce pays en a besoin.

Sur ces mots, il laissa le novice méditer.

Elle venait par intermittence. Le grincement des gonds les avertissait de son arrivée. Ils marquaient une légère pause, puis continuaient leur labeur comme si de rien n'était, avec en plus une joie délicieuse dans le cœur. La douceur emplissait les voûtes.

Les visites se firent de plus en plus régulières. Ils se promirent de ne point crier, de ne pas la suivre, de ne pas guetter sa venue. Ce pacte les soudait. Ils l'attendaient, ne débutant véritablement leur travail que lorsqu'ils l'apercevaient, assise sur un tas de poutres contre le bénitier. Innocemment, Augustin installa un banc restauré et ciré ; mais la sauvageonne préférait sa place. Elle s'habituait au lieu et ne reculait plus si l'un d'eux passait à proximité d'elle.

Quinze jours s'écoulèrent ainsi. La jeune femme prolongeait ses visites. Elle arrivait sans bruit au début de l'après-midi, les pieds nus, toujours vêtue de cette même robe, et disparaissait à l'angélus du soir. Pas une parole ne fut échangée. Le groupe s'habituait à cette situation romanesque et désirait profondément sa présence. Elle occupait désormais une place prépondérante parmi eux. Ils étaient heureux. Elle devenait l'âme et la force de Béroulf.

Juillet amenait une chaleur sèche et torride. Les maigres filets d'eau se perdaient dans les tapis de mousse et l'envol des tourterelles se faisait rare. La vallée vivait au ralenti sous la pesanteur du cagnard. L'assiduité de leur amie les étonnait. Ils finirent par se demander si elle n'était pas muette. Mais l'interroger relevait du sacrilège. Ils espéraient patiemment une révélation.

Le tableau du Massacre des saints Innocents épuisait Albin. De chaque côté de la fresque, il avait ajouté six petits panneaux latéraux rectangulaires. Il traçait dans l'enchevêtrement des lignes le réalisme de ses visions. La multitude des personnages composant l'ensemble rongeait son énergie. Dans des positions inconfortables il appliquait la peinture. Les muscles endoloris, les articulations raides l'obligeaient à marquer de fréquentes pauses. Il s'asseyait les jambes ballantes au bord de l'échafaudage et observait la muse. Maintenant elle n'évitait plus son regard, le soutenant même jusqu'à laisser poindre un sourire.

Lorsqu'il peignait, Albin la savait dans son dos. Il fredonnait des chansons ou composait des poèmes d'amour. Il avait l'impression que se dissimulait une histoire unique. Il pensait alors au destin et à l'épopée d'Eléonore d'Aquin. Albin était le témoin d'un cérémonial singulier. Elle le sondait. Ses pupilles cherchaient les siennes, comme pour lui dévoiler un message. Le fresquiste souhaitait ardemment la rejoindre, mais la peur d'une fuite soudaine l'en empêchait. Elle restait assise près du bénitier. Pas un son ne venait d'elle. Qui était-elle ? Ce corps si raffiné, ses pieds toujours nus, sa silhouette tranchée dans le vif de la vallée, sa chevelure de feu… Usait-elle de sortilèges pour vivre ? Jour et nuit, les questions affluaient sans répit. Les rêves d'Albin ne furent plus les mêmes. Il épiait un signe. Il devait comprendre.

Un soir, elle profita de l'absence des trois compagnons, occupés à la ferme, pour quitter son refuge. Elle traversa l'allée sans bruit, grimpa à l'échelle et se dirigea vers la Nativité. Albin retint son souffle. Il se fit le plus discret possible et s'interdit de bouger. Elle le frôla. Sa peau dégageait le musc des collines. Elle était plus élancée qu'il ne l'avait imaginé. Son aspect dévoilait un être partagé entre la rigueur de la montagne et l'élégance d'une classe élevée. Elle se tint figée devant Marie. Avec son index, elle effleura délicatement la traîne de cheveux roux, revint sur le front, découvrit les cils et les paupières, caressa les joues, le nez, s'attarda sur la bouche : des gestes simples et purs qui révélaient la transparence de son cœur et de son âme. Puis elle se tourna vers lui :

— Je n'ai jamais eu de miroir, pourtant je me vois, pourquoi ?

Albin resta interloqué devant cette voix claire et posée, entrecoupée de longs intervalles entre chaque syllabe. Une voix qui s'adressait à lui. Une voix résonnant comme l'écho d'un monde oublié, si lointain qu'il ne pouvait exister.

— Dans les sources, les mares, les rivières, mon visage se trouble… Là, il ne bouge pas…

Il lui fut impossible de répondre. Ils étaient très proches. Les lèvres d'Albin étaient sèches. Elle lui prit les mains, découvrit les paumes, suivit d'un doigt les veinules et les lignes. Une étincelle luisait sous ses sourcils.

— Je me suis haïe puis aimée. Je me suis sentie très laide et l'azur m'a rendu ma beauté. J'étais dépourvue de tout sentiment et, là, ma poitrine bouillonne comme les jours d'hiver où la rage m'arrache des sanglots ! Vos mains créent-elles aussi la vérité ?

— Je ne sais pas... Elles devinent peut-être la pureté, dessinent la passion...

La jeune femme parut satisfaite. Pensive, elle hocha la tête. Lentement, elle se détacha de lui et recula dans la pénombre. Albin dégringola de l'échafaudage et voulut la rattraper.

— Non ! Pas encore, pas maintenant !

— Quel est votre nom ?

— Cela est-il si important ?

— Plus que jamais !

— Mon nom... Mais je n'ai pas de nom !

— Je vous en prie, persista-t-il.

Son expression changea subitement, toute sérénité s'effaça.

— Je m'appelle Sabine, Sabine des falaises, Sabine du vent, Sabine du froid, Sabine de la misère et de la vengeance !

Sa phrase achevée, elle retrouva son calme. Ses traits reprirent la douceur et la timidité que le peintre lui connaissait.

— Il est tard, ma route est difficile. Je dois rentrer.

Elle esquissa un mouvement vers les montagnes du nord, puis son bras retomba sur sa robe pourpre. Albin resta seul dans la chapelle.

Sigismond la vit s'enfoncer vers la Bévéra. Il courut jusqu'au grand chêne, à la limite du chemin. Elle traversa les feuillages, coupa par un raccourci au travers des broussailles et disparut. Il essaya de deviner sa trace. Mais en vain, les ronces se refermaient sur son passage. Il ferma les paupières, étourdi.

Ce corps sauvage attirait le moinillon. Il ressentait l'éveil de la chair avec la vivacité d'un adolescent. Pour la première fois de sa vie, il eut des pensées honteuses.

16

Au fil des après-midi, les conversations entre Albin et Sabine se prolongèrent. Quand Anselme et Augustin quittaient le chantier, elle s'installait aux côtés du fresquiste et le contemplait, radieuse, en discutant. Lorsque Albin avait achevé sa *giornata*, ils s'aventuraient au-dehors et arpentaient le plateau. Ils se reposaient sous le grand chêne ou sur la margelle du puits. Sabine racontait le pays, les montagnes dont elle décrivait chaque tourment, les cols, les caravanes qu'elle voyait s'enfoncer dans les neiges éternelles. A chaque fois, elle se vidait de ses mots avec fougue. C'était un long monologue, une fête de paroles, intarissable. Elle voyageait dans un monde composé des rives brutes et grisâtres de la Bévéra. Quand Albin la questionnait sur sa famille, son langage devenait inaudible. Les mâchoires crispées, elle se refermait dans un mutisme terrible. Alors, par peur de la perdre, il s'excusait et détournait la conversation.

Le soir venu, elle se détachait lentement d'Albin et lui glissait au creux de l'oreille, inlassablement :

— Plus tard peut-être, plus tard tu sauras...

— J'ai le temps... lui répondait-il.

Inévitablement, ils débordèrent de Béroulf dans d'interminables promenades au bord du torrent et dans les bois. Une fée marchait aux côtés d'Albin. Sa connaissance des plantes, des fleurs, des animaux mais aussi de la littérature l'étonna. Elle livrait son savoir sans retenue. Comment un être aussi modeste pouvait-il posséder une telle science ? La curiosité du fresquiste était à son comble. Plus il la devinait et plus le mystère s'épaississait !

Jour après jour, le lien avec Anselme et Augustin se noua. Ils s'en réjouirent et tentèrent d'escamoter leur langage peu délicat, ce qui faisait hurler de rire Albin. Les comportements des uns et des autres changèrent. L'inconnue rappelait à Augustin sa famille, quittée à Annecy depuis plus de deux années. Anselme, quant à lui, n'espérait qu'une valse dans les bras de la belle. Il ressortit d'ailleurs son accordéon et son harmonica et, du lever au coucher, il chantait et jouait.

Sigismond se tenait à l'écart de ces futiles réunions. La tête en feu, il tentait d'apaiser ses sens. La créature attisait son amertume. Il dormait peu, oubliait les repas, passait des heures devant l'autel à méditer. Il serrait sur sa poitrine une mèche de cheveux roux qu'il avait dérobée sur une tige de roncier. Ses pensées étaient hantées par Sabine. Il butinait secrètement sa peau dorée. Il ne pouvait pas la chasser hors de lui. Le désir traversait ses prières. Mille vipères l'empoisonnaient. Il n'était plus lui-même. Il errait la nuit dans le brouillard, évacuait son cauchemar en crachant sa détresse, mais rien n'y faisait. Sabine était partout.

Les amis d'Albin s'inquiétèrent de ses fréquentes disparitions. Ils s'accordèrent à penser que la présence imprévue de Sabine devait susciter chez le futur prêtre des idées contraires à son idéal. Le moinillon était dans un état lamentable, sale, la tonsure écaillée par la crasse, le froc déchiré aux manches et au dos, les mollets marqués par les égratignures séchées. Ses chevilles portaient la noirceur de la boue et de la poussière. Un matin qu'il rentrait de ses vagabondages par monts et par vaux, ils le bloquèrent dans la salle commune. Anselme poussa le loquet, tira les volets. Acculé contre la table, il était prisonnier des deux lascars.

— Alors... explique-toi ! dit Augustin, très calmement.

Il alluma sa pipe, rapprocha une chaise et s'y cala à cheval, les coudes appuyés sur le dossier.

— J'attends ! intima le menuisier.

Sigismond sentit ses veines se vider. Il s'affala sur le banc.

— Ça te démange tant que ça ? gloussa Anselme.

— N'oublie pas que tu dois prononcer tes vœux !

— Et qu'elle n'est pas pour toi, c'est un remède proscrit aux penaillons !

Ils le dissuadèrent de s'approcher de Sabine, le conjurèrent de changer de soutane et de se replonger dans ses livres de messe pour oublier ses intentions.

— Tu auras le réconfort de Dieu ! Dans ces cas-là, il est bon pour ses serviteurs !

— Mes parents m'ont forcé à prendre la robe. Je n'ai pas la vocation, avoua-t-il dans un moment de fièvre.

— Crois-tu que Sabine soit attirée par un frocard entêté comme un âne, qui pue autant qu'un goret et un bouc dans la même étable ? gueula Augustin. Tu veux donc tout briser ! Jamais Albin n'a aussi bien dessiné ! C'est une fresque céleste qu'il exécute !

Ton attitude me dégoûte. D'abord, il y a eu ses couleurs et, maintenant, cette divinité qui est la source de ses inspirations ! Ecoute-moi bien, je ne te le répéterai pas : s'il faut choisir entre Sabine et toi, c'est chose faite ! Elle nous apporte de la joie et une envie folle de travailler. Toi, tu n'es que fainéantise et méchanceté ! Tu es sans vergogne !

— Je n'y peux rien ! Elle m'a séduit ! cria-t-il, désespéré.

— Tu mérites ma botte au cul ! Mieux : je te balance la tête la première dans le puits ! Qu'est-ce qu'on a fait à saint Luc et à saint Joseph pour supporter un galapiat pareil ? tempêta Anselme.

— Il crève de jalousie ! remâcha Augustin.

— On va en rendre compte à Albin. Il te renverra à Nice, au séminaire. Monseigneur Sola sera particulièrement satisfait de la confiance qu'il t'a accordée.

— Je vous en supplie, pas le séminaire ! Pardonnez-moi... Je ne le ferai plus, je vous le promets !

— Alors, file à Sospel ! Va voir le curé, qu'il te confesse ! Surtout, réfléchis bien.

— Et reviens-nous propre, avec des idées claires, sans manigances lubriques, lui intima Anselme. Après nous aviserons.

Le loquet tressauta dans son encoche et des coups brefs frappés contre les montants avertirent qu'Albin voulait pénétrer dans le bâtiment.

— Trop tôt, marmonna Augustin.

— Tant pis pour toi, en déduisit Anselme.

Le maçon ouvrit et en profita pour pousser les volets. Albin découvrit un curieux spectacle.

— Que se passe-t-il ici ?

Dans l'attitude piteuse de Sigismond il devina que le moine avait encore fait des siennes et s'était fait copieusement sermonner. Sans attendre les explications de ses amis, il s'adressa au novice :

— Je t'avais prévenu, tu n'as que ce que tu mérites. Tu fais ton sac et tu déguerpis immédiatement de Béroulf. Tu n'es plus chez toi ici. Dès demain, j'enverrai un courrier à monseigneur Sola et l'avertirai de ton comportement. Tu pars à pied, ce sera ta punition. La Vieille Mamie restera dans son enclos.

— Tout seul ! brailla Sigismond. Je ne connais pas la route !

— Tu apprendras le danger ! Pour une fois, sois un homme !

— Je vous en supplie, épargnez-moi ! supplia Sigismond.

Il se jeta aux genoux du peintre. Pour toute réponse, Albin ouvrit la porte et lui indiqua la sortie. Sigismond rassembla ses pauvres effets et sortit, se retournant plusieurs fois pour quémander une improbable mansuétude. Il disparut dans le premier lacet.

— Bon vent ! grogna Augustin.

— Fais un feu et débarrasse-moi de ce bat-flanc, cette odeur de putois est insupportable. Ça renifle la vieille pisse et le vin tourné ! ordonna Albin Bonfante.

Le moinillon ne rejoignit pas Nice, encore moins Sospel. A une lieue de Béroulf, il bifurqua vers une clairière et s'installa dans un cabanon masqué par des peupliers. Il chassa par d'infinis sanglots l'offense subie. Peu à peu, sa faiblesse laissa la place à la rancœur et la vindicte. Il prit possession de la masure, parcourant l'unique pièce, découvrant les objets et le maigre mobilier oublié par les paysans après la fenaison. Dans un coffre piqué par la vermine, il trouva une veste et un pantalon de toile. Il ôta son froc et enfila ces habits civils. « Ils vont voir ce qu'ils vont voir et trouver à qui parler ! J'ai le temps... Je m'occuperai de la garce à ma façon ! Cette histoire est entièrement de sa faute, je vais découvrir qui elle est et d'où elle vient ! Peut-être que certaines informations pourraient intéresser Belli et Raisonni... ! » Il partit d'un rire puissant qu'une violence suspecte animait.

Plusieurs soirs d'affilée, Sigismond guetta le retour de Sabine. Il se camouflait dans un poste de chasseur coincé entre des rochers et protégé par la fourche d'un cèdre. Dès qu'elle passait, il se dégageait de sa cache et la suivait chaque jour un peu plus loin, balisant son passage. La fille, méfiante, changeait régulièrement d'itinéraire. Soit elle prenait par une corniche à pic, soit par les massifs d'épineux, ou bien courait dans les goulets abrupts. « Elle a vraiment quelque chose à se reprocher pour agir de la sorte ! Pourquoi a-t-elle choisi Albin Bonfante et ses parias ? » Il jalonna le terrain jusqu'au bas de la vallée. Il n'emprunta pas le gué et se reposa à l'intérieur de l'abri. La haine l'aveuglait.

Un grattement de gorge comme si on voulait cracher l'alerta. Il s'aplatit et observa les alentours. Un moine, une lourde canne ferrée à la main, franchissait la rivière et s'engageait à vive allure dans la sente tortueuse et à pic de Béroulf. Il était tard. Le jour déclinait sur les Alpes.

Ils avalaient leur dîner dans la paix formidable qui s'immisçait sur les crêtes rangées en demi-cercle autour d'eux. Le silence de la haute montagne offrait une apaisante quiétude. Le plateau était tranquille, mais le craquement de feuilles sèches et de rameaux morts les tint en éveil.

— Il était temps. Je suis éreinté, je n'en peux plus !

Ils se dressèrent, sur la défensive. Un drôle de paroissien déboucha de l'obscurité. Augustin se saisit d'une cognée, Anselme serra son couteau et Albin se détendit, il avait reconnu le vieux moine solitaire de la vallée.

— Pas croyable, grogna Augustin, dès qu'on en perd un, un autre le remplace !

— Ils poussent aussi vite que les cèpes, en déduisit Anselme, et sont habillés pareil, dégarnis en haut, épais et marron sur le bide... On ne peut pas les confondre avec une autre espèce !

— Ça grimpe dur et la nuit tombe plus vite qu'il n'y paraît...

L'individu se dirigea vers le puits, tira la corde et but goulûment de larges rasades d'eau fraîche. Il s'aspergea la figure, se rinça les bras et s'essuya le front. Puis, il vint s'asseoir à la table et se présenta :

— Marcus de Villeneuve, le dernier père franciscain de ce maudit canton.

Il avisa les trois complices et, réjoui, énuméra :

— Toi, tu es Albin, le magique, l'illuminé. Toi, Anselme le maçon, musicien et chanteur, avec des jambes qui tricotent au son de l'harmonica. Toi, le grognon à la pipe, Augustin, Savoyard menuisier, et un menuisier ne peut être que savoyard !

Stupéfaits, ils observaient ce gaillard émergé du crépuscule, trapu, à la face burinée par le soleil, aux avant-bras aussi ronds que des gourdins, aux poings si denses qu'ils pouvaient abattre un âne d'un coup.

Décidément, Béroulf leur réservait de drôles de surprises...

— Partagerez-vous notre repas ? proposa Albin.

Augustin se précipita à la cuisine et revint avec des couverts et un cruchon de vin.

— Il y a bien longtemps que l'on ne m'a pas invité à des agapes aussi sympathiques !

Il avala la soupe en un clin d'œil, rompit un bout de miche, sauça consciencieusement le fond de son assiette avec la mie et vida d'un trait le contenu de son gobelet.

— Il paraît que tu fais des merveilles. J'ai hâte de pénétrer dans la chapelle et d'apprécier ton travail !

— Qui vous a dévoilé tous nos mystères ? s'inquiéta Albin.

Amusé, il les scruta et leur confia :

— J'ai mes espions ! Enfin, une espionne, aussi rusée qu'une renarde, aussi rapide que les étoiles filantes, aussi belle et gracieuse qu'une cascade de glace ! Elle m'a averti qu'aujourd'hui c'était le moment idéal...

— Je commence à comprendre, réfléchit Albin.

— Moi de même, grommela Augustin.

— Le jour où l'on va découvrir le grand mystère de Sabine ! jubila Anselme.

— Très juste, mes amis. Ce soir, c'est la première lune de l'été et ça porte bonheur. Je me demandais quand elle m'autoriserait à vous rendre visite. Confidences, éloges, vous êtes devenus le centre de son univers. Vous lui avez donné la joie de vivre et le sourire ! Maintenant, elle chante, elle danse, devine le soleil du midi pour vous rejoindre en courant. Moi, je n'y suis jamais arrivé ! A croire que vous êtes de sacrés sorciers !

— Alors là, je change le carafon, on va déguster du meilleur.

Augustin retourna à la ferme et ramena une bouteille de vin bouché recouverte d'une poussière dense.

— Vous ne vous ennuyez pas, ici ! s'esclaffa le franciscain.

— Oh que non ! On siffle dans la vallée et les roquets du comte nous expédient des convois chargés de barriques et de nourriture ! Ces messieurs nous gâtent... Mais on s'en méfie comme de la peste !

— Pourquoi Sabine est-elle venue à Béroulf ? Que savait-elle de nous ? questionna Albin.

— Elle connaît parfaitement la moindre clairière, le moindre ruisseau ! Elle devise avec les vieux loups solitaires et les corbeaux, mais ne connaît rien d'autre que ce bout d'enfer !

Il indiqua, de l'autre côté de la vallée, la sinistre crevasse de Mangialoé et le décor de falaises torturées.

— Pour le reste, je ne saurais y répondre, mettons ça sur le hasard ou le destin !

Il s'adressa ensuite directement à Albin.

— Visionnaire et poète... Tu as fondu le visage de la Vierge sur celui de Sabine. Elle a perçu ta générosité et ta grandeur. En échange, elle t'offre une confiance aveugle et innocente. C'est pourquoi elle a souhaité que je te dévoile ce qui va suivre. Je vais rouvrir vingt années d'une plaie incommensurable car, pour elle, tu es l'espoir. Elle compte sur toi, Albin, et sur tes amis ! Elle vous a choisis !

L'épopée d'Eléonore d'Aquin défilait dans l'esprit d'Albin à une vitesse folle. Les paroles de monseigneur Sola revenaient dans sa mémoire avec violence. Le miracle était présent et palpable.

— Vous n'allez pas me dire que…

Il laissa sa phrase en suspens.

Marcus de Villeneuve avala un autre verre de vin. Il poussa un soupir de satisfaction et se retourna vers le plateau.

— Cette chapelle mérite vraiment une petite messe, ou une prière peut-être, et que les cloches ne sonnent plus pour rien !

17

Sigismond patienta jusqu'à la nuit pour se rapprocher du campement. Il s'extirpa d'un taillis de noisetiers, rampa sous un talus bordant le chemin et se faufila vers un belvédère dominant la ferme. Un genévrier dissimulait sa présence. Il se rafraîchit au filet d'une source qui coulait dessous une motte. Il s'écrasa sur la dalle. Il suait à grandes gouttes et trimballait la puanteur acide des bêtes qui ont la trouille. On y voyait presque comme en plein jour. Dans le clair de lune, les arbres se tordaient bizarrement. La Bévéra laissait entendre son roulement continuel. Des odeurs de romarin s'évaporaient de la terre sèche. Sigismond distinguait parfaitement quatre formes assises autour de la table. Un falot placé à l'extrémité éloignait par une flamme hésitante les bestioles nocturnes.

Augustin toussa et cracha. Il ralluma sa pipe. Anselme, le menton appuyé sur ses pognes superposées, écoutait Marcus. Albin fermait les paupières. Pas une brise, pas un vent contraire : les paroles parvenaient distinctement à Sigismond. Le pénitent débitait son récit sans discontinuer. Les souvenirs ressurgissaient comme si les faits s'étaient déroulés la veille :

« … Depuis les événements, les habitants de Sospel avaient peur et ne fréquentaient plus les offices du couvent de l'Observance. Ils évitaient même la place Saint-François et contournaient les campagnes de la Piantata. En revanche, les rangs des pénitents rouges s'agrandissaient à en éclater. Vous savez, les veules vont toujours du côté du pouvoir ! Les scrupules ne les étouffent pas ! Donc, je me terrais dans mon cloître, évitais de sortir et de me prêter à la sournoiserie des idiots du village. J'occupais les fonctions de moine, de confesseur, de jardinier et même de bonne à tout faire. Heureusement, je me contente de peu… Un soir, on frappa à ma porte. J'ouvris. Il neigeait. Une bise rasante collait le givre aux lèvres. Une vieille en haillons, maigrichonne, s'accrochant à un bâton, me demanda l'asile. Elle tenait un sac serré dans ses bras. Sans hésiter, je la conduisis jusqu'aux cuisines, pensant qu'un bol de bouillon brûlant et un feu la réconforteraient. J'imaginais que c'était encore une de ces bohémiennes, une de ces égarées qui avait eu la chance de survivre après le passage des cols en hiver. Je ne prêtais plus attention à elle. Tandis que j'attisais les braises, lui tournant le dos, elle déballa son paquet et me tendit une enfant de quelques mois à peine. Ma stupeur fut immense. J'examinais plus sérieusement la pauvresse : des cheveux filasse, des yeux d'un bleu pâle, une figure creuse de la couleur des pierres ! “Une femme du malheur”, pensai-je immédiatement. Elle ôta son châle ainsi qu'une peau de mouton bouffée par la vermine, une bête crevée qu'elle avait dû trouver dans une crevasse. La surprise fut de taille : la résurrection d'une sainte. Je reconnus Eléonore d'Aquin, et je ne sais par quel miracle elle avait pu résister et survivre à son calvaire. Personne ne devait revenir de là-haut, Dieu protège vraiment les martyres ! Celle que je prenais pour une vieille n'était qu'une jeune femme ! "Je veux baptiser ma fille, me supplia-t-elle..., l'enfant de la passion, la fille de Piétro Chiésa." » Elle avait accouché seule, au fond de sa grotte, comme une louve, repoussant les fièvres et les infections. La petite avait noué un pacte avec la froidure et le gel. Défiant les lois naturelles, elle résistait ! Jamais elle n'aurait dû vivre ! Elle faisait désormais partie du trou des Loups. Je savais les risques énormes que j'encourais, mais Piétro Chiésa était mon frère, et j'aimais déjà cette femme. Je n'hésitais pas et donnais les sacrements chrétiens à Sabine d'Aquin, fille de Savoie et du Piémont. »

Marcus de Villeneuve marqua une pause. Sa voix s'était teintée d'une angoisse grandissante au fur et à mesure de son discours. Après une rasade de vin, il continua :

« Je n'ai pas voulu abandonner la femme et l'enfant. Mais il m'était impossible de les loger à l'Observance : je les aurais mises en péril. Je décidais donc de m'occuper d'elles, de leur apporter des vêtements chauds, de la nourriture, d'aménager la grotte avec un confort rudimentaire. Ainsi, tous les deux jours, à la fin de l'après-midi, été comme hiver, sans me faire remarquer, je grimpais à Mangialoé. Eléonore se sentait soutenue, reprenait des forces et le désir de vivre. Elle me demandait des livres, beaucoup de livres, du papier, des plumes, de l'encre. J'enseignais la lecture, l'écriture, les sciences, le calcul à Sabine. Je lui apprenais à croire en Dieu, à forger son avenir à travers la religion. Dès lors, leurs existences devinrent meilleures. Elles pouvaient à nouveau espérer... Sabine, de printemps en automnes, a grandi et est devenue la jeune femme sauvage et mystérieuse que vous devinez.

Marcus marqua une pause et reprit :

— Puis, un beau matin, vous êtes arrivés. Un drôle de tintamarre dans le pays. Votre réputation a traversé la vallée comme une traînée de poudre. Vous étiez les coqueluches de Moulinet, de Breil, de Tende. Dans la moindre gargote, sur les foires, les marchés, on ne parlait que de vous. Même moi, enfermé dans mon cloître, je percevais les rumeurs vous concernant. De Mangialoé, Eléonore, Sabine et moi nous vous observions : vous étiez pour nous de minuscules fourmis qui s'affairaient. Un dimanche, aux environs de huit heures, je redescendais du trou des Loups et vous aperçus au loin vous agiter sur le toit de la chapelle, quand la cloche sonna ! Quel bonheur ! Quel merveilleux bonheur ! Accroché au bout de vos doigts, l'instrument magique qui rassemble les consciences ! Des larmes plein les joues, Sabine me rejoignit en courant. Elle écartait ses bras vers Béroulf, comme pour cueillir une brassée de liberté ! Vous aviez signé sa délivrance.

— Sabine, la fille d'Eléonore et de Piétro Chiésa ? Elles ont bravé le supplice pendant plus de vingt années ! s'exclama Albin. Nous devons les enlever de leur infâme prison et les mettre à Nice, sous la protection de monseigneur Sola !

— Patience, personne ne se doute qu'Eléonore est en vie, encore moins qu'elle a une fille. Mangialoé représente le néant et les gens évitent depuis bien longtemps ce coin, banni de la contrée. On y invente tous les drames et toutes les superstitions. Pour eux, la falaise est peuplée de créatures monstrueuses. Il suffirait qu'un mécréant s'inquiète d'un nuage de poussière pour alerter les hommes du comte... Veillez sur Sabine et laissez la destinée suivre sa route, ce sera la meilleure solution !

Un silence tendu acheva la confession. Marcus se dressa et s'étira.

— Mes amis, quelle nuit. Il faut que je rentre.

Il attrapa sa canne, endossa sa musette en bandoulière.

— Marcus, attends ! Tu ne pars pas à pied. Anselme, prépare-lui la Vieille Mamie.

La fatigue le prit dès la première pente. Marcus s'affaissa, ploya la nuque, s'endormit.

La mule flânait paisiblement vers Sospel.

— Ma Vieille Mamie ! ragea le moinillon.

Sigismond jubilait. Il possédait les révélations de Marcus, il détenait une arme d'une puissance inimaginable. La conspiration qu'il fomentait était écrasante et signait inexorablement la perte de ceux qui l'avaient depuis des mois bafoué et humilié. Avant de se retirer du promontoire, il resta un long moment à contempler les marionnettes assoupies sur la table, dont il allait tirer les fils. Il se délectait de sa sournoiserie et du plan minutieux qui germait. Les bâtisseurs de Béroulf devaient payer. Il déversait son mépris. La pitié, il s'en moquait ; le pardon, il le jetait aux orties. Il se sentit soudain soulagé. Débarrassé d'un fardeau trop lourd pour lui, il se demanda comment il allait négocier directement avec Julius Reymont de Castellaras. L'annonce qu'Eléonore d'Aquin était en vie, qu'elle avait assuré sa descendance, méritait une place honorable dans la société ainsi qu'une haute considération pour les services rendus à la cause du comte. La complicité du franciscain méritait des largesses supplémentaires en pièces d'or et autres devises. Et le comte ne pouvait pas faire la fine bouche, car si les habitants de Sospel apprenaient que le moine Piétro Chiésa avait eu une fille avec son ancienne épouse, il serait la risée du pays entier et même bien au-delà des frontières. Ses opposants irascibles, le royaume du Piémont et la Savoie, se délecteraient d'une telle nouvelle. « Mon pauvre Julius, je te tiens aussi... » ricana-t-il. Sigismond se sentit très fort. « La grande vie... » soupira-t-il d'aise. Il se tourna sur le dos et se laissa imprégner par la douce chaleur des premiers rayons levants.

Le soir même, le moinillon revint à Béroulf. Le plateau était particulièrement calme. Quand minuit tinta au clocher de la cathédrale Saint-Michel, l'heure du grand sommeil, celle où les rêves entraînent les dormeurs vers les paradis enfouis, il se faufila dans la chapelle et se dirigea droit vers les ustensiles d'Albin. Il alluma une bougie. La flamme grandit et se stabilisa. Les ombres accentuaient les cintres des voûtes. Il sursauta aux craquements des boiseries. Mais au-delà de l'abside lui parvenaient les ronflements appuyés d'Augustin. Tout était paisible. Sa propre tranquillité le surprit. La peur avait complètement disparu. Sa haine effaçait ses angoisses et lui collait comme une seconde peau.

Il ouvrit la malle et compta les dizaines de pots classés par couleurs. Il s'arrêta devant une série d'ocres jaune, vermillon, orangé. Il retira les bouchons. Il frôlait le secret d'Albin. Il déplia plusieurs feuilles de papier, les enroula en entonnoir, boucha l'extrémité basse, fit couler un peu de chaque poudre dans les sachets qu'il replia méticuleusement et glissa dans sa poche. Il reboucha les flacons, referma la caisse, effaça toutes les traces de son passage et disparut.

Dans son refuge, il essaya les mélanges poudre par poudre, imagina des compositions au hasard, puis dosées, il tenta de les peser. Mais en vain. Il tourna dans un récipient avec beaucoup d'eau, ajouta encore plus d'ocres ! Jamais il n'atteignit le roux du fresquiste. Plus il s'entêtait, plus il s'éloignait des nuances d'Albin. Le diable de peintre possédait donc le génie...

Alors il se contenta d'un ton foudroyant, proche des tignasses des sorcières, tirant vers le rouge, laissant dans la pâte des auréoles jaunâtres. « Ça ira bien... » se satisfit-il. Il s'étendit sur des bottes de paille et s'endormit comme une masse.

Sigismond passa les trois derniers jours à huiler sa vengeance. Le temps défilait vite, gommant l'ennui. Le moinillon vagabondait vers un avenir moins médiocre que la destinée souhaitée par sa famille. Il goûtait enfin à la liberté. Il se sentait exister face à ses propres responsabilités. Désormais, personne ne parlerait pour lui. Au fond d'un placard, il trouva une bouteille de grappa. Il la dégusta face à la falaise, à petites gorgées. Le feu traversa sa gorge. Il volait, projeté vers de grands horizons. « Sabine sera à moi. Devant ma puissance et mon argent, elle ne pourra pas me résister... »

Le jeudi, à l'aube, il prit la direction de Sospel. L'air frais des campagnes endormies lui apporta une sensation de bien-être. Dans les rues, les volets claquaient contre les façades. Les paysans sortaient les bêtes et les charrettes. Sigismond se dirigea vers la place Saint-Michel. Il contourna l'hôtel de ville, évita la voie impériale de Nice, coupa par une série de hautes venelles et pénétra dans l'église par la porte de la sacristie. Un couloir de placards et d'armoires où étaient rangés les aubes, les nappes et les ornements servant à la célébration de la messe le conduisit derrière le maître-autel sur lequel étaient exposées deux statuettes : celle de Notre-Dame du côté de l'évangile et celle de saint Michel du côté de l'épître. Une lampe de sanctuaire en étain balbutiait d'une faible flamme.

Sigismond déposa son sac dans un coin reculé de la crypte. Des cierges placés sous le triptyque de la Pietà envoyaient des lueurs blafardes sur un Christ avachi, enroulé dans l'ample manteau foncé d'une Vierge. Les odeurs d'encens, les trépieds placés pour accueillir un catafalque, l'autel tendu d'un suaire noir aux écussons du comtat annonçaient la préparation de l'enterrement matinal d'un enfant du pays. Il s'introduisit dans le bas du clocher. Des cordes traversaient la voûte par des trappes étroites et égales, inabordables. L'accès à la musique de Dieu était barré. Le prêtre prenait de l'élan et avec force mettait en branle le bourdon. Les cloches égrenaient le glas. Le curé ne les lâchait pas. Il montait avec elles, décollait du sol, se perdait dans la clameur des sons funèbres. Il ne s'aperçut de la présence de Sigismond qu'à la fin du tintamarre, lorsque l'enceinte reprit sa sérénité.

— Que fais-tu là, mon fils, à cette heure ?

Il remarqua les traits décomposés du moinillon.

— Cette défroque n'est pas digne d'un novice ! dénonça-t-il en s'essuyant les mains à la soutane.

— Mon père, il faut que je me confesse. Mon âme ne peut plus supporter ce que je vis et endure !

Sigismond emprunta une mine de circonstance, le menton baissé, l'air contrit et affligé. Il bredouillait de vagues Pater, laissant croire à un repentir douloureux.

— Est-ce si grave, mon fils ?

— Vous ne pouvez pas imaginer !

Il tomba à genoux et l'implora.

— Aidez-moi, je vous en supplie !

L'ecclésiastique fit glisser le cache de la lucarne du confessionnal. Après le confiteor, il appuya le front contre la grille qui les séparait.

— Confiez-vous, mon fils...

Sigismond expurgea son fiel. L'amer collait à sa langue.

— Ils m'ont obligé à quitter ma robe pour des habits de paysan !

— Seigneur ! Continue, mon fils, Dieu peut tout entendre.

— Je priais jour et nuit, car je veux prononcer mes vœux et embrasser avec joie et pureté l'ordre franciscain, mais là-haut, mon père, à Béroulf, tout n'est que sacrilège et offense !

Il colla encore plus sa bouche contre le parloir, déversant son insoutenable propos.

— Sans cesse, ils m'écartaient de leurs cérémonials barbares. Ce damné d'Albin Bonfante dessine à la lueur des flambeaux. Je l'ai vu embrasser la Vierge comme l'on souille une femme de mauvaise vie, une de ces putains des bas-fonds du port !

— Ne jure pas ici !

— Et ce roux abominable avec lequel il bafoue la délicatesse et la perfection !

Le moinillon s'affaissa et simula de profonds sanglots.

— Ressaisis-toi !

— Après ce baiser, la Vierge a bougé dans la fresque. Elle a prononcé des mots, ses lèvres ont remué ! J'ai pensé au miracle, au surnaturel... et puis ce Bonfante s'en est allé sans se soucier de son acte !

— Que dis-tu là ?

— La vérité, mon père. Je me pinçais au sang pour savoir si je ne rêvais pas. J'avais devant moi un envoyé du démon, un être des ténèbres !

Le curé décomposé ouvrit la porte du confessionnal, cherchant un peu d'air.

— Achève ton repentir, mon enfant !

— Je n'ai plus la force, mais tout est inscrit dans ces billets. J'ai pensé que la sainte Eglise devait connaître les agissements de ces individus et les faits qui se sont déroulés dans cette chapelle.

Il lui glissa les lettres récupérées sous la paillasse de la ferme.

— Puis-je vous demander la faveur de rester la journée et la nuit enfermé dans l'église afin de prier et d'invoquer l'immense protection de Notre-Seigneur ?

Le prêtre acquiesça, le bénit et alluma les cierges de deux anges porteurs de flambeaux situés sur un autel latéral. Sigismond découvrit, dans les maigres lueurs tremblotantes, un tableau représentant saint Bernard tenant le démon enchaîné et un guerrier, probablement saint Maurice.

18

Le curé apprécia avec condescendance l'attitude du novice, prostré sur un prie-Dieu depuis la fin des obsèques, les bras noués et tendus vers l'antependium en bois sculpté où les lettres *MA* entrelacées représentaient le monogramme de Marie. Il se retira de la cathédrale pour regagner le presbytère. Enfin seul, Sigismond put se détendre et esquissa quelques mouvements afin d'atténuer les crampes qui le tiraillaient. Il fureta sous l'autel, entama copieusement une fiole de vin blanc prévue pour l'office du samedi, grignota un paquet d'hosties et soupira d'aise. Il détenait le sentiment de faire quelque chose de bien. Une tranquillité apaisante le rassasiait. La stratégie mise en œuvre se déroulait à merveille. Le premier acte s'était joué avec brio, le second serait pour bientôt... Il entrevit sa face dans un calice et fut sidéré de son expression si déterminée.

Il ne se pressait pas. Il avait du temps, jusqu'au petit matin. Il souleva le couvercle de l'harmonium et joua une série de fugues de Bach. Puis, lassé de la musique, il rapprocha les fauteuils destinés aux Castellaras et s'allongea de tout son long. L'humidité le prit au bas des reins, il emprunta une chasuble et s'en servit de couverture.

Les mulots se lançaient dans des cavalcades folles, se croisant entre les tableautins, les faux marbres, les frises décorées d'oves et les denticules. Sigismond émergeait d'un endormissement réparateur. Un rayon dorait obliquement les berceaux des travées et s'attardait sur le fronton des Ames du Purgatoire, illuminant la statue grossièrement dorée d'une Vierge présentant son fils aux fidèles. La brillance attira Sigismond. L'insolente semblait l'appeler. Ce brusque éclair dominé par la croix du Christ était sans équivoque. Elle le protégeait de sa grâce divine. Il était soudain pressé d'en finir. Il récupéra sa carnassière, en tira un pot rempli de la pâte ocre préparée la veille, escalada l'autel, grimpa sur les corniches, s'accrocha au cou de la Vierge pour se hisser à sa hauteur. Il était sous l'édicule. Avec la manche de sa chemise, Sigismond effaça la couche de moisissure sur la coiffe et les replis de la robe. Les reflets auréolaient les pilastres et les chapiteaux du prétoire.

Il ôta le bouchon, badigeonna la couronne et les plis de la cape avec une spatule, laissa goutter la matière fauve sur la tunique de Marie, sur ses mains, sur son front. Cela ressemblait à des taches de sang durcies. « La chaleur et le soleil feront le reste... jubila-t-il, enthousiasmé par son ingéniosité. Je te salue, pécheresse, complice de mon sublime embrasement ! » Imitant Albin Bonfante, il l'embrassa sur les lèvres. « Tu es plus froide encore que ma revanche ! » Et il ajouta au plus près de son oreille : « Dieu dit au serpent : je mettrai de l'inimitié entre toi et la femme, entre ta descendance et sa descendance : celle-ci te visera à la tête et toi tu la viseras au talon[1]. »

Il sortit par la sacristie et longea les arcades jusqu'au perron principal. Trois séries de marches dallées s'avançaient vers une rosace en galets située au centre de la place Saint-Michel. Le petit peuple s'activait et dressait les étals du marché. Les charretons à bras et les carrioles se croisaient, parfois se coinçaient dans les passages resserrés. « La populace remplie de coupables et de pénitents, les galoches dans la fosse à purin… » ricana-t-il. Trois nonnes en robe blanche, portant une croix rouge sur la poitrine, le frôlèrent. Il feignit une certaine désinvolture, jeta un coup d'œil furtif en arrière, s'assura que le loquet des vantaux était bien enclenché. Il descendit une rue tournante et s'engagea sur le pont de l'octroi. Le vieux Mattioue, calé sur un tabouret, son chien galeux à ses côtés, le devina.

La chaînette maintenant clos le portique de la chapelle Saint-Roch fut aisée à démêler. Sigismond s'avança droit vers la toile du chevet et enduisit de roux les chevilles de la première Vierge. Dans la matinée, il colora d'abord les mains du *Mariage de la Vierge* de l'église Saint-Joseph avant de se rendre à Sainte-Ursule. Un par un, les édifices placés sur son chemin étaient visités. Le mal l'accompagnait dans son périple vengeur. De moins en moins de scrupules guidaient sa cruauté. Il jeta la spatule et, en transe, au sanctuaire Sainte-Marie-Madeleine, barbouilla grossièrement *Le Festin chez Simon*. Il

1. Genèse, III, 15.

souilla l'œuvre religieuse avec démence et signa son forfait en lettres majuscules : ALBIN BONFANTE. A la fin de l'après-midi, son ballet dramatique stoppa. Cloué sur le seuil de la chapelle Saint-Pancrace, il cracha le goût de l'encens et tira les battants qui grincèrent lugubrement. Ce dernier forfait achevé, il se dirigea vers le château.

Félicien Salucci, le valet du comte, courbé et ratatiné par la vieillerie, en livrée bouton-d'or à parements mauves, vint au portail du domaine de Castellaras. Il examina avec suspicion ce lourdaud qui osait déranger le comte juste avant le dîner.

— Vous désirez ?

— Le comte Julius Reymont de Castellaras, sollicita Sigismond en envoyant son fiel en pleine face du domestique.

Surpris, Félicien Salucci resta perplexe.

— Monsieur le comte ne reçoit personne, encore moins les vagabonds, susurra-t-il du bout des lèvres.

— J'insiste... Vous annoncerez que je suis un envoyé de monseigneur Sola, évêque de Nice.

Il n'était plus à un mensonge près. Traînant les semelles, le laquais se dirigea vers les serres. Il en revint quelques minutes plus tard.

— Puisqu'il le faut, suivez-moi, fit-il avec l'enthousiasme d'un croque-mort.

Sigismond lui emboîta le pas. Une jouissance perverse l'exaltait. Il secoua la poussière de ses chaussures, remonta le col de sa chemise, brossa ses pantalons de la paume de la main.

Le comte le reçut dans son domaine réservé. Un jardin à la française volontairement négligé, abrité par des verrières géantes où se côtoyaient des buis taillés en boule, des orangers, des citronniers, des fuchsias, des jarres de jasmin, des rosiers de toutes sortes. Le moinillon admira le verger où les pommiers et les pruniers ployaient sous les fruits regorgeant de sucre, recouverts d'abeilles et de frelons. Plus bas, un étang se déversait calmement dans la Bévéra. Des branches de châtaigniers et de saules trempaient dans les eaux verdâtres tachetées de nénuphars.

Sigismond fixait sans honte ni crainte, droit dans les yeux, Julius Reymont de Castellaras. Il le bravait et tenait dans son jeu ce seigneur tant redouté.

— Vous ! s'indigna le comte.

— J'ai dû utiliser un subterfuge car votre larbin me prenait pour un mendiant… décréta Sigismond sans même s'excuser.

— Dépêchez-vous avant que je ne change d'avis et vous chasse. Je n'ai pas de temps à perdre !

Un sourire sournois plissa imperceptiblement les lèvres de Sigismond. Le comte esquissa des gestes d'impatience et se demanda ce que ce paltoquet avait de si important à lui annoncer pour oser le déranger ainsi au milieu de ses fleurs.

— Je préférerais m'entretenir dans votre bureau, hors de portée d'oreilles indiscrètes et de langues fourchues. Je vous livrerai des révélations qui attesteront ma fidélité à votre égard et qui, je l'espère, seront récompensées à leur juste valeur. Votre dévoué serviteur s'expose à tant de risques… Mais il ne peut garder sur sa conscience une découverte qui met en jeu l'honneur de la famille des Castellaras et l'assise de votre pouvoir.

Julius Reymont, désorienté par l'audace et l'assurance de l'intrus, accepta de l'écouter. Parvenus dans son bureau, le comte lui offrit un siège, égard qui dans d'autres circonstances n'aurait pas traversé ses préoccupations.

Sigismond s'exprimait avec éloquence. Il n'omettait aucun détail. Il égrenait les propos de Marcus de Villeneuve dans un récitatif clair et sans hésitation. Il prononçait des noms que le comte avait chassés de sa mémoire. L'attitude de Julius trahissait une souffrance secrète. Il n'osait s'arrêter sur l'énigme d'Eléonore. Elle avait résisté à son jugement, elle le défiait à nouveau vingt années après. La falaise de Mangialoé avait fécondé un véritable miracle. Julius se prit à détester le pleutre qui dégueulait sa bile et attisait d'anciens maux. Il haïssait les traîtres. Il souhaitait à la fois que le sournois se taise et connaître l'impossible vérité. Il ne le coupa pas, supportant sa voix de crécelle.

— Comment a-t-elle pu survivre ? Jamais personne n'est revenu de ce bagne... lâcha-t-il. Il faut être doué de forces surhumaines ! Ou bien posséder le don...

Son faciès se durcit, traversé d'impénétrables pensées. Il secoua la tête pour écarter le souvenir et les affres de cette épopée qui lui revenait tel un coup de fouet. Ses tempes battaient vite. Sa vie s'écroulait.

— Ou l'aide d'un serviteur de Dieu, ajouta Sigismond.

— Je ne comprends pas ! fit Julius, étonné. Continuez, ce soir je peux tout entendre. Ma fierté est mise à mal, je suis prêt à subir mon calvaire jusqu'au bout.

— Elle a été assistée par le père franciscain Marcus de Villeneuve, qui a survenu à ses besoins. Il est l'ami intime d'Albin Bonfante, de sa troupe de païens et de blasphémateurs, ceux qui m'ont obligé à me défroquer par gaudriole, à renier mon ultime vocation.

— Sachant les risques encourus, y a-t-il un seul motif qui vaille la peine d'aider une telle impie ?

— Certes oui. Et il est de taille.

L'existence de la fille d'Eléonore acheva Julius Reymont de Castellaras. Abasourdi, il grommela :

— La chienne et Chiésa... ont eu une fille ! Une truie, une bâtarde... et la galeuse me refusait un fils ! Ce n'est pas un ventre qu'elle possède, mais un cimetière ! L'enfant de la honte, de la mort. A-t-elle un nom, au moins ? demanda-t-il en haussant le ton.

— Sabine d'Aquin. A sa naissance, elle a été baptisée au couvent de l'Observance par ce Marcus de Villeneuve. Elle est merveilleusement belle. Elle porte sur elle la grâce du démon et la sensualité du péché. Nul ne peut lui résister.

Sigismond sentit monter la colère du comte. Il recula, le dos contre la cheminée. Il vit le noble vieillir d'un coup. Les yeux dilatés, perdus dans le vague, Julius se mura dans le silence. Il crispa ses mains sur les accoudoirs du fauteuil et les brisa. Puis il se leva et s'acharna sur la cordelette d'une clochette.

— Faites venir Belli et Raisonni immédiatement !

Le valet ne se fit pas répéter l'ordre. On entendit de petits pas pressés sur le gravillon de l'allée.

Sigismond dut réitérer son récit. Il le fit tel un chant expiatoire, en redoublant les insinuations, multipliant les contrevérités, accusant de complicité la bande de Béroulf.

— Vous ne connaissez pas les véritables fresques de la chapelle. Bonfante vous a berné. Les esquisses présentées ne sont que des leurres exécutés dans le seul but de profiter d'une paix certaine et de votre générosité.

— Nous suivons régulièrement l'avancée de leurs travaux, se défendit Raisonni.

— Silence ! rugit Julius. Si nous sommes dans ce pétrin, vous en êtes en partie responsable ! Qui nous a collé de telles fripouilles dans les pattes ?

Belli jubilait. Instinctivement, il se rapprocha du comte comme pour démontrer sa solidarité et réveiller les querelles passées.

— Achevez, je vous prie, dit Julius au moinillon.

— Dans le dernier pan de la nef, sur le mur ouest, vous serez le héros d'une scène sanglante et dévastatrice. Le château brûlera et disparaîtra dans les cendres du brasier. Un immense tremblement de terre emportera vos gardes. Les crevasses engloutiront Sospel. Au premier plan, vous figurerez, crucifié sur la croix de saint Gervais. Voilà le dessin exact croqué par Albin Bonfante et approuvé par monseigneur Sola.

— Nous n'avons constaté aucune de vos affirmations, s'insurgea à nouveau Raisonni.

— Je m'en doutais, pesta Belli. Je pressentais la tromperie... Quelque chose me troublait dans leur comportement que je n'arrivais pas à saisir.

Le comte ne tint plus. Il délivra un soufflet magistral au juge du Magnifico Conseglio di Sospello.

— C'était votre idée ! Votre incompétence m'anéantit. Mais être berné de la sorte... A cause de vos imprudences, j'ai, accroché à mes basques telle une tique sur un animal pouilleux, l'évêque de Nice. N'oubliez pas que si vous avez signé ma perte, on vous emportera en enfer dans la même caisse que moi !

Julius était fatigué. Il cherchait dans les attitudes de Belli les preuves de sa fidélité et de son soutien. La sensation de cauchemar s'amplifiait. Les spectres se dévoilaient en vainqueurs, bravaient ses sentences pour une justice imminente.

— Quel scandale abominable, souffla-t-il. L'hérétique a fécondé un monstre, une hydre qui va dévorer ma dignité. Si l'on apprend son existence à Mangialoé, elle deviendra une martyre idolâtrée par les paysans de la vallée... De qui viendra alors mon salut ? A qui puis-je désormais faire confiance ?

Une morne faiblesse le pénétrait. Il s'affala dans son fauteuil, tournant le dos à l'assemblée. Raisonni se fit le plus discret possible, rejoignant dans son coin Sigismond qui, intérieurement, se régalait de la situation. Il touchait au but et les laissait s'entre-déchirer. Il ne lui restait plus qu'à attendre l'assaut final et recueillir les bénéfices.

— Ressaisissez-vous, implora Belli. Vous êtes le maître de Sospel et du comtat. Aucune faiblesse ne vous est permise. Si Raisonni, par négligence ou fanfaronnade, nous a poussés dans des drailles tordues, il va, j'en suis sûr, réparer les dégâts.

Puis il s'adressa au pauvre juge qui essayait de fuir les allusions de ce satané personnage.

— N'est-ce pas, Victorio ?

D'un signe, Julius appela Belli. Il lui chuchota longuement ses consignes. Proche de l'apoplexie, Raisonni s'appuya contre un fauteuil, tandis que

Sigismond égarait son esprit dans les dorures des plafonds et les tapisseries suspendues.

— Voilà ce que Julius Reymont de Castellaras a décidé ! déclara Belli retrouvant toute l'autorité du chef de guerre. Toi, Raisonni, tu prends deux gendarmes, les plus fidèles, et files dans la vallée. Tu bats les flancs de Béroulf, les rives de la Bévéra, les coteaux de Bérins à Moulinet, tu montes sur la frontière s'il le faut, fouilles le col de Braus et ramènes la fille au couvent des pénitents rouges avant demain midi. Moi, je file à Mangialoé, il y a des retrouvailles qui ne peuvent attendre... Quant à toi, Sigismond, le comte est fier de tes aveux et de ton courage. Tu l'as impressionné. Ta sincérité va être amplement récompensée. Il te nomme régisseur de sa résidence d'été de San Remo. Cette nuit, dès que le cabriolet sera prêt, tu y partiras. En outre, pour tes dépenses, il t'octroie une rente en or. Sur place, tu retrouveras Giacomo le jardinier et sa sœur Louise Vignola, la gouvernante...

« C'était si simple, en conclut Sigismond. Maintenant, qu'ils se débrouillent. » De nouvelles idées ambitieuses et extravagantes germèrent dans son cerveau.

19

Raisonni se fia aux indications données par Sigismond avant son départ pour San Remo. Il ne s'aventura que sur les rives de la Bévéra et repéra aisément le guet de la cabane des chasseurs. Ce matin-là, Sabine ne monta pas au plateau de Béroulf. Elle suivit le cours de la rivière, puis chemina sur un sentier de chèvres qui s'élevait à pic, les racines de genêts offrant des marches naturelles. Elle se faufila ensuite dans une passe masquée par d'infranchissables tiges de noisetiers et se glissa dans un aven. Ainsi, elle atteignit une sorte de vasque parfaitement ronde dans laquelle chutaient des cascades d'une pureté absolue. Des murs de mousse ruisselaient et recouvraient les rochers plats. Des bouquets de menthe aquatique et de sauge poussaient dans les fissures. La transparence de la nappe était telle que l'on devinait un fond parfaitement lisse irisé d'éclats de cristaux. Nullement effarouchés par l'arrivée de la jeune fille, des pigeons blancs picoraient la vase, soulevant des nuées de libellules. Dans cet éden, Sabine savourait la sérénité totale. Rien ne semblait capable de déranger l'ordre de ce jardin perdu coupé du comtat, où survivaient une étrange douceur, un calme enveloppé de douces vibrations. Ici régnait le sens profond des choses. Les bruits étaient loin.

Raisonni et les gardes laissèrent les montures sur les hauteurs. Ils suivirent Sabine à distance, s'immisçant dans les mêmes méandres. Ils ralentirent plusieurs fois pour reprendre haleine et se laisser volontairement distancer. Ils contournèrent un talus de fougères, se camouflèrent à plat dans le touffu d'une futaie. Le petit jour était beau et lascif. Une lumière tendre grignotait les recoins cachés. Un onduleux moutonnement de feuillages créait une volupté vivifiante. Sabine tourna plusieurs fois autour de la conque. Elle jeta des cailloux au centre, s'amusant avec les vaguelettes qui voilaient la nappe émeraude. Elle plongea un pied, frissonna. Elle se posa face au soleil, passa la main dans ses cheveux, les roula en tresse et les remonta en chignon au-dessus de sa nuque. Une mèche rousse s'échappa et voleta sur son front. Elle laissa glisser sa robe sur ses chevilles, se tint immobile, entièrement nue, face à eux, parfaite, translucide, telle une statue de marbre oubliée dans ce lieu magique et intouchable. Les yeux mi-clos, elle cherchait le soleil. Elle souriait.

Ils lui volèrent ses épaules cuivrées, ses seins durs et fermes, son sexe de feu, ses cuisses longues et musclées, sa nuque de satin. Sabine s'aspergea d'eau fraîche puis plongea. Retenant des soupirs impromptus, les trois individus s'enfoncèrent dans la terre humide. Ils ne pouvaient détacher leurs regards de cette naïade qui glissait dans l'onde. Leurs cœurs ne battaient plus. Elle chantonnait d'une voix ensorceleuse. Bouche ouverte, ils restaient là, le souffle coupé par ce spectacle. Reclus dans leur cache absurde, leurs yeux maladifs se goinfraient de la rouquine.

— Si on s'amusait un peu avant de l'ensaquer, suggéra le premier gendarme, dont la vigueur proéminente ne cachait plus les intentions douteuses.

— Je m'en régalerais bien ! Une petite tranche avant le casse-croûte... baragouina le deuxième, se tâtant aussi le bas-ventre de façon démonstrative.

— On a le droit, qui le saura ! Une fois rendue chez les Rouges on ne la verra plus. Alors, pourquoi se gêner ?

— Les sauvages, c'est fait pour... Elles ne demandent aucune préparation, tout en force comme les bestiaux ! Elles hurlent pire que des truies en chaleur !

— T'as raison, surtout une comme elle, c'est pas tous les jours...

Face à la grossièreté et la cupidité de ses hommes, Raisonni éclata :

— Infâmes imbéciles, vous êtes loin de la mériter !

Il dégaina son pistolet, colla le canon contre la tempe de son plus proche voisin.

— Si l'un de vous déroge à mon commandement et pose ses sales pattes sur cette femme, je l'abats immédiatement et sans sommation. Enfoncez-vous ça dans le crâne ! Dans cette affaire, je risque ma peau. Un seul écart et je rentre seul à Sospel !

Les menaces eurent l'effet escompté. Les rustres revinrent aussitôt à de meilleures intentions.

Raisonni vérifia qu'aucune autre sortie n'existait. Il ordonna un repli hors de la faille et patienta, laissant l'innocente profiter de cet ultime instant d'insouciance. Le frissonnement des feuilles, un fredonnement joyeux les mirent en alerte. Sabine n'eut pas le temps d'apercevoir les silhouettes qui bondirent, l'empaquetèrent dans un grand sac de farine et lui lièrent étroitement les jambes. « Quel gâchis ! » râla le juge.

A midi sonnant, ils contournèrent la ville par le nord, talonnés par un vieux chien pouilleux. Ils évitèrent l'octroi, franchirent la rivière par la scierie et le moulin à farine. Ils rejoignirent la place Saint-Nicolas en traversant un champ de figuiers et d'oliviers, et s'enfoncèrent dans un dédale de ruelles. Ils livrèrent la marchandise au palais Saint-Esprit des pénitents rouges. Sabine d'Aquin fut enfermée dans une cave.

— Ma mission est accomplie selon votre volonté, annonça Raisonni au comte.

— Je n'en attendais pas moins de vous...

Julius restait prostré, les rideaux tirés dans les demi-ténèbres. Un aboiement lugubre traîna. Il essayait de se calmer. Avec dégoût, il revivait l'odeur de sa femme, la chaleur du lit conjugal, ce corps qu'il avait étreint. Il n'avait pas su reconnaître l'impure. Il se croyait invincible, il n'était qu'un être agité par la révolte et le remords. A sa grande surprise, il se prit de clémence pour la jouvencelle perdue dans cette aventure. « Je deviens fou », songea-t-il.

— Veillez personnellement sur elle, qu'elle ne manque de rien. Vous répondrez de tout ce qui pourra lui arriver. Si elle est calme et docile, installez-la dans une cellule plus confortable. Ensuite, nous l'expédierons chez les carmélites à Cuneo. Elle sera cloîtrée à vie, sous le sceau du secret, et ne nous portera aucun préjudice. Elle disparaîtra dans l'abstinence et la dévotion, sans titre, sans nom. Le Seigneur ne m'en voudra pas de lui offrir une brebis égarée.

Raisonni s'émut du vœu de Julius. L'innocente Sabine allait subir un sort injuste. Aucune mansuétude n'atteindrait donc jamais le comte.

— Belli et vous me faites pitié. Eléonore aurait dû crever depuis longtemps ! On n'en serait pas là si vous aviez assumé votre tâche et vérifié qu'elle ait été vraiment bouffée par les loups !

L'âme de Julius n'était que convulsions et vertiges.

— En attendant le retour de Belli, reprit-il en consultant sa montre à gousset, vous foncez avec vos hommes au col de Castillon. Félicien Salucci patiente depuis l'aube, à la sortie du goulet, peu après la croix de France. Les débris d'une calèche jonchent un ravin proche. Vous les faites disparaître. Vous enterrez la mule et ce moinillon prétentieux dans le même trou. Trouvez la bourse de ce pauvre idiot, partagez-la entre vous pour obtenir le silence !

Ecœuré par la tâche répugnante qui lui incombait à nouveau, Raisonni ne put pourtant qu'acquiescer. Au moment où il franchissait le seuil du bureau, il entendit le comte se parler à lui-même :

— Belli ne devrait pas tarder... Je devrais me débarrasser de ces deux incapables, mais qui pourrait les remplacer ?

Instinctivement, Raisonni vérifia que son arme était à sa ceinture.

Elle le vit déboucher de l'à-pic des barres de Béolet. Une silhouette sombre qu'elle reconnut aussitôt, sur un destrier noir. Elle n'en fut pas étonnée. Elle souhaitait presque cette venue. Hautain, il la jaugea, arborant une moue dépréciative. Le temps et la pénitence avaient transformé le corps de la pécheresse. Elle n'était plus que le spectre de la comtesse de naguère, de cette femme qui avait attisé tant de convoitise. Malgré tout, elle portait les stigmates de l'élégance.

Il avança droit vers elle, elle ne bougea pas. Avec sa cravache, il la poussa contre une paroi de granit et la coinça contre le flanc de l'animal. Elle se dégagea et se positionna à mi-distance entre le cavalier et les chutes de Mangialoé. En contrebas, dans les cluses, les rapides gorgés d'écume roulaient tels des tambours. Il lui barra l'accès à la grotte. Elle ne chercha pas à s'enfuir. Elle restait à portée d'un galop et affrontait son bourreau avec une noblesse et un dédain suprêmes.

— Quel plaisir de se retrouver ! mugit René Belli.

Vingt années d'exil étaient balayées. Un dégoût insipide sourdait dans les entrailles d'Eléonore.

— La comtesse des galeux et de la vermine...

Elle quitta un instant Mangialoé pour voguer dans ses souvenirs. Les paroles, la douceur et l'impatience de Piétro Chiésa la bercèrent soudain. Elle n'avait pas oublié le goût des lèvres de son amant, ni le bruit de ses pas, ni même le timbre de sa voix. Elle palpitait, ardente, serrant Sabine contre son sein. Puis, elle eut un haut-le-corps pour fuir le chaos, cette vision subite du procès, les appels de Piétro et la nuit terrible qui égorgea son idylle.

Elle ouvrit les bras et proféra en conjurant le sort :

— Mon Dieu, que vous ai-je fait pour mériter ce monstre ?

Le cheval fit un écart et se dressa sur ses pattes arrière. Il resta planté dans le vent, battant des canons, hennissant, tirant sur l'encolure, la crinière broussailleuse, prêt à rompre le mors, un mucus blanchâtre collé aux naseaux. Belli serra les talons, enfonça ses éperons dans les flancs et raccourcit les rênes. Non sans peine, il parvint à le maîtriser et à le ramener à sa main.

— Je ne veux pas ! fit-elle en désignant l'ami du comte. Pas toi, pas l'ignoble félon !

La haine surgissait des profondeurs de son ventre et coulait dans ses larmes. Elle ne bronchait pas. Le désir de mourir la rendait encore plus forte.

— Sabine ? Où est Sabine ?

Belli partit d'un fou rire.

— Elle est sous ma protection, en lieu sûr. Et toi, sordide carcasse, comment as-tu pu résister au malheur ?

— Tu ne le sauras pas !

— C'est ce que tu crois ! Moi, René Belli, chef de la police du comtat de Sospel, je suis au courant des affaires. Mais par un concours de circonstances, tu m'as complètement échappé. Je suis là pour réparer mes omissions.

En prédateur, il humait la brise, flairait le sang. Sa proie l'excitait. Il toisa à nouveau la vieille repoussante. Les oreilles d'Eléonore retentissaient de blessures confuses. Les cheveux trempés de bruine, elle déchira son corsage pour libérer une poitrine flétrie.

— Vois-tu ce que tu as fait ! cria-t-elle en montrant ses seins.

Belli se détourna, refusant la provocation. Eléonore s'avança.

— Tu veux toucher, en profiter ? Allez, vas-y, tu en as toujours eu envie ! Je suis sans défense, je te les donne. Tâte la chair noble... pour un roturier, un moins que rien, un minable de ton espèce, c'est une aubaine ! Que dis-je, un immense honneur !

De sa botte, il la repoussa violemment. Elle chuta sur un monticule pierreux et roula sous les sabots de la bête. Elle se releva, lui fit face à nouveau. La détermination transcendait Eléonore. Elle hurla de plus en plus fort, d'une voix étranglée montant de son larynx. L'écho renvoyait au centuple ses rugissements. Elle cracha à la gueule de Belli. La badine siffla et s'abattit sur ses épaules. Elle glissa sur les schistes tranchants, se tordit, tressauta, ses hurlements s'amplifiaient. Elle déchiqueta ses hardes, dévoilant son sexe.

— Viens, je t'attends, mon beau chevalier, lui lança-t-elle en rampant vers le vide.

— Tu es complètement folle !

Il jeta le cheval sur elle. Elle culbuta en arrière. Son dos était couvert d'entailles sanguinolentes. Les yeux exorbités, elle s'agita, les bras en croix, les pupilles fébrillant à une vitesse démente pire que les ailes d'un papillon de nuit se brûlant à la flamme d'une lampe à huile.

— Tu ne m'auras pas ce coup-ci. Personne ne m'aura ! Ni ce satané Julius Reymont de Castellaras, ni toi, son domestique.

La salive devenait épaisse dans sa bouche. Un goût sucré, parfois acide, baignait ses gencives. Sa langue gonflait. Elle chutait sur les arêtes coupantes et déchirait sa peau. Elle n'était qu'un magma de chair à vif. Elle s'approcha du gouffre et se posta en équilibre sur une roche branlante.

— Mon bel ami, mon preux soldat, ton Eléonore, ta princesse s'impatiente. Arrive, prends place à ses côtés, nous avons tant de choses à nous raconter, gémit-elle.

Désorienté par l'affront qu'elle lui infligeait, Belli sauta de selle et esquissa un moulinet avec sa trique.

— Ce n'est pas une aliénée qui va me dire ce que je dois faire ! Voilà à quoi est réduite la comtesse de Mangialoé, chienne de Savoie oubliée et déshéritée...

— Belli !

Le cri le cloua sur place. Il fit volte-face et se trouva nez à nez avec Marcus de Villeneuve.

— Le tableau est au complet : il ne manquait que toi ! s'esclaffa Belli.

— Vous ne la toucherez pas !

— Qui m'en empêchera ?

— Moi !

— Pour quelles raisons ? Toi aussi tu l'as roulée sur le tapis de la sacristie ?

Marcus brandit sa canne. Belli le repoussa en cinglant sa figure d'un magistral coup de lanière.

— Ne défie pas la justice du comte. Jadis, tu as été épargné à cause d'enjeux qui te dépassent. Un seul geste et je m'occupe de tes abattis.

Belli ignora le franciscain.

— Tu manques de courage, bafouilla-t-elle dans un sursaut à peine audible.

Elle portait déjà les traces qui ne trompent pas, celles de la mort. Le fouet claqua dans les airs. Au moment où il allait s'abattre, le franciscain se précipita sur la femme pour la protéger. Un instant en équilibre, le rocher chavira et roula du côté de l'abîme. Marcus de Villeneuve serrait Eléonore d'Aquin contre lui. Accrochés l'un à l'autre, ils partirent dans le vide.

Elle entrevit un défilé de formes silencieuses. Elle sentit les caresses de Piétro. Il l'appelait dans des lueurs vagues. Elle fut bercée par des chants millénaires.

René Belli entendit les corps démantibulés rebondir d'écueil en écueil. Puis le cahot, et le lourd silence de la vallée. Il se pencha au-dessus du gouffre. Les corps soudés gisaient sur un minuscule dévers. Il eut l'impression qu'Eléonore n'avait pas changé. « Les corbeaux et la neige s'occuperont de leurs charognes. »

Il enfourcha sa monture et, sur la sente du retour, apprécia les pitons aux formes capricieuses, les calcaires flétris par les caprices de la nature, les sommets mouvants, l'enchevêtrement des arêtes alpines.

20

Dimanche, les cloches du comtat sonnaient le tocsin à toute volée, se répondant de monastères en chapelles, de sanctuaires en prieurés. Le bourdon de l'église Saint-Michel dans une inaltérable cadence tintait depuis les premières lueurs du crépuscule. Puis le glas prit le relais. Le bronze battu épandait de Moulinet à Breil son lugubre chant de deuil. La vallée retenait ce souffle prédicateur de mauvaises nouvelles. Les rues et les ruelles de Sospel désertes, les estaminets et les commerces délaissés par les clients, le marché dépouillé de ses vendeurs à la criée : le pays était vide jusqu'aux hautes crêtes. Le vent tombé, un air lourd ensuquait la moindre bestiole. Pas l'ombre d'un nuage, le ciel était lisse et immaculé. Seul le babillage inlassable des fontaines résonnait sur les places. Les murs et les marronniers possédaient la même immobilité. Un aigle décrivait de larges cercles lents au-dessus de l'octroi. Les mules attachées aux abreuvoirs se laissaient convaincre par un repos inopiné. Une tranquillité sournoise régnait sur la ville.

Les travées étaient bondées. Femmes, enfants et vieillards s'entassaient sur les bancs. En costume de chasse et bottes de voyage, le comte, encadré par Belli et Raisonni, siégeait à la place d'honneur. Intrigués par le tapage avant l'office dominical, ils s'étaient mélangés à ce curieux rassemblement et avaient rejoint l'intérieur de l'église. Les membres du Magnifico Conseglio, les élus communaux les suivirent et occupèrent les secondes rangées réservées aux notables. Les abbés de Saint-Roch, Saint-Joseph, Saint-Pancrace, Sainte-Ursule et le vicaire de Sainte-Marie-Madeleine, assis en demi-cercle devant l'autel, faisaient face aux paroissiens. Le curé de Saint-Michel, en soutane noire usée aux manches, ne portait pas les vêtements sacerdotaux. Campé dans la chaire, il cherchait dans les ouailles venues l'écouter un appui sans bornes. Ses profondes rides au front, sa mine grave, ses traits durcis par une excitation mystique accentuaient son expression tragique. Il portait en lui un douloureux secret qu'il devait livrer au public. Il exécuta un signe de croix et psalmodia :

— Prions pour ceux qui ne prient pas, que nos voix montent vers toi. Aie pitié de la tentation des faibles, pardonne nos crimes et ceux des pécheurs, que ta volonté soit faite sur la terre comme au ciel !

Crispés, Julius et Belli se tournèrent immédiatement vers Raisonni. Puis le prêtre promena son regard dans la nef et attaqua une harangue funeste.

— Satan est parmi nous, à Sospel. Il hante nos fermes et nos montagnes, nos maisons et nos familles. Je l'ai vu ici, dans cette église, au milieu de vous ! Il a figure humaine. Il vous côtoie, vous ensorcelle, apporte le vice, le mensonge, dévoie vos filles, tue le bétail, amène la maladie, féconde la sécheresse et rend les hommes paresseux ! Il veut nous entraîner dans la décadence et la luxure. Il veut que nous reniions les évangiles, il veut nous détourner de la route tracée par le Seigneur. Nous deviendrons des brebis égarées, sans morale, prêtes à tout pour survivre. Si nous ne demandons pas grâce au Tout-Puissant, si nous n'avons pas la force de repousser sa tyrannie et de l'exterminer, nous périrons dans ses flammes !

Il tomba à genoux. De la nef on ne voyait que ses poings raidis vers le Christ en ivoire trônant sur l'autel. La colombe surmontant l'abat-voix inspirait la tragédie. Les bigotes se resserraient en grappe compacte. Les agriculteurs et les ouvriers au balcon, en tenue de toile, les sabots raclés et nettoyés de la terre, le chapeau sur les genoux, se taisaient. Ils n'avaient jamais vu leur curé dans cet état proche de l'hystérie. Ils l'appréciaient, le fréquentant depuis des lustres. Certains d'entre eux avaient pratiqué le catéchisme. Souvent, ils se moquaient de lui quand, le soir venu, au troquet, lorsque les bouteilles et les verres jonchaient le comptoir, que les soûlards étaient particulièrement embrumés, il venait les sermonner et les conviait à rentrer dans leur ferme, retrouver épouses et marmaille. Mais, ce matin-là, leur confesseur les inquiétait vraiment. Ils demeuraient bouleversés, possédés par une drôle d'impression.

Il se redressa de sa génuflexion, ouvrit les bras vers la croix, imité par ses confrères, entonna un « Kyrie, Seigneur prends pitié de nous » et reprit son homélie :

— Ne nous laissons pas entraîner dans un enfer précoce que nous ne méritons pas !

En proie à un grand trouble et désarmés devant la violence du sermon, Raisonni et Belli s'épiaient du coin de l'œil. Cette réunion imprévue avant la grand-messe les préoccupait sérieusement. Ce n'était ni un sacrement ni le prêche, mais bel et bien une déclaration de guerre ! Pourtant, personne ne pouvait connaître les événements de la nuit précédente : ils n'étaient que cinq au courant, cinq d'une discrétion absolue, puisque partageant certains intérêts...

Le père laissait éclater ses prédictions. L'assistance était suspendue à ses lèvres, tentant de décrypter le dramatique message dans ce flot de paroles. Belli lâcha un long souffle et s'interrogea sur l'attitude de Raisonni : s'il s'était confessé ? Si par lâcheté il s'était confié à ce curé ? Le religieux était certes tenu par le secret et, depuis plus d'un quart de siècle qu'il officiait dans cette ville, il ne leur avait causé aucun problème. Il se montrait courtois, avait fait allégeance au comte mais, cependant, la vigilance restait de rigueur. Alors, qu'en était-il ?

Belli chercha discrètement dans l'assemblée le supérieur des pénitents rouges. Celui-ci brillait par son absence.

L'orateur scrutait les fidèles. Il fronçait les sourcils, leur enfonçait dans le crâne sa féroce plaidoirie. Certains se détournaient, d'autres se camouflaient derrière les piliers. Les misérables se repentaient déjà des fautes qu'ils n'avaient pas commises : les innocents se sentaient coupables et les pénitents, impénitents.

— Les blessures du ciel ne se cicatrisent jamais ! exhorta-t-il.

Il se tourna vers le balcon.

— Souvenez-vous, mes frères, de la Madelin di Omou, à Breil...

Un long brouhaha traversa l'auditoire, tel un bourdonnement d'abeille autour de la ruche.

— Silence ! grognassa le curé. La Madeleine des hommes, la Madelin de la Carrera Soubrana vous rappelle certainement cette triste époque où nos aïeux sospellois ont succombé à ses charmes. Ceux qui se sont glissés dans ses draps et ont profité de ses faveurs sont tous morts avant l'heure ! La Madelin di Omou, celle qui se nourrissait de la chair des caravaniers perdus dans la neige, qui amenait sous le Pont vieux les meutes affamées et se changeait en louve... Elle fréquentait les fantômes comme l'on dit bonjour à la boulangère ! Mes chers frères, elle fraie à nouveau sur les rives de la Bévéra et de la Roya.

Julius montrait des signes tangibles d'énervement.

— Etes-vous au courant de quoi que ce soit ? chuchota-t-il à Belli.

Celui-ci haussa les épaules.

— Je n'en sais fichtre rien ! Il nous narre une vieille histoire qui ne flanque la trouille qu'aux premiers communiants et aux idiots. Tout cela cache quelque chose de pas très catholique. Il faut se méfier des ecclésiastiques, ils manipulent parfaitement les foules.

— Et vous, Raisonni ?

Le juge écarquillait les yeux, tout aussi impuissant.

— Vous n'avez fait aucune allusion à la bâtarde... et au reste, j'espère... grommela-t-il, les mâchoires contractées.

— Bien sûr que non, je tiens trop à ma vie...

Le prêtre laissait tomber un mystère sur des têtes qui ne quittaient plus le bout de leurs galoches. Julius explosa et interpella l'officiant :

— Expliquez-vous une fois pour toutes ! Parlez, je vous en prie !

L'auditoire se réveilla de sa stupeur. Le curé tendit l'index et désigna le fronton des Ames du Purgatoire.

— La Vierge !

La couronne, le front, la tunique de Marie, ses doigts suintaient d'un liquide roussâtre tirant sur le pourpre, pareil à celui des chevaux aux abattoirs.

— La Vierge saigne pour nous avertir du fléau qui nous menace ! Elle nous envoie son message.

— Chez moi, ce sont les chevilles qui ont rougi, témoigna le prieur de Saint-Roch.

— A Saint-Joseph, le cou et les jambes de la sainte portent les stigmates de la Crucifixion !

— A Sainte-Ursule, l'Enfant Jésus se vide de sa sève et pleure pour nous, pauvres chrétiens.

— Marie Madeleine crache un venin de cette couleur, reprit le curé de cette paroisse.

— A Saint-Pancrace, toutes les statues vomissent le roux de la sorcellerie ! acheva le dernier religieux.

Un vent d'effroi balaya l'enceinte. Personne n'osait parler. Belli sentit la sueur couler le long de son échine et s'épongea la nuque avec un mouchoir. Raisonni déboutonna sa redingote et desserra le col de sa chemise. Des visions confuses le harcelaient. L'angoisse montait, enserrant ses poumons. Il respirait avec difficulté dans cette atmosphère écrasante. La voix du prêcheur s'évanouissait parfois pour laisser place à un bourdonnement flou. Julius retroussa ses lèvres, esquissa un piètre ricanement avant d'interpeller à nouveau le prieur :

— Nous nous souvenons tous de cette légende, mon père et mon grand-père me l'ont racontée. Mais quel rapport entre ces sornettes de Breil et nous ?

— J'y viens, monseigneur. Les femmes de la Roya furent plus courageuses que les messieurs. Elles la dénoncèrent aux autorités. La Madelin fut appréhendée et jetée dans un cachot à la prison d'Airole. Elle refusa toute nourriture et se laissa emporter en enfer. Le jour de sa mort, les gardiens ne trouvèrent que des hardes. Son corps avait disparu, envolé par-dessus des murs plus hauts que les cèdres du cimetière ! Lorsque les soldats voulurent savoir ce qu'il y avait dans sa maison de la Carrera Soubrana à Breil, ils découvrirent une louve efflanquée : la Madelin di Omou avait revêtu l'aspect de la bête comme seuls les disciples de Lucifer peuvent le faire.

— Et alors ? cria le comte furieux.

— Alors ! Ce n'est pas une légende, bien au contraire ! Ces stupides militaires au courage sans égal, au lieu de la brûler, l'ont laissée échapper ! Satan s'est envolé et il est revenu aujourd'hui sur les rives de la Bévéra avec l'apparence d'un artiste, aux airs d'angelot. Deux mauvais génies, soi-disant menuisier et maçon, le protègent et veillent sur lui... Un jeune secrétaire envoyé par l'évêque de Nice lui aussi a été trompé par ses manigances...

L'orateur reprit son souffle. La colère circulait de chaise en chaise. Le calme eut du mal à revenir.

— Ce monstre, c'est Albin Bonfante ! continua-t-il. Le porte-parole du mal, celui qui transforme la chapelle sans nom en un temple de la perversion ! Admirez ses fresques : ce ne sont pas les héros bibliques qui y figurent, mais nous, en grotesques lilliputiens nous livrant au vol, au viol et à la luxure ! Il y a même des femmes nues au pied du tombeau du Christ, et Marie porte la coiffe avilissante des sibylles de mauvais augure ! Il y a deux jours, j'ai été prévenu par un messager du Seigneur, un novice courageux qui a osé à confesse me décrire les pratiques païennes et les rituels de ces diaboliques...

« Quelle pagaille il est en train de mettre ! ragea Julius. Enfin, pour une fois, on ne pourra pas m'accuser de quoi que ce soit. Si le cafard sur la chaire perd la boule, ce n'est pas de ma faute ! Ce sacré Sigismond était presque parvenu à ses fins. Maintenant, je saisis parfaitement le complot qu'il avait imaginé ! Une vipère, celui-là, avec Belli et Raisonni, il n'aurait pas dépareillé ! Il endossera quand même la totalité des méfaits ! Quel crétin, sa mort n'était pas un luxe... J'ai en quelque sorte fait œuvre de salubrité. »

Le prêtre ne se contrôlait plus. Il pointa un bras rageur vers la vallée. Les fidèles, tétanisés par l'illumination du curé, suivirent dans un seul mouvement son geste.

— Allons comme Jésus vers les monts déserts, allons là-bas à Béroulf, notre Galilée, chasser l'immonde traître ! Allons nous délivrer du mal, car on ne pactise pas avec le diable, on le détruit !

Les abbés sortirent du caveau les reliques de saint Michel. En tête, ils traversèrent l'allée principale. La foule leur emboîta le pas, lisant les bréviaires, chantant des cantiques. Les hommes du balcon se précipitèrent aux étables, empoignèrent faux, faucilles, bâtons, pétoires et flambeaux. Une longue procession gonflait en traversant Sospel et s'acheminait vers le plateau.

Julius Reymont de Castellaras et ses acolytes restèrent seuls, plantés dans l'église Saint-Michel.

— Nous voilà bien, soupira Julius.

— Dans ce coup, nous sommes blancs comme neige, objecta Belli.

— Je commence à haïr ce pays ! Trop d'événements m'échappent. Peut-être que le curé a prêché la vérité ! On dirait que je porte sur mon crâne non pas un titre de noblesse, mais la noirceur et la damnation ! Le sort me poursuit depuis des années bien que je n'aspire qu'à la quiétude. Le bonheur me sera donc éternellement interdit. Tout ce que j'entreprends s'effondre. Les spectres du passé ressurgissent, avec cette Sabine et l'autre putain qui ressuscite, et pourrissent le reste de mon existence. Comment établir de futures relations avec le Piémont et le comté de Nice si nos plans s'écroulent comme des châteaux de cartes ? Il est sûr que dès demain, de Cuneo à Menton, les colporteurs auront bonne langue. Nous serons à nouveau la risée des deux vallées ! Que faire ?

— Attendre, tout simplement. Le temps est notre meilleur allié...

— Etes-vous sûr des gendarmes, Belli ?

— J'en réponds comme de moi-même !

— Je l'espère, bafouilla Julius.

Blafard, Raisonni ne se détachait pas du fronton des Ames du Purgatoire. Le fluide qui dégoulinait sur le corps de la statue et inondait le socle ressemblait à la teinte des cheveux de Sabine, sa prisonnière, approchait celle de la Madone peinte sur les fresques d'Albin Bonfante à Béroulf, était identique à la toison de la Madelin di Omou, à la robe des louves, aux surplis des pères franciscains et aux buissons de l'automne. Les paroles du prêtre résonnaient dans son cerveau et martelaient son cœur. Il en eut la chair de poule puis étouffa. Il suait à grosses gouttes, ses vêtements étaient trempés. Lentement, il se glaça. L'univers se troubla devant le premier rang, le sol fuyait sous ses pieds. La Vierge saignait la vie de Sabine, d'Eléonore et du pauvre Piétro ! Marie avançait vers lui. Il voulut bouger, mais ne put, paralysé. « J'ai trahi. Je n'avais pas à les écouter... »

Raisonni se mit à trembler. Il s'agrippa au montant du prie-Dieu. Ses jambes lui échappaient. La gouvernante, le jardinier, le moinillon, Marcus... autant de spectres qui dansaient dans le flou. Il se tenait au bord d'un océan de reproches et de miséricorde. Il pénétra dans un cauchemar étrange, approcha le chêne des martyrs, le vallon de la Vieya, la chapelle sans nom. Il entrevit le sourire d'Albin, la nudité de Sabine, la lagune si claire... et sa prison. Les routes de la contrition lui étaient désormais fermées. Le créateur ne le reconnaîtrait pas.

— Mon Dieu, mon Dieu, pourquoi m'avez-vous abandonné ? murmura-t-il. Pourquoi les ai-je suivis aveuglément ? Ma lâcheté dépasse tout entendement...

Il eut peur et se sentit très seul.

— Je me suis laissé fourvoyer dans un abîme sans retour, bafouilla-t-il.

— Que baragouines-tu ? lui demanda sarcastiquement Belli.

Dans un sursaut impossible, Raisonni se dégagea de la travée et fit face au comte.

— Vous ne pouvez pas les laisser commettre à nouveau un acte odieux !

Julius répliqua :

— Leur folie nous dépasse. Occupons-nous plutôt de nos affaires... Soyez au moins lucide une fois dans votre triste vie...

— Non, je ne peux pas ! Le fresquiste et son équipe n'y sont pour rien, vous le savez ! En fin de compte la fourberie et la roublardise de ce Sigismond vous arrangent bien !

— Tais-toi, Raisonni !

— Laisse-le, Belli, s'il se sent le courage d'affronter une foule hystérique et déchaînée, qu'il y aille ! Mais je te préviens, Raisonni, dès lors, les portes du château de Castellaras te seront fermées. Tu seras banni de Sospel !

— Vous ne l'emporterez pas au paradis, lui vomit à la figure le juge.

Ne tenant plus, en proie à une fureur sourde, Julius fondit sur le pauvre Raisonni. Le dominant d'une bonne tête, il le poussa vers la sortie. Haleine contre haleine, ils se mesuraient avec toute la haine possible. Raisonni résistait tant bien que mal à la pression du comte. Il lisait dans ses prunelles rougies la hargne destructrice du tyran.

— Maintenant, rejoins-les, rejoins ton monde de bouseux et d'ivrognes, celui d'où tu viens, rejoins la truie qui t'a enfanté. Va ! La fange et le fumier sont désormais ton univers ! Tu sors de là et tu y retournes ! Je te répudie ! Que je ne te voie plus en travers de ma route !

Il ouvrit une porte basse, prit Raisonni au collet et le précipita au-dehors.

21

Le chantier avançait à une allure folle. Ils travaillaient sans répit. Ils abattaient de l'ouvrage pour quatre et prolongeaient souvent leur labeur à la lumière des bougies. L'abside était maintenant entièrement achevée. Albin Bonfante attaquait le mur principal de la nef : l'Entrée de Jésus à Jérusalem et la Cène.

Depuis trois jours, ils n'avaient pas vu Sabine, et Marcus n'était plus revenu à Béroulf. Chacun émettait des doutes et de farfelues suppositions, quoique le caractère peu sociable de leur égérie atténuât leur inquiétude. Mais le soir, les dîners étaient silencieux, signes d'un vide au sein de la communauté.

— Il faudrait peut-être descendre à Sainte-Croix et questionner Marcus, avança timidement Anselme.

— Elle doit avoir ses raisons pour ne pas venir. En fin de compte, on ne connaît pas ses habitudes. Si elle s'occupe de sa mère, des chèvres, des poules... Ses journées ne doivent pas être de tout repos, expliqua Augustin.

— A moins qu'elle ne soit planquée dans les collines et nous observe en se moquant de notre mélancolie. Cela ne m'étonnerait pas d'elle, avança Albin.

— Je maintiens qu'il faut aller à Mangialoé !

— Tu as peut-être raison, Anselme. On achève la *giornata*, on nettoie truelles et gamattes, on se débarbouille et on fonce du côté des falaises.

S'étalant sur plusieurs centaines de mètres, un cordon humain montait vers Béroulf. En tête, les abbés portaient un brancard avec, sous une cloche de verre, les ossements de saint Michel. Vêtu de ses plus beaux parements, le curé de Saint-Michel portait la croix, le bénitier et l'encens. Une nuée d'enfants de chœur grappillait sur le passage les mûres et les airelles. Puis, venaient les femmes balbutiant de vagues litanies dans une cacophonie aiguë. Munis de leurs armes de fortune, les paysans, décidés et convaincus, fermaient la marche. La procession s'engagea dans les contours de la Bévéra et attaqua les premiers lacets du chemin de Bérins.

Sur le seuil de son taudis, le vieux Mattioue se boucha les oreilles et pleura. Son chien, couché sous ses jambes, ne bougea pas.

Les hommes entonnèrent des chants. Ce n'étaient pas des complaintes religieuses, mais de véritables couplets vengeurs qui exigeaient l'expiation du maléfice. A un bon kilomètre de Béroulf, le curé commanda à la foule de s'arrêter. L'assistance obéit, fascinée par l'expression pieuse et destructrice qui émanait de son rictus. Les pommettes osseuses, le regard ombragé par des sourcils frisés impressionnaient les moutons qui suivaient le guide et n'osaient plus reculer. Il exigea un silence absolu, sollicita les plus forts et téméraires à le suivre. Encadré par une garde prétorienne, suivi par les porteurs de reliques, il accéda au plateau. Investis d'une mission divine, ils obéissaient. Le sacrifice effacerait le satanique ; le sanctuaire serait débarrassé de l'ignominie, purifié pour la gloire de Dieu.

Avant la ferme, ils chargèrent les pistolets, bourrèrent les fusils de poudre et de plombs à sanglier, exhibèrent les couteaux, affûtèrent les faux, empoignèrent bâtons et fourches. Rivés sur leur guide qui donnait des ordres par d'amples mouvements, ils entourèrent le bâtiment. Le pasteur menaçait du poing au moindre bruit, désignant le ciel pour rappeler l'enjeu de leurs actes. La colère contenue approchait du paroxysme : désormais, personne ne pouvait retenir ces molosses ivres d'une curée salvatrice.

— Tu n'entends rien ? s'inquiéta Anselme.

Augustin fronça les sourcils.

— Non...

Plongé dans les esquisses, Albin restait sourd aux interrogations de ses ouvriers.

— T'en es sûr ?

Augustin tendit le cou vers les fenestrons et hocha négativement la tête.

— Grouille, reprit-il, sinon on n'aura pas terminé pour midi. Quand même, la petite me donne du souci...

— Ça nous coûte pas grand-chose d'aller en face... Au pire, on s'excuse. Et même si l'on passe pour des couillons, au moins nous dormirons sur nos deux oreilles.

— Elle nous fait tourner en bourrique... soupira le menuisier.

— Les galinettes, les belles galinettes nous enivrent puis s'en vont, n'est-ce pas, Albin ?

Un éclair amusé traversa ses lèvres. Il quitta un instant ses perspectives et prit un air impuissant.

— C'est la vie, c'est comme ça. Si le Très-Haut l'a désiré, je ne peux que subir... Je te conseillerais de mouiller le mortier, il colle.

— *Vierja santa*, cafouilla Anselme.

Campé sur un charreton, le curé exhiba la Bible et prononça la formule solennelle :

— Démons et usurpateurs, envoyés de l'enfer, créatures maléfiques, sorcières et louves, je vous sépare de l'Eglise triomphante, je vous extermine pour l'éternité des cieux.

Il plongea le goupillon dans le bénitier, arrosa copieusement ses condisciples et la façade de la chapelle sans nom.

— Allez-y, mes frères, que Dieu vous garde !

Des cris féroces fusèrent dans une bacchanale initiatique. Deux brutes poussèrent contre la porte un chariot bourré de pierres de taille. Les ouvertures furent comblées par des rameaux secs et des lavandins. Branchages, touffes de genêts, écorces, tout ce qui pouvait se consumer fut entassé autour des murs, dans un immense bûcher. Chacun voulait ajouter un fagot de plus. La bénédiction du père les confortait dans le bien-fondé de leur cruauté. Ils lancèrent des torches dans les tas de broussailles judicieusement répartis. Les pignes pétèrent, aussitôt les pins s'embrasèrent, tirant les flammes vers les faîtières. Le brasier enserra les murs. Des langues orangées et mauves léchaient l'édifice, s'immisçant dans les fissures. Une fumée épaisse roulait et tourbillonnait dans une danse macabre qui fit reculer les incendiaires. Une obscurité suffocante tombait sur le plateau, intensifiant la lourde atmosphère du sacrifice. Au loin, comme un immense phare tendu vers eux, les Alpes brillaient.

Victorio Raisonni fut ralenti par la multitude de pèlerins qui lui barrait l'accès au plateau. A chaque enjambée, il était repoussé vers l'arrière. A coups de pied et de poing il se fraya un passage entre les bigotes agenouillées qui priaient le Seigneur de leur accorder le pardon. L'odeur particulière de la résine carbonisée lui piquait les narines. Des volutes grisâtres s'élevaient vers les cols et couvraient le soleil. Elles léchaient les nuages en soubresauts tragiques. Son souffle s'emballait, il crachait une salive mélangée de cendre, ses poumons bouillaient. Il devait au plus vite atteindre le sommet et stopper cet invraisemblable massacre. Un courage insoupçonné, qu'il n'avait jamais mesuré, lui donnait une force à toute épreuve. Raisonni passa un rideau de paysans armés braquant l'entrée et les embrasures. Il se précipita vers le prêtre, l'abjurant de stopper la tuerie, de sauver Albin et ses ouvriers, mais ses suppliques s'envolaient immédiatement dans une frénésie dévastatrice et collective.

Un mastodonte de bûcheron aux épaules voûtées le saisit par le cou et brandit sa hache pour l'étriper. D'un coup de rein, Raisonni se libéra et, n'écoutant que sa bravoure, surmontant sa peur, il se jeta vers la porte et essaya de bouger le chariot. Il entrebâilla un battant et réussit à se glisser dans l'enceinte. Aveuglé par une fumée épaisse qui tourbillonnait dans tous les sens, Raisonni avança à tâtons vers un mur de feu. Son nez se boucha de cendres âcres. Il était au centre du brasier. Il voulut appeler mais ne put ouvrir la bouche. Telle une vague déferlante, le feu l'enveloppa. En un clin d'œil, le juge ne fut qu'une torche qui s'agita un court instant puis fondit sur le sol. Quelques secondes après, les échafauds s'écroulèrent en un fracas insupportable.

Le vent se leva : une tramontane rasante et tournante venant de l'est. Les flammes se rabattirent vers la clairière et le bosquet. Les flammèches tracèrent des lignes incandescentes, incendièrent la cime des arbres. Le feu sautait d'escarpement en vallon : la sécheresse de l'été facilitait son avancée. Les ronciers prirent, puis ce fut au tour des noisetiers. L'incendie roulait aussi vite que les courants de la rivière. Il s'attaqua à la forêt de chênes, grignota la garrigue et l'herbe rase des vallonnements. Par vagues, la fournaise étalait sa lave et ses cendres. Le toit de la ferme s'embrasa. Les langues orangées pénétraient par les trappes, ressortaient par les ouvertures du premier étage. Les paillasses dégagèrent une odeur intenable, le crin giclait en boules phosphorescentes. Les planchers s'écroulèrent, le bâtiment céda sur l'atelier d'Augustin. Les essences rares et les planches furent réduites en poussières pourpres.

Le prêtre et les abbés priaient avec frénésie. Ils interrogeaient avec piété les astres. Ils s'adressaient péniblement au Seigneur, le cœur gonflé de suppliques vengeresses. Les faces noircies dramatisaient leurs élans. Béroulf n'était qu'une crête rougeoyante visible de toutes les frontières du comtat.

— Inutile de regarder périr ces êtres douteux, recommanda dans un dernier message le curé. Ils ne s'envoleront pas. Ils vont s'enfoncer dans les entrailles de la terre ! Rentrons, mes frères, nous avons accompli notre devoir. Dieu est fier de nous !

Ils déguerpirent aussi vite que le sinistre progressait. Le bas du chemin était désert. Dans un légitime sursaut de lâcheté, le reste des troupes avait déjà fui vers la ville.

Albin et ses amis se regardèrent, épouvantés. Des vapeurs âcres, étouffantes s'infiltraient par les interstices, les solives, les tuiles, les vantaux de l'entrée. Les vitraux éclataient sous l'effet de la chaleur. Les explosions couvraient les hurlements barbares de l'extérieur. Anselme sauta de l'échelle et se jeta contre la porte qui ne broncha pas.

— On va griller comme des perdrix !

Près du bénitier, là où Sabine s'installait chaque après-midi, les premières étincelles enflammèrent une botte de foin. Les chaises empaillées et les bancs fusèrent, éclaboussant de braises le pourtour. Ils reculèrent vers le centre de la nef : le fond de la chapelle était en fusion.

— Tout ce qui crame dans le feu ! cria Augustin. Dégagez l'abside !

Ils s'abritèrent derrière l'autel. Les flammes léchaient avidement les grosses poutres de noyer.

— Elles n'iront pas plus loin, gueula Augustin. Elles n'ont plus rien à dévorer, mais il faut se protéger.

Le brasier se régalait sous les voûtes, attisé par les courants d'air. Comme à l'intérieur d'un four à pain, il glissait d'arcades en boiseries, rampait, roulait, frôlait les trois compères, se tassait, revenait en arrière, s'élançait de plus belle, redoublant de puissance dans une magnifique danse de mort. Augustin crachait,

Anselme, les yeux rougis, la bouche desséchée par un début de panique, voyait sa dernière heure arriver.

— Il n'y a que Sigismond pour un truc comme ça ! vociféra le maçon. Si je le tenais, je lui trancherais le râble à coups de scie égoïne et le laisserais crever à demi découpé pour qu'il agonise encore plus longtemps !

— Sigismond et le reste ! ajouta Augustin. Tout le village aimerait nous voir rôtir.

— Attendez pour égrener vos regrets, jura Albin. On n'est pas encore foutus !

Il courut sous les fresques, se saisit de la malle à peinture, des cartons, des palettes, des pots, et revint derrière l'autel. L'incendie perdait en intensité. Le gros était passé. Une fumée grasse et visqueuse se dégageait et ralentissait la combustion. Ils ne pouvaient plus respirer, l'air manquait. Ils suffoquaient, avalaient les émanations du brûlot. Ils étaient acculés dans ce dernier retranchement sans aucune issue pour retrouver l'air libre.

— La tombe ! cria Anselme. La tombe sous nos pieds !

Ils débloquèrent le caveau de l'ancien prieur, firent pivoter le couvercle sur lui-même, s'engouffrèrent dans le trou. Albin prit son matériel avec lui. Ils tirèrent la dalle sur eux.

— Maintenant, on peut mourir en paix, plaisanta aigrement Augustin. On est dans la caisse...

Immobiles, heureux de respirer encore, ils contenaient leurs forces. Les jambes recroquevillées et engourdies, le dos ankylosé et courbaturé, ils n'osaient effectuer un seul mouvement.

— Si le paradis c'est cela... souffla Augustin

— Tu ne remarques rien, dit Anselme.

— Si, il fait noir et je ne me rappelle plus mes prières, grogna le menuisier.
— Tu devrais avoir honte, ajouta Albin, essayant de se dégager de dessous son matériel.
— On est bien vivants, reprit Anselme.
— Vivants et enterrés... rumina Augustin.
— Lorsque l'on a découvert le squelette de l'ancien prêtre, il y avait des rats !
— Si on reste ici trop longtemps, ils vont nous bouffer les yeux !
— Espèce d'andouille de Savoyard, tu n'es pas étonné qu'il n'y ait pas un brin de fumée dans la tombe !
— Au point où j'en suis, ça fait longtemps que je ne pose plus de questions...
— S'il y a des *gari*, c'est qu'il y a forcément une ouverture ! Voilà pourquoi on n'est pas morts étouffés !
— Du moins pas encore... soupira Albin. Tu crois qu'Augustin peut se glisser dans un trou de souris ?
— J'ai un doigt dedans...
— Et alors ?
— Il y a une minuscule source, un filet d'eau...
Il agrandit l'orifice en grattant avec ses ongles, glissa sa main, trempa ses doigts et humecta les lèvres de ses compagnons d'une eau glacée. Un air filtra, un air pur, un air de jouvence. Ils burent cette rosée souterraine, s'en rassasièrent. Soudain, ils perçurent un bruit sourd, un choc mat accompagné de vibrations.
— Le plafond de la chapelle ?
— Sûrement pas ! Avant que le noyer cède, il en passera, des siècles, répondit Augustin.
— La ferme ?

— Tout juste, en conclut le menuisier. Nous avons perdu nos affaires, nos outils et je me demande ce que nous allons trouver en sortant de notre cercueil.

— Des cendres, des gravats, de la poussière... Notre travail anéanti, toute la stupidité et la misère des imbéciles étalées devant nous, murmura Albin, étonnamment calme.

— Les fresques ? s'inquiéta Anselme.

— La suie les protège, il suffira de les nettoyer...

La plaque de marbre claqua et s'effrita en de multiples morceaux tranchants.

— Vite, sur le pré avant que le reste ne nous ensevelisse ! somma Albin.

Ils s'extirpèrent du caveau, traversèrent les braises brûlantes, défoncèrent les pans de porte qui se consumaient encore et se retrouvèrent dehors. Ils avalaient l'oxygène à pleins poumons. Ils contractaient l'estomac pour ne pas vomir. Assaillis par la nausée, un dégoût terrifiant dans la gorge, ils constatèrent le vide douloureux. Béroulf était un immense désert gris, d'où la végétation avait totalement disparu. Les ruines fumantes de la maison ajoutaient la désolation au paysage. Un immense cercle noirâtre entourait les collines et le plateau : une empreinte posée tel un signe du destin. La chapelle était sur ses quatre murs. La cloche se balançait aux souffles de la tramontane. La corde avait grillé.

Ses cartons et sa malle en bandoulière, Albin refusa d'entrer dans la chapelle pour mesurer l'ampleur des dégâts. Il fit le tour de l'enceinte. Seuls les soutènements étaient à rebâtir. Il savait ses fresques éternelles. Comtes, bourgeois perfides, malandrins, nervis, conspirateurs pouvaient saigner la chair, meurtrir les hommes, mais jamais ils n'atteindraient le génie de ceux qui peignent avec la main de Dieu !

— Qui peut nous en vouloir à ce point ? gémit Anselme. Qu'avons-nous fait ? On ne demandait qu'à travailler en paix !

Augustin indiqua la vallée.

— Eux ! Nous avons réveillé de vieux démons et ils ne le supportent pas ! La vilenie est mère de la bêtise et de la rancœur.

— Eux, Belli, Raisonni, Julius et les notables sospellois, y compris les chanoines, vicaires et compagnie... et notre cher Sigismond, ajouta Albin.

— Mais alors, Sabine, Eléonore et Marcus sont en danger ! s'écria Anselme.

Ils n'entrèrent pas dans la grotte de Mangialoé. L'écho de leurs voix leur renvoyait l'absence. Ils fouillèrent les alentours. L'immensité du trou des Loups et de la faille leur fit froid dans le dos. Les aplombs, où les plantes vivaces plantaient leurs racines, narguaient les rapides et les étranglements de la Bévéra.

En bas, ils découvrirent, démantibulés, les corps d'Eléonore et de Marcus. Ils avaient l'allure de paquets sombres jetés du haut du précipice. Albin n'entendait plus rien. La rage et le désespoir l'égaraient.

— On terminera les fresques, je vous le jure. Eléonore et Marcus, vous siégerez à la droite du Seigneur, marmonna-t-il.

La tramontane courbait l'échine. Des nuages violets s'amoncelaient vers le pic des Mille-Fourches.

Albin se dégagea des corps martyrs et se tourna vers ses compagnons.

— Et Sabine ?

— N'y pense pas, lui intima Augustin. Tu dois décamper au plus vite. S'ils découvrent que nous sommes en vie, elle courra le plus grand danger. Tant qu'ils nous pensent rôtis et bien morts, elle ne risquera rien, je te le garantis.

— Je ne peux la laisser entre leurs sales pattes !

— Reviens à la raison : Sigismond a voulu sa revanche, il les a montés contre toi, il faut que tu disparaisses à tout prix. Anselme a des cousins à Barcelonnette, tu y resteras le temps que les événements se calment.

— Et toi, Augustin ?

— Je me cacherai dans la grotte, personne ne s'aventurera à Mangialoé. Ils ont la frousse. Les spectres ressuscitent parfois. Je trouverai Sabine et te la ramènerai. A Sospel, on me connaît moins que ce rital d'Anselme... Et puis, je veux aussi donner une sépulture décente à Eléonore et à Marcus.

22

Jusqu'au sommet de Turini, Albin et Anselme ne marquèrent aucune halte, croisant, en pleine nuit, une caravane de sauniers qui ne prêtèrent aucune attention aux deux errants marchant d'un pas alerte. Fourbus, ils se reposèrent dans un cabanon de cantonnier où ils s'endormirent à même le sol, roulant leur veste sous la nuque. Ils se réveillèrent au milieu de la matinée. Les adrets semblaient plus doux, les dénivelés moins abrupts. L'horizon n'était pas gigantesque. Disséminées en bordure des champs, les haies abritaient du vent les semis de blé et de maïs. Les monts s'échelonnaient en bandes vertes et bleutées. Une odeur de liberté et la vue de cette nature hospitalière les requinquèrent. D'un trait, par les sentiers muletiers, au travers d'un immense bois de cèdres aux cascatelles brillantes, ils parcoururent les trois lieues qui les séparaient de La Bollène-Vésubie.

Avant les premières habitations en mortier rougeâtre, ils traversèrent une forêt aux feuilles vertes et cendrées s'agitant sous la houle, puis une prairie coulant tranquillement vers le bourg. Ils s'installèrent à l'auberge des Vallières pour attendre l'impériale du lendemain qui les conduirait à Barcelonnette. Ce relais de poste hideux et sale accueillait commerçants ambulants, colporteurs, maquignons, journaliers, agriculteurs qui, de Belvédère, de Roquebillière et de Lantosque, descendaient aux marchés de gros et aux foires de Saint-Martin-Vésubie. La stature du patron et la face de carlin au groin écrasé de son épouse ne prêtaient guère à la discussion. Ici, on payait avant de se coucher et de manger. On louait les jeux de cartes, de dominos, de dés et les couvertures supplémentaires. Une bûche, un seau de charbon pour alimenter uniquement en hiver les cheminées des chambres coûtaient dix sous.

Les événements de Sospel avaient déjà franchi le col de Braus et les gorges du Piaon. A la vitesse d'une traînée de poudre, ils se colportaient sur les contreforts de la Vésubie de fermes en hameaux. Ils apprirent moult et moult fois leurs décès tragiques. Certains parlaient de représailles personnelles, car la chapelle était sur un itinéraire de transhumance, interdisant le passage des troupeaux. D'autres disaient tout bonnement que des tireurs de couteaux ou des bandits italiens avaient affûté leurs lames sur la gorge de ces pauvres gars. Mais jamais personne ne cita le comte, ses acolytes ou le chanoine de Saint-Michel.

Un vendeur de draps, de tissus et de bimbeloterie de Lucques leur narra que le sinistre avait fait au moins quinze morts, qu'un troupeau entier de plus de cent bovins avait été grillé dans les collines... Les Sospellois étaient arrivés trop tard pour éteindre l'incendie, mais comment auraient-ils pu ? Sur le plateau, il n'y avait pas de puits !

Aussi large que haute, la matrone avait du mal à se glisser entre la rampe et le mur des escaliers amenant aux étages. Le dos de sa robe était auréolé d'une large tache de transpiration. L'odeur qu'elle épandait en remuant les fit grimacer. Pour vingt sous, elle les installa dans une mansarde douteuse au mobilier peu reluisant, dont le pucier grouillait de bestioles étranges. Le broc d'eau puait le rance, la cuvette était fendue. Sur les murs, on pouvait lire les noms d'occupants précédents félicitant les propriétaires de la qualité du confort.

— On s'en accommodera, acquiesça Anselme, s'acquittant sur le palier de la nuitée.

Puis il ajouta, lorsque la délicate logeuse referma la porte :

— Il vaut mieux dormir, toi, dans le fauteuil, et moi, sur le parquet.

En attendant le dîner, ils flânèrent le long de la rue principale. Boulangers, épiciers, cabaretiers, bouchers s'y côtoyaient. Des groupes de villageois aux traits empreints de malice et aux joues rubicondes discutaient entre eux dans le dialecte du pays. Autour de la fontaine, des femmes bavardaient avec de grands gestes. Elles se turent à leur passage. Albin essayait de chasser les blessures qui le hantaient. Anselme lui parlait sans cesse, un bourdonnement continu que le fresquiste ne percevait même pas. Sabine était en lui tel un tison planté dans sa poitrine. La seule idée qu'elle souffre lui intimait l'ordre de revenir sur ses pas. Mais il se remémorait les conseils d'Augustin. Il fallait être patient. Par l'huis ouvert de l'église, badigeonnée en jaune avec des rechampis roses, ils virent scintiller les cierges de l'autel et perçurent le prêche monocorde du prêtre.

— Ils ont tous la même voix, soupira Albin.

— Avant que je ne rentre là-dedans, il faudra que Rome s'écroule ! clama Anselme.

Ils s'assirent sur un banc en demi-lune dont le dossier se composait du tronc d'un platane. Des enfants jouaient aux quilles sur une aire sablonneuse. Chacun était plongé dans ses réflexions. Albin et Anselme savaient que leurs destinées passaient par Béroulf et qu'il fallait aller au bout de leur voyage. La chapelle en était l'enjeu, Sabine le fruit glané pour une éternité souveraine.

— Que de larmes et de cris il y a sur cette terre, maugréa Albin.

— C'est qu'elle ne tourne pas très rond...

Le tenancier disposa au centre de la table une tranche de pâté bordé de graisse d'un blanc cramoisi. Des morceaux noirs, émiettés sur la charcuterie, décoraient le plat.

— De la truffe, annonça-t-il royalement. Celle que mon frère me livre de Manosque. Je la conserve toute l'année...

Il apporta ensuite un couteau de cuisine, une miche à la croûte tranchante aussi dure que du bois, des œufs durs, du fromage de brebis et une sorte de piquette à trouer le bidon des plus endurcis.

— Il n'y a pas besoin de couverts et d'assiettes pour déguster ça ! Gavez-vous, je vous la souhaite bonne...

Les deux compagnons ne furent pas très regardants sur le service et la nourriture. Ils avalaient lentement, ils mastiquaient sans faim. Le silence régnait dans la salle. Epuisés par leur journée, les convives piquaient du nez sur leurs croûtons.

Les lève-tôt regardaient les voyageurs embarquer dans la patache. Des gendarmes, un chef et deux maréchaux des logis moustachus, les mains à la ceinture, l'air suffisant, jaugeaient les mines fatiguées de ceux qui avaient séjourné à l'auberge des Vallières. Albin se fendit d'un sourire et grimpa sur le marchepied. Les passagers étaient installés face à face sur des banquettes aussi souples que les ridelles d'une charrette. Entre leurs jambes s'entassaient les paniers, les cages à volailles et les caisses qui ne pouvaient pas être empilées sur le toit. Formé de bêtes de somme puissantes aux membres épais et poilus, résistant à la neige, l'attelage se mit en branle au premier coup de fouet. Par endroits, la route formait des lacets vertigineux. D'un côté, le ravin se perdait dans une obscurité latente. De l'autre, les rochers bas, voûtés, écorchaient la capote et les bagages. La voiture déboulait avec fracas, broyant pierrailles et branchages sous ses roues cerclées de fer, faisant fi des ornières. De temps à autre, lorsque les bestiaux faiblissaient, le cocher gueulait des « dia, hue », claquant la trique sur les croupes. Le tintement des grelots reprenait de plus belle. Les chevaux accéléraient.

Albin crayonnait sur son carnet. Anselme fumait un bout de toscan et se laissait dériver dans ce paysage solitaire aux sommets arrondis comme des mamelles. Un Piémontais lui tendit du dolcetto rouge dans une outre en peau marron, qui circula de bouches en gosiers. Une paysanne tricotait, une deuxième caressait son oie, la dernière cherchait avec qui papoter. La gourde fut vidée. L'Italien s'endormit. Le cliquetis des sabots marquait une cadence régulière et assurée. La nuit s'épaississait. Le cocher fit une halte au col de la Bonnette pour changer de coursiers et en mettre en renfort. Ils se dégourdirent les jambes le temps de la manœuvre. Puis ils descendirent au frein vers Barcelonnette. Ils ralentirent sur la place du marché, passèrent la Porte fausse et, dans une gerbe d'eau, stoppèrent devant le relais postal. Ils étaient au terme de leur voyage.

Une averse fine tombant en cônes striés, des traînées blanchâtres emportées par la bise brouillant la vue, la puanteur du fumier trempé, les charrettes éclaboussant les passants, les portes élevées de trois marches garnies de marteaux en cuivre, les trottoirs pavés de brique de chant, séparés par un ruisseau coulant vite car l'avenue des Alpes était en pente, un chat blotti frileusement sous une catounière, sur le pas des remises des montagnards maudissant les nuages capricieux : Albin découvrait les premières scènes de son exil forcé. Il frissonna. Légèrement sonné, il suivait son ami sans poser aucune question. Ses godillots se gorgeaient d'eau et faisaient un bruit de succion. La pluie coulait sur sa nuque. Il se moucha entre ses doigts, remonta le col de sa veste, protégea sa mallette à peinture sous son aisselle et enfonça encore plus sa casquette sur ses oreilles. Ils longèrent un café borgne et passèrent près d'une fontaine. Anselme se retourna et lui indiqua une maison pas très grande, bordée d'un jardin :

— On y est...

Une habitation grise, au centre de la rue centrale, portait l'enseigne : *Rigoberti, maréchal-ferrant et forgeron de père en fils depuis 1789.* Entre la lucarne du grenier et le faîte de la toiture, un cadran solaire délavé semblait en ce jour totalement inutile. Une poulie grinçait. La chaîne rouillée pendouillait.

Alice et Léon Rigoberti ouvrirent en grand la maison, enchantés de retrouver leur cousin d'Alba, mais déconcertés par cette arrivée inopinée. L'absence de bagages et leurs tenues vestimentaires sentaient le départ précipité. Seul Albin portait en bandoulière sa mallette et ses cartons.

— *De Dièu*, pour débarquer de la sorte, tu dois avoir le feu aux fesses, en déduisit Alice.

— Tu ne peux pas si bien dire, répliqua Anselme.

— *Fa pas lou fica nas*[1] ! Fais-les entrer !

La grosse voix rocailleuse de Léon aux accents roulants couvrit les embrassades. Albin devina immédiatement qu'il était doux comme du bon pain. Il s'essuya à son tablier de cuir, leur tendit une poigne à briser les phalanges, aux paumes cornées, aux ongles gavés de noir. Au travers de sa barbe qui plongeait sur son torse, l'humour jaillissait. Alice débarrassa un coin de la table, leur servit un bol de café fumant, du lait et de larges tranches de miche beurrées.

— Meilleur qu'à l'auberge, apprécia le fresquiste, la bouche pleine.

— Té, il a une voix ! Je croyais ton ami muet, plaisanta Léon. Alors, cousin, raconte-moi tes aventures, les vraies qui t'ont amené à Barcelonnette, pas comme celles que tu inventais lors de l'enterrement de notre pauvre grand-mère.

Anselme entreprit de narrer l'incroyable épopée de Béroulf. Les deux plus jeunes garçons d'Alice s'installèrent sur les genoux de l'oncle, l'aîné tira une chaise à côté de son père. Pendant ce temps, Albin

1. Ne fais pas la curieuse !

découvrait la cuisine. Il défit sa veste, étala ses jambes. Une chaleur agréable le fit se détendre. Cette ambiance le réconfortait. La pièce était claire, la table recouverte d'une nappe, au centre, sur un dessous-de-plat, un saladier rempli d'amandes, de noix, de kakis, de grenades rouges. Sur la cheminée, des séries de pots en faïence avec couvercles portaient, inscrits à l'encre violette sur des étiquettes blanches : sucre, farine, sarriette, camomille, tilleul, menthe. A chaque angle trônait une lampe-pigeon à la mèche charbonnée. Sur la hotte étaient suspendus un fusil à piston et un couple de pistolets à pierre. Un chaudron de pommes de terre et de choux ronronnait dans l'âtre. Alice y ajouta un poêlon d'eau, un bout de lard, de la couenne et des saucisses. Le ventre d'Anselme gargouilla.

— Aujourd'hui, c'est fête ! En votre honneur, on ne fera pas maigre, chuchota-t-elle à Albin.

Le buffet regorgeait de confitures et de petites jarres remplies de pois chiches, de haricots rouges et blancs, de lentilles, d'épeautre, de sacs de châtaignes. Des poitrines fumées, saucissons, jambons, des grappes de cèpes séchés, de girolles, de tomates et de raisin blanc étaient pendus aux solives. Sur le rebord de la pile, dans un toupin en terre, à côté de la vaisselle qui s'égouttait, caillait le lait. Sur la fenêtre, des dourgues conservaient l'eau. Une suspension éclairait tendrement le coin du dîner. Des rideaux crème aux rebords de dentelle battaient aux courants d'air. Rien n'était aussi paisible et merveilleux à la fois. Albin avait envie de vivre ou plutôt de survivre à nouveau. Il sut qu'ici, avec ces braves gens, le bonheur régnait. Ses soucis et ses inquiétudes se dissiperaient. Il pourrait compter sur la solidité de Léon, la courtoisie et la simplicité d'Alice. « Ils sont prêts à se couper en quatre pour nous faire plaisir », pensa-t-il.

Léon entortillait sa barbe. Alice ne perdait pas une miette de leur aventure. Parfois elle jetait un coup d'œil navré à Albin. Emportés dans ces extraordinaires péripéties, les neveux se serraient contre le maçon.

— Eh bé, tu m'en bouches un coin ! S'il n'y avait pas ton compagnon, je ne te croirais pas !

— Anselme n'a aucunement exagéré. Cette histoire est authentique !

— Et la jeune fille ? demanda Alice à Albin.

— Augustin s'en occupe. Il ne nous reste plus qu'à attendre… J'espère pas trop longtemps… Si vous voulez nous offrir l'hospitalité, ce ne sera pas de refus… demanda-t-il timidement aux Rigoberti, connaissant déjà la réponse.

— Il ne manquerait plus que l'on vous mette à la porte ! s'exclama Alice, on va s'organiser et vous resterez le temps qu'il faudra.

— Anselme, tu coucheras avec les gosses. Ils ne demandent pas mieux. Mais attention, dès qu'on mouche la lampe, silence ! On se tourne sur le côté et le marchand de sable passe. Toi, Albin, tu logeras dans la chambre de mon père, disparu l'an dernier. Elle est grande, spacieuse, tu y seras à ton aise. Je te monterai une écritoire de ma fabrication et te prêterai mes fusains de Florence ! Tu pourras t'exercer à ton aise…

Alice leur fit visiter la maison. Des parfums de lavande séchée, de tilleul, d'oranges confites restaient accrochés aux corniches. Le parquet propret, ciré, les tomettes sanguines aux paliers, les escaliers qui craquent, le chat endormi sur un guéridon, des fleurs de chardon clouées aux linteaux comme des soleils créaient une atmosphère tendre, où chaque chose semblait à sa place, où chaque parole avait un sens, où les cris et les colères n'existaient pas. Léon les entraîna dans la forge. L'apprenti portait au rouge une pièce. Il tapait avec une massette sur l'enclume. Les gerbes d'étincelles fusaient et la pièce prenait forme. Il la trempa dans un récipient et la fourra à nouveau dans les braises en fusion.

— *Abat, siouplet*[1], gueula Léon.

L'aide, le torse nu, maculé de cendres, proféra un vague « oh » en guise de bonjour et actionna vigoureusement le soufflet. Au fond de l'atelier étaient entassés des sacs de houille et de charbon. Sur l'établi trônaient des tenailles, des marteaux, des clous, des rogne-pied, des pipes rangés par catégories. Léon entretenait des activités diverses. Il réparait socs, araires, charrues, cerclage des roues et bricolait au mieux pics, bêches, magàu, trinques, picoles. Sa spécialité était le ferrage. Il connaissait tous les chevaux de la région et le calibre de leurs fers. Il se déplaçait dans les fermes les plus reculées pour ferrer à froid les mulets, parfois même les soigner. Le seul vétérinaire résidant à Gap, les montagnards ne possédaient pas de quoi régler les honoraires et les déplacements. Léon appréciait ces visites qui duraient un jour ou deux. En montant, il posait quelques collets et, sur le chemin du retour, récoltait lièvres, lapins et perdrix pris au piège. Les gendarmes ne s'aventuraient pas trop dans ces endroits que seuls les braconniers ou les gens du pays fréquen-

1. Arrête, s'il te plaît.

taient. Léon était bien connu de tous et la maréchaussée, qui avait souvent besoin de ses services, fermait les yeux...

Un relent de corne brûlée collait à l'atelier. Dans un recoin, entre un pétrin bancal, un fourbi de barres de fer et d'objets inusités, Léon tira un rideau de toile de jute pour présenter avec fierté un alambic de sa fabrication.

— Je n'ai pas la licence, mais ma grappa est excellente. J'en vends même aux douaniers !

Ensuite, ils traversèrent la cour. Léon leur fit visiter une immense remise qu'il venait d'acheter.

— Un bon prix, affirma-t-il. A Barcelonnette, ils deviennent fous, ils partent tous au Mexique pour faire fortune. Là-bas il n'y a que des cailloux, du sable et des maladies... Quelle bande d'arsouilles ! Je les vois déjà revenir, la queue entre les jambes, mendier un quignon de pain... En plus, ils m'ont laissé le gros, l'outillage !

Lents et monotones, les jours défilaient. Les heures n'avançaient pas. Albin ne sortait qu'à la nuit pour ne point se faire remarquer. Il se promenait vers les bois, pensif, respirait les odeurs d'étable, de fumier, de chaumes mouillés, de terre grasse, d'aiguilles de pin. Il s'évadait dans le roulis de la rivière et le sifflement de la brise à travers les branches. Quand le froid l'étreignait, il revenait chez ses hôtes. Il devenait sombre, mais cachait sa désespérance. Il s'était résigné à attendre en s'inventant un rêve de paix et de quiétude. Le soir, dans sa chambre, il mouchait la lampe à pétrole et marchait dans la pénombre. Albin voyait l'image de Sabine partout, sentait son fantôme sur l'édredon, sa silhouette se profiler au plafond, son reflet glisser dans le miroir comme une vague d'automne. Il entendait sa voix, fondue, évaporée. Ses lèvres remuaient pour l'appeler tandis que sa chevelure mystérieusement dénouée dansait aux souffles des plateaux. Un corps fragile, insaisissable, bordait ses rêves. Une langueur s'emparait de son être et chassait une amère impression de regret. Albin veillait jusqu'à l'épuisement. La fatigue le prenant, il s'allongeait habillé et chaussé, prêt à partir au moindre appel. Il somnolait, planait dans un gouffre lointain, plongeait dans le sommeil, résistait, sursautait, se réveillait aussitôt, une angoisse sèche dans la bouche. Albin s'enfonçait dans les remous d'une odyssée inhumaine, conscient que son attente ne pouvait être qu'une longue pause entre Sabine et lui.

Parfois, au milieu de la nuit, Albin ouvrait la croisée à petits carreaux et scrutait le ciel bas, un ciel de neige parsemé d'étoiles. Les sommets mouvants prenaient des couleurs mauves. Les crêtes à peine blanchies perçaient l'obscurité comme les glaciers. Des titans déchiquetés aux ailes surnaturelles surveillaient les entrailles d'une vallée infranchissable. Le roulement d'une multitude de ruisseaux couvrait le hululement des chouettes. Des acacias s'éparpillait au moindre souffle une grêle de feuilles ovales qui recouvrait l'allée.

— Bientôt, les cols seront fermés, on approche de la mi-septembre... Et toi, Sabine, vois-tu les astres ? Où es-tu en ce moment ? Mes fresques sont à toi, Sabine, je te les offrirai avant Noël...

23

Deux mois s'étaient écoulés. L'automne gorgeait les coteaux de feuillages roux. Une fine couche de neige couvrait les sommets. Les ruisseaux gelaient. Les campagnes s'habillaient d'une pellicule de givre. Albin occupait son temps à dessiner ou à raconter des histoires aux enfants. A la fin de l'après-midi, les réunions au coin de l'âtre revêtaient un caractère sacré. Alice se glissait parmi l'assemblée et buvait ces fables. Léon hâtait ses livraisons pour les rejoindre. Albin devenait intarissable, goûtant une satisfaction unique à combler son auditoire. Ces moments privilégiés étaient si doux qu'ils en oubliaient quelquefois l'heure du repas. Alors, Alice s'excusait et faisait aussitôt mijoter un plat de brocolis ou de patates sucrées. Quant à Anselme, il aidait à la forge. Peu à peu cette occupation devint une passion. Il adorait dompter le fer, tordre à volonté le métal en fusion, l'obliger à prendre la forme désirée. Sa bouille noircie, sa blouse et ses brailles trouées par les pétons de braises l'amusaient. Fier comme un gamin, il montrait à tous ses trouvailles.

— Mets un tablier, lui conseillait Léon. Tu ressembles à une passoire !

Anselme s'esclaffait :

— Pas la peine, j'ai la peau aussi tannée que le cuir des bœufs !

Les nouvelles d'Augustin tardaient. Les jours s'étiraient du lever au coucher, lentement, trop lentement, et semblaient se répéter éternellement. Albin scrutait sans cesse la route se déroulant vers Sospel. Cette bouche caverneuse retenait dans ses gorges tous ses espoirs. L'image de Sabine le tourmentait sans répit. Qu'était-elle devenue ? Quand la reverrait-il enfin ? Inlassablement, Anselme devait le réconforter.

— Tu peux compter sur le Savoyard, il te la ramènera saine et sauve. Si un drame était arrivé, nous serions au courant. Ici, les événements franchissent les sommets comme des étoiles filantes. Rappelle-toi les ragots de l'auberge des Vallières, à La Bollène : selon la rumeur, nous serions morts au moins de dix façons différentes...

Las d'entendre ce discours, Albin lui donnait raison.

A la mi-novembre, Albin écrivit à monseigneur Sola. Il narra avec exactitude les faits qui l'avaient conduit jusqu'à Barcelonnette. Il implora l'évêque de garder le secret et lui assura qu'il ne renonçait pas à la tâche, bien au contraire. La réponse ne se fit point attendre :

Mon jeune ami,

Je compatis aux épreuves que vous subissez. Hélas ! L'histoire se répète et les hommes ne changent guère. Les faibles ne peuvent éviter les abîmes du mal.

Qu'Eléonore d'Aquin ait survécu relève de la force unique qu'un être possède lorsque la foi le transcende !
Que Marcus de Villeneuve l'ait rejointe, ait subvenu à ses besoins, l'ait guidée dans la lumière du Christ démontre que le Seigneur n'abandonne jamais ses fidèles.
Qu'elle ait donné vie à Sabine, enfant de l'amour, et qu'ensemble elles aient défié les lois du sacrifice élèvent leurs âmes au rang de saintes.
La Providence les a placées sur votre chemin.
Je suis persuadé que vous serez digne de leur confiance.
Albin, restez en sécurité et patientez : le temps est avec vous. Dieu vous protège et nous protège tous...

Monseigneur Sola.

Les courriers s'échangèrent au rythme d'une lettre par quinzaine. L'évêque le priait de ne pas quitter Barcelonnette et bénissait Alice et Léon. Il lui apprit la requête du comte : celui-ci sollicitait une rencontre entre monseigneur Sola et René Belli, délégué du Magnifico Conseglio.

... Prenez garde, monseigneur : derrière le masque de la bienséance se cache un individu fourbe, redoutable, machiavélique. Marionnette du comte, il est l'exécuteur des basses besognes. Il excelle d'ailleurs dans cette tâche. Vous connaissez à présent la vérité : le calvaire

de Sabine, la mort de Marcus, d'Eléonore, de Piétro leur sont entièrement imputables.
Mais leur justice couvre leur barbarie. Tant qu'ils agissent dans leur comtat, ils sont intouchables.
Il faudrait vraiment un miracle pour mettre à mal cette bande d'assassins et rendre à ce pays sa sérénité.
D'Augustin et de Sabine, je n'ai aucune nouvelle ; un silence vraiment pesant.

Votre dévoué Albin Bonfante.

Mon jeune ami,
Après consultation de mon administration, j'ai accepté de recevoir René Belli. Les crimes perpétrés à l'encontre des pères franciscains ne peuvent me laisser indifférent. Les membres du clergé étant sous la protection unique du Vatican, il est de mon devoir d'exiger des comptes. Le sénat niçois appuiera ma démarche. Ce minuscule comtat est une enclave qui gêne les promesses d'unification de l'Italie autour de la Sardaigne ainsi que les tractations concernant la Savoie, le comté de Nice et la France.
Il faut désormais effacer les frontières dérisoires de ce territoire qui nuisent à la politique et à la religion catholique. Coûte que coûte, nous devons ramener ces malheureux habitants sur la route du Seigneur.
Quant à ce René Belli, il est fort possible qu'il ne revoie plus les murs de sa ville et partage avec quelques autres de ses semblables le confort des

cellules de la prison de Nice, puis parte pour un long voyage sur les galères royales.

Monseigneur Sola.

Le mutisme et la crainte semblaient être tombés sur Sospel. Chacun voulait effacer de sa mémoire l'incendie de la chapelle. On se défendait d'y avoir participé. Une amnésie collective flottait sur le comtat. Les coups bas pleuvaient. Très vite le climat devint délétère. On ne se regardait plus en face. On s'évitait. On se retirait le bonjour. D'ancestrales rancœurs alimentaient les dénonciations qui arrivaient en nombre au Magnifico Conseglio.

Julius Reymont de Castellaras se réjouit de l'invitation de l'évêque. Belli partit aussitôt pour Nice. Cette audience devait permettre au comte de prévenir toute attaque relative aux tragiques événements. Impérativement, il devait préparer une défense sans faille afin de ne pas rompre des relations déjà précaires. Il axerait sa plaidoirie sur la folie subite du chanoine de Saint-Michel, qui, atteint d'une crise de mysticisme, aurait entraîné la population à la vindicte et au meurtre. La force publique aurait été impuissante face à ce déchaînement, d'où la disparition du fresquiste et de ses compagnons. Quant au moinillon, lassé des brimades d'Albin Bonfante, il aurait pris la poudre d'escampette et demeurerait jusqu'alors introuvable… Ainsi le pauvre prêtre endosserait-il tous les maux. D'ailleurs, depuis cette date funeste, il restait enfermé dans le presbytère, sous la garde des gendarmes de René Belli.

Mais, au fond de lui, Julius commençait aussi à douter de l'avenir. Il sentait son pouvoir s'effriter.

Les Sospellois s'étaient soulevés par la simple harangue d'un prêcheur à l'office du dimanche ! Respectaient-ils toujours le chef suprême garant d'une autorité ancestrale ? Croyaient-ils encore aux Castellaras ? Qu'en serait-il si un jour un conseiller municipal ou bien un membre du Magnifico Conséglio ou encore un garde, plus courageux que les autres, se levait et l'accusait de manipulation, d'assassinats, de trahison envers les habitants du comtat ? Belli était donc son ultime recours pour retrouver honneur et dignité. Julius avait besoin à tout prix de l'appui de l'évêché et du sénat niçois pour faire front devant le danger d'une éventuelle rébellion populaire. Il s'était juré que de profonds changements s'opéreraient, qu'il œuvrerait pour que Sospel retrouve sa brillance et son influence économique si son délégué remplissait sa mission.

En outre, la mort de Victorio Raisonni empoisonnait Julius. Vingt années d'un passé terrible éclatant soudain à la face de ses administrés révéleraient les secrets des Castellaras. Ceci ajouté à la folie de Mangialoé, l'inévitable se produirait certainement ! Fallait-il s'occuper de cette Sabine ? Il pensa un moment s'en débarrasser, l'expédier avec son vieux valet à San Remo… Mais, pour la première fois de sa vie, il se montra hésitant. La sauvageonne, la chair et le sang d'Eléonore, n'y était pour rien. Et qui exécuterait la sale besogne ? Le prieur des pénitents rouges restait un inconditionnel des Castellaras, mais jusqu'où irait sa fidélité ? Bien qu'elle croupisse dans les caves du palais Saint-Esprit, Sabine devenait un fardeau considérable. Que faire ? Momentanément isolé, Julius ne pouvait décider de son sort sans prendre de risques inutiles et ouvrir des brèches irrémédiables dans son assise.

La curiosité démangeait le comte ; il n'arrivait pas à chasser de ses visions la fille de Mangialoé. Si bien qu'un après-midi il se rendit au palais. Cette visite surprit le prieur des pénitents rouges. Néanmoins, il conduisit le comte dans le salon d'apparat où se réunissait parfois le conseil communal.

— Comment va-t-elle ? questionna simplement Julius.

— Elle m'a l'air moins affectée qu'on pourrait le croire...

— Expliquez-vous.

— Elle ne refuse pas la nourriture et fredonne continuellement de drôles de chants comme des murmures de bêtes fauves.

— Est-elle possédée ?

— Je n'irais pas jusque-là... Mais rester cloîtrée durant des semaines nuit à la raison... Le soir, elle se plante sous le soupirail et observe les astres par les interstices.

— Parle-t-elle ? Se plaint-elle ?

— Aucunement. Elle se montre d'ailleurs totalement soumise. Aussi ai-je pris la liberté de lui ôter les entraves.

— Cette absence de réaction me semble étrange, ne croyez-vous pas ?

— Oui, en effet...

— N'appelle-t-elle pas au secours ?

— Non, absolument pas. Tous les deux jours, je lui apporte une bassine pour sa toilette, chaque semaine du linge frais et je reste un moment avec elle, pensant qu'elle m'adressera la parole... Elle ne semble même pas me voir. Elle est ailleurs, dans un univers que je ne saisis pas. J'ai la sensation qu'elle s'échappe dans un long rêve. Entre ces quatre murs, son corps est présent, mais son esprit est bien loin de nous.

— Vous ne l'avez jamais entendue prononcer un seul mot ? s'étonna Julius.

— Je vous assure que non.

Troublé par le comportement de la bâtarde, Julius retomba dans un profond silence. Son passé se déroulait par lambeaux d'existence. Depuis longtemps il avait appris à vivre reclus au fond du château des Castellaras. Il avait apprivoisé la vengeance afin qu'elle ne le hante plus de ces stupides remords. Il avait accompli ce que sa conscience lui avait dicté et avait voulu oublier, tout oublier. Ses réflexions s'envolaient à présent loin, très loin. Il en perdait presque le souffle. Une boule gonflait dans sa gorge. Son pouls battait de plus en plus vite.

— Allez la chercher, soupira-t-il.

— Maintenant ?

— Immédiatement ! tonna d'une voix sèche Julius.

Il consulta machinalement sa montre à gousset et eut un geste évasif. Le prieur, déconcerté, hésita, puis sortit. Son pas s'évanouit dans les méandres des couloirs. Julius s'épongea le front. Il entrouvrit la fenêtre. Un souffle agita le lierre de la façade. Le soleil rouge couchant irisait les toits ocre de la place Saint-Michel. Un brouillard de pluie se posait au-dessus de Moulinet.

Il la reconnut immédiatement. Devant lui, c'était Eléonore. Seul le flot de la chevelure rousse le ramena à la réalité. Il voulut la questionner, mais sa voix se fêlait. L'émotion enrouait ses phrases. « Elle lui ressemble tant, c'est son ombre, l'ombre du temps... » Il ne bougea pas de la fenêtre. Il ne percevait que le battement affolé de son cœur. Elle naissait invisible au milieu de noirs tourments. Jamais il n'avait subi un tel choc. Elle était à deux enjambées, le pénitent rouge juste derrière. Un regard de glace se posa sur lui. Julius ne savait pas comment l'aborder. Il se sentait impuissant, complètement désemparé. Le maître de Sospel était anéanti par une diablesse portant en elle d'impénétrables ténèbres. L'absence d'hostilité se lisait sur son visage, mais, en même temps, une obscure volonté se détachait de ses joues creusées et de ses yeux cernés. Sa pâleur marquait sa lassitude et sa fatigue. Julius ne parvenait pas à soutenir son regard. Elle possédait à la fois sauvagerie et féminité. Elle rayonnait comme une sorte de litanie vers la mort.

Julius chercha à calmer son angoisse. Son teint devint diaphane. Le pénitent devina le malaise. Il lui proposa un fauteuil ainsi qu'un remontant.

24

Sabine se raidit. Le pénitent la poussa dans les reins, l'obligeant à pénétrer dans le salon. Elle devina immédiatement qui la demandait. Sa mère lui avait décrit le despote si parfaitement qu'elle ne pouvait pas l'ignorer. Aucun détail de l'homme rivé à la fenêtre ne lui échappait. Elle le connaissait tant... La peur et l'appréhension avaient disparu. Elle savait affronter le mal de face. Mangialoé l'avait endurcie. Sabine se doutait qu'elle ne pouvait pas rester indéfiniment enfermée. Elle attendait qu'on décidât de son sort, s'étant préparée à toute éventualité, même à la pire. Cette rencontre avec le comte confortait le châtiment qu'elle mûrissait depuis son enfance, malgré les conseils de paix prodigués par Marcus de Villeneuve. Une revanche sans pitié, calculée et promise à sa mère. Julius devait crever ! Elle l'avait juré ! Son heure viendrait ! Elle serra les dents et scruta l'individu vêtu de noir, aux grandes bottes montant au-dessus des genoux, au long manteau aux boutons larges et sertis, ouvert sur une chaîne en or barrant l'estomac. Elle avait conclu son sort. Il était déjà mort.

Les desseins de Sabine se noyaient dans les cimes des gigantesques arbres du parc. Elle suivit d'un doigt le paratonnerre de Saint-Michel, respira le vent pur et léger s'immisçant par la baie entrebâillée, se mit à penser à Albin, persuadée qu'il allait bientôt venir la chercher. Il était si près d'elle... Elle entendait l'harmonica et l'accordéon d'Anselme, humait l'odeur du tabac d'Augustin, percevait les paroles rassurantes de Marcus et d'Eléonore. Tous l'entouraient de leur protection. Transportée dans ce doux rêve, Sabine ignorait la présence des deux individus.

— Que dois-je faire ? demanda le pénitent rouge, rompant brutalement les méditations de Sabine.

Julius s'échappa dans un lointain silence. Puis il se dirigea vers l'autre bout de la pièce, entraînant le supérieur par le coude.

— Vous la sortez de la cave et l'installez plus décemment. Si elle désire se promener dans le parc, obtempérez, mais uniquement le matin tôt ou le soir tard, sous votre surveillance, afin que nul ne l'aperçoive. Soyez prudent. Lorsque vos frères pénitents se rassemblent, enfermez-la à double tour. Une fois l'orage calmé, je l'enverrai dans une maison que je possède en Italie. Mais, avant tout, qu'elle s'habitue à notre indulgence et ne se doute de rien.

Sabine fut conduite dans une chambre au premier étage. Deux ouvertures étroites et hautes dans un angle lui laissaient entrevoir la vallée vers Moulinet, un massif reculé du parc et une minuscule venelle qui menait à la rivière. Elle se colla instinctivement contre les vitraux. Il faisait à peine sombre. Dans le lointain, la recluse devina les montagnes encerclant Béroulf. Sur l'autre versant, Mangialoé était invisible, mais l'espoir ressuscitait. Elle ne se sentait plus abandonnée. Son salut viendrait de là-bas !

Elle fut étonnée du confort de sa nouvelle prison. Elle en apprécia la tendre obscurité. Des murs épais contenaient une atmosphère feutrée et atténuaient les couleurs vives des figurines peintes au plafond. Sur les corniches, des saints de plâtre ou de bois dardaient leurs dévotions vers une fine suspension en cuivre.

— La chambre d'hôte, lui avait soufflé le prieur contrarié. Le comte l'a voulu ainsi…

Un lit, un fauteuil, une cuvette et un broc constituaient l'essentiel du mobilier. Le parquet permettait à la pièce de garder toute sa chaleur. Sur une tablette, une corbeille débordait de pommes d'automne. Sabine eut envie de mordre à pleines dents dans un fruit, mais se retint. Elle tourna longuement dans la chambre, n'osant ni s'asseoir ni s'allonger. Elle tira la croisée. La brise du soir s'engouffra. Elle respira longuement la pureté vivifiante du crépuscule. Elle mâchonna une pousse tendre de vigne vierge s'enroulant autour d'un barreau. Son estomac se serra. Elle avait faim. Sabine tambourina contre la porte verrouillée en révélant son envie de manger. Surpris d'entendre pour la première fois le son de sa voix, le prieur lui livra aussitôt une miche, du beurre et un cruchon d'eau. Affichant ses oripeaux crasseux, elle fit comprendre son désir de changer de vêtements. Le pénitent lui proposa une aube blanche. Elle voulut aussi se laver. Il remplit la cuvette, lui confia un bout de savon noir ainsi qu'un peigne en os. Sabine fit sa toilette devant lui.

Sans pudeur, elle ôta ses hardes, dévoilant une nudité provocante. Le prieur se recula dans une encoignure, camouflant mal sa gêne. Finalement, il sortit quelques instants plus tard. Sabine saisit le cliquetis de la clef dans le verrou.

La jeune femme s'en tenait aux paroles utiles et nécessaires à sa survie. Le reste du temps, elle se murait dans le mutisme. Un rituel immuable rythmait ses journées. Avant midi, le prieur lui montait son repas. A la nuit tombée, il revenait pour emporter son bougeoir. Peu à peu, il s'attacha à cette fille, même s'il n'en avait pas le droit. Ainsi, un soir, il lui glissa une bible. Elle lui demanda de quoi écrire. Il essayait de l'approcher, de l'apprivoiser, restait plus longtemps avec elle, assis sur le rebord du lit. Il l'observait, plongée dans la lecture des épîtres. Elle récitait par cœur des psaumes entiers en latin. Mais les feuilles étalées sur sa couverture restaient désespérément vierges. Malgré tous ses efforts, le prieur était toujours le geôlier et elle, la prisonnière.

Obéissant aux désirs du comte, il l'autorisa à sortir dans le jardin. Sabine se promenait dans les allées. Elle découvrait les plantes, jouait avec des gravillons, s'extasiait devant les étourneaux qui se rassemblaient sur les hautes branches. Emboîtant son pas, le prieur la suivait, puis il s'effaça, la laissant seule très tard, sans aucune surveillance. Lorsqu'elle ne devinait plus que son ombre, elle rentrait à tâtons et montait, sans qu'il lui en intimât l'ordre, dans sa chambre.

L'attitude de Sabine rassura le pénitent. Elle ne lui posait aucune complication. Il se laissa séduire par cette présence agréable et courtoise. Ce qu'il percevait comme un fardeau se transformait en un réel plaisir. Les jours filant, son étreinte se relâcha. Il la laissa libre d'errer où elle voulait. Hormis les réunions hebdomadaires de la confrérie, Sabine allait et venait à sa guise, partageant parfois les repas avec son gardien.

Après le départ d'Albin et d'Anselme, Augustin se réfugia dans les à-pics de Mangialoé. Il était certain que personne n'oserait se risquer dans ces falaises maudites. Il donna une sépulture à Eléonore et à Marcus, entre deux cèdres. Il grava les initiales des martyrs et érigea une croix sur laquelle il suspendit un chardon bleu à la corolle géante. Puis, il attendit que les événements s'estompent, qu'un semblant de sérénité revienne dans la vallée.

Le menuisier occupa le trou des Loups. Sur les premiers dix mètres, l'entrée de la grotte n'était qu'une faille dans la caillasse, un renforcement béant pour animaux venant dévorer leurs proies. En s'enfonçant dans les couloirs rocheux dont les voûtes s'effilochaient en reliefs noirâtres, il découvrit de minuscules salles : des alcôves naturelles parfaitement arrangées. Les parois étaient recouvertes de tissus serrés et le parterre de lourds tapis. Des meubles rustiques provenant de toute évidence de Sainte-Croix agrémentaient les divers endroits. Les cloisons en rideau empêchaient les courants d'air de s'infiltrer. Une porte ronde comme un couvercle de barrique clôturait hermétiquement les galeries. Tout au fond, des gradins conduisaient à un petit amphithéâtre. En son centre siégeait un fourneau en fonte. Par un savant jeu de tuyaux emboîtés l'un dans l’autre, traversant de part en part la grotte, la fumée s’évacuait, réchauffant l’atmosphère et chassant l’humidité.

Une source captée dans une vasque granitique clôturait l’installation. Augustin n’en revenait pas de l’ingéniosité déployée pour le bien-être de Sabine et d’Eléonore. « Mieux qu’à la ferme… » Il fut subjugué aussi par les étagères courant le long d’une muraille rectiligne, débordant de livres et de cahiers remplis d’une écriture fine à l’encre violette : les carnets d’Eléonore. Tant d’années de méditation, de lectures, de réflexions étaicnt gravécs par dcs mots de sang sur ces pages. « Je comprends mieux à présent la vivacité et l’intelligence de Sabine… », se dit Augustin.

Oppressé par le souvenir de ses habitantes, il quitta ce sanctuaire. Il s’approcha du gouffre. La bise sèche et glaciale le revigora. Tout en bas, allongé sur la tombe d’Eléonore, un énorme loup, un mâle, un chef de meute au poil argenté et à la peau flasque, gémissait. Ils se dévisagèrent. L’animal se dressa, le poil hérissé sur l’échine. Il découvrit ses crocs et recula lentement. Il urina sur un cade et, sans tourner la gueule, disparut dans les éboulis et la végétation confuse.

Augustin élabora un plan de bataille et se lança à la recherche de Sabine. Il ne sortait du trou des Loups qu’à la fin de l’après-midi, n’osant pas encore se risquer aux alentours de Sospel. Il arpentait systématiquement tous les villages environnants, se faisant passer pour un marchand ambulant ou bien un tâcheron en quête d’ouvrage. Il fréquentait le moindre tripot ou cabaret dans les hameaux reculés. Il s'installait au comptoir, près des joueurs de cartes, commandait un petit blanc et écoutait les conciliabules. Gagnant peu à peu la confiance des habitués, il engageait la conversation sur les banalités d'usage. Les propos portaient rarement sur les Castellaras, l'incendie, les artisans de la chapelle... S'il n'arrivait pas à glaner un seul indice dans les campagnes, c'est que la solution se trouvait bel et bien au cœur de Sospel. Par conséquent, il resserra son étau autour de la cité.

Au couchant du soleil, Augustin prenait par les gorges de Venquette pour rejoindre la route de Moulinet. Aux dix coups carillonnés par l'horloge de Saint-Michel, il s'enfonçait dans le labyrinthe lugubre de la ville. Il rôdait de ruelle en ruelle, de place en porche dans les méandres de Sospel. Les églises, les diverses confréries, les chapelles, les couvents furent visités. Il se posta de longues heures, camouflé dans une haie de cyprès aux abords du château de Castellaras : rien ne bougeait. Il planqua aussi près de la mairie, du poste de gendarmerie, de la prison : pas une âme qui vive ! Il espionna les membres du Magnifico Conseglio qui rentraient de leurs réunions, essaya de surprendre des bribes de leurs palabres, mais en vain. Il fureta dans les étables, les cours des maisons de maître, il fouina autour des demeures d'été : rien ne révélait la présence de Sabine.

A l'aube, lorsque la première auberge ouvrait, il se réchauffait d'une gnôle et regagnait ensuite Mangialoé. Personne ne questionnait ce chemineau muet, portant une longue barbe, aux épaules tellement voûtées qu'un bâton soutenait ses reins. On le confondait avec un de ces égarés qui se perdrait bientôt dans les neiges des cols. Le prenant parfois en pitié, le tenancier lui offrait le verre et lui glissait un quignon. A Sospel, on en avait vu bien d'autres... Et ce pauvre diable ne dérangeait personne.

Augustin n'était pas mécontent de son déguisement. Plus la difficulté s'intensifiait, plus son caractère entêté se démultipliait. Pour Albin, Eléonore et ses amis, il fallait coûte que coûte retrouver la petite. Plus qu'une question d'honneur et de justice, il en allait de la vie de Sabine.

Ses investigations durèrent trois semaines. Pas une pierre, impasse, ribe, berge ou remise ne lui était inconnue. Pourtant il était certain que la jeune fille se trouvait dans la bourgade. Un matin, harassé, alors qu'il retournait à Mangialoé en coupant par le gué de l'octroi, il se trouva nez à nez avec le bâtard de Mattioue. Le chien, campé sur une dalle, l'empêchait de passer malgré ses cris et son bâton levé. Les ricanements du vieux simplet accompagnaient ce drôle de duel. En équilibre, Augustin menaçait de débaousser dans le cours d'eau, et l'animal, plus heureux que jamais, multipliait les aboiements.

— Misère, *vene* ! cria Mattioue.

Le bastardoun obéit.

25

Mattioue fit un signe à Augustin. Curieux, le menuisier passa le gué et grimpa jusqu'à lui.

— Un drôle de jeu que tu as là ! râla Augustin.

Pour toute réponse, Mattioue sourit.

— Je n'avais pas d'autre moyen pour t'arrêter ! Entre, *sian aqui* !

Il écarta le rideau de glands de sa tanière. Augustin pénétra dans l'unique pièce au sol en terre battue. Misère le suivit. Mattioue s'installa sur un tabouret près du feu. Dans un nuage de poussière, il tira un coffre bancal et invita Augustin à prendre place.

— Je n'ai rien d'autre à te proposer !

Il appela son corniaud :

— Ici, Misère, ici !

Le chien s'ébroua, se gratta l'oreille, renifla les brailles de son maître et se coucha en boule sur ses pieds.

— Il me réchauffe. En cette saison j'en ai grandement besoin, plaisanta-t-il, découvrant des gencives garnies seulement de trois dents jaunies, démesurées et dégageant une haleine empoisonnée.

Mattioue passa sa langue sur ses lèvres et cracha par terre. Il remua ensuite la braise et retira avec deux doigts des châtaignes brûlantes qu'il posa sur le rebord de l'âtre.

— Rares sont ceux qui me visitent. Ça fait des lustres que je ne cause qu'à ma bestiole... Parfois, quand les vieilles me donnent de la soupe, elles déposent le bidon devant la porte et ces sartans, ces vieilles biques à bouc, s'enfuient, comme si à leurs âges elles risquaient encore quelque chose ! Doux Jésus, Vierge Marie de la Conception... Allez, on boit un coup en attendant que les castagnes refroidissent.

Il fouilla derrière un fagot de brindilles, retira une bonbonne paillée, s'enfila une rasade et passa le vin à Augustin.

— Il est un peu aigre et bouchonné, peut-être éventé... Je n'en use pas trop. Je le garde pour les grandes occasions !

— Donc, je fais partie des réjouissances ? lâcha Augustin, amusé.

— Oui, parce que tu es un homme juste, avoua-t-il en mâchonnant une chique imaginaire

— D'où sors-tu ces fadaises ?

— De lui !

Et il désigna un Christ auquel il manquait un bras, cloué sur une croix d'olivier suspendue à une solive.

Mattioue compta les fruits grillés et partagea le tas en deux.

— Dix pour toi et dix pour moi, d'accord ?

Augustin demeurait étonné par ce drôle que toute une bourgade prenait pour un simplet. Certes, il semblait un peu dérangé, mais sans plus...

— Il y a de nombreuses choses que je ne comprends pas bien, Mattioue... souffla Augustin.

— Qu'est-ce qui te chagrine ?

— Du matin au soir cloué sur ton banc... Sans amis, muet, ne t'occupant que de Misère... et attendant je ne sais quoi !

— Je ne fais rien de mal !

— Tu pourrais te rendre à Sospel...

— Ah ça non ! Ils m'ont fait trop de mal ! De loin, je regarde ces malheureux s'engloutir dans la méchanceté. Ils ne s'en tireront pas, ils vont tous périr, tous ! Toi, tu traînes bien la nuit dans les rues, je ne te prends pas pour un imbécile heureux !

— Je ne suis qu'un vagabond...

— Un vagabond ! A dix lieues je t'ai reconnu. Les estrasses que tu portes ne cachent pas ton âme.

— Reconnaître qui ? Explique-toi.

Mattioue se recouvrit la tête avec ses mains décharnées parcourues de veines saillantes.

— Cette ville va mourir et renaître. Tu es venu pour accomplir l'œuvre que j'espérais. Il t'a désigné... J'étais persuadé que vous vous en sortiriez. Le feu ne détruit pas le sacré !

L'innocent se concentra sur les flammes qui léchaient l'épaisse couche de suie. Il recompta les castagnes et, dans un mouvement fébrile, poussa le tas vers Augustin.

— Mange, tu ne les as pas volées.

— Comment as-tu pu deviner ?

— Dans ce pays où il ne se passe jamais rien, il m'a été facile de comprendre... La procession, l'incendie, la mort de Raisonni, les Sospellois qui se défilent, les sentiers que l'on évite, les paysans qui font le tour de la colline pour contourner Béroulf... autant d'allées et venues qui ne trompent pas ! Puis, à la première pleine lune de l'automne, un fantôme, un moribond, fouillant dans les ténèbres. Et Marcus qui n'est plus venu me voir...

Un chagrin engloutit sa phrase. Ses pupilles devinrent minuscules. Il cacha sa figure pour qu'Augustin ne devinât pas ses larmes.

— Marcus, le franciscain !

— Le merveilleux Marcus... A chaque fois qu'il redescendait de Mangialoé, il entrebâillait discrètement la porte et me réveillait. Il me parlait de la belle Eléonore et de sa fille. Nous passions des heures devant la cheminée, là même où tu es installé, sur ce coffre ! Il a disparu... L'histoire s'est arrêtée... Il est donc arrivé un malheur.

— Tu as raison, un grand malheur.

— Un de plus !

Mattioue secoua la tête et caressa Misère. Le chien lui lécha la paume et se colla plus encore contre ses jambes.

— Durant toute ma pauvre vie, j'ai écouté ronronner les eaux de la Bévéra, reprit-il. J'ai regardé les maisons de cette ville. J'ai vu sortir les cercueils par les escaliers, défiler les corbillards, grandir les jeunes gens, parader les mariées en robe blanche sur l'octroi... De ce banc, je vois tout ! Et à la veillée, lorsque le froid m'étreint, que Misère vadrouille, je m'assieds sur mon tabouret et je voyage avec les braises rougeoyantes qui me sautent à la gueule comme autant de reproches. Je pense et je souffre. Je me suis enfermé dans mon enfance et je ne veux pas en sortir. On m'a assuré que j'étais fou ! Je les ai crus. Depuis, je n'ai plus bougé. Je cause avec les anges...

— Tu n'es pas fou, Mattioue ! Qui t'a balancé ces sornettes ?

— Tais-toi ! Je bafouille. Je ne sais plus discutailler avec les humains. De toutes les façons ils ne m'intéressent plus.

— Tu m'as appelé quand même.

— Je voulais que tu viennes à moi. Je n'aurais jamais eu le courage de t'approcher autrement. Loin de mon banc, je suis perdu… Tu comprends : ils me veulent du mal ! Je suis si faible et, pourtant, je veux me venger…

Il serra le bras d'Augustin, se rapprocha pour lui murmurer :

— Il vaut mieux que Castellaras et sa bande ne sachent pas qui je suis !

Le menuisier commençait à trouver le temps longuet. Le vieux, énigmatique, le promenait dans sa déraison. Augustin décida cependant de prendre son mal en patience et d'écouter Mattioue jusqu'au bout.

— C'est drôle, l'histoire de Sabine et la mienne se rejoignent étrangement…

Il fronça les sourcils. Ses yeux bordés de veinules sanguines restèrent suspendus au regard d'Augustin.

— Je vais remonter quand le père de Julius Reymont de Castellaras régnait sur le comtat. Il eut comme amante une servante à peine sortie de l'adolescence : Louise Vignola. Il l'engrossa. La fille fut écartée le temps qu'elle mette à bas un garçon. Et ce garçon, c'est moi !

— Tu es le demi-frère de Julius !

Estomaqué, le menuisier but une longue rasade de piquette. Les Alpes s'émiettaient.

— Remets-toi, tu n'es pas au bout de tes surprises. Le père de Julius ordonna de faire disparaître le nouveau-né. On me jeta dans la rivière du côté de

Breil. Mais Louise Vignola avait averti son frère Giacomo. Il pista le jeune garde chargé de m'assassiner : un certain René Belli. Giacomo me récupéra congestionné, à moitié violet, et me confia à Berthe Monnier, une rebouteuse un peu sorcière qui possédait le Don, enlevait le mal, pratiquait les tisanes et les herbes. C'était la cousine de la Madeleine de Breil, la Madelin di Omou. Elle m'a enseigné la lecture des livres prohibés, m'a appris à jeter le sort et des tas d'autres secrets. Juste avant de trépasser, Berthe me révéla mon identité. Dans un dernier souffle, elle me fit promettre de ne jamais m'éloigner de mon banc, de contempler les étoiles, uniquement les étoiles... Je l'ai écoutée. Avant que les croque-morts l'emmènent, je retirai de son chignon trois aiguilles que je fis bouillir dans un petit pot et prononçai les paroles secrètes de l'Apocalypse. Je les récitai trois jours durant. Lorsque je me suis arrêté, le père de Julius rendit l'âme dans d'insupportables douleurs. On raconte qu'il pissait une mousse verdâtre par les narines et la bouche ! Maintenant, il affronte cent mille brûlots qui lui bouffent les chausses. Il rend des comptes au diable qui le fait danser au royaume de sabbat ! La boue et le sang sont attachés à ses basques ; jamais il ne pourra les décrotter ! Que veux-tu, la richesse et le pouvoir rendent les nantis misérables !

— La Vignola, ta mère, n'a plus demandé de tes nouvelles ? s'étonna Augustin.

— Elle m'a renié. Elle se prenait pour une dame de grande naissance. Pourtant, elle savait que j'étais vivant puisque Giacomo lui parlait de moi. Il me disait qu'elle avait bien changé, qu'elle était sévère et hautaine, que de vivre au château lui avait tapé sur le carafon et que d'élever Julius absorbait toutes ses journées. Giacomo était un brave homme. Il ne m'a jamais laissé seul ! Il s'occupait de moi… Il y a une vingtaine d'années, il a disparu. Je ne sais pas pourquoi. Et Marcus a pris le relais… Voilà, tu sais tout à présent. Comprends-tu ce que je porte en moi, ce qui m'étouffe à en crever, ce qui m'empêche de vivre ? La cruauté des Castellaras et de ses complices s'est répétée avec Eléonore, Piétro, Sabine, Marcus et tes amis… et moi, vieux gâteux sur mon banc, je suis impuissant ! Alors, quand je t'ai aperçu émerger de la route de Moulinet, j'ai compris que tu étais celui que j'attendais. Celui qui allait enfin me libérer de cette malédiction et délier ma langue ! Augustin, je ne veux plus attendre dans la douleur ! Je ne veux plus déchirer ma paillasse par mes cauchemars ! Si tu sauves Sabine de leurs griffes, si la vérité éclate enfin au grand jour, je crois qu'ils mettront Julius en pièce et le donneront a bouffer aux porcs, c'est le sort que méritent les Castellaras !

Un court silence conclut la confession de Mattioue. Avec une pelle, il écarta les cendres et s'essuya les narines avec le revers de sa manche.

— Je sais où est Sabine !

— Tu sais quoi ?

— Parfaitement, je sais où ils la retiennent !

— Mais pourquoi ne m'as-tu rien dit ? Depuis des jours et des jours je…

— Me l'as-tu seulement demandé ? lui signifia-t-il en lui coupant la parole. Si je ne t'avais pas bloqué au milieu de la rivière, serais-tu venu vers moi ? J'en doute ! Maintenant, suis-moi.

Il entraîna son invité sur le banc. Augustin contenait difficilement son impatience. Côte à côte, les deux hommes affrontaient les remparts de Sospel. De cet endroit, ils embrassaient le nord de la ville. Ils prenaient aussi en enfilade la ruelle des Foulons, jusqu'à la place Saint-Nicolas.

— Comment peux-tu en être sûr ?

— Droit devant toi, le mur des jardins de Saint-Esprit barre la place. A droite, masquée par le contre-jour, il y a une porte basse, dissimulée.

— Et alors ?

— Un midi, juste avant l'incendie, Misère se mit à grogner et à montrer les crocs pour m'avertir d'un danger. Puis, d'un coup, il se sauva et fonça vers quatre cavaliers qui déchargeaient un sac de farine d'une monture. Et, crois-moi, le paquet s'agitait drôlement ! En principe, la farine ou les patates, ça ne bouge pas ! En lorgnant bien, je reconnus aussitôt Raisonni, ce nabot aussi gros que haut. Dans le pays, des comme ça, il n'y en a qu'un ! J'ai aussitôt pensé que ces pénitents rouges faisaient encore des leurs ! Un peu plus tard, les commérages qui parvinrent à mes oreilles m'apprirent l'accident du juge. Rassure-toi, je n'eus aucun chagrin pour cette vergogne... Mais j'eus la surprise, un début d'après-midi, alors que le vent d'est balayait les feuilles des platanes et chassait les ombres sous les arcades, de suivre une silhouette qui ne me trompa pas : des bottes de chasse, un long manteau noir, un chapeau couvrant le front. Aucun doute : Julius Reymont de Castellaras rasait les murs. Il se faufila jusqu'à cette entrée dérobée et pénétra à l'intérieur.

— Continue, je t'en prie ! abjura Augustin.

— Ensuite, j'ai pris en ligne de mire le palais Saint-Esprit. Nuit et jour, je ne le lâchais plus. Le premier mois, il ne se passa rien. Et puis, comme une brise d'automne, cette bâtisse se mit à fleurir, peu à peu... Je ne pouvais pas me tromper, Marcus m'avait tant décrit sa chevelure flamboyante... A la fenêtre du premier étage, je la découvrais dans les reflets du crépuscule. Les rayons pourpres du soir me renvoyaient l'éclat des roches sanguines...

— Quelle fenêtre, Mattioue, quelle fenêtre ?

— Sous la gargouille de l'angle, celle qui, à peine camouflée par les branches du tilleul fait face à la vallée... Le soir, j'aperçois Sabine derrière les vitres. Elle reste longuement immobile face à Mangialoé, puis elle disparaît à la nuit tombante. Elle doit certainement aller prendre l'air dans le jardin...

— Es-tu devin ?

— Un peu. Mais toujours à la même heure, Misère fonce droit vers l'enceinte du parc...

26

Misère fit un brusque écart et obliqua dans une impasse où les toits se touchaient aux faîtes. Soudain, il s'immobilisa. Augustin se rencogna sous le porche d'une remise. Des voix sourdes provenant d'une artère voisine arrivèrent jusqu'à eux, puis s'atténuèrent peu à peu. D'un battement de queue, le chien lui fit comprendre que tout était calme. Il flaira le sol et revint vers la ruelle des Foulons. A la hauteur du palais, il dévia vers la droite, contourna l'église Saint-Michel et se faufila dans un passage si étroit que le menuisier dut se mettre de profil pour le suivre. Ils arrivèrent devant le mur du parc. Misère poursuivit sa course quelques mètres encore, et se redressa sur les pattes arrière devant une lézarde masquée par du lierre. Par cet interstice, Augustin saisissait le centre du parc. Des cyprès aux allures de sentinelles encadraient une mare où se déversait un jet d'eau. Une allée gravillonnée menait à l'entrée principale de la confrérie des pénitents rouges. De joie, Augustin caressa Misère, déposant un énorme baiser sur sa truffe. Celui-ci, par un large coup de langue, lui rendit son compliment. Augustin écarta les feuilles, dégagea les galets et le sédiment obstruant la fissure. L'orifice ainsi élargi lui offrit un ample champ de vision. La demi-lune mettait en relief les formes et les détails du lieu. Enfin, le menuisier touchait au but.

Le grincement de la porte accéléra les battements de sa poitrine. Instinctivement, Augustin s'accroupit. Dans l'embrasement, éclairée par un maigre falot, portant une aube blanche ceinte à la taille par un cordon, Sabine apparut. Elle s'avança sur le perron, posa sa lampe sur une jarre avant de se diriger vers la mare. Augustin ne pouvait pas se tromper. C'était elle ! Encore plus belle ! Avec une baguette, elle fit des ronds dans l'eau, s'assit sur la margelle et lança des gravillons. Elle semblait se confondre avec la statue qui ornait la fontaine. Elle sursautait au moindre bruit et fixait le haut de la clôture, parsemé de tessons de verre.

Dans ce jardin, Sabine pouvait goûter quelques moments de repos. Elle méditait, déversait ses confidences, se rapprochait d'Albin. Des montagnes qui encerclaient ce lieu naissaient autant d'espoirs de partir loin, très loin... L'appel du prieur la ramena à la réalité. Songeuse, elle s'attarda encore de longues minutes avant de pousser les vantaux du palais. Augustin la vit traverser le tertre d'herbe humide. Elle frôla un rosier hérissé. Le menuisier retint sa respiration. La jeune femme s'avançait droit vers lui. Il perçut le froissement d'un buisson qu'elle écartait. Il se recroquevilla.

— Le chien ! le chien !

Sabine posa un bout de mie dans la fente. Allongeant la gueule, Misère se saisit de la pitance.

— Bon chien... souffla-t-elle en lui grattant du doigt le museau.

Elle se trouvait à quelques centimètres à peine du visage d'Augustin. Il n'osait pas encore l'appeler.

— Mon bon chien, répéta-t-elle.

— Sabine !

D'un bond, elle recula, saisie de stupeur.

— Sabine, appela-t-il à nouveau. C'est moi, Augustin !

— Augustin ? Augustin ?

Une lampe éclaira le perron.

— Sabine ? Que se passe-t-il ?

— Rien, monsieur. Rien...

Elle pirouetta sur elle-même. Son vêtement tourbillonnant dévoila ses cuisses jusqu'au bas du ventre.

— Je danse... Je danse. La lune est si tendre...

Troublé, le prieur n'osa l'admirer et retourna à l'intérieur.

— Ne tarde pas trop, le repas est servi.

— Il faut que j'y aille, Augustin.

— Je reviendrai demain. Ne t'inquiète pas : je trouverai une solution pour te sortir de là !

— A demain... souffla-t-elle.

Elle courut vers la demeure, attrapa au passage le falot et referma la porte sur ses talons.

Au fur et à mesure du temps écoulé, les conditions de captivité de Sabine s'étaient améliorées. Elle se faisait accommodante avec le prieur, l'écoutait attentivement, ne le contrariait pas. Elle était sortie de son mutisme pour discuter, parfois même plaisanter. Elle apportait à cette demeure sévère la gaieté, tant et si bien qu'elle jouissait de faveurs inespérées. Par le jeu d'une habile séduction, elle profitait des égarements du pénitent. Mais quand celui-ci retrouvait sa raison, il reprenait son rôle de gardien, serviteur des Castellaras. Alors, patiemment, elle recommençait, usait de ses pouvoirs pour reconquérir la confiance du maître de Saint-Esprit.

Le lendemain, Augustin était en avance au rendez-vous. Sabine flâna longuement dans les allées pour ne pas éveiller l'attention du prieur et raccourcit sa halte près de la mare.

— Augustin ? murmura-t-elle.

— Je suis là. Rapproche-toi un peu plus et fais semblant de ramasser quelque chose dans l'herbe...

— Qu'as-tu décidé ?

— Je vais retrouver Albin et Anselme à Barcelonnette et les ramener à Sospel. On ne sera pas trop de trois pour te délivrer. Dans quatre jours, je serai de retour : deux pour y aller, deux pour revenir. Tiens-toi prête ! Au soir du quatrième, nous serons ici, derrière ce mur. Prends cette poudre que Mattioue a préparée. Elle endormirait un troupeau de taureaux ! Débrouille-toi pour la dissoudre dans une boisson que le prieur avalera, mais pas avant la fin de l'après-midi... Tu as compris ?

— Oui ! Inutile de me le répéter ! Je vous attends impatiemment.

— Allez, file ! Et ne change en aucune façon tes habitudes...

Augustin partit aussitôt. Il suivit le même itinéraire qu'Albin lors de sa fuite. Ni la neige du col de Turini ni le brouillard du Piaon ne le ralentirent. Jamais il ne se reposa. L'idée de sauver Sabine décuplait ses forces. Il ne marchait pas : il courait. Le lendemain matin, à La Bollène-Vésubie, il attrapa au vol la patache pour Barcelonnette. Il voyagea seul, car durant la mauvaise saison peu se risquaient en direction des hautes vallées. Il s'allongea enfin sur la banquette et bénéficia d'un sommeil mérité.

Lorsqu'il déboula chez Léon Rigoberti, on lui fit un accueil triomphant. En un clin d'œil, Anselme et Albin furent sur le pied de guerre. Léon insista pour être de la fête. Il équipa son chariot et se munit d'un fusil. Il engagea Anselme à en faire autant. Ils repartirent immédiatement, Sabine ne pouvait attendre une minute de plus. Albin envoya une missive à monseigneur Sola lui signifiant son retour précipité à Sospel. Il lui promit de l'informer de la suite des opérations, comptant, le moment venu, sur son appui.

Tout au long du parcours, Augustin les mit au courant des ennuis de Julius, ainsi que de l'invraisemblable histoire de Mattioue. Le fresquiste et le maçon en restèrent bouche bée. Albin leur raconta que les autorités niçoises, sur ordre de l'évêque, avaient arrêté René Belli, actuellement écroué à la prison Saint-Roch. Le comte vacillait sur son trône. Ne restait que le coup de grâce à porter... Ils profitèrent également du trajet pour fêter leurs retrouvailles et trinquer à la santé de leur pasionaria.

Sabine gratta discrètement à la porte de la bibliothèque et se glissa dans l'immense salle. Le prieur écrivait son journal quotidien et préparait les prochaines réunions avec les frères. Préoccupé par son travail, il ne leva pas la tête, mais son sourire trahissait sa joie de savoir Sabine à ses côtés. Souvent, lorsque le jour commençait à décliner, elle le rejoignait. Elle parcourait les rayonnages chargés de livres aux dos de cuir marron gravés en lettrages dorés et caressait les ouvrages. Parfois, elle choisissait un volume, s'asseyait sur le tapis, le feuilletait lentement. Cette présence féminine comblait le prieur. Ce vieux garçon, dur et impénétrable, devenait doucereux et plein d'attentions.

— Que dirais-tu d'un lait bien chaud en attendant le dîner ?

— Je vais le préparer et vous le monter, monsieur !

Elle ne lui laissa pas le temps de répondre. Elle se redressa et, d'un bond, fut dans les escaliers.

— Tu es vraiment une brave fille, lui cria le prieur.

Sabine serrait dans sa paume le sachet de poudre. Elle disposa sur un plateau le bol du prieur ainsi qu'une petite tasse pour elle. Elle servit le lait bouillant, versa le somnifère, ajouta une cuillerée de miel et mélangea le breuvage. Ses gestes étaient assurés. Elle gravit l'étage le plateau à bout de bras. Elle ne tremblait pas. Installé sur un divan, le prieur avait approché la tablette ainsi qu'une chaise. Il se sentait guilleret, disposé à lui confier certains de ses sentiments. Sabine tourna le lait et lui tendit le bol. Elle se cala ensuite sur le siège d'en face, replia ses jambes sous ses fesses, dévoilant sans le vouloir le haut de ses genoux. Elle souffla délicatement sur le rebord de la tasse et, à petites lampées, commença à boire. Emu, il la contemplait avec ravissement tout en dégustant lentement l'élixir sucré à souhait.

— Te plais-tu ici, ma fille ?

— Je n'ai jamais été aussi gâtée, insinua-t-elle hypocritement.

— Souhaiterais-tu rejoindre tes montagnes ?

— Là-haut, je n'ai plus personne qui m'attend !

Elle poussa un long soupir.

— Auprès de vous, il ne peut rien m'arriver !

Le prieur sentit comme un poids peser sur sa nuque. Une torpeur l'envahit. Ses paupières devinrent lourdes. Le plafond virevolta. La tempête roula dans ses orbites. La bibliothèque tanguait ; il n'arrivait plus à tenir les yeux ouverts. Tout se troublait. Sabine allait et venait, grossissait, devenait microscopique. Il souhaita s'allonger, tira sur le col de son habit, n'aspirant que de l'air bouillant. Le bol tomba sur le parquet. Ses mains glissèrent de l'accoudoir. Sa tête devint molle.

— Qui es-tu ? gémit-il.

Les mots ne sortaient plus de sa bouche. Il s'affala sur le côté.

— Qui suis-je ? s'écria Sabine. Vous ne le saurez jamais ! Une illusion peut-être... Je crois que votre réveil sera douloureux, monsieur le pénitent. Vous aurez ainsi le temps de méditer.

Un ronflement régulier emplit l'atmosphère. Sabine ouvrit toutes les fenêtres, laissant l'air vif du soir pénétrer par grandes vagues. Le crépuscule déclinait. Il lui restait du temps avant l'arrivée d'Augustin, aussi entreprit-elle de fouiller la pièce. Elle consulta les carnets journaliers, les notes traînant sur le bureau, les comptes rendus des diverses réunions. Elle retourna les tiroirs. Trouvant, ensevelie sous une pile de documents, la clef de l'armoire, elle consulta les livres annuels. Toutes les décisions, les actes de la cité, les jugements rendus par le Magnifico Conseglio di Sospello étaient méthodiquement consignés et datés. Ils portaient en outre la double signature du prieur des pénitents rouges et de Julius Reymont de Castellaras, ainsi que le sceau du comtat. Sabine remonta jusqu'aux années 1838 et 1839. Elle se saisit du dernier, tourna page par page le registre. Les noms d'Eléonore d'Aquin, de Piétro Chiésa ainsi que les sentences surgirent comme autant de plaies ravivées. Elle serra le document sous son coude et, refoulant les sanglots qui la submergeaient, descendit dans le parc, près du bassin, où elle s'agenouilla.

27

Sabine voulait s'endormir dans un monde dénué de brutalité, dans une campagne pure, créée juste pour Albin et elle. L'image d'Eléonore effaçait de sa conscience le pardon espéré par Marcus de Villeneuve. Inlassablement, ses desseins revenaient pour la persécuter. Mille questions l'envahissaient auxquelles elle ne souhaitait pas répondre. Elle flottait entre la haine et la tristesse, entre la folle envie d'enterrer ce fardeau et de renaître. « Oublier, oublier... » Elle ne pouvait se satisfaire d'un piètre compromis et écarter les promesses jurées à sa mère : son bonheur en dépendait. Albin l'aiderait. Elle en était certaine.

Elle commença à inventer une histoire où elle se trouvait bien.

Des ronflements au travers des coulées de lierre la sortirent de ses songes.

— Le chien ?

Misère lui répondit par de petits couinements.

— Le chien ! Augustin !

Une ivresse folle brisa son engourdissement. Elle courut vers l'extrémité du parc, reconnut les accents étouffés de ses amis. Elle glissa la main dans la fissure,

Misère lui mâchouilla les doigts. Ils étaient planqués derrière le mur et l'attendaient. Ils appuyèrent une échelle qui dépassa le rebord criblé de tessons. Le crâne d'Augustin apparut le premier, suivi par le front d'Albin et la tignasse d'Anselme. Ils lui jetèrent une corde.

— Accroche-toi ! lui ordonna le menuisier.

— Albin, Anselme...

Ne pouvant retenir sa joie, Sabine lançait à la volée les prénoms de ses sauveurs.

— Calme-toi, tu vas ameuter le quartier et réveiller le prieur !

— Il dort comme une souche. Un orage ne le réveillerait pas.

— Grimpe, vite !

Au sommet de l'enceinte, Sabine s'arrêta, en équilibre, éblouie par sa liberté reconquise. Elle esquissa une sorte de danse à cloche-pied, effleurant les morceaux de verre tranchant. Elle était suspendue en l'air, défiant l'apesanteur. En un clin d'œil elle avait brisé ses chaînes et s'envolait de sa prison. Elle était redevenue insaisissable, irréelle ! Fascinés, ses sauveurs n'osaient pas bouger. Elle jouait avec l'obscurité. Elle effleurait la pénombre de sa légèreté.

— Bougre de jouvencelle ! A présent, je comprends mieux, murmura Léon.

— Tu n'es pas au bout de tes surprises ! lui souffla Anselme.

— T'as raison, on n'en rencontre pas tous les jours des comme ça !

Sabine cessa son rituel et regarda Albin, anxieuse, interrogative. Elle le transperçait. Le fresquiste comprit. L'attitude de son aimée ne le trompait point. Il ne voulut pas lui cacher plus longtemps une vérité irrémédiable.

— Ma mère ? Marcus ?

— Le comte et ses hommes les ont assassinés, avoua-t-il d'emblée, sans la ménager.

— Je m'en doutais. Les lamentations du grand solitaire ne m'ont pas trompée !

Tel un funambule, elle parcourut la longueur de la muraille jusqu'à l'angle situé face à la montagne. Sa chevelure se mêlait aux rayons de lune. Elle chercha dans les étoiles la direction des falaises. Une luminosité diaphane l'enveloppait. Elle mit ses mains en porte-voix, rejeta sa nuque en arrière et poussa des jappements si aigus qu'ils donnèrent la chair de poule aux compagnons. Puis elle ferma les yeux et se redressa, tendue comme un arc, vers Mangialoé. Le premier hurlement vint du col de Castillon, le deuxième de la tête du Cuor, le troisième de Cabanetta. La cime Del Bosc retentit de cris stridents. Des serres de Pinatella parvint le hurlement obstiné d'une louve qui mettait bas. De la Sambuc, de Béolet, des cimes de Rocaillon, les louvardes et les louveteaux s'égosillaient.

La vallée fut soudain emplie d'un chœur animal.

— Les loups ! énonça lentement Anselme.

— A peine croyable, ajouta Augustin.

— *Puta borgna* ! hoqueta Léon.

Ses guiboles flageolaient. Il se signa.

Ils la fixaient, tressaillant à l'étrange spectacle qu'elle leur offrait. Ils se demandèrent si elle leur parlait, si les bêtes lui répondaient, si elle faisait partie de leurs meutes. Ces appels lointains et inexplicables étaient-ils des plaintes douloureuses ou des retrouvailles ? Ils se demandèrent aussi quel sang fermentait dans ses veines. Misère dressa la tête et, la langue pendante, se mit à gémir. Il se coucha sur le dos en signe de soumission. Puis, les oreilles tremblantes, il abandonna totalement son orgueil pour s'aplatir derrière les jambes de Léon, au plus profond du fossé. Une pie, dérangée dans un fourré, s'envola et se posa sur la girouette du clocher.

Les hurlements du grand mâle couvrirent les clameurs. Tous les autres carnassiers se turent. Le maître régnait et affirmait son autorité sur ses troupes.

Enfin, le calme rendit à la nuit son aspect originel. Pas une lampe ne brillait dans les maisons ; pas une mule ne renâclait ; pas un chat ne s'aventurait sur les toitures. Les Sospellois se terraient et se barricadaient chez eux. Les plus intrépides se faisaient discrets. Tout semblait mort et pétrifié. Une froide tranquillité enveloppait la ville. Seules les fumées montant dans le ciel glacial révélaient une vie cachée.

Comme si rien ne s'était passé, un large sourire aux lèvres, Sabine se retourna vers Albin.

— Le grand mâle est à Mangialoé...

Les yeux écarquillés, le fresquiste ne comprenait pas grand-chose aux paroles de Sabine.

— Bientôt, je t'expliquerai... Ouvre tes bras !

— Tu ne vas pas...

Avant qu'il ait pu achever sa phrase, elle sauta du haut de la muraille. Ils roulèrent sur le sol. Elle le serrait tellement fort qu'il en perdait le souffle. Elle l'enlaçait avec passion, avec rage, le broyait, le léchait, l'embrassait, le mordillait. Dans la terre trempée, dans les flaques de pluie, leurs haleines se mélangeaient sans retenue. Ils se vidaient d'une sève trop longtemps retenue. Eux seuls existaient.

— Il ne faut plus traîner ici ! dit Augustin, interrompant leurs retrouvailles.

Sabine, la tête bourdonnante, retrouva sa lucidité. Elle se saisit du registre gisant au pied de l'enceinte et le tendit à son aimé.

— Voilà qui t'intéressera...

— Comment as-tu trouvé ceci ?

— Une affaire de femme... J'ai quand même mis quelques semaines pour amadouer ce luron ! Je ne lui déplaisais pas, sais-tu ?

Albin coupa court aux insinuations de Sabine. Il donna l'ordre du repli.

— La jalousie te va bien, lui glissa-t-elle en le poussant.

Rasant les arcades, ils se faufilèrent le long d'une venelle étroite et tortueuse en pente raide. Aux fenêtres, le linge flottait contre les persiennes écaillées. Leurs silhouettes glissaient sous les porches. Ils sautèrent le gué et se replièrent dans la cabane de Mattioue. Le vieux simplet jubilait. Il se dandinait d'un bout à l'autre de la pièce. Il leur avait préparé un panier de noisettes, de marrons, d'oignons, de figues séchées et de patates mouffies. Une fierté sans mesure l'animait.

— Et maintenant ? questionna Anselme.

— Nous montons à Mangialoé ! annonça Albin. On se repose, on se restaure et demain nous aviserons.

Léon battit son briquet et alluma sa pipe. Il flatta la croupe du hongre et l'attela dans les brancards. Augustin chargea la carriole. Anselme s'enveloppa dans une couverture râpée et sauta le premier sur la banquette. Quant à Sabine, elle persuada Albin de grimper aux falaises à pied, par les sentiers.

— On vous rejoindra avant l'aube !

— Je planquerai la voiture à la cabane des chasseurs et nous couperons avec le coursier par les vallons ! annonça Augustin.

Léon, le fusil en bandoulière, lâcha les guides et desserra les patins. Il poussa un « *hia diou* ! ». Le convoi s'ébranla. Les roues ferrées ripèrent dans la descente. Le cliquetis des harnais s'effaça bientôt dans le chemin forestier. Un éclair traversa le lointain.

Jamais la forêt n'avait été aussi silencieuse. Ils marchaient côte à côte, main dans la main. Parfois, Sabine se serrait très fort contre Albin et étreignait sa taille. Ses ongles pénétraient sa peau. La brûlure était subtile. Parfois, elle se détachait de lui, ne le tenant que d'un doigt. De temps à autre, elle accélérait le pas, puis sans raison ralentissait. Albin la suivait, silencieux. Des froissements de feuilles ou des craquements de brindilles le firent sursauter. Il avait l'impression qu'on les talonnait. Il sentait une présence, là, dans les fourrés. Il s'arrêta et scruta les buissons. Il ne subsistait que des souffles épars, des palpitations imperceptibles. Sabine se blottit contre sa poitrine et lui glissa un baiser sur les lèvres. Cette attention lui serra la gorge.

— Ne t'inquiète pas, ils nous protègent. Depuis Sospel, ils nous escortent… Ils sont très curieux.

Des bois dépouillés remontaient les odeurs fauves d'humus et de mousse mélangées. Le hululement du grand duc retentit d'un arbre creux, vers Béroulf. Le vol d'un choucas résonna dans la vallée. Les nuages couvraient un restant de lune. Le tonnerre péta sur Moulinet. Les cieux étaient brouillés.

— Vite, suis-moi !

Elle l'agrippa par la manche et, dans une folle chevauchée, l'entraîna vers les sommets. Malgré la noirceur, elle ne confondait aucun sentier, aucun passage. Elle s'accrochait aux dévers, sautait les surplombs, franchissait les goulets pierreux aussi vite qu'un chamois. Albin peinait pour la suivre. Elle l'encourageait, se moquant de ses hésitations. Elle courait, mue par l'étrangeté de la forêt. Les hurlements des loups reprirent de plus belle. Elle leur répondait. Ils étaient là, proches, très proches.

— Sabine ! hurla Albin.

— Dépêche-toi... implora-t-elle, sans se retourner.

Elle allait de plus en plus vite. Son aube blanche se détachait dans les vallonnements et les rocailles. Albin serrait les dents, retenait son souffle, essayait de récupérer sur les faux plats.

— On y est ! C'est là !

Elle s'arrêta sur une corniche étroite, écarta un feuillage touffu et désigna une faille se confondant avec un amoncellement de dalles schisteuses.

— Je voulais arriver avant la première goutte. Je n'aime ni la pluie ni le tonnerre !

Ils s'accroupirent et avancèrent à quatre pattes dans un goulet obscur. A tâtons, ils évitaient les parois tranchantes. Puis, au bout d'une dizaine de mètres, ils débouchèrent dans une minuscule salle, plus noire encore. Le sol n'était pas râpeux et rêche, bien au contraire. Albin devina un cocon, un tapis de poils et de duvets très doux.

— Où sommes-nous ?

— Dans la tanière de la vieille louve…

— Tu m'effraies !

— Ne crains rien, elle est comme ma mère. Enfant, je l'ai bue si souvent que je me rappelle l'odeur de ses tétines.

Elle ôta sa tunique et s'allongea contre lui. Elle le devinait. Elle resta un temps infini sans bouger. Ils étaient captifs l'un de l'autre. Elle le dévêtit lentement, le plus lentement possible. Leurs peaux se collèrent ; leurs chaleurs se mêlèrent ; leurs mains cherchèrent l'inconnu ; leurs doigts s'entrelacèrent ; leurs paumes se touchèrent. La bouche de Sabine effleura celle d'Albin. Ses lèvres légères happaient un plaisir qui ne vient qu'à force de caresses. Leurs respirations saccadées rythmaient une impatience à présent comblée. Leurs baisers devinrent insistants. Une impression avide s'exaltait et s'intensifiait. Albin roulait sa tête et la cherchait. Il ne pouvait plus se séparer de sa bien-aimée. Il l'avalait. Il tremblait. Elle répondait à ses sursauts par des baisers encore plus violents et déchaînés. Il croqua ses seins petits et fermes. Ses cheveux balayaient son torse comme autant de griffures célestes. Puis, elle s'assit sur ses hanches, recula ses fesses vers le sexe d'Albin. Ses pupilles en amande le suppliaient. Sans hésitation, d'un seul coup de reins, elle l'emprisonna en elle. Suspendue à Albin, elle rayonnait. Elle activa la cadence. Un rythme effréné l'amenait à des vibrations si puissantes qu'elle en devenait folle. Albin ne fit rien pour la retenir. Il approchait de l'éblouissement. Il sentait la grotte s'évanouir sous lui. Il poussa un gémissement. Sabine rugit et s'abattit sur sa poitrine. Leurs sueurs ne faisaient qu'une.

Elle somnolait. Elle le possédait toujours. Ses membres se détendirent progressivement. Albin s'habituait à l'opacité du repaire. Il cumulait délice et agonie. Il jouait avec les mèches de Sabine, les entortillait, les démêlait. Il sentit à nouveau ses hanches remuer imperceptiblement et chercher la pression de la verge tendue. Elle restait collée à lui. Seuls ses reins bougeaient et flattaient son ventre. Les bras liés à son amant, les yeux mi-clos, elle fuyait dans une seconde jouissance. Brûlante, fiévreuse, des mouvements convulsifs l'agitèrent. Elle pénétra de ses ongles la nuque d'Albin. Il reçut entièrement la puissance de cet amour inouï.

Repue, elle resta soudée à sa peau. Ses lèvres butinaient sa gorge. Soudain, elle mordit sauvagement l'épaule d'Albin et s'abreuva longuement de son sang. Il recueillit cette douleur comme un baiser sublime. La bouche de Sabine était à la fois torture et douceur. Elle avalait sa sève, aspirait sa vie. Les lèvres maculées de rouge, elle l'embrassa telle une forcenée.

Elle le repoussa et se réfugia dans un recoin. Désormais, Albin lui appartenait. Il restait étendu, immobile à quelques souffles d'elle. Il avait traversé un jardin inconnu où toute lucidité était exclue. Il pressentait qu'un univers inattendu débutait.

Sabine se rhabilla. Ses gestes pressés et fébriles trahissaient une agitation confuse.

— Ne m'en veux pas, Albin. Je ne peux pas faire autrement ! Il faut que ma mère repose en paix.

— Te reverrai-je ? lui demanda-t-il, impuissant.

Elle posa son index sur ses lèvres. Il saisit sa main. Sabine la lui retira le plus doucement possible, laissant l'empreinte de sa chaleur sur ses joues.

— Bientôt, laisse-moi le temps, beaucoup de temps… N'oublie pas : nous sommes ensemble pour toujours !

Il ne se posa aucune autre question. Il savait pertinemment qu'il ne pouvait la retenir.

28

La tanière de la vieille louve se trouvait à quelques mètres à peine de Mangialoé. Albin regagna à pas lents la grotte. Il piétina un sol jonché de feuilles jaunies, trempées par la pluie torrentielle. Les grives remontaient des ribes et les oies sauvages passaient très haut en direction du sud. Les graillements des corneilles ajoutaient une froideur hostile à l'amertume du fresquiste. Sabine était à lui. Ce n'était pas une illusion. Il l'attendrait encore et toujours !

Qu'Albin arrive seul à Mangialoé étonna le reste de la troupe, mais la pudeur prévalut. Tous restèrent silencieux. Réunis en conseil, ils allaient de leurs arguments pour en finir avec le tyran. Anselme pensait infiltrer la population et organiser un soulèvement général. Augustin penchait plutôt pour retourner les membres du Magnifico Conseglio, les conseillers municipaux, et écarter légitimement Julius. Léon optait pour une solution plus radicale et plus efficace : un bon coup de tromblon avec de la chevrotine de dix-huit entre les deux yeux. Albin prit l'ultime décision.

Le registre contenait les preuves accablantes d'un règne entaché de sang. Qui plus est, l'enlèvement de

Sabine d'Aquin provoquerait certainement des réactions imprudentes de la part de Julius et du pénitent rouge. Monseigneur Sola devait impérativement être saisi de ces nouveaux éléments. Albin dépêcha Léon à l'évêché de Nice, muni du précieux document et d'un billet sollicitant l'intervention du prélat. Ainsi se concluait sa demande : « Nous attendrons que la cloche de la chapelle de Béroulf tinte, un dimanche à midi... » Albin remercia chaleureusement Léon pour son dévouement et lui promit une visite prochaine à Barcelonnette.

Le réveil du prieur fut aussi douloureux que violent. Son crâne explosait et ressemblait à une plaie vive. Des millions de coups de masse s'écrasaient sur son cerveau. Des piqûres aiguillonnaient son front. Ses tempes battaient tel un roulement permanent de grosse caisse. Un brasier dévorait ses yeux. Il s'agrippa au fauteuil et tenta de se mettre debout, mais ses membres ne répondaient pas. Il retomba de tout son poids sur le tapis, se tourna sur le ventre, se mit à genoux et vomit des jets de bile. Tant bien que mal, il rampa jusqu'à son bureau, s'accrocha aux pieds et se hissa sur la chaise. Le moindre objet tremblotait. L'air était étouffant. Il se tint un temps infini dans la même attitude. Il observa le petit jour s'infiltrer dans la bibliothèque, puis le soleil. Il entendit le remue-ménage du marché, des rues, et les places se remplir de foule. Il discerna des pleurs d'enfants et écouta sans broncher l'horloge de Saint-Michel marquer onze heures. A nouveau envahi par d'affreuses hallucinations, il sombra dans un délire diabolique, incapable de se redresser sans hurler.

Le soir, il commença à bouger les jambes. Des picotements traversaient son dos et des tremblements agitaient ses bras. Son crâne était toujours terriblement endolori.

— Sabine ? bafouilla-t-il.

Lui seul perçut son grommellement.

— Sabine, es-tu là ?

Dans ses brèves somnolences répétées, entrecoupées de cauchemars, il entrevoyait des monstres hideux, des monceaux de cadavres mutilés et jetés du haut de la Vieya dans la Bévéra, et le chêne des martyrs se balançant sur son front... Il se demanda s'il n'avait pas rendez-vous avec le Diable ! Un bourdonnement persistant lui ordonnait de résister, de sortir de cet état second.

— Tu m'as drogué ! C'est ça, Sabine !

Le palais Saint-Esprit résonnait comme un immense caveau vide. Les suppliques du prieur ne servaient à rien. Il glissa la main sur le bureau, fouilla machinalement sous les piles de dossiers, remit l'écritoire et la croix en ordre, reboucha l'encrier, rangea les plumes... L'armoire était entrebâillée. Il distinguait les battants qui s'ouvraient, se fermaient, s'ouvraient à nouveau, se refermaient et claquaient dans un gigantesque vacarme... Il clignota des paupières, essayant de fixer le meuble. Soudain, dans un éclair de lucidité, il explora les tiroirs de son bureau, un par un dans la moindre de leur profondeur, renversa les papiers, jeta à terre les livres et les documents. « La clef, la clef, maudite traînée !... » Elle luisait dans la serrure et le narguait. Il se souleva. Son siège se renversa. La lampe bascula sur le tapis et s'éteignit. Tant bien que mal, il atteignit l'armoire. Il prit les portes à pleines mains et les ouvrit en grand. Son corps se raidit. Un tumulte haineux secoua ses tripes

— Miséricorde ! Le registre ! Sabine ! Le registre ! brailla-t-il. La garce, la catin !

Aux trousses de Sabine, il fouilla étages et greniers du palais, chambres, salles de réunion, caves, cachots... Mais pas âme qui vive ! Encore moins la présence de la prisonnière.

En pleine nuit, titubant, le pénitent rouge se rendit au château des Castellaras. Félicien Salucci, le valet, débraillé, les cheveux ébouriffés, visiblement agacé qu'on le tirât à cette heure de son lit, le fit patienter sur le perron, le temps de prévenir le comte.

— Disparue, disparue... geignait-il

— Qui donc ? s'étonna Julius, l'esprit embrumé par le premier sommeil et affublé d'une simple robe de chambre.

— La prisonnière !

— Quoi !

Il eut un instant d'hésitation, attrapa par le col le misérable prieur et le tira à l'intérieur.

— C'est impossible, vous en aviez la garde !

— Elle m'a empoisonné, elle a pratiqué la magie ! La pièce tournait autour de moi ! Elle s'est envolée et je me suis réveillé le lendemain ! Une sorcière, je vous dis. J'en suis à présent certain.

— La magie, des sornettes !

— J'avais toute confiance en elle. Elle se montrait docile. Je la laissais vaquer dans le palais ; elle me rendait de menus services. Jamais je n'aurais imaginé une telle chose !

— Pourtant, je vous avais prévenu ! Elle vous a séduit et vous vous êtes fait avoir par cette pucelle... Elle ne manquait pas de charme ! Même un homme d'ordre, de justice et de loi comme vous peut succomber devant la première souillon venue !

Le ton montait. Les forces du pénitent l'abandonnaient. Ses os étaient mous. Une lente agonie le submergeait. Malgré le froid, il s'épongea le front.

— Ce n'est pas tout...

— Que peut-il être advenu de plus ?

— Le registre... Elle a emporté les minutes du Magnifico Conseglio, celles où figurent les sentences d'Eléonore d'Aquin et de Piétro Chiésa, ajouta-t-il dans un hoquet.

— Nom d'un chien ! brailla Julius en donnant un violent coup de poing dans un miroir qui vola en éclats.

Rivé sur place, incapable d'une quelconque réaction, le prieur acceptait sans broncher les foudres de Julius.

— Nous sommes perdus, ruinés ! Le règne des Castellaras s'achève ainsi ! Raisonni disparu, aucune nouvelle de Belli, à qui puis-je encore me fier ? Lorsque les Sospellois apprendront la vérité sur Sabine d'Aquin, ils mettront le château à feu et à sang. Le comtat en sera réduit au pillage. Dans la Bévéra coulera le sang des nobles ! Vous pouvez être fier de votre négligence !

Julius resta suspendu à ses réflexions. Il traversa le hall, le menton baissé, puis revint vers le prieur. Une grimace persistante labourait sa face. Soudain, il appela son homme de maison.

— Félicien, nous partons !

— Maintenant ? La lune est cachée, on n'y voit pas à un pouce devant ! Et les chemins sont peu sûrs, surtout en hiver !

— Je ne reste pas une minute de plus dans ce pays où je risque à présent ma vie à chaque détour de rue.

— Mais Monsieur... On va se faire couper la gorge au premier défilé, les bandes grouillent !

— Ne discute pas ! Prépare malles, valises et nécessaire pour quelques jours, après nous envisagerons...

— Mais où allons-nous ?

— Qu'importe. Gênes, Naples, la Sicile... De l'autre côté de la mer ou de l'océan, vers les nouveaux pays, on verra bien...

— Quand reviendrai-je à Sospel, Monsieur ? Je ne puis quitter ma famille sans la prévenir !

— Hâtez-vous, le temps nous est compté.

— Et moi ? balbutia le prieur.

— Vous ? Enfermez-vous à double tour à Saint-Esprit et admirez les résultats de votre œuvre !

— Si je tombe entre leurs mains, ils vont me...

— Et alors, cher ami, ils vous conduiront au chêne des suppliciés ! A chacun son tour !

— Je vous en prie, ne me laissez pas avec ces paysans !

— Vous m'avez abusé. Il fallait songer plutôt à l'importance de vos actes ! Cessez immédiatement vos jérémiades et vos pleurnicheries. Chacun pour soi. Débarrassez-moi le plancher !

Sans ménagement, Julius le conduisit sur les marches du château et referma la porte sur lui. Le prieur s'écroula dans l'allée, puis, reprenant conscience, il se traîna tant bien que mal au palais.

A contrecœur, Félicien Salucci chargea la voiture. « Le grand jeu est fini, mon cher Julius Reymont de Castellaras ! Je ne te pensais pas si lâche... Dire que je t'ai servi plus de trente années. Tout se paie ! » ruminait, les dents serrées, le valet. Le comte rassembla précipitamment quelques affaires et de l'argent. Peu avant deux heures du matin, les gouttes de pluie s'abattant sur la bâche, l'équipage se mit en branle.

La montée vers le col de Castillon fut particulièrement pénible. L'averse prenait le fiacre de côté et le vent tourbillonnant empêchait d'apprécier les obstacles. Les branches s'abattaient sur les bords de la route. Les coulées de glaise ralentissaient le cheval qui pataugeait parfois dans une boue informe. Debout sur la ridelle, Félicien, tenant d'une main les rênes et de l'autre le fouet, insultait la bête et lui tapait la croupe jusqu'au sang.

— *Vaï, vaï*, ivrogne, *puta borgna* !

Les muscles bandés, le coursier gravissait péniblement, mais d'un pas régulier, la terrible côte du col de Castillon. La tramontane redoublait dans les combes et l'animal cherchait les abris pour couper les rafales rasantes. Il pataugeait dans une boue flasque, évitant les décombres, les souches, les buissons arrachés. Epuisé, sans ressort, Julius s'abandonna, inerte, contre les coussins de la banquette. Des rides durcissaient ses traits. Il ravalait son désarroi. « Partout où j'irai, je serai poursuivi par des railleries offensantes. Ma vie n'est qu'un glas funèbre. » Julius n'était plus qu'un homme traqué, un individu qui devait endosser ses responsabilités. Il vacillait entre sa propre incertitude et une profonde amertume. Ses souvenirs le plongeaient dans un vide béant. Il ouvrit légèrement la vitre. « La cour de Monaco me donnerait-elle refuge ? » Cette pensée l'apaisa momentanément.

— Pourquoi ralentit-on ? cria-t-il.

— Nous sommes presque au col ! Sur le plat, je laisse reposer la bête.

Julius replongea dans ses méditations.

Ils retrouvèrent l'accalmie dans le goulet de Castillon. Félicien alluma les lampes-tempête qu'il accrocha à chaque brancard. Ils franchirent le passage, au pas, évitant les obstacles jonchant l'étroit défilé. De l'autre côté, les flancs méditerranéens avaient chassé la tempête et la douceur des coteaux mentonnais, balayé l'humidité persistante des vallées. A une faible allure, le cheval secouait son encolure pour sécher sa crinière ; il ne tirait pas sur les licols et reprenait une certaine prestance. A la hauteur de la croix de France, Félicien ordonna à l'animal de passer au trot. Il fredonnait. L'horizon merveilleusement dégagé lui permettait d'apercevoir le moutonnement des vagues. « *Ma que bèu pais...*[1] » Félicien laissa la bride molle. Par la lucarne, il jeta un coup d'œil vers Julius, abattu, les mâchoires serrées, égaré dans ses réflexions. Il ressemblait à un vieillard sorti de l'hospice.

Félicien introduisit sa canne dans la poignée de la porte, bloquant le loquet. Il fit de même pour celle de gauche avec le manche du fouet. Ensuite, il se pencha et tapa sur la capote. Julius entrebâilla.

— Je n'irai pas plus loin, Monsieur. Je m'arrête ici !

— Que dis-tu ?

Félicien descendit de la banquette et monta sur le marchepied.

— Je ne partirai pas avec vous ! Jamais je ne quitterai Sospel !

— Je t'ordonne de reprendre immédiatement les longes !

1. Mais quel beau pays...

Félicien éclata d'un rire brutal. Le comte secoua les poignées, tapa contre les portes.

Il devint effroyablement blême. Il avait saisi les desseins de son valet. A coups de botte, il essaya de défoncer les parois, de déchirer le toit, mais en vain. Félicien regardait avec dégoût le fauve se débattre dans un piège qu'il n'avait pas prévu.

— Fais arrêter ta carne !

— Bon voyage, Monsieur. Bon voyage !

Se tenant aux rênes, il glissa à terre et se maintint à hauteur du meneur. Avec son poignard, il lui piqua la croupe jusqu'à la chair et claqua une violente tape sur la blessure. L'animal rua, s'emballa et fonça au galop.

— Donnez le bonjour à vos amis de San Remo ! Je suis sûr qu'ils vous attendent avec impatience !

— Félicien, arrêtez ! cria une voix sourde rongée par la peur.

Le roulement des roues et les sabots ferrés couvrirent les hurlements de Julius. Le fiacre sauta dans les ornières et rogna le bord de la route. Le toit brisa les branches basses. Aveugle, le cheval fonçait droit, aiguillonné par la douleur. Dans une cadence vertigineuse, voiture et animal faisaient corps avec le dénivelé et, à chaque mètre, augmentaient de vitesse. Le cocher distingua une ombre qui tenta de passer par la vitre. L'équipage se jeta dans le précipice de Montu. Félicien vit s'envoler les deux lampes-tempête. Un fracas assourdissant rompit la quiétude de la nuit.

— Tiens, il neige même ici, constata Félicien en chassant des flocons qui tombèrent sur ses sourcils.

Il enroula l'écharpe autour de son cou, boutonna son manteau et fit demi-tour en direction de Sospel.

Les lanières et les attelages rompirent d'un coup. Le bardeau s'écrasa au fond d'une crevasse. Le fiacre rebondit de rocher en rocher. Julius était projeté de tous les côtés. Puis il s'envola et retomba lourdement entre deux cades. Il entraperçut un essieu fondre comme un obus au-dessus de lui et ce qu'il restait de la voiture plonger en contrebas du gouffre de Monti. Une roue tournant dans le vide provoqua un sifflement strident. Julius s'évanouit.

Petit à petit, le froid l'enserra. Julius ouvrit les paupières. Du sang coulait de ses tempes, un liquide brûlant et sucré. Ses épaules étaient brisées : un magma de coups et de chocs. La neige sur ses plaies le calma. Il ne remua pas, se réjouit d'être en vie. Il ne perdit plus connaissance mais était dans une sorte de semi-conscience. Il entendit un hurlement si caractéristique qu'il se força à rester éveillé. Il ne distingua pas d'où provenait le cri. Il appuya sa bouche contre la mousse et aspira quelques gouttes de pluie. La neige commença à tomber dru et à étendre un manteau de silence. Julius sentit une présence proche. Il devina qu'on s'approchait de lui et l'entourait. Il haussa la tête. Une insupportable douleur lui broyait les vertèbres. Une nuée de corneilles se souleva. Soudain, son expression de désarroi se changea en angoisse. Un tremblement de mort le saisit.

— Non ! Pas eux ! vociféra-t-il, jetant ses dernières forces dans un ultime appel.

Ils l'encerclaient. Une nuée de loups sortait de tous les endroits. Des yeux brillants, or, transperçaient les ténèbres et le fixaient. Ils flairaient l'odeur du sang. Les plaintes féroces reprirent de plus belle. Puis l'appel du grand mâle couvrit la horde. Une voix de louve, non, de femme louve l'accompagna. Julius tendit le cou. Il la vit en robe blanche au milieu des siens.

— Sabine !

Ses cris ne servaient à rien. Les gueules grandes ouvertes, les crocs luisants, des paquets de bave suintant, les babines retroussées, l'odeur de la chair vive attisant leur appétit, les grognements se faisant de plus en plus pressants, les loups étaient à moins d'un mètre de Julius. Sur l'ordre de Sabine, ils se couchèrent, menaçants. Certains rampèrent et lui léchaient déjà les jambes. Le comte sentait leurs souffles. Sabine s'approcha presque à le toucher. Il vit ses pieds. Elle avait l'apparence d'une créature immense, longue, au visage de cristal et aux cheveux de feu. Elle le dominait.

— La *masqua di démonte* ! Tu as le pouvoir ! C'était donc vrai ce que disait le curé, la Madelin di Omou existe vraiment, balbutia-t-il.

Il lui demanda pitié. Elle poussa un gémissement rauque. La meute chargea sur Julius Reymont de Castellaras. Sabine, le grand mâle assis à ses côtés, apprécia la curée.

29

Face au conseil municipal et au Magnifico Conseglio, Félicien s'empressa de narrer la terrible mésaventure qui avait coûté la vie à Julius Reymont de Castellaras.

— Après le coup de tonnerre, une boule de feu est tombée dans un vacarme étourdissant ! Le cheval a pris peur et s'est emballé. Je n'arrivais plus à le maîtriser. Au galop, arrachant tout dans sa course, il fonçait droit dans le premier tournant de Monti ! Alors, j'ai sauté dans le fossé. Malheureusement, monsieur le comte n'a pu s'extirper du fiacre… avait avoué aux notables, sans pudeur, le valet.

Aucun membre ne demanda que l'on vérifiât les propos de Félicien Salucci. Les conseillers se fièrent aux dires du vieux serviteur. La ville, totalement désorganisée, se repliait dans ses murs. Certains proches de Julius préférèrent partir au Piémont ou à Vintimille, le temps que les événements se passent. Les Sospellois, désemparés, se réfugièrent spontanément dans la prière. Jamais Saint-Michel et les chapelles environnantes ne furent aussi fréquentées, au grand bonheur du curé qui retrouva soudain santé et éloquence.

Le dimanche suivant la disparition de Julius, à l'office du matin, alors que le prêtre dispensait un sermon fustigeant l'hégémonie des Castellaras, quatre vicaires ouvrirent avec fracas la double porte de l'église. L'allée principale de la nef s'éclaira. Monseigneur Sola, arborant la mitre, la croix pectorale et la crosse, traversa la nef. Un frisson parcourut l'enceinte ; tous les regards se dirigèrent vers l'éminent visiteur. Sans se soucier des fidèles, il se dirigea vers l'autel, gravit trois marches et se signa devant le tabernacle. Ensuite, il se tourna, le doigt ganté de rouge portant l'anneau sacré pointé vers la chaire.

— Le Seigneur n'a-t-il pas proclamé : « Protège les étrangers et détruis les desseins des méchants » ?

Le prêcheur, plus blême que jamais, voulut acquiescer. Seul un murmure inaudible sortit de sa barbe.

— Le Seigneur n'a-t-il pas ordonné : « Relève ceux qui sont tombés et aime les justes » ?

Momifié, le pauvre hère articula une vague affirmation.

— N'a-t-il pas dit : « Ne vous confiez point aux princes ni aux enfants des hommes qui ne sauraient vous sauver » ?

Du regard, le religieux chercha en vain un soutien. Les centaines d'yeux rivés sur lui l'accablaient déjà de tous les maux. « Les lâches... », pensa-t-il, avant de s'effondrer en pénitence.

— Monseigneur, j'avoue mes crimes, je n'étais que confusion ! Ayez pitié de moi ! Que ma prière obtienne votre grâce, je vous en supplie !

— Vous n'avez été que prétention ! Vous n'avez écouté que votre égoïsme et vous avez offensé notre

Sainte Mère l'Eglise ! Notre maison est bâtie sur l'innocence et la charité. Vous avez bafoué ces principes sacrés, entraînant ces misérables.

Dans l'église, les têtes se baissèrent. Personne n'osait affronter l'évêque.

— Dieu seul pourra vous laver de vos souillures et vous purifier de vos péchés !

La voix du prélat grondait.

— Je vous destitue immédiatement de vos fonctions. Dès aujourd'hui vous partirez pour la Grande Trappe de Soligny où vous rejoindrez les frères trappistes. Là, vous ferez vœu de pauvreté. La robe de bure, les sandales, l'écuelle seront les symboles de votre humilité. Vous donnerez aux pauvres vos aumônes et partagerez le pain avec eux. Alors, peut-être que le Saint-Esprit vous entendra !

Il prit l'ostensoir et lui tendit de loin une hostie.

— Tant que votre repentance ne sera pas achevée, vous ne pourrez plus vous nourrir du corps du Christ ! J'en ai décidé ainsi !

Monseigneur Sola s'adressa ensuite à la foule.

— Quant à vous, moutons du Christ, sauvez votre âme si cela peut être encore ! Votre punition sera de me suivre en procession jusqu'au plateau de Béroulf, tous, sans exception, même les vieillards et les invalides, afin de vous repentir de vos fautes sur les ruines de cette chapelle immolée. Les reliques de saint Michel seront les témoins de votre contrition. Dieu dans sa magnanimité vous entendra peut-être. Un miracle pourrait alors s'accomplir...

L'assistance bouleversée entonna à l'unisson un cantique d'action de grâces.

Devant la population rassemblée à Béroulf, monseigneur Sola entama les prières de la confession et les psaumes de la pénitence. Il lut l'évangile commun d'un martyr et acheva ses ardentes invocations par : « Que le Seigneur soit avec vous et avec votre esprit. »

Il était midi. Un gamin escalada le clocheton et accrocha une corde au battant du carillon. L'évêque sonna les douze coups de la délivrance du plateau de Béroulf. Personne ne comprenait ce qui se déroulait réellement, ni les Sospellois agenouillés ni les abbés, encore moins monseigneur Sola, qui par gentillesse et délicatesse suivait à la lettre les souhaits de son protégé, Albin Bonfante.

— Là-bas ! cria une femme en désignant Mangialoé.

Un bourdonnement parcourut la foule qui scruta aussitôt la falaise blanchie par la neige. Aucune branche, aucune touffe d'herbe ne remuait. Une sourde tranquillité berçait les flancs du trou des Loups.

— Elle a la berlue à force de tremper ses doigts dans l'eau bénite et de se signer, ça lui ronge le cerveau ! murmura un chevrier des serres de Bérins, las de perdre son temps.

— T'as pas honte ! grommela sa voisine.

— Et qu'est-ce que tu crois qui va arriver ? Tu ne vois pas qu'il se joue de nous ! On doit bien le faire rire...

— Toi, tu me fais pitié, renchérit sa voisine.

— Tu crois que mes bêtes peuvent attendre ? Elles ont le pis qui va exploser si je ne rentre pas !

— Et alors, ce ne sont pas les femmes qui ont mis le feu et ont fait griller trois malheureux !

Le pâtre se tut.

Monseigneur Sola paraissait d'excellente humeur. Grâce à Albin, il conquérait un diocèse rebelle. La lumière s'effilochant en cascade sur les Alpes l'éblouissait. Attisé par une curiosité persistante, il conversait avec les religieux l'entourant : « Le juste refleurira comme le palmier et croîtra comme le cèdre du Liban... » Satisfait de la ferveur formidable des repentants, il osa même certaines remarques légères. Une bonne heure s'écoula sans que rien ne se passât. Les calotines étaient toujours plongées dans leurs missels. Les hommes commençaient à remuer et à deviser de plus en plus fort, trouvant le temps fort longuet. L'évêque et les prêtres rétablirent, non sans difficulté, la sérénité nécessaire à la dévotion.

— Qu'est-ce qu'il manigance ? souffla un abbé.

— Se faire attendre, mon cher, est tout un art, répliqua le prélat.

Lorsque les montants bancals de l'entrée de la chapelle sautèrent et qu'apparurent, maquillés de noir, en habits déchirés, Albin Bonfante, Anselme Ricci et Augustin Pignerol, un immense cri étouffa Béroulf. Un cercle gigantesque se creusa jusqu'aux limites du plateau : les gens s'écartèrent, terrifiés par ces revenants couverts de cendres. Certains, pris de folie, s'enfuirent et plongèrent dans la Bévéra. Suivi par ses amis, Albin s'avança au centre et, lentement, un par un, dévisagea les Sospellois.

— Nous revenons de l'enfer ! Nous ne cherchons pas les coupables et vous pardonnons. Mais dans les entrailles de la terre, nous nous sommes juré que cette chapelle sera coûte que coûte achevée. Nous allons donc de nouveau échafauder, gratter, bâtir, poncer, monter un nouveau toit et des murs de compagnons ! Aussi, si vous voulez effacer vos stupides blessures, j'accepterai, sans hésiter et sans vous faire aucun reproche, votre aide.

Il se dirigea vers l'évêque et s'inclina.

— Je vous félicite, Albin, déclara monseigneur Sola en l'étreignant. Quelle magnifique leçon vous leur avez donnée ! Vous possédez un certain sens de la mise en scène et du déguisement...

— Ne suis-je pas le meilleur fresquiste de ce pays ?

Albin fit face aux Sospellois. Anselme et Augustin l'encadraient.

— Qui, parmi vous, veut nous suivre ?

— Moi ! annonça le carrier des Capucins. J'ai de la bonne pierre blanche, je te la donne et te prête mes tailleurs.

— Je te cède poutres et moellons ainsi que mes charpentiers italiens. Sur le marché, il n'y en a pas meilleurs, lança le menuisier de Réquiston.

— Je te fournis ardoises, plomb et apprentis, proposa Isnardi, le couvreur.

— Je vous offre le gîte et le couvert, pour le temps qu'il faudra... assura l'aubergiste de la place Saint-Nicolas.

— Moi aussi, je vous aiderai, s'écria le vieux Mattioue, fendant la foule sidérée pour embrasser ses trois amis. Avec vous, je veux compter les étoiles, avant de les rejoindre dans la sérénité puisque justice a été faite.

— Et moi, je n'ai rien à te donner ? souffla l'évêque.

— Oh que si, monseigneur, suivez-moi !

Ils franchirent les décombres de la chapelle et se rendirent dans le chœur, entièrement recouvert d'une épaisse suie. Albin ôta sa veste, la mit autour de son avant-bras, escalada un madrier et essuya le premier panneau juste sous le cintre de l'abside. L'Enfant Jésus, couché dans le foin, apparut, intact, puis la Vierge, les paupières closes, les mains jointes, sublime.

— Avec l'*intonaco* d'Anselme et les cadres d'Augustin, ces fresques résisteront à l'éternité.

— Quelle merveille ! s'exclama l'évêque.

— Je vous demanderai une faveur. Une seule !

— Laquelle, mon fils ?

— Baptisez et bénissez dès à présent ce lieu, monseigneur. Il ne peut plus longtemps souffrir d'être anonyme. Il existe, je l'ai bâti. Il est la dernière marche vers Dieu. Je souhaiterais que cette chapelle porte le nom de sainte Sabine.

— Le monde renaît à chaque touche de ton pinceau ! Albin Bonfante, la chapelle Sainte-Sabine est désormais tienne !

Saint-Cézaire, le 17 février 2001

GLOSSAIRE DES TERMES DE LA PEINTURE À FRESQUE

AFFRESCO OU FRESQUE Peinture murale exécutée à l'aide de pigments détrempés à l'eau que l'on applique sur un enduit frais ou du plâtre. L'enduit et la peinture, séchant en même temps, devenaient indissociables. Cette technique de la « vraie fresque ou *buon fresco* » était très utilisée au XVIe et au XVIIIe siècle.

ARRICCIO Couche préliminaire d'enduit recouvrant la maçonnerie et sur laquelle la *sinopia* est exécutée. L'*arriccio* est rugueux pour permettre l'adhérence de la couche d'enduit finale appelée *intonaco*.

CARTONE OU CARTON Dessin définitif des grandes lignes de la composition que l'artiste dessine sur papier ou sur toile. Celui-ci est souvent égal en superficie à la surface murale destinée à être peinte. Le carton est appliqué sur le mur fraîchement enduit à l'aide d'un stylet. Le fresquiste marque la surface à peindre en suivant les lignes de son dessin. Procédé répandu au XVIe siècle.

GIORNATA Fragment de l'*intonaco* devant être peint dans la journée. L'artiste devait décider à l'avance de la surface qu'il devait peindre dans la journée, puis enduire celle-ci d'*intonaco*. Chaque nouvelle *giornata* recouvre légèrement la précédente.

INTONACO Couche finale d'enduit destinée à recevoir la peinture. Composée de chaux et de sable, elle est appliquée fragment par fragment.

MEZZO FRESCO Peinture exécutée sur un enduit encore humide, ce qui, par rapport à la fresque, se traduit par une carbonisation et une pénétration des pigments moins importante.

PONTATA *Intonaco* appliqué en larges bandes qui correspondent aux hauteurs successives des échafaudages. Les couleurs définitives sont appliquées une fois que l'*intonaco* est sec.

SECCO OU SEC Peinture sur un enduit déjà sec. Les couleurs sont mélangées avec une colle ou un liant qui assure leur adhérence sur la surface à peindre. Par exemple du jaune d'œuf ou du lait de figue pour une peinture dite *a tempera*, laquelle servait à retoucher une peinture « à fresque ». Les œuvres *a secco* ont tendance à se détériorer et à s'écailler plus rapidement.

SINOPIA Rouge ocre tenant son origine d'une ville de la mer Noire, Sinope, réputée pour ses pigments rouges. Dans la fresque, ce terme désigne le dessin préparatoire que l'artiste exécute au moyen d'un pigment rouge sur l'*arriccio*.

SPOLVERO Méthode qui consiste à transférer le dessin de l'artiste sur l'*intonaco* à l'aide d'une pointe. On perfore les contours, puis le papier est découpé en morceaux correspondants à la *giornata*.

STACCO Méthode qui consiste à détacher une peinture à fresque de son support mural en enlevant le pigment et l'*intonaco*.

STAPPO Méthode qui consiste à détacher une fresque de son support mural alors que l'*intonaco* est très abîmé.

DANS LA MÊME COLLECTION

Jean Anglade
Un parrain de cendre
Le Jardin de Mercure
Y a pas d'bon Dieu
La Soupe à la fourchette
Un lit d'aubépine
La Bête et le Bon Dieu (essai)
La Maîtresse au piquet
Le Saintier
Le Grillon vert
La Fille aux orages
Un souper de neige
Les Puysatiers
Sylvie Anne
Mélie de Sept-Vents
Le Secret des chênes
La Couze
Jean-Jacques Antier
Autant en apporte la mer
La Croisade des Innocents
Le Rendez-Vous de Marie-Galante
Marie-Paul Armand
La Poussière des corons
La Courée
 tome I *La Courée*
 tome II *Louise*
 tome III *Benoît*
La Maîtresse d'école
La Cense aux alouettes
Nouvelles du Nord
L'Enfance perdue
Edouard Axelrad
Au fil du fleuve
Erwan Bergot
Les Marches vers la gloire
Sud lointain
 tome I *Le Courrier de Saigon*
 tome II *La Rivière des parfums*
 tome III *Le Maître de Bao-Tan*
Rendez-vous à Vera-Cruz
Mourir au Laos
Françoise Bourdon
La Forge au Loup
Annie Bruel
La Colline des contrebandiers
Le Mas des oliviers
Les Géants de pierre
Marie-Marseille
Michel Caffier
Le Hameau des mirabelliers
La Péniche Saint-Nicolas
Les Enfants du Flot
Jean-Pierre Chabrol
La Banquise
Didier Cornaille
Les Labours d'hiver
Les Terres abandonnées
La Croix de Fourche
Etrangers à la terre
L'Héritage de Ludovic Grollier
L'Alambic
Georges Coulonges
Les Terres gelées
La Fête des écoles
La Madelon de l'an 40
L'Enfant sous les étoiles
Les Flammes de la Liberté
Ma communale avait raison
Les blés deviennent paille
L'Eté du grand bonheur
Des amants de porcelaine
Yves Courrière
Les Aubarède
Anne Courtillé
Les Dames de Clermont
Florine
Dieu le veult
Les Messieurs de Clermont

L'Arbre des dames
Le Secret du chat-huant
Annie Degroote
La Kermesse du diable
Le Cœur en Flandre
L'Oubliée de Salperwick
Les Filles du Houtland
Le Moulin de la Dérobade
Alain Dubos
Les Seigneurs de la haute lande
La Palombe noire
La Sève et la Cendre
Le Secret du docteur Lescat
Alain Gandy
Adieu capitaine
Quand la Légion écrivait sa légende
Un sombre été à Chaluzac
L'Enigme de Ravejouls
Les Frères Delgayroux
Les Corneilles de Toulonjac
L'Affaire Combes
Michel Hérubel
La Maison Gelder
La Falaise bleue
Tempête sur Ouessant
Hubert Huertas
Nous jouerons quand même ensemble
Denis Humbert
La Malvialle
Un si joli village
La Rouvraie
La Dent du loup
L'Arbre à poules
Les Demi-Frères
Hervé Jaouen
Que ma terre demeure
Michel Jeury
Au cabaret des oiseaux
Jean-Pierre Leclerc
Les Années de pierre
Louis-Jacques Liandier
Les Gens de Bois-sur-Lyre
Jean-Paul Malaval
Le Domaine de Rocheveyre
Les Vignerons de Chantegrêle
Jours de colère à Malpertuis
Jean Markale
Notre-Dame de la Nuit
Dominique Marny
À l'ombre des amandiers
Du côté de Pondichéry
La Rose des Vents
Juliette Morillot
Les Orchidées rouges de Shanghai
Henry Noullet
Sur la piste de Samrang
La Falourde
La Destalounade
Bonencontre
Le Destin de Bérengère Fayol
Michel Peyramaure
Les Tambours sauvages
Pacifique Sud
Louisiana
Frédéric Pons
Les Troupeaux du diable
Claude Riffaud
Mékong Palace
La Crique de l'or
Rêve de Siam
Jean Rosset
Vir'vent
Les Derniers Porteurs de terre
Jean Siccardi
Le Bois des Malines
Les Roses rouges de décembre
Jean-Claude Sordelli
La Dernière Saison
Jean-Michel Thibaux
La Bastide blanche
Le Secret de Magali
La Fille de la garrigue
Le Roman de Cléopâtre
La Colère du mistral
L'Homme qui habillait les mariées

La Gasparine
L'Or des collines
Jean-Max Tixier
Le Crime des Hautes Terres
Violaine Vanoyeke
Les Schuller
Le Serment des 4 rivières
Brigitte Varel
Un village pourtant si tranquille
Les Yeux de Manon
Emma
L'Enfant traqué
Le Chemin de Jean
Colette Vlérick
La Fille du goémonier
Le Brodeur de Pont-l'Abbé
La Marée du soir

Impression réalisée sur CAMERON par

BUSSIÈRE CAMEDAN IMPRIMERIES

GROUPE CPI

à Saint-Amand-Montrond (Cher)
en septembre 2001

N° d'édition : 6929. — N° d'impression : 013882/1.
Dépôt légal : septembre 2001.

Imprimé en France